Die Familie Aosawa trifft sich zu einem rauschenden Fest. Drei Familienmitglieder haben an diesem Tag Geburtstag. Zu diesem Anlass wird ein besonderes Geschenk angeliefert: ein edler Sake. Wenig später winden sich alle mit schrecklichen Schmerzen auf dem Boden. Es stellt sich heraus, dass die Getränke mit Zyanid vergiftet wurden. Die einzige Überlebende ist das zwölfjährige Mädchen Hisako, die blinde Tochter des Hauses. Doch Hisako scheint ihre eigenen Geheimnisse zu hüten und trägt nicht viel zur Lösung des Falles bei. Wenigstens liegt ein Abschiedsbrief des Getränkelieferanten vor, der sich nach dem schrecklichen Ereignis das Leben genommen hat. Darin bezichtigt er sich der Tat und für die Polizei ist der Fall klar. Aber eine Buchautorin ist überzeugt, dass die Wahrheit noch nicht enthüllt wurde, und stellt ihre eigenen Ermittlungen an …

Riku Onda, geboren 1964 in der Präfektur Miyagi, veröffentlichte 1992 ihr Debüt *Das sechste Kind*. Sie wurde mit dem Yoshikawa Eji Prize und dem Yamamoto Shūgorō Prize ausgezeichnet, 2017 erhielt sie den Naoki Prize für ihr Werk *Honigbiene und ferner Donner* sowie den japanischen Buchhandelspreis. Ihr erster Spannungsroman, *Die Aosawa-Morde*, gewann den Mystery Writers of Japan Award.

Nora Bartels studierte Japanologie und Sinologie in Berlin und promovierte in Heidelberg, mit Forschungsaufenthalt an der Universität Osaka. Heute arbeitet sie als Referentin für Bildungsarbeit an der Mori-Ôgai-Gedenkstätte in Berlin und als freischaffende Übersetzerin. Sie übertrug u. a. Hideo Yokoyama ins Deutsche.

RIKU ONDA

DIE AOSAWA MORDE

KRIMINALROMAN

Aus dem Japanischen von Nora Bartels

Atrium Verlag · Zürich

Taschenbuchausgabe
1. Auflage 2024
© Atrium Verlag AG, Zürich, 2022
Alle Rechte vorbehalten
Die Originalausgabe erschien 2005 unter dem Titel *Eugenia*
© Riku Onda 2005, 2008
First published in Japan in 2005 by
KADOKAWA CORPORATION, Tokyo.
German translation rights arranged with
KADOKAWA CORPORATION, Tokyo
through JAPAN UNI AGENCY, INC., Tokyo.
Aus dem Japanischen von Nora Bartels
Lektorat: Claudia Jürgens
Umschlaggestaltung: Eleanor Rose
Umschlagmotiv: YuriF/Moment via Getty Images
Satz: Greiner & Reichel, Köln
Druck und Bindung: GGP Media GmbH, Pößneck
Printed in Germany
ISBN 978-3-03882-032-1

www.atrium-verlag.com
www.facebook.com/atriumverlag
www.instagram.com/atriumverlag

*Für Michel Petrucciani – von uns gegangen,
ohne das 21. Jahrhundert erlebt zu haben.*

*Eugenia, meine Eugenia. Um dich wiederzusehen,
Reiste ich all diese Zeit allein. Heute ist das Ende gekommen
Auch der Tage des Zitterns in der fernen Morgendämmerung.
Wir werden zusammen sein, ab jetzt und für immer.
Das Lied, das von meinen Lippen aufsteigt,
Die Insekten, im morgendlichen Wald von meinen Schuhen zertreten,
Und mein unermüdlich Blut pumpendes, kleines Herz,
All das bringe ich dir dar.*

INHALT

PROLOG 11

1 VOM MEER HER 13

2 ZWEI FLÜSSE UND EIN BERG 48

3 EIN GESANDTER AUS EINEM FERNEN, TIEFEN LAND 76

4 EIN ANRUF UND EIN SPIELZEUG 102

5 DER TRAUMPFAD (TEIL 1) 129

6 UNSICHTBARE MENSCHEN 159

7 PORTRÄT EINES GEISTES 185

8 DIE STIMME DER BLUMEN 213

9 SZENEN EINES LEBENS 239

10 EIN ABEND IM ANTIQUARIATSVIERTEL 245

11 DER TRAUMPFAD (TEIL 2) 272

12 AUS DER AKTENMAPPE 299

13 DIE STADT AM MEER 314

14 ROTE BLUMEN, WEISSE BLUMEN 339

GLOSSAR 364

PROLOG

Kannst du dich an irgendetwas erinnern?
Wie ich vor einem kalten, dunklen blauen Raum stand.

Und wo war dieser Raum? Bei jemandem zu Hause?
Ich weiß es nicht.

Weißt du, warum du vor diesem Raum gestanden hast?
Nein. Nur, dass da ein Erwachsener war und meine Hand gehalten hat. Der muss mich auch zu diesem Raum gebracht haben, glaube ich.

Wer war dieser Erwachsene?
Ich weiß nicht.

Erzähl mal was über den blauen Raum. Was darin war blau?
Die Wände waren blau. Ein tiefes, kaltes Blau. Der Raum war klein und sauber, japanisch eingerichtet, mit Tatami-Matten. Ich glaube, er war ungewöhnlich aufgebaut – zwei Wände zum Gang. Manches war auch rötlich lila. Ich erinnere mich noch, dass ich gedacht habe, wie unangenehm es wäre, wenn das meine Wohnung wäre und ich dort essen müsste.

Und dann bist du hineingegangen?
Nein. Wir haben nur von außen reingeguckt. Zumindest erinnere ich mich nicht daran, reingegangen zu sein.

Was ist dann passiert?
Ich erinnere mich nicht.

Kannst du dich noch an irgendetwas erinnern? Egal was, egal wie unwichtig es dir erscheint.
An Kräuselmyrte.

Ein Kräuselmyrtenbaum, meinst du? Mit so einem glatten Stamm?
Nein, eine Blüte. Eine weiße Kräuselmyrtenblüte.

Weiß? Nicht rot?
Ja. Ich erinnere mich an eine schneeweiße Kräuselmyrtenblüte, voll aufgeblüht.

Versuch dich ganz in Ruhe zu erinnern. Woran hast du gedacht, als du diese weiße Blüte angesehen hast? Wie hast du dich gefühlt?
Sie war so schön. Voll aufgeblüht, ohne jeden Fleck. Sie war so schön, dass ich Angst hatte.

Du hattest Angst? Wovor?
Ich weiß nicht. Aus irgendwelchen Gründen hatte ich vor der Blüte große Angst.

1

VOM MEER HER

I

Eine neue Jahreszeit bringt immer Regen mit sich.

Nein, das stimmt nicht, »neu« ist nicht das richtige Wort. Die nächste. Die nächste Jahreszeit bringt immer Regen. So fühlt sich das in dieser Stadt an.

Der Wechsel ist hier auch nie dramatisch, mehr als würde jedes Mal, wenn es regnet, nach und nach eine Grenze verwischt werden und die alte Jahreszeit Stück für Stück übermalt. Sie wechseln zögerlich, als würden sie nicht loslassen können.

Der Regen kommt in diesem Teil des Landes vom Meer her.

Das habe ich als Kind immer gespürt.

Jetzt stehen Gebäude im Weg, aber früher konnte man fast überall in der Stadt, auf jeder leichten Erhöhung, das Meer sehen. Die beunruhigenden Regenwolken, die immer muffige Hitze mit sich brachten, kamen vom Meer herangekrochen, wellenförmig die Straßen herauf.

Als ich in die Kantō-Region gezogen bin, war ich überrascht zu merken, dass der Wind da vom Land zum Meer hin bläst.

Dort an der Küste wirkt das Meer nicht so erdrückend, und selbst wenn man näher rangeht, spürt man es kaum. Die Hitze und Gerüche des Landes fliehen raus aufs Meer. Die Städte sind zum Meer hin offen. Und der Horizont ist in weiter Ferne, wie ein gerahmtes Bild.

Aber das Meer hier ist überhaupt nicht erfrischend. Wenn man es betrachtet, fühlt man sich weder frei noch erleichtert. Und der Horizont ist immer nah, als würde er nach einer Gelegenheit suchen, sich dem Land aufzuzwingen. Es fühlt sich an, als würde man beobachtet und als würde das Meer sich über einem ergießen, wenn man es wagte, nur einen Moment lang wegzublicken. Verstehen Sie?

Heiß hier, oder?

Die Hitze ist so schwer. Als wäre die Stadt in einem Dampfgarer eingeschlossen. Solch eine Hitze ist grausam, raubt einem mehr Energie, als man erwarten würde.

Als Kind fand ich den Sommer unerträglich. Ich habe jeden Appetit verloren und konnte kaum etwas essen. Am Ende des Sommers habe ich nur noch kalte Sōmen-Nudeln und kalten Gerstentee zu mir genommen, das war alles. Auf Fotos sehe ich dünn aus, mit hervorstehenden Augen. Haben Sie gemerkt, wie zittrig die Beine werden, wenn man über diesen heißen Asphalt läuft? Heute haben alle Klimaanlagen, da ist es nicht so sehr die Sommerhitze als vielmehr der Schock durch den Temperaturunterschied zwischen drinnen und draußen, der einem zu schaffen macht. Es wird jedes Jahr heißer, finden Sie nicht? Das ist wohl der Klimawandel.

Ich war wirklich lang nicht mehr hier.

Wissen Sie, dass wir hier nur vier Jahre gelebt haben, als ich in der Grundschule war? Wir sind, als ich sieben war und in die zweite Klasse ging, im Frühling hergekommen und, als ich in die sechste Klasse ging, im Frühling nach Nagano gezogen.

Ja, währenddessen bin ich ein Jahr von Tokio hergependelt.

Haben Sie einen Schirm dabei? Wird im Reiseführer ja immer empfohlen. Der Himmel? Jetzt ist er blau, aber man weiß nie, für wie lange.

Diese Schwüle! Solch eine blutrünstige Hitze entzieht einem jede Lebensenergie. Die Wolken hängen so tief, als könnte man sie berühren, und um sie herum leuchtet es stumpf, das Himmelsblau ist trüb. An solchen Tagen kommen nachmittags schwere Regengüsse. Eh man sich versieht, bedecken die tiefen Wolken den Himmel und gießen ihren Regen über die Stadt. Ein Regenschirm hilft da kaum, Knöchel und Schultern werden trotzdem nass, und bald hat man genug und fühlt sich nur noch elend.

Heute trägt keiner mehr Gummistiefel, oder? Als Kind habe ich die geliebt an Regentagen. Sind Sie auch manchmal über Pfützen gesprungen oder absichtlich mit beiden Füßen hineingehüpft, um ordentlich rumzuspritzen?

Schneien tut's hier eigentlich kaum. Wir haben eine Weile in Toyama gelebt, bevor wir hergezogen sind, das ist gar nicht weit weg, und dort gab's jede Menge Schnee. Schweren, nassen Schnee. Von der Art, dass Schneebälle wehtaten und die Papierschiebetüren im Haus klemmten. Solchen Schnee gibt es hier nicht.

Aber Menschen sind schon eigenartig. Aus den Augen, aus dem Sinn. Wenn das Wetter so schwül ist, können wir uns kaum vorstellen, dass die Stadt nur ein paar Monate zuvor von Schnee bedeckt war.

Meine Güte, ist das heiß.

II

Finden Sie den Aufbau dieser Stadt nicht auch eigenartig?

Ach nein? Na ja, die meisten Städte haben eine Art Einkaufsmeile in der Nähe des Bahnhofs. Also, anders ist das natürlich, wenn die Station später erst erbaut wurde, für einen neuen Shinkansen oder als Anschluss an einen Flughafen, aber normalerweise ist bei alten Städten auf dem Land der Bahnhof doch das Zentrum. Aber hier nicht. Um den Bahnhof gibt es nur ein paar Hotels, das Herz der Stadt und die Geschäftsgegend sind weiter weg.

Ich habe schon einige Präfekturhauptstädte gesehen, die sind alle ähnlich. Vor dem Bahnhof gibt es einen Kreisverkehr, umgeben von Kaufhäusern und Hotels. Vom Bahnhof geht eine Hauptstraße aus, die mit Läden gesäumt ist, und dann gibt es einen Vergnügungsbezirk in einer Gegend, parallel – nicht ineinander übergehend, aber auch nicht wirklich getrennt – zum Büro- und Regierungsviertel. Und auf der anderen Seite des Bahnhofs ist meistens eine Art Neubauviertel mit reihenweise gesichtslosen neuen Gebäuden.

Aber hier habe ich als Kind schon den Aufbau nicht verstanden. Ich wusste, wo die einzelnen Bushaltestellen waren, und kannte die Gegend drum herum, aber ich hatte kein Gesamtbild.

Wollen wir etwas spazieren gehen?

Bei anderen Städten weiß man genau, wo sie aufhören. Man sieht sofort, dass hinter einer bestimmten Grenzlinie entweder eine Wohngegend oder Landwirtschaft beginnt.

Aber hier weiß man nicht, wo die Stadt aufhört. Man läuft ein Stück und ist plötzlich im Teehaus-Viertel. Oder im Tempel-Bezirk. Dann wieder alte Samurai-Häuser, danach die Präfektur-Büros, dann der Vergnügungsbezirk. Egal wohin man geht, alles ist in kleine Siedlungen aufgeteilt. Wenn man so durch die Stadt läuft, ist das wie bei Synapsen, finde ich. Es gibt kein Zentrum, nur verstreute kleine, lose verbundene Gemeinschaften. Man könnte die ganze Zeit laufen und bekäme nie das Gefühl, am Ende angekommen zu sein. Als würde man Spielsteine beim Sternhalma bewegen.

Ich geh gerne durch alte Städte. Einfach irgendwo hinlaufen und ein bisschen vom Leben anderer erhaschen. Es macht mir Spaß, eine Milchkanne vor einem alten Haus zu sehen oder ein antikes Emailleschild, das an die Wand eines kleinen Ladens geschlagen wurde. Wenn man durch alte Städte geht, kann man vergangene Zeiten besuchen.

Ich mag die Stadt hier, weil man sich hindurchwinden kann. In großen Städten wie Kyoto sind die Straßen alle systematisch wie in einem Computerspiel angeordnet; wenn man da langgeht, fühlt man sich von Machtlosigkeit überwältigt. Vielleicht auch, weil die Altstadt von Kyoto so flach ist. Es kann überraschend anstrengend sein, über ebene Gegenden zu laufen, wenn sich nie die Geschwindigkeit oder die Atmung verändert. Man spürt überall die Geschichte der alten Hauptstadt.

O ja, ich bin sicher, dass militärische und historische Umstände die Entwicklung dieser Stadt beeinflusst haben.

Hier, auf der Karte können Sie es sehen; der kleine Berg ist das Zentrum der Stadt, und um ihn herum fließen die zwei Flüsse. An drei Seiten von Hügeln umgeben, und zur vierten liegt das Meer. Eine natürliche Festung. Sie soll schwer zu erobern sein, mit der Burg auf der Spitze des Berges und der Stadt im Hang darunter, und dann dieses Netzwerk von engen Straßen und Hügeln. Die Stadt ist nie abgebrannt, sodass viel von der alten Struktur erhalten ist.

Das Wort »abgebrannt« weckt Erinnerungen. Als Kind habe ich oft gehört, dass Erwachsene das benutzt haben. »Ist etwas abgebrannt?«, habe ich sie fragen hören, oder: »Dort ist nichts abgebrannt.« Damals habe ich es nicht verstanden, aber was sie wirklich gefragt haben, war, ob irgendwo eine Bombe im Zweiten Weltkrieg eingeschlagen hat. Ist das nicht furchtbar, wenn man bedenkt, dass das so oft passiert ist, dass diese Redewendung zu den alltäglichen Gesprächen gehörte?

III

Hier war ich echt schon lange nicht mehr. Seit einem Wandertag in der Grundschule. Wenn man in der Nähe einer berühmten Sehenswürdigkeit wohnt, geht man da kaum hin. Jetzt nach dem Hochsommer, wo es so schwül ist, sind nicht mal Touristengruppen da. Aber umso besser für uns, dann können wir in Ruhe alles ansehen. Im Winter, wenn die Bäume und Sträucher gegen die Schneelast hochgebunden werden, wird das sogar in den Nachrichten gezeigt, und dann kommen einige Touristen zusammen.

Aber schon einleuchtend, dass der Garten einer der drei berühmtesten in Japan ist. Allein die Größe und Weite, die vielen verschiedenen Landschaftsformen, und wie gut gepflegt er ist. Das Laub hier ist so dicht, fast wild, finde ich.

Macht ist ein erstaunliches Phänomen, oder? So etwas Erstaunliches kann heute niemand mehr hervorbringen. Natürlich ist das wundervoll. Es ist schön, ein Stück Kulturerbe, auf das man stolz sein kann, und ein Grundpfeiler des japanischen Geistes. Aber letztlich auch einfach ein Garten. Kein Bauernhof, keine Schule und kein Bewässerungssystem. Die Macht derer, die diesen Garten geschaffen haben, und die Zähigkeit, ihn für Hunderte von Jahren zu erhalten, übersteigen das Verständnis von Leuten wie uns, glaube ich.

Stimmt. Manchmal finden wir uns in Umständen wieder, die unser Verständnis übersteigen, als wären die aus einer anderen Dimension gekommen. Überraschungsangriffe, unter dem Deckmantel des Zufalls. Wenn so etwas passiert, kann niemand erklären, was wirklich vor sich geht. Natürlich nicht.

Was, denken Sie, sollte jemand tun, der auf etwas stößt, das er nicht versteht, das seinen Verstand übersteigt?

Es leugnen? So tun, als hätte man es nie bemerkt? Wütend sein? Sich ärgern? Trauern, oder einfach verwirrt sein? Das wären wahrscheinlich die natürlichen Reaktionen.

Bei mir war es so, dass ich kurze Zeit später nach Nagano gezogen bin, aber das war offenbar genug, um darüber hinwegzukommen, schließlich war ich ein Kind. Ich habe die ganze Sache recht schnell vergessen.

Dachte ich zumindest, aber tatsächlich habe ich sie noch in mir getragen, wie Sediment, das sich tief unten abgesetzt hatte.

Es war mir nicht besonders unangenehm, mich an die Ereignisse zu erinnern. Ich war ja nicht direkt beteiligt. Aber als ich älter wurde, fühlte ich jedes Mal, wenn ich Zeugin einer Ungerechtigkeit oder einer Sache, die ich nicht verstehen konnte, wurde, sich heimlich etwas tief in mir regen, als würde jemand sacht in mir umrühren und irgendetwas in mir heraufbefördern. Und mit der Zeit hat sich diese schwere Stimmung in meinem Körper angereichert.

Den Anlass weiß ich nicht mehr, aber eines Tages wurde mir klar, dass ich etwas gegen diese Ansammlung in meinem Körper tun musste. Ich wusste, dass ich ersticken würde, wenn ich das nicht aus meinem Körper kratzte.

Ich habe lange darüber nachgedacht, was ich tun könnte. Um das alles an die Oberfläche zu bringen.

Ich habe nachgedacht, obwohl ich es nicht begreifen konnte.

Und dann habe ich mich informiert und wollte das tun, was mir möglich war, so gut ich es konnte.

So bin ich damit umgegangen. Die einzige Wahl, die mir blieb.

Das Ergebnis davon war *Das vergessene Fest*.

IV

Erst hier hört man endlich den Verkehr nicht mehr.

Autos, Autos, wohin man auch geht. Warum gibt es so viele Autos auf den Straßen? Wohin wollen die Leute? Das finde ich manchmal seltsam. Es gibt so viel Verkehr, aber wie schon gesagt, sind die Straßen alter Städte wie dieser eng. Es gibt ständig riesige Staus bei den Regierungsbüros.

Diese Zedern sind wunderschön. Und die Kiefern. So intensive Farben. Fast mehr Schwarz als Grün, schon. Ein Grün, das an Dunkelheit grenzt.

Sogar das Teichwasser sieht schwer und still aus in dieser Hitze.

Sehen Sie, wie hoch über dem Meeresspiegel wir sind. Es war früher schrecklich schwer, Wasser hier hochzupumpen. Die Methode, die das Wasser durch eine Düker-Technik vom Fluss den Berg hochgepumpt hat, ist bekannt, aber ich muss mich jedes Mal, wenn ich diesen Teich sehe, an die Legende erinnern, dass die Handwerker getötet wurden, um die Technologie geheim zu halten. Ich weiß nicht, ob das wirklich wahr ist, aber der Punkt ist ja, dass es wahr sein könnte.

Angst ist ein Gewürz, das Glaubwürdigkeit spendet. Die richtige Menge davon macht jede Geschichte plausibel.

An solche Sachen erinnere ich mich.

Zur Zeit des Vorfalls damals gab es eine seltsame Mode unter den Mädchen meiner Klasse. Können Sie raten, was es war?

Blumen pressen! Ja, alle haben damals Tagblumen gepresst.

An jenem Tag wurde ein Brief mit einem Glas beschwert, in dem Tagblumen standen. Die am Tatort zurückgelassenen Tagblumen wurden für die Mädchen zum Talisman. Man hat sich gesagt, dass eine gepresste Tagblume als Lesezeichen dagegen schützen würde, von einem Amokläufer als Ziel ausgewählt zu werden. Also haben sich alle nach den Blumen umgesehen, um sie zu pressen. Dafür gab es keinen logischen Grund. Aber damals sind viele seltsame Gerüchte umgegangen. Dass die Blumen in einem Telefonbuch gepresst werden müssten oder bei jemandem in einer gefalteten Zeitung unter den Futon geschoben werden müssten, und wenn der das nicht bemerkte, brachte es Glück, oder dass man zum Pressen nur Lehrbücher für Naturwissenschaften benutzen dürfe – solche Dinge. Ein Mädchen, mit dem ich befreundet war, hat mir damals so ein Lesezeichen gegeben und mir gesagt, dass ich sicher wäre, solange ich es immer bei mir trüge.

Ja, die Mädchen haben sich damit bei Laune gehalten. Aber nicht nur sie, auch die Erwachsenen.

Natürlich waren die alle traumatisiert. Ich meine, es war unfassbar, dass so etwas Schreckliches in der Stadt passiert sein sollte, in der wir wohnten! Das Leben aller war enorm erschüttert. Angst verbreitete sich wie ein Lauffeuer, und wir waren alle mit den Nerven am Ende und erschraken bei jedem bisschen. Aber anders betrachtet, herrschte eine Aufregung, wie sie sonst nur durch Fieber hervorgerufen wird. Wir befanden uns in einem Dauerzustand der Hochspannung, wie man ihn im Alltag nie hat. Wenn ich an die Atmosphäre zurückdenke, die ich damals körperlich spüren konnte, war es, als ob wir alle an einem großen Event teilgenommen hätten.

Deswegen wählte ich das Wort »Fest«; so fühlte es sich für mich an.

Natürlich weiß ich, dass es manche Leute verärgert hat, dass ich den Titel *Das vergessene Fest* benutzt habe. Aber am Ende ist es eben Fiktion, auch wenn sie auf Fakten und Recherche basiert. Für mich war es eine Art Fest.

Tatsachenroman? Das Wort gefällt mir nicht. Egal wie sehr man sich an die Wahrheit halten will, da schreiben immer noch Menschen, also kann es keine »Tatsachenromane« geben. Das Einzige, was es gibt, ist eine Fiktion dessen, was man sehen kann. Aber was wir sehen, trügt. Dasselbe gilt für das, was wir hören und fühlen. Reale Fiktion und irreale Fiktion – nur das kann man, meiner Meinung nach, unterscheiden.

Ah, diese Hitze!

Mir läuft der Schweiß in die Augen. Mein Hemd hat schon Salzränder – wie unschön.

Der Teil des Gartens hier ist für die Kirschbäume, aber in dieser Jahreszeit merkt man das kaum.

Das ist das Komische bei Kirschbäumen. Bei anderen Bäumen weiß man das ganze Jahr über, was für welche es sind. Ein Ginkgo, eine Kamelie, ein Ahorn oder eine Weide ... Nur Kirschbäume werden, wenn sie nicht gerade blühen, einfach namenlose Bäume, deren Existenz man vergisst. Man erinnert sich nur an sie, wenn die Kirschblütensaison da ist. Normalerweise werden sie vergessen. Zumindest scheint es mir so.

Jeder Bereich dieses Gartens hat ein anderes Thema. Früher war er das, was heute Disneyland ist; ein Vergnügungspark.

In einem Abschnitt hat jemand anscheinend entschieden, lauter ungewöhnliche Dinge anzusammeln, weil so viel Platz war.

Viele ungewöhnliche Bäume und Steine an einem Ort zusammenbringen – das war da die Idee. Wenn ich dorthin gehe, kommt mir das Schriftzeichen für »Seltsamkeit« in den Sinn. Ja, das Zeichen, das auch im Wort »Zauberkunst« und in »Illusion« steckt.

Natürlich ist das nur meine Meinung, aber das Konzept des Seltsamen ist ein wichtiger Faktor in der japanischen Kultur. Es bedeutet, einen Schritt zurückzutreten, um etwas zu bewundern, das vielleicht ein wenig abweichend oder in irgendeiner Weise beunruhigend ist. Von etwas Abstoßendem den Blick nicht abzuwenden, sondern es kühl zu betrachten und als eine Art von Schönheit zu bewundern, sich daran zu erfreuen. Ich finde die Psychologie dahinter faszinierend. Das Schriftzeichen kann zugleich »verdächtig« und »ungewöhnlich« bedeuten. Darin steckt für mich ein grotesker Humor. Ein selbstironischer Scherz, ein böses Erwachen, etwas wie ein stechender Blick.

Aus so einer »seltsamen« Perspektive wollte ich das Buch schreiben. Aber ich bin immer noch nicht sicher, ob mir das gelungen ist.

Das stimmt, ich will kein zweites schreiben. Die Leute haben mich ein One-Hit-Wonder genannt, aber ich wollte von vornherein nur dieses eine Buch schreiben. Ich war komplett überrascht davon, welchen Aufruhr es bei der Veröffentlichung ausgelöst hat. Aber ich wusste, wenn ich mich zurückziehe und schweige, würde das bald vergessen sein. Damals gab es noch kein Internet, und es war schwieriger, an persönliche Informationen zu kommen, als heute. Die Medien waren auch gemäßigter. Ich hatte mehrere Strategien, die mir durch diese Phase geholfen haben.

Mir reicht es, dieses Buch geschrieben zu haben. Niemand weiß, wie es wirklich war. Und ich habe mich nie gefragt, ob das, was ich geschrieben habe, die Wahrheit ist.

V

Heute? Nichts Besonderes. Ich bin Hausfrau und habe eine Tochter. Dieses Jahr ist sie in die Grundschule gekommen. Ich würde gerne langsam wieder arbeiten, aber ich habe kein besonderes Talent, das macht es heutzutage schwierig, einen Job zu finden. Mein Mann liest überhaupt keine Bücher, wenn, dann nur die Zeitung. Als wir uns kennengelernt haben, war der Wirbel um das Buch schon eine Weile abgeklungen, und er weiß nicht mal, dass ich es geschrieben habe. Das ist mir lieber. Ich glaube, er hat es noch nicht mal in meinem Bücherregal entdeckt.

Man merkt gleich, dass wir jetzt am höchsten Punkt des kleinen Bergs angelangt sind. Der Garten hier war ursprünglich Teil der Burganlage. Da drüben ist der Utatsu-Berg und an seinem Fuß das Teehaus-Viertel.

Mein Lebensziel? Hm, ich glaube, meine Tochter großziehen.

Ich habe keine großen Ambitionen. Mir reicht es, wenn wir drei ein sicheres, gesundes Leben führen können. Ein friedliches Leben ist das Wichtigste. Aber selbst so ein bescheidenes Ziel ist heute schwierig zu erreichen. Man versucht, ein ruhiges, zurückgezogenes Leben zu führen, aber dann passieren Dinge. Man wird in ein Verbrechen verwickelt oder von Lebensmittelzusätzen krank. Wie eine Gesellschaft funktioniert und die Wirtschaft agiert, kann sich blitzschnell ändern, und selbst wenn man will, dass alles beim Alten bleibt, wird man von einer riesigen Welle überrollt. Tragisch ist es, wenn die Leute denken, dass die Welle nicht bis zu ihnen vordringen wird, und sie dann doch fortgespült werden. Die Welle reißt alles mit sich, dir tut alles weh, und am Ende stehst du mit leeren Händen da.

Ich wurde nicht von der Welle fortgespült. Sie hat nur meine Füße nass gemacht. Das war es schon, aber trotzdem habe ich, bis ich *Das vergessene Fest* geschrieben habe, ihre Gischt in den Tiefen der Nacht gesehen und sie anhaltend dröhnen hören.

Als das Buch rausgekommen ist, habe ich viele Briefe bekommen.

Natürlich gab es einige kritische, und manche waren sogar bedrohlich. Aber die meisten waren verständnisvoll und mitfühlend mit denen, die von den Wellen umgerissen wurden. Beim Lesen konnte ich zwischen den Zeilen die Verwirrung und die Zweifel der Leserinnen und Leser spüren darüber, wie mit so einer Welle umzugehen ist. Die Briefe haben mich noch einmal darin bestärkt, dass meine Arbeit mit diesem einen Buch getan war.

Nein, das meine ich nicht. Es war überhaupt nicht vorbei, aber die Last dieser Briefe war mehr als genug zu tragen für ein ganzes Leben.

VI

Das ist die berühmte zweibeinige Kotoji-Steinlaterne. Sie erinnert an die Form der Stege auf einer Koto.

Diese Aussicht hier findet man oft in Reiseführern oder auf Postkarten.

Im Winter werden die Kiefern durch Yukitsuri vor dem Schnee geschützt; die strahlenförmigen Linien zeigen dann eine geradezu geometrische Schönheit. Hier gibt es viele beeindruckende Kiefern und ungewöhnliche Bäume; richtig toll.

Der Garten erinnert eher an ein Sugoroku-Spiel als an einen Vergnügungspark. Feld eins ist der Spindelbaumhang. Es gibt den Kirschbaumgarten, den geschwungenen Fluss und die Brücke. Wie man dann wohl seine Spielfigur ziehen muss?

Sie sind aber neugierig. Was wollen Sie wissen?

Alles, was ich bei meinen Recherchen herausgefunden habe, steht im Buch. Ehrlich gesagt muss jeder, der sich für *Das vergessene Fest* interessiert, ziemlich viel Freizeit haben. Das muss ich selbst als Autorin sagen.

Es ist jetzt alles so gut wie vorbei. Der Verdächtige, obwohl tot, wurde angeklagt. Vieles wurde nie geklärt, aber der Fall gehört der Vergangenheit an. Die Ermittlungen sind schon lange abgeschlossen.

Ich habe zwar das Wort »Recherche« benutzt, aber eigentlich habe ich nur zugehört, was Leute, die mit dem Fall zu tun hatten, aus der Erinnerung erzählt haben. Das war die einzige Herangehensweise, die mir einfiel, und viel mehr konnte ich auch gar nicht tun.

Jetzt im Nachhinein merke ich, wie unüberlegt, unsensibel und rücksichtslos ich war.

Der einzige Grund, aus dem ich das tun konnte, war, dass ich als Studentin einfach alle Zeit der Welt hatte. Die Leute erinnerten sich noch an meine älteren Brüder und mich, und ich schätze, dass meine Aufrichtigkeit und meine Unbeholfenheit da am Ende von Vorteil waren.

Zehn Jahre waren seit dem Vorfall ja schon vergangen, und die Leute hatten vielleicht genug Zeit, etwas Abstand zwischen sich und die Ereignisse zu bringen. Genug sogar, dass manche sich mit Nostalgie zurückerinnerten.

Viele der Menschen, die ich interviewt habe, haben erzählt, dass sie damals nur in Ruhe gelassen werden wollten, aber sich von den Medien und den neugierigen Nachfragen extrem unter Druck gesetzt fühlten. Doch mit der Zeit waren sie immer besser in der Lage, zurückzublicken und über alles, was passiert war, nachzudenken. Einige erzählten mir, dass sie irgendwann das Bedürfnis verspürten, noch einmal über die Dinge zu sprechen und ihre Meinung zu äußern. Aber zu diesem Zeitpunkt war die Affäre schon Schnee von gestern. Andere wünschten sich, sie könnten die Sache vergessen, hatten aber zu viel Angst.

Also kurz gesagt, mein Timing war gut – ich denke, darauf kam es am Ende an, deshalb konnte ich das Buch schreiben.

Ich hatte damals Glück. Wenn es so etwas wie Schicksal gibt, dann war es mir im Sommer während meines vierten Studienjahres wohlgesinnt.

Ja, das stimmt. Eigentlich war es ein Ersatz für meine Abschlussarbeit. Ich habe Marketing studiert und kam auf die Idee, verschiedene Interview- und Befragungstechniken zu erforschen, um zu sehen, welchen Unterschied sie in Bezug auf die Menge an Informationen, die man erhalten kann, und deren Qualität machen.

Warum dann dieses Ereignis aus meiner Kindheit? Ich weiß nicht mal mehr, was mich darauf gebracht hat. Auf jeden Fall hatte es überhaupt nichts mit Marketing zu tun.

Aber als ich mich einmal dazu entschlossen hatte, ließ ich nicht mehr locker. Ich bat einen Freund, mir zu helfen, telefonierte herum und schrieb Briefe an Menschen, die damit zu tun hatten, und von Mai bis September kam ich viermal hierher, um Leute zu interviewen. Einige traf ich bei jedem Besuch und andere nur einmal.

Es war erstaunlich effektiv, ihnen regelmäßig, aber mit Pausen dazwischen Besuche abzustatten. Manchmal waren meine Interviewpartner zu nervös, um in meiner Gegenwart die richtigen Worte zu finden. Aber oft erinnerten sie sich an Dinge, nachdem ich gegangen war. Und mit meinen Besuchen begannen ihre Erinnerungen zurückzukehren. Manche Leute sagten mir fast nichts, wenn ich bei ihnen war, schickten mir aber hinterher immer einen Brief.

Das war ein besonderer Sommer.

Der Sommer, in dem es passierte, und der Sommer, in dem ich in diese Stadt kam, um Menschen zu interviewen, die damit zu tun hatten, sind in meiner Erinnerung miteinander verbunden.

Beide waren weiße Sommer. Die Tage weiß. Ich bin sicher, dass ich in beiden in einem geradezu fiebrigen Zustand war.

Als ich allen zugehört hatte, war ich ganz erfüllt von ihren Worten. Ich konnte nicht einmal mehr ansatzweise an eine Abschlussarbeit denken. Ich fühlte mich beim Schreiben wie besessen. Ich achtete nicht darauf, ob ich einen Roman schrieb oder was das eigentlich war.

Aber noch komplizierter wurde es, nachdem ich fertig war. Leider hatte ich etwas verfasst, das nicht einmal im Entferntesten an das herankam, was man eine Abschlussarbeit nennen konnte. Ich hatte den ganzen Sommer gebraucht und all meine Energie hineingesteckt. Also war ich entsetzt, als ich plötzlich meine Lage erfasste. Aber ich hatte weder die Zeit noch die Kraft, eine weitere Abschlussarbeit zu schreiben.

Irgendwann erfuhr jedoch meine Seminargruppe von diesem seltsamen Dokument, das ich wie besessen erstellt hatte, und da wollte mein Professor es lesen und bot mir danach an, es als Abschlussarbeit anzunehmen. Dann las es zu meiner

Überraschung auch jemand bei einem Verlag – ein ehemaliger Student meines Professors. Und dann ging es ganz schnell, und es wurde ein Buch daraus.

Das erscheint mir heute wie ein Traum. Wenn das nicht passiert wäre, wären wir beide jetzt nicht hier. Es war wohl doch Schicksal.

VII

Was mir damals am meisten aufgefallen ist, war, dass alle Erwachsenen sagten, es erinnere sie an den Teigin-Zwischenfall.

Den kannte ich als Kind nicht. Erst als ich in der Oberschule japanische Geschichte hatte, habe ich das verstanden. Die Lehrer haben ja schon alle Mühe, die Geschichte bis zum Zweiten Weltkrieg in den Lehrplan einzubauen, deshalb kommt die Nachkriegsgeschichte oft zu kurz; wie ein blinder Fleck, meinen Sie nicht auch? Ich hatte mich aber selbst für Nachkriegsgeschichte interessiert und einige Bücher darüber gelesen.

Es gibt ein paar Ähnlichkeiten zum Teigin-Zwischenfall, aber nichts von Bedeutung, meiner Meinung nach.

Eigentlich nur der eine Punkt, nämlich, dass eines Tages ein Mann daherkam und einer großen Gruppe von Menschen Gift zu trinken gab.

Der Teigin-Zwischenfall ereignete sich mehr als zwanzig Jahre vorher, kurz nach Kriegsende, während der alliierten Besatzung.

Ein Mann, der sich als Arzt ausgab, kam in eine Bankfiliale und sagte, dass er von den Besatzungstruppen beauftragt worden sei, wegen eines Ausbruchs von Ruhr Impfungen durchzuführen. Dann verteilte er etwas, das er als oralen Impfstoff ausgab, und forderte alle Anwesenden auf, ihn zu trinken.

Ruhr gibt es heute kaum noch, aber damals war es häufig. Der sogenannte Impfstoff war in Wirklichkeit tödliches Gift, und während sich die Opfer krümmten, machte sich der Mann mit dem Geld aus der Bank davon. Zwölf der sechzehn Menschen, die das Gift getrunken hatten, sind gestorben.

Eine große Gruppe von Menschen, die alle auf einmal vergiftet wurden – darin sahen die Menschen wohl eine Ähnlichkeit. Die Nachkriegszeit war in meiner Kindheit noch frisch in der Erinnerung der Erwachsenen.

Dieser Vorfall spielte sich auf ähnliche Weise ab. An jenem Tag fielen drei Geburtstage in dieser Familie zusammen, der sechzigste des Familienoberhauptes – des Arztes –, der achtundachtzigste der Großmutter und der Geburtstag eines Enkels. Jeder in der Nachbarschaft wusste, dass aus drei Generationen jemand in dieser Familie am gleichen Tag Geburtstag hatte. Deshalb war auch niemand misstrauisch, als der Sake als Geschenk geliefert wurde.

Als Absender war ein Freund des Hausherrn angegeben, der weiter entfernt lebte, und bei der Lieferung war sogar an alkoholfreie Getränke für die Kinder gedacht worden. So viel Rücksichtnahme machte Eindruck, und natürlich kam niemand im Traum darauf, dass es vergiftet sein könnte. Der Sake und die Erfrischungsgetränke wurden an alle im Haus verteilt, um anzustoßen.

Das Ergebnis war grauenhaft. Auch Nachbarn und ein Handwerker, der sich zufällig zu dieser Zeit dort aufhielt, waren unter den Opfern. Insgesamt starben siebzehn Menschen, darunter sechs Kinder. Es gab drei in der Familie, aber deren Freunde aus der Nachbarschaft waren zum Spielen ins Haus gekommen.

Mein Bruder Junji ist nur knapp entkommen. Er war immer so unruhig, jemand, der nie stillhalten konnte, und an diesem Tag war das sein Glück. Er bekam von dem Erfrischungsgetränk, ging aber nach Hause, ohne etwas getrunken zu haben, weil er so aufgeregt von den Feierlichkeiten war, dass er mich und meinen ältesten Bruder holen wollte, um mit ihm zurückzugehen und auch etwas zu trinken.

Als wir drei am Haus ankamen, wurden wir Zeugen einer Szene aus der Hölle; überall im Haus krümmten sich Menschen im Todeskampf. Zuerst erkannten wir nicht, dass sie Schmerzen hatten, weil wir nicht begreifen konnten, was wir da sahen. Es wirkte, als ob sie irgendeinen Tanz aufführen würden. Aber da war auch überall Erbrochenes und ein kränklicher, saurer Geruch, der den Vordereingang ausfüllte.

Es dauerte lange, bis wir den Gestank aus unseren Nasen bekamen. Allein der Anblick von Softdrinks reichte aus, um den Geruch für meinen Bruder zurückzubringen, und er konnte danach lange Zeit keine mehr trinken.

Mein ältester Bruder war der Erste, der merkte, dass etwas nicht stimmte, und er ging sofort zur Polizei. Junji und ich waren entsetzt und rannten nach Hause, um unserer Mutter Bescheid zu sagen.

In kürzester Zeit begann ein riesiger Aufruhr.

Die enge Straße vor dem Haus war mit Krankenwagen und Polizeiautos blockiert, und eine große Zahl Schaulustiger hatte sich versammelt. Das allein war schon wie eine Menge bei einem Fest. Als wir uns zu Hause an unsere Mutter klammerten, dröhnte die ganze Stadt wie eine Flutwelle, und ich hatte den Eindruck, unser Haus sei wie ein Schiff. Ich fühlte mich, als würde ich inmitten des Trubels treiben, kurz davor, weggespült zu werden.

Wissen Sie, dass die Luft unter außergewöhnlichen Umständen ihre Farbe ändert? Also an diesem Tag schien sich die Luft in zwei Schichten zu teilen. Eine trübe Schicht, die über dem Boden hing, und eine andere Schicht näher an der Decke, die glitzerte, hart und klar. Und während die Luft um unsere Füße herum sich schwer und träge anfühlte, war es weiter oben, als ob sie von jemandem hochgesaugt werden würde. Ich kann es nicht wirklich beschreiben.

Es war ein Tag wie heute, gegen Ende des Sommers. Schwül, ohne Wind.

Aber nach diesem Tag dauerte der Sommer noch lange an. Er schien für uns und für alle in der Stadt nicht enden zu wollen.

VIII

Oh, vorsichtig. Schauen Sie, da ist Angelschnur, die gitterförmig aufgespannt ist wie ein Go-Brett.

Damit wird das Moos geschützt. Das ist Schmuckmoos, kein Gras. Die Angelschnur soll bestimmt auch Vögel fernhalten.

Na ja, größere Vögel wird sie schon davon abhalten, auf dem Moos zu landen.

Das hohe Holzgebäude dort drüben ist die Seisonkaku-Villa. Die ist als wichtiges Kulturgut gelistet. Ein Feudalherr hat sie als Ruhesitz für seine Mutter erbaut. Sollen wir hineingehen? Die ist ziemlich interessant.

Traditionelle Häuser sind immer so dunkel, oder? Die Häuser in meiner Kindheit waren innen immer finster. Ich erinnere mich noch an das düstere, geheimnisvolle Innere des Hauses meiner Großmutter bei Tag. Es gab immer einen kränklichen, süß-sauren Geruch, der mich ohne besonderen Grund deprimierte; eine Mischung aus Weihrauch, medizinischen Umschlägen und dem Essen, das auf dem Herd köchelte.

Ganz schön kühl hier drin, was? Mein Schweiß ist schon getrocknet. Eine Wohltat. Aber im Winter wäre es hier kalt. Die Kälte kriecht von den Füßen nach oben. Die Menschen früher müssen gefroren haben.

Also es waren über hundert Polizisten mit der Mordermittlung beschäftigt. Ist ja auch logisch; die ganze Stadt war in Panik. Die Leute in der Nachbarschaft wurden so oft befragt, dass sie danach völlig fertig waren. Meine Mutter war auch zeitweise mit den Nerven am Ende. Sie erlaubte uns nicht, draußen Snacks oder kalte Getränke zu kaufen. Alles, was wir trinken durften, war grüner Tee, der zu Hause zubereitet wurde. Ich nehme an, das war in allen Haushalten mit Kindern ähnlich.

Ich war damals in der fünften Klasse der Grundschule, also muss ich zehn oder elf gewesen sein. Meine Brüder liegen altersmäßig sehr nah beieinander; die waren dreizehn und vierzehn und im zweiten und dritten Jahr der Mittelschule.

Die Polizei hat auch uns mehrfach befragt. Ein Ermittler und eine Polizistin kamen ins Haus, und wir mussten immer wieder über dieselbe Sache reden. Vor allem Junji haben sie oft befragt, weil er beim Vorfall im Haus war. Er war von Natur aus ein geselliger Junge, aber selbst er hatte irgendwann genug. Andererseits verstehe ich, warum die Polizei das getan hat. Fast alle, die in dem Haus waren, sind gestorben, und die Ärzte ließen es eine ganze Weile nicht zu, dass die Überlebenden befragt wurden.

Da nichts gestohlen wurde, ging die Polizei zunächst davon aus, dass es ein Verbrechen aus Rache war. Aber die Aosawas waren seit Generationen eine Familie von Ärzten, ehrliche Menschen und in der Gemeinde hoch angesehen, sodass es schwer war, sich jemanden vorzustellen, der einen Groll gegen sie hegen könnte. Die Ermittlungen gerieten bald ins Stocken.

Dieses Stocken führte zu einer angespannten Atmosphäre.

Trotz der vielen eingesetzten Ermittler und der vielen Verhöre bis zu dem Punkt, an dem alle die Nase voll davon hatten, hatte sich kein Bild des Verdächtigen ergeben. Die Polizei war genauso gestresst wie die Anwohner.

Wir waren alle nervös. Ein Massenmörder war unter uns, und wir wussten nicht, wer. Nur, dass es jemand aus der näheren Umgebung sein musste.

Und natürlich gab es diesen Mörder.

Der Mann mit der schwarzen Baseballkappe und dem gelben Regenmantel.

Obwohl alle von ihm sprachen, hatte niemand sein Gesicht gesehen. Die Polizei erstellte mit den Aussagen der Nachbarn ein Phantombild, aber es war nicht sehr hilfreich.

Der Mann war auf einem Liefermotorrad gefahren, beladen mit einer Kiste Sake.

Es war nicht der übliche Herr aus dem Spirituosengeschäft, aber er hatte den Eindruck erweckt, als wäre er dafür angestellt worden, die Getränke vorbeizubringen. Wie gesagt war der Name, den er als Absender angab, der eines Studienfreundes von Dr. Aosawa, Leiter eines Krankenhauses in der Präfektur Yamagata. Dem Doktor kam das also nicht verdächtig vor.

Ja, weil es geregnet hat. Ein Tiefdruckgebiet war im Anmarsch, und es zog ein Sturm auf, der Wind und Regen brachte. Deshalb fand es niemand seltsam, dass das Gesicht des Mannes von seiner Regenkleidung verdeckt war.

Der gelbe Regenmantel wurde am nächsten Tag stromabwärts im Fluss gefunden. Der Mann muss ihn sofort nach dem Ausliefern des Sake weggeworfen haben. Abgesehen von dem seltsamen Brief ist das alles, was der Täter an physischen Beweisen zurückgelassen hat.

IX

Ein weißer Sommer in der Schwebe. Auf den Straßen liefen Polizisten durch die spätsommerliche Hitze.

Je länger die Ermittlungen dauerten, desto erschöpfter und deprimierter wurden alle.

Praktisch die ganze Familie Aosawa war auf einen Schlag ausgelöscht worden, und ihr Haus sah aus, als würde es langsam zerbröckeln.

Ich lief zigmal an dem Haus vorbei, aber es war immer totenstill. Man hatte nie den Eindruck, dass da jemand drin war, obwohl Verwandte aus Fukui und Osaka gekommen waren und sich um die Hinterlassenschaften kümmerten.

Nach den Morden behandelten alle den Ort wie ein Spukhaus – niemand ging in seine Nähe.

Aber natürlich war es nicht unbewohnt.

Sie wohnte immer noch dort. Und die Leute, die sich um sie kümmerten.

Ich habe sie oft im Fenster gesehen. Aber sie wusste natürlich nicht, dass ich da bin. Ich habe mich immer leise weggeschlichen.

Vor dem Haus gab es einen großen Kräuselmyrtenbaum. Im Sommer stand der immer in spektakulärer weißer Blüte. Normalerweise denkt man bei Kräuselmyrte an rote Blüten, wie die Papierblumen, die bei Sportfesten zur Deko verwendet werden, aber die Blüten an diesem Baum waren schneeweiß.

Ich erinnere mich, wie ich an dem Haus vorbeiging und die Kräuselmyrte betrachtet habe.

Vielleicht ist das der Grund, warum ich den Sommer als weißen Sommer in Erinnerung habe.

X

Ich glaube, es war ungefähr Ende Oktober, als die Ermittlungen Fahrt aufnahmen.

Der Auslöser war der Selbstmord eines Mannes.

Erhängt in seiner Wohnung.

Der Vermieter fand ihn und einen Abschiedsbrief und rief die Polizei.

In seinem Brief gestand der Mann, an der Massenvergiftung im Aosawa-Haus schuld zu sein. Er litt seit vielen Jahren an Kopfschmerzen mit unbekannter Ursache und unter Schlaflosigkeit und Wahnvorstellungen und war auch schon in psychiatrischer Behandlung. Der Mann schrieb, dass er das Gift geliefert hatte, nachdem er die Nachricht erhalten hatte, dass er die Familie Aosawa töten müsse.

Verständlicherweise nahm die Polizei den Fall zunächst nicht ernst. Schon mehrere andere Personen hatten bis dahin ähnliche Behauptungen aufgestellt. Aber sie sah die Dinge anders, als in einem Schrank in der Wohnung eine schwarze Baseballkappe, die Schlüssel zu einem Motorrad und die Reste eines Pestizids gefunden wurden, das genau dem Gift entsprach, das bei dem Verbrechen verwendet worden war.

Entscheidend war aber die Entdeckung, dass seine Fingerabdrücke mit denen auf einem Glas übereinstimmten, das auf dem am Tatort hinterlassenen Brief stand. Auf einmal waren Polizei und Medien wieder in heller Aufregung. Die Leute sprachen nur noch darüber, dass der Täter gefunden worden sei. Aber die Aufregung hielt nicht lange an, denn er war ja bereits tot.

Nach so langen Ermittlungen war das eine Antiklimax.

Die Leute hatten gemischte Gefühle; Erleichterung, aber auch Enttäuschung.

Und sie spürten eine überwältigende Leere.

Sie waren froh, dass es sich bei dem Täter nicht um einen Nachbarn oder Bekannten handelte, und beruhigt, dass es wirklich keinen Grund gab, Groll gegen die Familie Aosawa zu hegen. Aber sie konnten sich immer noch nicht erklären, warum all diese Menschen gestorben waren. Es war absurd, dass so viele unschuldige Personen ihr Leben wegen der Wahnvorstellungen eines einzelnen Mannes lassen mussten. Erstaunlicherweise wurden viele Leute erst depressiv, als das Verbrechen aufgeklärt worden war. Es schien so sinnlos. Einige erwähnten sogar, dass es ihnen lieber gewesen wäre, wenn der Täter wenigstens ein starkes Motiv gehabt hätte.

Als alles vorbei war, hatten die Leute das Gefühl, noch immer in der Schwebe zu sein.

Ja, viele Menschen zweifelten daran, dass der Mann, der sich umgebracht hatte, der wirkliche Täter war.

Die wichtigste Frage blieb sein Verhältnis zur Aosawa-Familie – was war seine Verbindung zu ihnen? Er wohnte nicht in der Nähe der Aosawas, und letztlich war nicht klar, woher er sie überhaupt kannte. Man ist dann von einer indirekten Verbindung durch die Aosawa-Klinik ausgegangen. Es war eine große Einrichtung, und es bestand schließlich die Möglichkeit, dass er irgendwo Reklame dafür gesehen hatte.

Außerdem wusste man nicht, woher er den Namen von Dr. Aosawas Freund in Yamagata kannte. Es war erwiesen, dass keine Verbindung zwischen diesem Freund und dem Verbrechen bestand, aber es bestand auch keine zwischen ihm und dem Täter. Das war ein weiteres ungelöstes Rätsel.

Die allgemeine Meinung war, dass der Mann wirklich den

Sake geliefert hatte, aber einige vermuteten, dass jemand anderes das Gift in die Getränke getan hatte.

Seine Bekannten haben seine lange Krankengeschichte bezeugt; sein mangelndes Selbstvertrauen und eine Tendenz, sich manisch mit Dingen zu beschäftigen und leicht beeinflussbar zu sein. Manche spekulierten, dass er von jemandem überredet worden sein könnte, zu glauben, er sei verantwortlich, und dass dieser Jemand das Gift und die Baseballkappe in seinem Zimmer deponiert hatte.

Es war jedoch nur eine Spekulation – es gab nie irgendwelche Beweise, die diese Theorie stützten. Am Ende wurde der Mann, der sich umgebracht hatte, schuldig gesprochen.

XI

Beeindruckend, nicht wahr? Für ein Haus dieser Art ist die Decke ziemlich hoch, und die Treppen sind richtig breit.

Der Garten ist auch wunderschön.

Sehen Sie mal, das Vordach der Veranda ist eine freitragende Konstruktion. Auf so einer kühlen Veranda möcht ich glatt ein Nickerchen machen.

Was ich davon halte? Ich weiß es wirklich nicht. Ich weiß nicht einmal, ob der Mann, der Selbstmord begangen hat, der Schuldige ist. Obwohl er irgendwie mit dem Fall verbunden zu sein scheint.

Das vergessene Fest hat kein schlüssiges Ende. Ich wurde dafür kritisiert, das Ende offengelassen zu haben, aber ich konnte zu keinem Schluss kommen. Ich bin nie davon ausgegangen, dass ich zum Ende kommen würde.

Wenn ich offen sprechen darf – und bitte verstehen Sie mich nicht falsch –, dann frage ich mich, ob solche Verbrechen, die wir nicht begreifen können, nicht eher so etwas wie Zufälle sind.

Aus irgendeinem Anlass gewinnt der Zufall an Geschwindigkeit, wie ein Schneeball, der einen Hang hinunterrollt, größer und größer wird, bis alles am Fuße des Hangs von ihm niedergewalzt wird. Natürlich sind in der Mitte dieses Schneeballs menschliches Handeln und Denken, und wahrscheinlich haben auch verdrängte Emotionen damit zu tun, aber ich glaube, es gibt Zeiten, in denen eine Reihe von Auslösern und Zufällen ineinandergreifen, um etwas so Schreckliches zu erschaffen, dass es alles übertrifft, was Menschen sich ausdenken können. Solche Ereignisse präsentieren sich uns dann in Form eines großen Unglücks, als ob sie unseren mickrigen menschlichen Verstand verhöhnen wollten.

Mein Gefühl sagt mir, dass dieses Verbrechen so etwas war.

XII

Sehen Sie sich dieses Zimmer mal an. Kunstvoll für so einen kleinen Raum, oder?

Das ist das ultramarinblaue Zimmer. Die Wände sind hellblau angemalt – mit Lapislazuli, einer Farbe, die wohl im alten Ägypten viel benutzt wurde. Man muss dafür Mineralien zermahlen. Also wirklich etwas sehr Wertvolles.

Sogar Kenichi Yoshida hat diesen Raum in seinen Schriften über die Stadt erwähnt. Er hat geschrieben, dass der Raum wahrscheinlich so ausgerichtet wurde, damit, wenn man die Treppen hochgeht, den Korridor entlang und nach den Tatami-Räumen diese Ecke erreicht, der Blick auf die hellblauen Wände gelenkt wird, deren Farbe durch das Licht von außen noch verstärkt wird.

Ich weiß nicht, ob es ein kalkulierter Effekt ist oder nicht, aber in dieser Stadt sind die Wände der alten Häuser normalerweise in einem tiefen Rot gestrichen, sodass diese blauen Wände schon überraschen.

Im Winter trifft das Licht auf die Wände. Ein ungewöhnlicher Raum, aber auch irgendwie beunruhigend.

Als sie – also Hisako – befragt wurde, war sie noch ganz verstört und fing offenbar plötzlich an, von diesem Raum zu sprechen. Auch als die Polizistin mit ihr geredet hat, hat sie nur von Dingen aus ihrer Kindheit gesprochen.

Ich kann mir das schon vorstellen. Sie musste ganz allein mit anhören, wie ihre Familie um sie herum starb.

Von all den Menschen, die in diesem Haus wohnten, hat nur sie überlebt. Das muss schrecklich gewesen sein.

Hisako Aosawa. Sie war damals im ersten Jahr der Mittelschule, also etwa zwölf.

Ein wirklich schönes Mädchen. Sie hatte immer langes, glattes Haar, und in der Mittelschule ließ sie es sich zu einem Bob schneiden. Das stand ihr – sie sah aus wie eine dieser traditionellen Puppen. Es betonte auch den Kontrast zwischen ihrem pechschwarzen Haar und ihrer blassen, zarten Haut.

Sie war klug und ausgeglichen. Alle Kinder in der Nachbarschaft bewunderten sie.

Auch meine Brüder. Sie vergötterten sie.

Aber sie litt an Autointoxikation. Oft wurde sie blass und musste sich hinlegen. Sie fehlte häufig in der Schule, aber die Lehrer waren da nicht so streng, weil sie eine gute Schülerin war.

Autointoxikation. Das gibt es wohl öfter bei Kindern mit sensiblem vegetativem Nervensystem. Der Körper produziert Giftstoffe, genau wie bei einer Schwangerschaftsvergiftung. Sie hat gesagt, dass sie an dem Tag in ihrem Stuhl mit den Armlehnen gesessen hatte, weil sie sich erschöpft fühlte. Schon seltsam, welche Dinge über das eigene Schicksal entscheiden können, oder? Wegen dieser Autointoxikation hat sie an dem Tag nichts zu sich genommen, was normalerweise ein Problem war, sich aber als ihre Rettung herausstellte.

Ich muss sagen, das war typisch für sie. Mir ist klar, dass sie gelitten haben muss, aber diese schwache, zarte Ausstrahlung passte perfekt zu ihr. Es machte sie noch geheimnisvoller. Eine junge Dame, allein in einer prächtigen Villa. Das war sie.

Ich weiß, wie unsensibel das klingt, aber ich hatte den Eindruck, dass selbst die Nachwirkungen einer so schrecklichen Tragödie zu ihrem Image passten. Die Überlebende einer Tragödie – eine Rolle, für die sie wie geschaffen war. Niemand hat es je laut gesagt, aber ich glaube, die anderen Kinder dachten das auch. Sie war in unseren Augen eine tragische Heldin. Das Verbrechen sorgte nur noch dafür, dass sie sich für immer so in unser Gedächtnis einprägte.

XIII

Ich habe nur ein einziges Mal mit Hisako gesprochen, als ich an *Das vergessene Fest* geschrieben habe.

Sie hat noch lange in diesem Haus gewohnt, aber als ich sie traf, hat sie gerade ihre Sachen gepackt, um es zu verlassen.

Sie war kurz davor zu heiraten. Ihr Verlobter war ein Deutscher, den sie auf der Graduiertenschule kennengelernt hatte, und sie wollten in Amerika leben, wo er eine Stelle gefunden hatte. Offenbar hatte er auch vor, ihre Augen in Amerika noch einmal von Ärzten untersuchen zu lassen.

Sie freute sich, mich wiederzutreffen, und wir verbrachten einen ganzen Tag zusammen.

Dieses Gespräch mit ihr war zentral für *Das vergessene Fest*.

Hisakos Erinnerungsvermögen war hervorragend. Sie hatte nichts von dem vergessen, was sie an diesem Tag berührt und gehört hatte. Auch zehn Jahre nach dem Ereignis war ihr Gedächtnis noch erstaunlich scharf. So scharf, dass ich mich in der Lage fühlte, ihre Erlebnisse in meinem eigenen Kopf nachzustellen.

Wäre sie nicht blind gewesen, wären die Dinge anders verlaufen, denke ich. Ich bin sicher, der Fall wäre viel schneller gelöst worden, wenn sie den Täter hätte sehen können. Sie hatte gehört, wie jemand in die Küche gegangen ist. Sie hatte auch gehört, wie jemand einen Brief auf den Tisch gelegt und ein Glas daraufgestellt hatte. Wenn sie gewollt hätte, hätte sie sicher das Gesicht der Person betrachten können.

Aber dazu hätte sie sehen können müssen.

Hisakos Gedanken gingen in dieselbe Richtung wie meine.

Sie hätte das wahrscheinlich gar nicht ausgehalten. Sie sagte mir, wenn sie das Leid der anderen, während sie starben, hätte sehen müssen, wäre sie nicht mehr am Leben.

Sie hat auch gesagt, dass sie immer die Last von zwei widersprüchlichen Emotionen gleichermaßen spüre: Frustration, dass der Täter vielleicht früher gefasst worden wäre, wenn sie hätte sehen können, und die Gewissheit, dass sie nicht überlebt hätte.

Das denke ich auch. Wenn sie hätte sehen können, wäre sie auch gestorben. Entweder daran, dass sie das Gift getrunken hätte, oder weil sie vom Täter ermordet worden wäre.

Niemand weiß, was passiert wäre.

Es war wohl wirklich Schicksal.

XIV

Hisako hat ihr Augenlicht verloren, bevor sie in die Schule gekommen ist.

Ganz genau weiß ich es nicht, aber sie ist wohl von einer Schaukel gefallen und hat sich den Hinterkopf aufgeschlagen. Dann bekam sie hohes Fieber und verlor allmählich ihr Augenlicht.

Ihre Eltern waren verzweifelt und haben sie von vielen Ärzten in Tokio untersuchen lassen, trotzdem konnte niemand ihnen Hoffnung auf Heilung machen.

Aber Hisako war noch jung und ein aufgewecktes, sensibles Mädchen, deswegen gewöhnte sie sich schnell an das Blindsein und hat ihren Mut nicht verloren. Ihr Alltag schien überhaupt nicht beeinträchtigt zu sein. Wenn Sie mal Zeit mit ihr verbracht hätten, wüssten Sie, was ich meine. Wenn man mit ihr zusammen ist, fühlt es sich fast so an, als wäre man selbst der Eingeschränkte, obwohl man sehen kann.

Sie ist nicht mal auf eine spezielle Blindenschule gegangen. Ihre Eltern müssen auch alles getan haben, damit sie in einer normalen Schule aufgenommen wurde. Sie kannte den Aufbau der Schule und den Weg, den sie jeden Morgen gehen musste, auswendig, sodass sie nie unsicher war. Nachdem sie gelernt hatte, wie man einen Abakus benutzt, konnte sie mit ihren Fingern in einer so außergewöhnlichen Geschwindigkeit rechnen, dass sich jeder fragte, wozu sie wohl fähig gewesen wäre, wenn sie hätte sehen können.

Ein seltsamer Mensch.

Ich habe mich ehrlich gesagt mehr als einmal gefragt, ob sie vielleicht in Wirklichkeit sehen konnte.

Ich hatte immer das Gefühl, dass sie alles mitbekam, obwohl sie blind war. Wenn man mit ihr in einem Raum war, nahm sie sofort Veränderungen in der Mimik der Leute wahr, oder was um sie herum geschah.

Auch Erwachsene bemerkten das oft und tuschelten darüber.

Manchmal machte sie rätselhafte Bemerkungen.

Dinge wie: »Ich habe gelernt zu sehen, als ich mein Augenlicht verloren habe.«

Das hat sie oft gesagt.

Einmal sagte sie, es sei, als könne sie mit den Händen sehen oder mit den Ohren oder mit der Stirn.

Das hat sie so nebenbei erwähnt.

Ich erinnere mich, dass mich das erschüttert hat.

Deshalb auch meine Versuche, sie in dem Haus zu besuchen, nachdem das alles passiert war, weil ich sie unter vier Augen sprechen wollte. Ich dachte, sie muss das doch alles gesehen haben.

Sie musste doch wissen, wer der Täter war.

XV

Keine Ahnung, wo Hisako jetzt ist. Wahrscheinlich immer noch im Ausland.

Wir haben einige Briefe gewechselt, als *Das vergessene Fest* herausgekommen ist, aber seither habe ich den Kontakt verloren. Bei ihrer Intelligenz kommt sie sicher gut zurecht, egal wo sie ist. Vielleicht hat sie sogar ihr Augenlicht wiedererlangt. Ich stelle mir gerne vor, dass sie wieder sehen kann, und forsche da lieber nicht genauer nach.

Oh, ich wusste, dass es draußen noch schwül sein würde. Die schließen hier bald, aber die Hitze hat überhaupt nicht nachgelassen, oder? Mein Tuch ist schon klatschnass.

Brief? Ah, Sie meinen *den* Brief.

Letztendlich blieb er ein Rätsel. Alles an ihm – wer hat ihn verfasst und liegen lassen, warum und für wen? Was bedeutete sein Inhalt, und wer war Eugenia?

Es wurde sowieso nie sicher festgestellt, ob er den Brief wirklich geschrieben hat. Die Handschrift wurde analysiert, aber die Experten konnten nicht sagen, ob es seine war oder nicht, da seine Schreibhand zu der Zeit verletzt war. Es besteht kein Zweifel daran, dass er den Brief berührt hat, aber wir wissen nicht, ob er ihn mitgebracht oder ihn einfach nur zufällig angefasst hat, als er den Sake lieferte.

Am Ende wurde auch der Brief als Beweis für seine verrückten Wahnvorstellungen herangezogen.

Eugenia.

Zu dem Namen ist niemandem was eingefallen, also ging man davon aus, dass es ein Zitat von irgendwoher sein muss. Aber trotz umfangreicher Nachforschungen hat die Polizei nie einen Hinweis darauf gefunden, von wem oder woher es sein könnte.

Ich frage mich, ob der Brief jemals seinen vorgesehenen Empfänger erreicht hat.

Das wird für immer ein Rätsel bleiben.

XVI

Jetzt fängt es auch noch an zu regnen! Bei der Dunkelheit habe ich gar nicht gemerkt, dass sich der Himmel zugezogen hat.

Lassen Sie uns irgendwo unterstellen.

So große Regentropfen. Aber geht bestimmt schnell vorbei.

Das Schicksal ... Das Schicksal macht, dass unsere Welt sich dreht.

Heute ist ein erstaunlicher Zufall passiert.

Als ich am Bahnhof ankam, habe ich ein vertrautes Gesicht gesehen. Und beide haben wir uns erkannt, konnten uns aber nicht an den Namen der jeweils anderen erinnern.

Wir standen eine Weile da und schauten uns gegenseitig an, und dann erinnerten wir uns beide zur selben Zeit.

Es war die Polizistin, die bei den Ermittlungen geholfen und die Frauen und Kinder befragt hatte.

Sie wiederzusehen hat mich wirklich zurückversetzt. Aber sie ist jetzt wohl im Ruhestand.

Wir unterhielten uns ein wenig, dann brachte sie plötzlich die Vernehmungen von Hisako Aosawa zur Sprache.

Ich habe da etwas erfahren, das ich beim Schreiben von *Das vergessene Fest* noch nicht wusste.

Es ging um den blauen Raum von vorhin.

Bestimmt lag es am Schock, aber anscheinend waren die ersten Dinge, von denen Hisako in der Befragung redete, Erinnerungen an ihre Kinderzeit, als sie noch sehen konnte.

Und sie sprach da über den ultramarinblauen Raum in der Seisonkaku-Villa.

Eine andere Sache, die sie erwähnte, war die weiße Kräuselmyrte.

Das war ein Schock. Ich meine, für mich. Es war ein großer Schock, dass Hisako gleich danach von dem ultramarinblauen Raum und der weißen Kräuselmyrte gesprochen hatte.

Hätte ich das vor dem Schreiben von *Das vergessene Fest* gewusst, wäre es ein völlig anderes Buch geworden.

XVII

Was wollen Sie denn eigentlich wissen?

Wollen Sie etwa mein *Vergessenes Fest* benutzen, um Ihr eigenes *Vergessenes Fest* zu schreiben?

Ich? Ein neues *Vergessenes Fest* schreiben?

Ja, könnte ich wahrscheinlich.

Aber das wäre meines – nicht Ihres. Ich werde ganz sicher kein weiteres *Fest* schreiben.

Der wahre Schuldige? Nein, das meine ich nicht. Also, ich bin mir nicht sicher ... Ich weiß es wirklich nicht.

Im Grunde ist es eine simple Geschichte.

Wenn zehn Leute in einem Haus sind und neun sterben, wer ist dann der Schuldige?

Das ist kein Krimi. Die Antwort ist einfach: Es ist der Überlebende, natürlich.

Das ist es, was ich damit sagen will.

Hisako?

Nun, ich weiß nicht, was ich denken soll. Ich kann das weder bestätigen noch dementieren. Es gibt keine Beweise oder überzeugenden Gründe, das zu glauben. Aber nachdem ich heute hergekommen bin, weiß ich eines – dass die letzte verbliebene Person der Täter war. Das ist alles.

Oh, es ist so heiß. Die großen Regentropfen hören wohl doch nicht so schnell auf zu fallen. Das schürt die Hitze der Stadt nur noch mehr.

Unglaublich, wie schwül das ist ...

Wie lange hält die Hitze noch an?

2

ZWEI FLÜSSE UND EIN BERG

I

Also an diesem Fluss bin ich schon lange nicht mehr spazieren gegangen.

Die Luftfeuchtigkeit ist aber so hoch wie früher.

Ja, wirklich, eine schwüle Hitze. Allein schon dieses Gefühl auf der Haut, wie in einer Sauna, bringt lebhafte Erinnerungen zurück.

Soweit ich sehe, hat sich die Stadt in mancher Hinsicht kaum verändert. Aber andererseits schon. Um ehrlich zu sein, kann ich mich nicht an viel erinnern. Ich war damals ein ganz durchschnittlicher Student, der nicht allzu viel nachgedacht hat.

Lassen Sie mich überlegen, wie alt ich war, als sich der Zweck meiner Reisen geändert hat …

Wenn man jung ist, reist man doch mit der Absicht, Dinge zu sehen, die man noch nie zuvor gesehen hat, oder? Was Neues, was Erstaunliches, was Ungewöhnliches. Ich wollte einfach alles sehen.

Nach meinem Uniabschluss, mit dem ersten Job, hat mich meine Arbeit so vereinnahmt, dass ich gar nichts mehr sehen wollte. Da war das Ziel meiner Reisen eher, nichts zu sehen, was ich nicht sehen musste. Im Grunde Flucht vor dem Alltag.

Aber im Lauf der Zeit begann ich wieder zu reisen, dieses Mal, um Dinge zu sehen, die ich gerne sehen wollte. Wohlgemerkt gab es diese Dinge in der Realität nicht unbedingt. Meine Reisen wurden zu einer Suche nach meinen eigenen Erinnerungen, nach Dingen, von denen ich dachte, dass ich sie schon einmal gesehen hatte. Szenen aus der Kindheit zum Beispiel oder Orte, nach denen ich Sehnsucht hatte.

Ich glaube, das ist auch der Grund, warum ich jetzt hier bin. Es wäre mir sonst nie in den Sinn gekommen, diese Stadt zu besuchen, außer vielleicht beruflich. Ich bin hier auf der Suche nach nostalgischen Erinnerungen.

Der Himmel ist düster und hängt ziemlich tief, finden Sie nicht auch?

Man hat fast das Gefühl, er würde jeden Moment anfangen zu weinen.

Regnet bestimmt gleich.

II

Makiko Saiga? Ja, der Name weckt viele Erinnerungen.

Sie war ein Jahr über mir an der Universität. Wir gehörten zum selben Uniclub. Unser offizieller Name war »Reiseclub«, aber wir waren keine besonders ambitionierte Gruppe und haben unter »Reisen« auch Tennis- und Skiausflüge verstanden. Wir hatten ein paar Dutzend Mitglieder und organisierten Trips für alle, aber auch kleine Gruppenreisen. Fünf oder sechs Kernmitglieder stellten oft kurze Reiserouten mit sehr spezifischen Zielen zusammen. Touren zu denkmalgeschützten Kulturgütern oder zu Gebäuden aus der frühen Shōwa-Periode – so was eben. Da ich gerne wanderte, schloss ich mich ihnen oft an. Und Makiko Saiga gehörte auch zu dieser Gruppe.

Mein Eindruck von ihr? Nun, sie war sehr erwachsen. Gelassen, könnte man sagen. Was nicht heißen soll, dass sie still war. Sie wirkte etwas distanziert, das hab ich anfangs als Abweisung interpretiert, weil sie nie Gespräche angefangen oder einfach so losgeredet hat. Aber sobald wir miteinander sprachen, merkte ich, dass sie erstaunlich ungekünstelt und direkt war. Eine andere Eigenschaft, die man bei ihrer distanzierten Haltung nicht erwartet hätte, war, dass sie gelegentlich so aufgeregt wurde, dass sie wie ein Maschinengewehr losratterte. Dieser Kontrast zu ihrer üblichen Art hat mich immer erstaunt.

Ach, in Tokio? Und eine Tochter … Wen hat sie denn geheiratet?

Ah, also nicht den, mit dem sie an der Uni ausgegangen ist.

Ihr Freund, als sie Studentin war? Dem bin ich nie begegnet, aber ich bin mir ziemlich sicher, dass der an derselben Universität war wie wir. Ich glaube, sie waren in derselben Tutorengruppe. Ja, ich hab gehört, dass sie seit dem zweiten Jahr mit ihm ausging und ihn sofort nach dem Abschluss geheiratet hat, aber das war wohl ein Gerücht. Sie wissen ja, wie sich Gerüchte verselbstständigen können.

Warum sie mich als ihren Assistenten ausgewählt hat?

Tja. Gute Frage. Selbst jetzt könnte ich Ihnen die Antwort nicht nennen.

Es war nicht so, dass ich besonders hilfreich gewesen wäre. Ich bin sicher, dass nicht nur ich die Arbeit hätte erledigen können. Vielleicht dachte sie einfach, ich hätte die nötige Zeit dazu. Vielleicht auch, weil ich aus Niigata komme, was nicht weit weg ist. Aber so weit draußen war ich vorher nie gewesen.

Meistens hab ich nur die Ausrüstung getragen. Es gab auch Papiere und so, aber mit Ausrüstung meine ich ein Aufnahmegerät. Einfach ein Walkman mit Aufnahmefunktion – ja, die waren damals schon auf dem Markt. Ich hab auch beim Transkribieren der Aufnahmen geholfen.

Das war in der Tat ziemlich schwierig. Ich sollte alles Wort für Wort aufschreiben, aber es war verdammt schwer, alles rauszuhören. Bevor ich ein Ohr für den Dialekt bekam – was einige Zeit dauerte –, hatte ich große Schwierigkeiten, den Antworten zu folgen, vor allem bei älteren Menschen. Ich stamme zwar auch aus der Hokuriku-Region, aber sobald man sich ein Stück vom eigenen Ort entfernt, sind die Wörter und Redewendungen total anders, erst recht bei alten Leuten.

Es war harte Arbeit, ja, aber trotzdem ziemlich interessant.

Damals lag das Verbrechen ja schon mehr als ein Jahrzehnt zurück. Daher hatte es im Laufe der Zeit ... äh, wie soll ich sagen ... einen Zug von Legende oder Mythos angenommen.

Entschuldigung, das ist wahrscheinlich nicht die beste Wortwahl – natürlich war es ein schreckliches Verbrechen. Die Auswirkungen auf die Hinterbliebenen und alle anderen in der Gemeinde waren immens.

Dennoch schienen die Interviewten es im Laufe der Zeit hinter sich gelassen zu haben. Ich glaube, dass das häufige Reden darüber ihnen geholfen hat, das Erlebnis bis zu einem gewissen Grad zu verdauen. Und im Laufe dieses Prozesses hatten sie meiner Meinung nach eigene Versionen der Geschichte in ihrer Erinnerung geschaffen. Das bedeutete, dass ihre Geschichten bereits geordnet waren, und erklärt vielleicht, warum es so interessant war, ihnen zuzuhören.

Es war höchst faszinierend, Versionen desselben Ereignisses aus vielen verschiedenen Perspektiven zu hören. Ich hab mich dabei oft gefragt, was das eigentlich ist, eine Tatsache.

Alle waren in dem aufrichtigen Glauben, Tatsachen zu vermitteln, aber es ist schwierig, ein Ereignis in Worten genau so zu beschreiben, wie man es sieht. Oder besser gesagt, es ist unmöglich. Wir haben alle unsere eigenen Vorurteile, unsere Augen können uns etwas Falsches vorspiegeln, und das Gedächtnis kann uns trügen. Wenn man also von mehreren Personen etwas über ein und dasselbe Ereignis hört, stellt man fest, dass sich alle Schilderungen leicht unterscheiden. Das hängt auch mit deren unterschiedlichen Wissensständen, ihrer Bildung, der Persönlichkeit und ihren generellen Ansichten zusammen.

Deswegen bin ich zu der Überzeugung gelangt, dass es unmöglich ist, jemals wirklich die Wahrheit zu erkennen. Wenn man das einmal akzeptiert hat, folgt daraus, dass alles, was in Zeitungen oder Lehrbüchern als »Geschichte« steht, in Wirklichkeit ein grober Abriss des größten gemeinsamen Nenners aus allen verfügbaren Informationen ist. Wer wen ermordet hat, ist vielleicht eine Tatsache, aber die direkt Beteiligten kannten wahrscheinlich weder alle Fakten noch konnten sie die Situation zum damaligen Zeitpunkt korrekt interpretieren und alles wissen, was zu dem Ereignis führte. Was nun wirklich die Wahrheit ist, kann nur ein allmächtiger Gott wissen – wenn es so was denn gibt.

Ich erinnere mich, dass es mich sehr deprimiert hat, als ich zu diesem Schluss kam. Wissen Sie, ich war zu der Zeit Jurastudent. Ich dachte: Wie anmaßend ist es, dass Menschen über Menschen urteilen und sie sich dabei auf das stützen, was sie für Tatsachen halten!

Ich hatte zwar Erinnerungen an das Verbrechen, allerdings war ich in der Grundschule, als es geschah, also wusste ich nur noch, dass etwas passiert war und alle Erwachsenen darüber gesprochen haben.

Nachdem ich zugestimmt hatte, Saiga bei ihrer Interview-Recherche zu helfen, hab ich mir Zeitungen und so was aus dieser Zeit angesehen, um den Verlauf der Ereignisse zu überblicken. Saiga meinte aber, dass das nicht nötig sei, da sie es lieber hätte, wenn ich vorurteilsfrei daranging. Und so enthusiastisch war ich dann auch wieder nicht. Sie bot mir an, Reisekosten und Unterkunft zu übernehmen, plus ein tägliches Taschengeld, also war es für mich nicht mehr als eine kurze Reise in Kombination mit einem Nebenjob.

Saiga hatte mehrere Nebenjobs; sie korrigierte Hausaufgaben für einen Fernkurs und bediente in einem Laden, der Bentō-Kästchen verkaufte – alles, um ihre Forschung zu finanzieren. Ihre Art und Weise, sich an die Ausführung eines Plans zu machen, sobald sie sich dafür entschieden hatte, war beeindruckend. Sie berechnete sogar, wie viel Zeit sie für die Jobs aufwenden musste, um genau den Betrag aufzubringen, den sie für die Deckung ihrer Forschungskosten für notwendig hielt.

Wir haben in einem Gästehaus übernachtet. In getrennten Zimmern, versteht sich. Wir waren zigmal in K und wohnten immer in derselben Unterkunft, in der Nähe des Bahnhofs. Wir verbrachten auch fast jede Nacht auf die gleiche Weise, indem wir zusammen Interviews transkribierten. Die Wirtsleute dachten bestimmt, wir seien angehende Volkskundler.

Ja, das Transkribieren dieser Bänder war wirklich mühsam.

Bei einem Interview können ein oder zwei Stunden wie im Flug vergehen. Aber die Aufnahmen dieser Gespräche immer und immer wieder abzuhören, um sie dann schriftlich festzuhalten, ist eine extrem aufwendige Arbeit. Wir haben mehrere Personen pro Tag interviewt, daher wuchs der Stapel der Kassetten ständig.

Wir mussten jeden Tag mindestens eine Grobfassung fertigstellen, sonst wurde es nur noch schwieriger, wenn wir beim nächsten Mal zurückspulen mussten, um die nötigen Stellen zu finden. Es war eine intensive Arbeit, als hätten wir gemeinsam für Prüfungen zu pauken. Ja, wenn ich es mir recht überlege, war es genau so – ich fühlte mich immer wieder an die Tage erinnert, an denen ich nach Tokio gependelt war, um meine Aufnahmeprüfungen für die Universität abzulegen. Vom Land in die Hauptstadt, bis zur letzten Minute gelernt, den Prüfungstermin fest im Blick.

Saiga war immer sehr sparsam mit Worten. Ich kann mich nicht erinnern, dass sie jemals irgendwas Überflüssiges gesagt hätte. Nach getaner Arbeit machten wir eine Dose Bier auf, redeten noch ein bisschen, um uns zu entspannen, und gingen dann ins Bett. So war es immer.

III

Ja, geb ich zu. Zu der Zeit hatte ich Gefühle für sie.

Es waren nicht unbedingt romantische Gefühle. Ich fragte mich einfach, worüber sie nachdachte, was für ein Mensch sie war, und ich wollte sie besser kennenlernen.

Sie war keine besondere Schönheit, aber sie hatte eine unverwechselbare Qualität an sich – sie war eine Person, die man bemerkte. Ich bin mir ziemlich sicher, dass andere Männer sie sehr wohl wahrgenommen haben.

Freundinnen? Hatte sie kaum, soweit ich weiß. Ich nehme an, aus der Sicht einer Frau war ihr Auftreten ein bisschen abschreckend. Und auch sie selbst hatte die Tendenz, sich über Mädchen lustig zu machen. Wann immer sie eine Bitte hatte oder für eine Aufgabe eine Gruppe brauchte, sprach sie dafür die männlichen Studenten an. Sie fand, dass Männer effizienter und unkomplizierter im Umgang waren. So was in der Richtung hat sie mal gesagt.

Ich hatte aber nicht den Eindruck, dass sie dadurch Männern näherkommen wollte. Sie war nicht der Typ, der sich mit Männern umgab und ärgerte, wenn sie das Gefühl hatte, dass man ihr nicht genug Aufmerksamkeit schenkte.

Es gibt ja auch oft diese lebhaften Frauen, die seit ihrer Kindheit nur männliche Freunde haben. Solche, die sagen, dass andere Mädchen langweilig und wankelmütig sind und dass Jungs geradliniger sind und man leichter mit ihnen auskommt. Tief im Innern ist diese Art von Frau eigentlich viel »mädchenhafter« als andere Mädchen.

Aber so war sie nicht. Sie war sehr trocken. Deshalb hielten die anderen Frauen sie auch nicht für jemanden, der Männer bevorzugt. Wenn überhaupt, wurde sie als ein maskuliner Typ angesehen, jemand, dessen Werte etwas ungewöhnlich waren.

Mein Eindruck von ihr?

Sie traute niemandem.

Ja, und sie schien keine Geduld zu haben für all die komplizierten Wortwechsel und Spielchen, die zwischen Mädchen stattfinden.

Sie mochte auch nicht, dass alle immer alles zusammen machen mussten. Aus meinen Beobachtungen gewann ich den Eindruck, dass sie niemandem vertraute und dass sie es bei sozialer Interaktion immer vorzog, wenn sie mit wenig Formalitäten auskam. Bei Partnerarbeit wählte sie jedes Mal Männer aus. Wenn sie jemals eine Bitte äußerte, achtete sie immer darauf, etwas im Gegenzug zu leisten. Es war ein Geben und Nehmen bei ihr, sie passte immer auf, dass die Dinge fair abliefen.

Vielleicht war ich deshalb so nützlich für sie. Ich war jemand, bei dem sie sich wohlfühlen konnte, aber ich war auch eine sichere Bank, weil sie wusste, dass nichts aus uns werden würde.

Als wir die Interviews transkribierten, fragte ich mich oft, was das für ein Mann war, mit dem sie ausging, und warum sie nicht ihn um Hilfe gebeten hatte. Es könnte einen einfachen Grund gegeben haben, wie zum Beispiel, dass es nicht in seinen Zeitplan passte, aber vielleicht wollte sie auch ihr Privatleben und ihre Abschlussarbeit auseinanderhalten. Von Anfang an konnte ich mir nicht vorstellen, wie sie privat war. Ich konnte mir nicht mal vorstellen, dass sie das überhaupt jemandem zeigte.

Wenn wir beide zusammen allein waren, war sie nicht anders als sonst.

Ich hab niemandem erzählt, dass ich ihr helfe, und ich glaube, sie hat es auch nicht publik gemacht. Sie war nicht der Typ, der sich anderen gegenüber öffnete, und da sie in ihrem letzten Jahr war, ging sie nicht mehr viel in den Club. Keiner bemerkte, dass wir beide zufällig immer zur selben Zeit nicht in Tokio waren.

Als ihre Abschlussarbeit als Buch veröffentlicht wurde, fragte sie, ob sie mich als Mitarbeiter nennen könne, aber das hab ich abgelehnt. Aus irgendeinem Grund wollte ich nicht, dass jemand erfährt, dass ich ihr geholfen hatte. Ich wollte, dass diese Erfahrung eine schöne Erinnerung für mich allein bleibt. Das hat mir genügt. Am Ende standen zwar meine Initialen in der Danksagung, aber niemand schien zwei und zwei zusammenzuzählen.

IV

Ich hatte in einem Zeitungsartikel von den Nachbarskindern gelesen, die am Tatort gewesen waren, aber das vergiftete Getränk nicht zu sich genommen hatten, doch ich wär im Traum nicht darauf gekommen, dass sie eine von denen gewesen sein könnte! Ich hatte angenommen, dass sie aus Tokio stammt, und hatte keine Ahnung, dass sie als Kind hier gelebt hatte. Und ich war sicher, dass ihre Eltern während ihrer Studentenzeit auch in Tokio gelebt haben.

Tatsächlich hatte ich bis dahin insgeheim meine Zweifel, wie effektiv die Interviews sein würden. Was würden die Leute denken, wenn zwei Studenten aus Tokio auftauchen und sie plötzlich nach ihrer Sicht auf einen Massenmord fragen, der schon lange zurückliegt? Aber als Saiga anfing zu sprechen, öffneten sich die Leute ihr gegenüber. Ihr Nachname rief Erinnerungen wach, die meisten wussten noch, wer sie war. Beim ersten Mal war ich überrascht und fragte sie, ob sie diese Person schon vorher kennengelernt habe. Dann informierte sie mich zu meinem Erstaunen, dass sie am Tatort gewesen war. Es fiel mir wie Schuppen von den Augen. Was ich für einen entspannten Nebenjob über den Sommer gehalten hatte, wurde plötzlich und unerwartet zu einer sehr ernsten Angelegenheit. Das ließ sie in einem anderen Licht erscheinen und brachte mich dazu, die Situation ganz neu zu bewerten. Bis dahin hatte ich sie für kühl und gefasst gehalten, sodass es mich erstaunt hatte, dass sie in einem Verbrechen aus ihrer Kinderzeit ermitteln wollte. Mir kam der Gedanke, dass das vielleicht eine prägende Zeit für sie gewesen war. Vielleicht hatte es ihre Persönlichkeit geformt.

Vielleicht hatte sie es ihr ganzes Leben lang mit sich herumgeschleppt.

Es ist nicht weit von hier, oder? Das Haus, in dem es passiert ist?

Ja, ziemlich sicher, an der Straße am Fluss.

Ich bin mit ihr nur einmal zu dem Haus gegangen. Ja, nur das eine Mal. Aber ich glaube, sie ist öfter allein hingegangen.

Aus Stein gebaut, sah ziemlich ehrwürdig aus. Andererseits auch etwas heruntergekommen. Am Eingang gab es ein Buntglasfenster. Als ich da war, hatte es schon den Anschein, als wäre es von der Welt vergessen. Um ehrlich zu sein, war es wie ausgestorben. Obwohl ich von den Morden dort wusste, machte es keinen besonders mysteriösen Eindruck auf mich.

Ein Kräuselmyrtenbaum? Neben dem Haupteingang?

Nun, kann ich nicht sagen. Ich entsinne mich nicht. Weiße Blüten? Davon weiß ich nichts. Ich hab das Haus im August gesehen, kann mich aber nicht an einen blühenden Baum erinnern. Vielleicht hab ich es aber auch einfach vergessen.

Ich hab sie zu fast allen Gesprächen begleitet.

Das einzige, zu dem ich nicht gegangen bin, war in diesem Haus. Als Saiga sich mit Hisako Aosawa traf, bin ich nicht mitgegangen. Da brauchte ich nicht mitzukommen, meinte sie. Deshalb hab ich das Haus auch nur einmal gesehen. Das war am letzten Tag, als alle anderen Interviews fertig waren und wir abreisen wollten. Das Letzte, was ich sah, war dieses Haus. Saiga starrte das Haus so lange an, dass wir fast den Zug verpassten.

V

Meine Güte, der Wind vom Fluss weht kräftig, nicht wahr? Diese Böen sind unberechenbar.

Der Wind kommt aus unerwarteten Richtungen, wegen des kleinen Bergs, nehme ich an.

Städte mit einem Fluss im Zentrum sind nicht ungewöhnlich, aber eine Stadt wie diese, mit hügeligem Terrain im Herzen und umgeben von zwei Flüssen, das gibt es selten. Verteidigung war eindeutig das vorherrschende Prinzip der Stadtplanung.

Man kann hier noch ziemlich lange entlanglaufen.

Solche Uferwege, auf denen kein Verkehr erlaubt ist, gefallen mir besonders. Vielleicht ist das der Grund dafür, dass diese Stadt mehrere weltberühmte Philosophen hervorgebracht hat.

Sagt man etwas Ähnliches nicht auch über Kyoto? Und das Spazierengehen soll doch eine Quelle der Inspiration sein, oder?

Es ist überraschend, wie sehr ein Spaziergang hier die Erinnerung wachrüttelt.

Ich erinnere mich an viele verschiedene Menschen, die in ihren dunklen Häusern etwas entfernt von ihr saßen, während ich das Aufnahmegerät bediente.

Ja, Menschen sind wirklich rätselhaft. Die Art und Weise, wie sie sich präsentieren, ändert sich je nach Ort und Person, mit der sie zusammen sind. Jeder macht das bis zu einem gewissen Grad. Ich war jedoch zutiefst erstaunt, als ich Saiga zuhörte, wie sie ihre Interviews führte. Es war, als ob sie eine völlig andere Person würde. Ich wusste, dass sie intelligent war, aber dieses andere Talent kannte ich noch nicht.

Von dem Moment an, als sie mich bat, ihr zu helfen, war ich neugierig, wie sie die Interviews führen wollte. Ich hatte noch nie gesehen, dass sie versucht hätte, auf andere Menschen zuzugehen.

Diese Art von Handlung zeigt, wie ein Mensch wirklich ist.

Ich stellte mir damals vor, dass sie sachliche Fragen stellen würde, völlig rational und distanziert.

Aber so war sie ganz und gar nicht. Sie präsentierte sich je nachdem, mit wem sie sprach, völlig anders.

Ich kann es nicht richtig ausdrücken, aber es war, als ob sie zu der Art von Interviewerin würde, die die andere Person sich wünschte.

Sie passte sich sofort an ihren Gesprächspartner an und änderte einfach so ihre Persönlichkeit. Sogar ihre Mimik und ihr Wortschatz änderten sich. In der einen Situation war sie eine schüchterne, naive Studentin, in der nächsten freimütig und gewitzt. Ich weiß nicht, ob es tatsächlich gut ist oder nicht, wenn ein Interviewer so agiert ...

Es wäre vielleicht besser, sich einheitlich zu präsentieren.

Bis dahin hatte ich noch nie erlebt, dass sie ihre ganze Aufmerksamkeit und Energie auf die Person vor ihr richtet, also war ich von diesem Aspekt von ihr völlig überrascht. Es war sogar ziemlich unangenehm, denn sie selbst schien sich nicht dessen bewusst zu sein, was sie tat.

Ich hab sie einmal nach einem Interview gefragt, warum sie ihre Persönlichkeit so sehr verändert.

Das war am Anfang, als ich noch nicht daran gewöhnt war, dass sie sich auf jeden Interviewpartner anders einstellt.

Sie war völlig perplex und fragte mich, was ich meine.

Ich dachte, sie müsse mich veräppeln, also lachte ich und

sagte: »Du warst unglaublich. Wann entscheidest du, wie du dich den Leuten präsentierst?«

Sie schaute mich nur noch misstrauischer an und fragte mich: »Wovon redest du?«

»Aber vorhin warst du ganz anders als sonst – die Art, wie du gesprochen hast, deine Mimik und alles. Wie eine Schauspielerin.«

Sie schaute mich einfach mit einem leeren Ausdruck an.

Da wurde mir klar, dass sie keine Ahnung hatte, was sie da tat.

Aus irgendeinem Grund jagte mir das einen Schauer über den Rücken. Gleichzeitig war ich erstaunt darüber, wie tief ihre Konzentration bei diesen Interviews war.

Warum der Schauer? Nun ... wahrscheinlich, weil ich erkannte, dass sie in der Lage war, jedes Mittel einzusetzen, um etwas zu erreichen, das sie sich vorgenommen hatte. Und weil ich verstand, dass sie dieses Ziel erreichen würde, egal wie.

Ich fragte mich auch, warum sie sich überhaupt solche Mühe gab.

Was genau hoffte sie zu entdecken?

Sie war als Kind am Tatort eines abscheulichen Verbrechens gewesen.

Aber der Täter war identifiziert und das Verbrechen im Grunde genommen aufgeklärt. Was trieb sie also an? Es kam mir in den Sinn, dass ich vielleicht unwissentlich in etwas Schlimmes verwickelt werden könnte. Aber da hab ich wohl zu viel reininterpretiert.

Verstehen Sie mich bitte nicht falsch. Meine Absicht ist nicht, sie irgendwie zu beschuldigen. Ein Teil von mir bewundert sie immer noch.

Aber sie war ein seltsamer Mensch, und mein bleibender Eindruck, dass sie ein komplexes Rätsel ist, das ich nie in der

Lage sein würde zu lösen, beschäftigte mich. Ich hatte das Gefühl, versagt zu haben.

Das ist auch der Grund, warum mich der eigentliche Inhalt des Buches nicht sonderlich interessiert hat, trotz der Sensation, die es auslöste. Eine Zeit lang hat jeder, der sie kannte, darüber gesprochen.

Sie wurde wegen des Titels und des Themas heftig kritisiert, aber ich machte mir keine Sorgen um sie, weil ich den Eindruck hatte, dass sie belastbar genug sei, um das auszuhalten.

Ich hatte auch das instinktive Gefühl, dass sie ihr Ziel in dem Moment erreicht hatte, als das Buch herauskam.

Ja, in dem Moment hatte sie ihr Ziel erreicht. Und deshalb hat sie nach der Veröffentlichung das Interesse daran verloren. Das war jedenfalls mein Eindruck.

Wann das Projekt abgeschlossen war? Nun, das kann ich nicht sagen, ich weiß es nicht genau.

Aber ich glaube, dass der ganze Produktionsprozess für sie von großer Bedeutung war.

VI

Hisako Aosawa? Hab ich nie kennengelernt.

Saiga hat sie fast nie erwähnt, wobei ich auch den Eindruck hatte, dass sie Informationen über Hisako nicht mit mir teilen wollte. Hisako Aosawa war etwas ganz Besonderes für Saiga.

Hisako schien auch ein ungewöhnlicher Charakter zu sein. Die Leute reagierten auffällig, wenn ihr Name in Interviews fiel. Eine Veränderung schien mit ihnen vorzugehen. Offenbar hatte sie trotz ihrer relativen Jugend zur Zeit der Morde einen großen Einfluss auf die Menschen. Sie schien gleichermaßen verehrt, respektiert und gefürchtet zu werden. Jeder, mit dem wir sprachen, zeigte irgendeine Art von Reaktion auf sie.

Wie bitte?

Ah, haha, Sie haben mich schon wieder durchschaut.

Ich bin nicht Ihr Gegner. Ich war aber noch nie gut im Lügen.

Ja, um die Wahrheit zu sagen, hab ich sie einmal gesehen, aus der Ferne.

Das bleibt aber unter uns, in Ordnung?

Wenn man so viel über eine Person hört, ist es normal, dass man neugierig wird und sie in natura sehen will. Ich hatte gehört, dass sie sehr schön sei, und wollte unbedingt einen Blick auf sie erhaschen. Sie klang wie eine Heldin aus einer Tragödie oder Legende.

Nun, ich glaube, das ist ganz natürlich für einen jungen Mann. Das wäre sogar normal, selbst wenn man kein junger Mann ist.

Als ich merkte, dass Saiga mir nicht erlauben würde, Hisako zu treffen, wurde ich noch neugieriger.

Also beschloss ich eines Tages, als Saiga alleine wegging, ihr zu folgen. Sie ging manchmal allein los, und während sie weg war, verbrachte ich die Zeit mit dem Transkribieren oder schlenderte durch die Stadt, um mir Sehenswürdigkeiten anzusehen. Bei dieser Gelegenheit tat ich so, als würde ich mir Sehenswürdigkeiten ansehen.

Ich hatte eine ungefähre Ahnung, wo das Haus war, und schaffte es, ihr dorthin zu folgen.

Saiga ging zügig durch das Tor. Aber bevor sie auf die Klingel drücken konnte, öffnete sich die Tür, als ob jemand auf sie gewartet hätte.

Dann sah ich eine junge Frau mit einem akkuraten Kurzhaarschnitt.

Sie war nicht groß, wirkte zierlich und von guter Statur. Ich konnte ihr Alter nicht schätzen, aber ich hatte den Eindruck, dass sie nicht allzu alt sein könne.

Ich konnte nicht erkennen, dass sie blind war. Deshalb war ich zuerst nicht sicher, ob es Hisako Aosawa war. Wenn ihre Augen geschlossen gewesen wären, hätte ich es vielleicht gemerkt, aber sie waren weit geöffnet. Auf den ersten Blick wirkte sie wie jemand, der sehen kann.

Woher ich dann wusste, dass sie es war? Ja, seltsam, oder? Aber in dem Moment, als sie sich Saiga zuwandte und freundlich lächelte, wusste ich es.

Aha, das ist sie also, dachte ich.

Und das war's. Das war das erste und letzte Mal, dass ich Hisako Aosawa gesehen hab.

Mein Eindruck? Nun, sie schien auf jeden Fall irgendwie besonders zu sein.

Warum?

Ja, gute Frage ... Hm ... Immer fragen Sie nach meinen Eindrücken. Es ist mir etwas unangenehm, darüber zu reden. Vorhin hab ich auch nicht unbedingt positiv über Saiga gesprochen. Ich hoffe, Sie verstehen, dass Wahrheit nichts anderes ist als die Sichtweise auf einen Gegenstand aus einer bestimmten Perspektive.

Vielleicht war es nur Einbildung.

Aber als sich die Tür öffnete, sah sie mich an.

Ja, sie schaute direkt zu der Stelle, an der ich stand.

Natürlich ist mir klar, dass das, was ich sage, widersprüchlich klingt.

Sie kann mich nicht gesehen haben. Aber ich bin der festen Überzeugung, dass sie mich in diesem Moment eindeutig wahrgenommen hat.

Vielleicht war es nur ein Zufall. Vielleicht hat sie nur zufällig ihr Gesicht in meine Richtung gedreht. Ehrlich gesagt ist das die wahrscheinlichere Erklärung.

Wie auch immer, ich weiß, was ich gespürt hab. Hisako Aosawa wusste, dass ich da war, und sie wusste, dass ich sie anschaute.

Wo ich war? Ich stand im Schatten eines Baumes auf der anderen Seite der Straße, die sehr schmal war, wie ich hinzufügen möchte.

Da es Sommer war, war der Baum dicht mit Blättern bedeckt. Ich stand im Schatten, und es wäre auch von der anderen Straßenseite aus schwer gewesen, mich zu sehen.

Deshalb hab ich Ihnen gesagt, dass die Wahrheit nichts anderes ist als ein Gegenstand, den man aus einer bestimmten Perspektive betrachtet. Dennoch war ich damals überzeugt, dass sie mich gesehen hatte.

Ein Kräuselmyrtenbaum?

Vor dem Haus?

Zu dieser Zeit? Nein, daran kann ich mich nicht erinnern. Ist das wichtig?

Danach? Na ja, ich war ziemlich erschüttert und ging direkt zurück ins Gästehaus. Ich fühlte mich, als ob ich etwas falsch gemacht hätte.

Natürlich hab ich Saiga gegenüber nichts davon erwähnt.

VII

Sie werden sich daran erinnern, dass ich sagte, wir hätten, wenn wir nach K kamen, immer im selben Gästehaus übernachtet.

Saiga wählte auch jedes Mal dasselbe Zimmer. Ja, es war ein Eckzimmer im Obergeschoss am Ende des Ganges. Mein Zimmer wechselte gelegentlich, aber ihres war immer dasselbe.

Ich hab sie mal gefragt, warum sie immer dort übernachtete, und sie hat geantwortet, dass sie sich dort wohlfühlte.

Ich vermutete jedoch, dass es einen anderen Grund gab.

Wir erledigten die Transkriptionen in ihrem Zimmer. Dabei wechselten wir nie ein Wort, aber wie ich schon sagte, verbrachten wir eine Stunde oder so damit, uns bei einem Bier und Snacks zu entspannen, nachdem wir um Mitternacht Schluss gemacht hatten. Das war die Zeit, in der wir den Tag Revue passieren ließen.

Wie schon erwähnt, haben wir nicht viel gesprochen, aber ein paar Punkte sind mir im Gedächtnis geblieben, einer davon betraf diesen Raum.

Saiga hatte die Angewohnheit, zu einer bestimmten Stelle an der Decke hinaufzustarren, wenn sie tief in Gedanken versunken war. Sie tat das mitten in der Niederschrift und manchmal auch während eines Gesprächs, wenn sie überlegte, was sie als Nächstes sagen sollte.

In Momenten der Konzentration fokussierte sie sich auf diese Stelle.

Das Gästehaus war ein ganz altes im japanischen Stil, und es hatten sich Flecken an der Decke gebildet. Kennen Sie das nicht auch aus Ihrer Kindheit, dass solche Flecken Ihnen Angst eingejagt haben, weil man sich dazu was Gruseliges vorstellt?

In modernen Häusern gibt es solche Decken nicht, also wissen Kinder nicht mehr, wie es ist, Angst vor einer Decke zu haben.

Wie auch immer, als ich nach oben schaute, um zu sehen, was sie anstarrte, bemerkte ich einen grob ovalen Fleck an der Decke.

Sie registrierte, dass ich es bemerkt hatte, und fragte: »Wonach sieht das für dich aus?«

»Eine Amöbe vielleicht«, antwortete ich. »Wonach sieht es für dich aus?«, fragte ich im Gegenzug.

»Ich weiß es nicht«, sagte sie. »Ein Kessel vielleicht.« Dann fügte sie hinzu: »In einem Haus, in dem ich früher gewohnt habe, war genauso ein Fleck an der Decke.«

Deshalb schloss ich, dass der Fleck an der Decke der Grund dafür war, dass sie sich immer dieses bestimmte Zimmer aussuchte. Ich hatte natürlich keine anderen Beweise, um das zu belegen.

Und einmal fragte sie mich: »Was würdest du tun, wenn du nur einer bestimmten Person eine Nachricht zukommen lassen willst, während alle zuschauen?«

Ich verstand nicht genau, worauf sie hinauswollte, antwortete aber: »Ist das nicht der Zweck dieser dreizeiligen Anzeigen in der Zeitung? Jeder kann sie lesen, aber nur die Leute, für die sie bestimmt sind, verstehen, was sie bedeuten.«

»Oh, stimmt«, antwortete sie.

Irgendwann später fragte sie mich erneut: »Was würdest du tun, wenn du vorhättest, einen Zettel auf dem Tisch zu Hause oder in einem Clubraum zu hinterlassen, um nur einer bestimmten Person etwas mitzuteilen? Und natürlich willst du nicht, dass irgendjemand anderes, der ihn sehen könnte, weiß, für wen er bestimmt ist. Was würdest du tun?«

Ich dachte eine Weile darüber nach. »Wenn ich mich mit der Person vorher absprechen könnte«, sagte ich ihr, »würde ich mir einen Code oder eine Art Passwort überlegen, um ihre Aufmerksamkeit zu erregen.«

Dann sagte sie: »Was, wenn du es nicht im Voraus besprechen könntest?«

Meine Antwort darauf war: »Das Einzige, was man tun könnte, wäre, etwas zu schreiben, wovon nur diese Person wissen kann.« Das war wahrscheinlich keine besonders hilfreiche Antwort.

Aber sie wiederholte, was ich gesagt hatte – »etwas, wovon nur diese Person wissen kann« –, und versank dann lange in ihren Gedanken, mit einem ernsten Gesichtsausdruck.

Ich fuhr mit dem Abschreiben fort und dachte nicht weiter über die Angelegenheit nach. Ich weiß bis heute nicht, ob es in irgendeiner Weise von Bedeutung ist.

VIII

Es war mir bewusst, dass ein seltsamer Brief am Tatort hinterlassen worden war, aber ich wusste nicht, was darin stand. Saiga schien ihn jedoch zu kennen.

Nach unserem Gespräch über den Brief dachte ich, dass er relevant sein könnte, und recherchierte in Zeitungen und Zeitschriften, aber ich konnte nichts zu seinem Inhalt finden.

Die Polizei behandelte ihn offenbar als Hinweis auf die Identität des Mörders. Doch obwohl der Mörder identifiziert wurde, wussten sie immer noch nicht, ob die Notiz von ihm geschrieben worden war oder nicht.

Ich kann mich des Gefühls nicht erwehren, dass an diesem Verbrechen etwas unerklärlich ist. Ich weiß nicht, wie ich es genau ausdrücken soll, aber es hat etwas Inkohärentes oder Undefinierbares an sich, etwas, mit dem der menschliche Verstand nicht umgehen kann.

IX

Wollen wir zurückgehen? Zumal es jetzt ja auch wirklich regnet.

Die zwei Flüsse auf beiden Seiten des Bergs im Zentrum der Stadt sind sehr unterschiedlich. Obwohl sie von der Breite her fast gleich sind, gilt der eine als männlich und der andere als weiblich.

Der feminine Fluss hat etwas Sanftes, Anmutiges, während der maskuline Fluss eine gewisse Wildheit ausstrahlt. Interessant, nicht wahr, wie ähnliche Flüsse so unterschiedliche Persönlichkeiten haben können.

Das war ein sehr angenehmer Spaziergang. Ich mag es, gelegentlich einen Umweg zu machen.

Auf was für einer Reise ich hier bin? Nun, ich würde sagen, sie ist etwas ungewöhnlich.

Ich bin nicht hier wegen einer bestimmten Sehenswürdigkeit.

Diese Reise ist eher eine Suche nach etwas, das nur in meiner Erinnerung existiert.

Nein, ich möchte Saiga nicht wiedersehen. Meine Erinnerungen an sie reichen mir. Außerdem hab ich noch ein Exemplar von *Das vergessene Fest*.

Ja, ich hab es gelesen, gleich nachdem ich es bekommen hatte. Ich wollte wissen, ob Saigas Interesse der Identität des Mörders oder dem Verbrechen selbst galt.

Am Ende konnte ich mich nicht entscheiden. Wie ich schon

sagte, war ich zu dem Schluss gekommen, dass es ihr darum ging, das Buch zu veröffentlichen.

Entschuldigung, wie bitte?

Ob sie den Verdacht hatte, dass der wahre Verbrecher jemand anderes war? Beziehen Sie sich auf damals oder auf etwas, das sie kürzlich gesagt hat?

Wissen Sie nicht?

Hmm, das überrascht mich. Vielleicht hat sie das die ganze Zeit gedacht. Das könnte erklären, warum sie so arbeitseifrig war.

Wenn das der Fall ist, dann könnte das auch von Bedeutung gewesen sein. Für den Titel, meine ich, *Das vergessene Fest*.

X

Es gab noch einen weiteren Grund, warum ich nicht wollte, dass mein Name als Mitarbeiter in dem Buch abgedruckt wird. Vorhin wollte ich's nicht sagen, aber es gab einen Grund.

Aber nachdem ich gehört hab, was Sie mir gerade erzählt haben, bin ich geneigt zu glauben, dass Saiga auch ihre Gründe gehabt haben könnte. Ich hatte das Gefühl, dass sie etwas vorhatte.

Ach nein, es waren nur Kleinigkeiten.

Ich glaube nicht, dass sie entscheidend waren.

Aber wer weiß?

Ich war bei fast allen Interviews mit Saiga dabei und hab sie verschriftlicht. Ich erinnerte mich an das meiste von dem, was dabei gesagt wurde.

Deshalb war ich, als ich die Korrekturfahnen von *Das vergessene Fest* gelesen hab, überrascht, eine Reihe von verblüffenden Unstimmigkeiten zu finden. Details, die anders waren als die Aussagen, die wir gehört hatten.

Kleinigkeiten, nicht relevant für den Hauptstrang der Geschichte.

Aber unverkennbar nicht das, was gesagt worden war. Um es anders auszudrücken: Ich meine, es war nicht die Art von Fehlern, die man aus Versehen oder Unachtsamkeit macht.

Als ich anfing zu lesen, spürte ich, dass etwas am Text seltsam war. Zuerst dachte ich, es wären Druckfehler, aber dafür waren es zu viele.

Saiga hatte eine enorme Konzentrationsfähigkeit und prüfte alles akribisch, deshalb glaube ich nicht, dass sie diese Fehler beim Überprüfen und Korrigieren übersehen hat. Ich konnte mir nicht vorstellen, wie ihr solche Fehler unterlaufen waren. Aber da sie sich nicht direkt auf die Haupterzählung auswirkten, hab ich mich nicht allzu lang damit beschäftigt.

Aber war es denkbar, dass sie es mit Absicht gemacht hat? Hat sie vielleicht absichtlich Aussagen verändert, als sie das Manuskript schrieb? Sie sagte doch, es sei weder Fiktion noch Sachbuch, oder?

Als das Buch herauskam, hat sie diese Position vertreten.

Es war weder das eine noch das andere, und es war ihr egal, wie andere es definierten.

Was natürlich die Massenmedien nur noch mehr verärgerte. Die Medien haben gerne alles schwarz oder weiß.

Wenn jemand einen Kommentar äußert wie »ich weiß nicht«, »beides richtig« oder »es ist eine Grauzone«, fallen sie über die Person her, als hätte sie ein Verbrechen begangen.

Es ist üblich, den Schauplatz oder das Aussehen absichtlich zu verändern, wenn reale Personen Gegenstand eines Romans sind und ihre Identität verschleiert werden soll, aber auch dieser Grund passte nicht. Die beteiligten Personen konnten immer noch identifiziert werden, und wenn die modifizierten Details entfernt worden wären, hätte das nichts geändert.

Außerdem waren die einzigen Stellen, die modifiziert wurden, Details, die nicht im Geringsten wichtig waren.

Aber für sie müssen sie etwas bedeutet haben.

Daraus muss aber folgen, dass diese Worte noch eine andere Bedeutung haben.

Und sie hat mich ja auch gefragt, was man tun könnte, wenn man eine bestimmte Botschaft senden wolle, während alle zuschauten.

Ich bin davon ausgegangen, dass sie sich auf den Brief bezog, der auf dem Tisch am Tatort lag. Bis zu diesem Moment hab ich das immer gedacht.

Aber was wäre, wenn? Was, wenn sie zu der Zeit, als sie recherchierte, schon ahnte, dass das Buch *Das vergessene Fest* erscheinen würde?

Glauben Sie, dass das möglich ist? Es ist ja etwas, das jeder lesen kann. Sie könnte damit also einer bestimmten Person eine Nachricht zukommen lassen, während alle zuschauen.

Ein Bestseller böte eine Möglichkeit dafür. Eine Nachricht an eine bestimmte Person ... Jemanden, der mit dem Verbrechen in Verbindung steht, der wahrscheinlich das Buch lesen wird ...

Jemand, dem sie nicht im Voraus Bescheid sagen oder einen Code mitteilen konnte.

Sie konnte etwas schreiben, das nur diese Person verstehen würde.

Vielleicht hat sie deshalb so lange darüber nachgedacht, was ich damals gesagt hab?

Die Teile, die sie absichtlich verändert hat, könnten eine

Botschaft an eine bestimmte Person sein, so geschrieben, dass nur diese Person sie verstehen würde, denken Sie nicht?

Aber wenn das der Fall ist, gibt es eine Sache, die ich nicht begreife.

Ihre Haltung, nachdem das Buch herausgekommen war. Nachdem es veröffentlicht worden war, schien sie jegliches Interesse daran zu verlieren. Wenn das Buch wirklich eine Botschaft für jemanden wäre, würde sie dann nicht dessen Reaktion erfahren wollen? Dann wäre es unlogisch, dass sie einfach so das Interesse daran völlig verlieren konnte.

Oder war sie einfach nur zufrieden, dass sie ihren Auftrag erfüllt und ihre Botschaft abgeschickt hatte? Lag es dann an der anderen Partei, dem Empfänger der Nachricht, diese zu interpretieren und zu handeln?

XI

Es wird schon dunkel.

Ich muss meinen Zug erwischen, also sollte ich langsam gehen.

Ja, ich hab das Gasthaus meines Vaters in meiner Heimatstadt übernommen. Für so ein Lokal ist eine verlässliche Wirtin als Aushängeschild wichtig, deshalb konnte ich selbst heute weg.

Ja, meine Frau – ich bin ihr leider nicht ebenbürtig.

Auf dieser Reise heute wollte ich Dinge aus meiner Vergangenheit sehen.

Ich hätte nie gedacht, dass ich noch einmal hierher zurückkommen würde, aber der Ort selbst hat nichts gebracht.

Stattdessen hab ich etwas in meinen Erinnerungen gesehen. Etwas, das ich nicht hätte sehen sollen und das ich nicht sehen wollte. Ich verstehe jetzt, dass die Versuchung, Dinge zu sehen, die man nicht sehen sollte, viel größer ist als die Versuchung, zu reisen, um etwas zu sehen, das man sehen will.

Eine Stadt mit einem männlichen und einem weiblichen Fluss, die das Zentrum beschützend umfließen.

Was glauben Sie, was diese beiden Flüsse beschützen? Glauben Sie, sie haben sich verschworen?

Ich könnte mir das vorstellen.

Die Frage ist doch, warum Saiga mich zu ihrem Assistenten gemacht hat.

Sie hätte auch ohne mich oder jemand anderen genug Material sammeln können. Der Walkman und die Geschenke für die Interviewpartner, die ich für sie trug, waren nicht so schwer, dass sie es nicht alleine hätte schaffen können.

Aber sie ließ sich bewusst von mir begleiten.

Sie ließ mich mit ihr zu den Interviews gehen, nachts mit ihr die Transkriptionen erledigen, und sie sorgte dafür, dass ich mir alles merkte.

Ein Fluss war nicht genug. Um irgendetwas zu schützen, war ein zweiter Fluss notwendig.

Was hatte ich dort zu suchen? Was war es, wobei ich ihr helfen sollte?

Vielleicht war ich so etwas wie ein Zeuge für sie. Aus irgendeinem Grund brauchte sie möglicherweise einen Beobachter. Ich frage mich, ob ich die Rolle, die sie mir zugedacht hatte, zufriedenstellend erfüllt hab. Oder ist ihre Rechnung nicht aufgegangen?

Ich kann mir meine Zukunft vorstellen.

Ich, der hier am Fluss einen gemütlichen Spaziergang macht.

Ich hab mich zur Ruhe gesetzt, das Geschäft an meinen Sohn weitergegeben, und komme gelegentlich hierher.

Auf der Suche nach etwas in meiner Erinnerung, etwas, das ich nicht hätte sehen sollen, trage ich meinen alten Körper an dieses Flussufer und schlendere immer wieder auf dem Spazierweg, umweht von der abendlichen Flussbrise …

Ah … mir ist gerade noch etwas Wichtiges klar geworden.

Die Änderungen, die sie absichtlich vorgenommen hat … die Botschaft an eine bestimmte Person.

Könnte es zufällig sein, dass das eine Nachricht an mich war?

Von allen, die das Buch lesen könnten, fallen am ehesten mir die Unregelmäßigkeiten auf.

Nachdem ich jede Nacht mit ihr bei der Arbeit an den Aussagen verbracht hatte, war ich der Einzige, der in der Lage war, alle Unstimmigkeiten im fertigen Manuskript zu finden. Abgesehen von ihr bin ich die einzige Person auf der Welt, die das könnte.

Daraus würde sich erklären, dass sie das Interesse an dem Buch verloren hat, sobald es veröffentlicht war.

Weil es ihr darum ging, mir das fertige Buch zu schicken und es mich lesen zu lassen. Weil es ein Buch ist, das für einen einzigen Leser geschrieben worden ist. Und es enthält irgendeine Botschaft. Ihr Ziel wäre in dem Moment erreicht, in dem ich das Buch erhielt und es las. Daher spielte es keine Rolle, was danach geschah.

Na klar, ich weiß natürlich, dass das nur eine wilde Spekulation ist.

Die Wahrheit ist eben nichts anderes als eine Sichtweise auf einen Gegenstand aus einer bestimmten Perspektive.

Das ist mir klar.

Und sie ist die Art von Mensch, die vor nichts haltmacht, wenn sie sich einmal entschieden hat. Ich hab keinen Zweifel, dass sie ihr Ziel bereits erreicht hat.

3

EIN GESANDTER AUS EINEM FERNEN, TIEFEN LAND

Lange Zeit kannte das Mädchen den Namen dieser Blume nicht.

Denn obwohl sie den Namen »Kräuselmyrte« als Schriftzeichen aufgeschrieben gesehen hatte, konnte sie ihn nicht aussprechen. Aber als sie älter wurde und sich ihre Aufmerksamkeit vom Boden abwandte, bedeuteten ihr die Blüten dieses Baumes, der zum Wechsel der Jahreszeiten blühte, nicht mehr als ein Muster, das an den Rändern ihrer Welt eingeschrieben war.

Wenn man darüber nachdenkt, ist einem in der Kindheit der Boden sehr nah. Jeder Mensch bewegt sich nach der Geburt mit seinen Händen auf dem Boden fort, doch kurz darauf befreit er die Hände, steht und entfernt sich Tag für Tag weiter von der Erde.

Wir entfremden uns von den Tannennadeln und dem Löwenzahn, den Ameisen und den Nashornkäfern, die uns zuvor immer wieder neu überrascht haben, in dem Maße, in dem wir beginnen, Objekte in Augenhöhe und höher wahrzunehmen.

An diesem Tag jedoch, als sie die rote Blütenpracht ansah, die den Baum umhüllte, musste sie an gefaltete Papierblumen denken.

Der Baum mit seinen vielen hellen, gleichmäßig gefärbten Blüten sah genauso aus wie die rot-weißen Krepppapierblumen, welche die Tafel im Klassenzimmer schmückten, wenn neue Schülerinnen und Schüler kamen. Das Mädchen hatte schon einmal selbst welche gebastelt. Man faltete mehrere Lagen von rosa Seidenpapier wie eine Ziehharmonika und schob ein Gummiband über die Mitte. Und dann musste man sie nur noch aufklappen, um eine Blüte zu erhalten. Jede fertige Blume wurde in einen Karton geworfen. Wenn ihnen langweilig wurde, spielten sie Volleyball mit den fertigen Blumen. Die Blüten tanzten durch die Luft, bevor sie auf den Boden fielen.

Nein, die hier sehen nicht wie Papierblüten aus, eher wie Papierballons, dachte sie, als sie die Blüten länger betrachtete.

Sie hatten die gleiche Farbe wie Spielzeug-Papierballons, die ein trockenes, raschelndes Geräusch machen, wenn man sie aufhebt, und ein befriedigendes »Poff« von sich geben, wenn man sie gegen die Handfläche schlägt.

An diesem Tag war der Himmel schon seit dem Morgen trüb, mit dunklen Wolken übersät. Seit sie aufgewacht war, hatte es keinen einzigen Lichtstrahl gegeben, und alles hatte seine Farbe verloren, selbst die Blumen sahen grauer aus als sonst. Vor allem war es furchtbar schwül und heiß, und für das Mädchen, das die Hitze hasste, schien die Welt voller stiller Bosheit.

Sommermorgen waren drückend.

Vielleicht lag es daran, dass die Temperatur auch über Nacht konstant blieb; schließlich lief die Maschinerie der Welt unaufhörlich weiter und erzeugte noch mehr Hitze, die sich in der ganzen Stadt staute. Im Park, wo sie nach Radioanleitungen Übungen machte, lärmten die Zikaden wie ein Motor, der den ganzen Morgen an- und ausgeschaltet wurde, als wäre man in einer ungelüfteten Fabrik.

Die Fabrik machte keine Pause, sie stieß unerbittlich Hitze aus, saugte ihren Arbeitern die Feuchtigkeit aus dem Körper.

Die Sommerferien neigten sich dem Ende zu, und die Fabrik, die bis dahin voll ausgelastet war, schien zu erlahmen. Ein Tief-

druckgebiet war im Anmarsch und kündigte die beginnende Taifunsaison an.

Die Regenvorhersage war nicht das Einzige, was diesen Tag ungewöhnlich machte.

Das junge Mädchen nahm in der Luft Aufregung wahr, wie es für einen besonderen Anlass typisch war. Normalerweise hatte jedes Haus seine eigene, abgeschlossene Luft, doch heute verbanden sich diese Lüfte schon seit dem frühen Morgen. Selbst die Erwachsenen, die auf der Straße vorbeigingen, bewegten sich lebhafter und schwungvoller als sonst.

Irgendetwas passiert heute in dem Haus mit den Bullaugen, dachte das Mädchen, als sie aus dem dunklen Inneren ihres Zimmers auf den Garten hinausstarrte. Sie hätte ihre Sommerferien-Hausaufgaben erledigen sollen, hatte aber keine Lust dazu, da nur ihre schwächsten Fächer übrig geblieben waren. Noch war es nicht dringend, aber sie hatte keine Zeit zu verlieren. Es war jeden Sommer dasselbe; es gab immer eine Phase, in der die Tage dahinglitten, bevor sie sich zum Endspurt aufraffen musste.

Das Mädchen teilte sich ein Zimmer mit dem jüngeren ihrer beiden großen Brüder, der drei Jahre älter war als sie. Es grenzte an der Ostseite an einen kleinen Hofgarten.

Der Garten war nicht größer als etwa drei Quadratmeter, doch darin stand ein alter Feigenbaum mit dicken, amöbenförmigen Blättern, der bei Einbruch der Dunkelheit zu einer gespenstischen Silhouette wurde. Eines Nachts, kurz nachdem sie in dieses Haus gezogen waren, erschreckte der Bruder das Mädchen und brachte sie zum Weinen, als er plötzlich die Stimme melodramatisch erhob: »Schau, da bewegt sich etwas unter dem Baum!« Es war ein sehr alter Baum, der viele Früchte trug, die, wenn sie reif waren, Schwärme von Vögeln anlockten, sodass sie während der Erntezeit häufig gefiederte Besucher hatten.

Aber auch ohne den Baum war das alte Holzhaus, das die Firma ihres Vaters für sie gemietet hatte, ein düsterer Ort.

In einer Ecke der Decke ihres Schlafzimmers war ein Fleck, der dem Mädchen wie ein Gesicht vorkam und ihr solche Angst machte, dass sie dort nicht allein schlafen konnte, wenn ihr Bruder im Ferienlager oder anderswo unterwegs war.

Sie war kein besonders nervöses Kind, aber sie war ungewöhnlich fantasievoll. All die dunklen, schattigen Ecken in den Fluren, Treppen und Schränken und sogar das gemusterte Papier, mit dem Flecken an den Wänden und Risse in den Türen überklebt worden waren, erschienen ihr unheimlich und bescherten ihr gelegentlich Albträume.

Deshalb vermutete das Mädchen auch damals, dass sie wieder einmal einen Albtraum gehabt hatte.

Sie war von den morgendlichen Radioübungen im Park zurückgekehrt, erschöpft von der drückenden Feuchtigkeit einer herannahenden Tieffront. Sie frühstückte in aller Eile, ging dann nach oben und ließ sich auf die untere Liege fallen, wo sie eine Zeit lang im Graubereich zwischen Realität und Traum schwebte. Obwohl ihr Körper so gut wie eingeschlafen war, blieb ein Teil ihres Geistes wach und aufmerksam.

Dann, ganz plötzlich, spürte sie eine Art von Präsenz über ihrem Kopf.

Über ihrem Kopf, das hieß natürlich im Garten mit dem Feigenbaum.

Zwei Schiebetüren trennten das Schlafzimmer vom Garten, jede mit vier Glasscheiben in Holzrahmen, von denen die unteren beiden mattiert waren. Alles, was man durch die Scheiben sehen konnte, war ein verschwommener Umriss der Feigenblätter, die undeutliche Schatten warfen.

Jetzt ist da jemand, hinter der Glastür.

Nein, nicht jemand – etwas!
Davon war das Mädchen überzeugt.
Spannung baute sich auf.
Sie merkte, wie sich in ihr ein Kampf zwischen Schläfrigkeit und Angst abspielte. Aus Angst vor dem, was immer es war, spannte sich ihr ganzer Körper an. Doch sie konnte sich nicht bewegen. Sie war nicht gelähmt, sie konnte bloß nicht die Kraft dazu aufbringen.
Aber sie wusste auch, dass sie es sehen musste. Sie musste es unbedingt sehen. Sie wollte – wollte nicht, aber musste es sehen.
Plötzlich bewegte sich ihr Kopf. Nicht sie hatte ihn bewegt, er hatte sich von selbst bewegt.
Er hatte sich nach oben bewegt, und so konnte sie im Liegen durch die Glastür sehen.
Auf der anderen Seite der Milchglasscheibe war ein weißer Schatten.
Ein weißer Kokon. So schien es ihr. Hinter der Glastür befand sich ein großer weißer Kokon. Was zum Teufel war das? Eine Katze?
Man konnte den Garten betreten, ohne durch den Vordereingang zu gehen, das wusste das Mädchen, denn sie hatte manchmal Nachbarskatzen gesehen, die oben auf der Mauer aus Hohlblocksteinen entlangspazierten und hineinschlüpften. Aber dieser Kokon war zu groß für eine Katze; und außerdem bewegte er sich eher in den oberen Bereichen ihres Blickfeldes als auf dem Boden.
Ein zitternder weißer Kokon, der durch den Garten schwebte. So stellte sie es sich vor. Ob das real war, war eine andere Frage.
Das Mädchen hätte nicht sagen können, wie lange sie in diesem Zustand war. Als sie wieder zu sich kam, war der Kokon fort.

Auch die Präsenz, die sie so intensiv wahrgenommen hatte, dass es fast schmerzte, war spurlos verschwunden.

Das Mädchen war verwirrt, döste aber nach einer Weile wieder ein. Als sie das nächste Mal erwachte, war alles, was sie gesehen hatte, aus ihrem Gedächtnis verschwunden, und sie verbrachte den Rest des Vormittags antriebslos wie immer. Es sollte lange dauern, bis die Erinnerung daran zurückkam.

Sie hatte den Eindruck, dass die Haustür an diesem Tag offen gestanden hatte, denn sie entsann sich, selbst wie betäubt im Eingang gesessen und auf den von der offenen Tür eingerahmten Kräuselmyrtenbaum geblickt zu haben, dahinter Menschen, die auf der Straße hin- und herliefen.

Wo waren ihre Brüder zu dem Zeitpunkt? Junji rannte wahrscheinlich in der Nachbarschaft herum und war bestimmt seit dem frühen Morgen im Haus mit den Bullaugen ein und aus gegangen. Er war ein geselliger Junge, der nie lange still an einem Ort bleiben konnte, und schlüpfte, ohne nachzudenken, in die Häuser anderer Leute, mit der besonderen Fähigkeit, dabei unbemerkt zu bleiben.

Sei'ichis lautes Schreien hallte immer noch in ihren Ohren. Der ältere ihrer beiden Brüder stand kurz vor der Aufnahmeprüfung für die Oberschule. An diesem Morgen war er schlecht gelaunt, weil er mit dem Lernplan, den er sich für die zweite Hälfte der Sommerferien zurechtgelegt hatte, im Rückstand war. Er hatte zwar das Einzelzimmer im Obergeschoss bekommen, brüllte nun aber wütend dort oben seinen jüngeren Bruder an, der sich offenbar aus Langeweile mit ihm angelegt hatte.

Ein Bild von Junji, der über alle in der Eingangshalle aufgereihten Leinenschuhe trampelte, als er wie ein Hase aus der Haustür flüchtete, hatte sich dem Mädchen ins Gedächtnis gebrannt.

Ihre Mutter war nicht da. Nach einem solchen Ausbruch von Sei'ichi wäre sie normalerweise die Erste gewesen, die ihn ermahnt hätte, aber daran konnte sich das Mädchen nicht erinnern. Das bedeutete, dass ihre Mutter zu der Zeit bei dem Haus vorbeischaute, um zu gratulieren. Als Neuankömmlinge konnten die Eltern des Mädchens nicht einfach die soziale Verpflichtung vernachlässigen, einer Familie, die eine Stütze der Gemeinde war, ihren Respekt zu erweisen.

Das Mädchen saß in der Eingangshalle und vertrieb sich die Zeit mit der Lektüre eines der Sammelbände mit Biografien für Kinder. Das Leben Beethovens.

Es hatte einen Grund, dass sie immer wieder diesen einen Band las. Denn darin gab es eine Episode, die sie besonders faszinierte. Die Episode gehörte nicht zu den Ereignissen, die der Entstehung seiner Meisterwerke vorausgingen, und es hing auch nicht damit zusammen, dass er trotz des Verlusts seines Gehörs weiterhin komponierte; vielmehr handelte es sich um einen Vorfall, der sich kurz vor seinem Tod ereignet hatte.

Kurz vor seinem Tod hatte Beethoven plötzlich Besuch von einem Fremden bekommen, einem schwarz gekleideten jungen Mann. Sie wechselten ein paar Worte miteinander. Wenig später starb Beethoven.

Der Mann, der zu ihm gekommen war, war ein Bote des Todes.

Worüber sprachen sie miteinander?

Das Mädchen stellte sich gerne vor, was der Bote wohl zu Beethoven gesagt haben könnte. Vermutlich war es kein einzelnes, direktes Wort; sicher eher eine rätselhafte Bemerkung. Etwas, das erst verwirrte, aber dann plötzlich einen Sinn ergab. Was könnte er gesagt haben? (Sie würde Citizen Kane erst ein Jahrzehnt später sehen.)

Sie versuchte, sich das Gesicht des Mannes in Schwarz vorzustellen. Er sah sicher nicht bedrohlich oder Furcht einflößend aus; wenn überhaupt, stellte sie ihn sich als einen kultivierten jungen Mann mit edlen Gesichtszügen vor, dessen Ausdruck seine Achtung vor der Person andeutete, der er die Nachricht überbrachte, und der eine der Natur seiner Aufgabe angemessene Ernsthaftigkeit ausstrahlte.

Nachdem er die Aufgabe erfüllt hatte, entfernte er sich in aller Stille.

An einen weit entfernten, tiefen Ort, das Totenreich unter der Erde.

Das Mädchen war fasziniert von diesem Bild. Sie stellte sich einen Berg am Rande der Wildnis vor, an seinem Fuß eine uralte Höhle, in der eine lange Treppe in die Tiefe führte. Der Mann würde, auf einem Pferd reitend, dort hinunter verschwinden.

Damals ahnte sie noch nicht, dass sie sehr bald einen echten Abgesandten aus dem Reich der Toten sehen würde, aber im Moment war sie noch in ihr eigenes Fantasiebild dieses Mannes vertieft, der in die Tiefe zurückgekehrt war.

Während sie in Gedanken versunken war, hatte der Wind allmählich aufgefrischt, und der Himmel war dunkel geworden und hatte sich, vom Mädchen unbemerkt, bezogen.

Da hörte sie etwas klappern.

Das Geräusch weckte sofort ihr Interesse, und sie hob den Kopf. In dem von der Türöffnung eingerahmten Raum suchte ein Stock den Boden ab.

»Hisa!« Das Mädchen warf ihr Buch hin und rannte nach draußen.

»Maki?«

Hisayo drehte den Kopf und sah das Mädchen an. Nein, sie sah es nicht an, aber so wirkte es. Wie immer beunruhigte die-

ser Moment das Mädchen. Das Bubikopfhaar der Besucherin schwang leicht hin und her, und in ihrem weißen Kleid mit blassblauen Punkten sah sie frühlingshaft aus.

»Hisa, gehst du irgendwo hin?«

»Ja, ich hab den Auftrag, Süßigkeiten für die Geburtstagsfeier meiner Urgroßmutter zu holen.«

»Wie alt ist sie?«

»Achtundachtzig nach der traditionellen Zählung. Das ist eine Glückszahl.«

Das junge Mädchen verstand nicht, was mit »traditioneller Zählung« gemeint war, obwohl sie diesen Ausdruck schon oft von Erwachsenen gehört hatte. Vielleicht hatte Hisayo die unausgesprochene Frage wahrgenommen, jedenfalls fragte sie: »Darf ich ein bisschen reinkommen?« Das Mädchen nahm freudig Hisayos Hand, und gemeinsam setzten sie sich auf die Stufe am Eingang. Hisayo legte ihren weißen Rohrstock auf den Boden.

Es schien dem jungen Mädchen, als hätte die bloße Anwesenheit der Besucherin eine frische Brise ins Haus gebracht.

»Wann hast du Geburtstag, Maki?«, fragte Hisayo.

»Am 14. Juli.«

»Oh, am französischen Nationalfeiertag«, entgegnete Hisayo prompt. »An dem Tag, an dem du geboren wirst, bist du null Jahre alt«, fuhr sie fort, »aber nachdem ein Jahr vergangen ist, wirst du ein volles Jahr alt. Das verstehst du doch, oder? Also wirst du jedes Jahr am 14. Juli ein Jahr älter. Aber in der traditionellen Zählweise zählt das Jahr, in dem du geboren wirst, als eins, und jedes Mal, wenn Neujahr kommt, erhöht sich dein Alter um ein Jahr.«

Das Mädchen war verwirrt. »Warum zählt man so?«

Hisayo lächelte sanft. »Früher bedeutete es den Menschen viel, ein weiteres Jahr erlebt zu haben. Sowohl Erwachsene als auch

Kinder wussten, dass ein langes Leben etwas ist, für das man dankbar sein sollte. Vielleicht wollten die Menschen also eine Zählweise, die ihnen die meisten Jahre beschert. Es ist noch gar nicht lange her, dass viele Babys gleich nach der Geburt starben, und es gab auch viele Schulkinder, die Krankheiten zum Opfer fielen.«

»Und heute ist der achtundachtzigste Geburtstag deiner Urgroßmutter?«

»Ja. Wir haben schon den ganzen Morgen Besuch bekommen; es ist so viel los zu Hause. Ich hab den ganzen Tag nichts anderes gemacht, als alle zu begrüßen, deswegen bin ich jetzt spazieren gegangen.«

Hisayo streckte ihre Zungenspitze kurz heraus. Sie war blassrosa wie die einer Katze. Das Herz des jungen Mädchens pochte. Schon hier einfach neben Hisayo zu sitzen, nur sie beide im Gespräch, war ein Ereignis für sie. Sei'ichi und Junji würden so eifersüchtig sein, wenn sie das herausfänden. Alle Kinder in der Nachbarschaft vergötterten Hisayo.

»Schrecklich schwül, nicht wahr? Es riecht nach Regen. Bald wird es richtig schütten.«

Hisayo zog ein Baumwolltaschentuch aus ihrer Spitzenhandtasche und fächelte sich den Hals. Ein angenehmer Duft wehte herüber.

»Was meinst du damit, es riecht nach Regen?«

»Tja ... Kann ich nicht erklären. Der Geruch von weit entfernten Regenwolken, die näher kommen.«

Hisayo neigte ihren Kopf leicht zur Seite. Vielleicht lag es daran, dass sie ihr verlorenes Augenlicht kompensieren musste, seit sie klein war, aber Hisayos Sinne waren jedenfalls außergewöhnlich. Die Gerüche, Geräusche und Gefühle auf der Haut. Dinge, die andere für selbstverständlich hielten oder denen sie wenig

Beachtung schenkten, wirkten, von ihr kommentiert, frisch und neu.

Hisayo schien aufmerksam zuzuhören, dann wandte sie sich an das Mädchen und fragte: »Ist deine Mutter nicht zu Hause?«

»Nein. Woher weißt du das?«

»Weil ich keines der Geräusche hören kann, die eine Frau macht, wenn sie zu Hause ist. Die unterschiedlichen Geräusche von jemandem bei kleineren Tätigkeiten. Dieser beruhigende Rhythmus, den Frauen produzieren, wenn sie sich in einem Haus bewegen.«

Hisayos Stimme klang für das junge Mädchen wie Musik.

Sie hatte einmal jemanden sagen hören, dass Hisayo mit ihren Händen und ihrem Gesicht sehen könne.

Offenbar gab es in fremden Ländern Menschen, die Schrift mit den Fingerspitzen lesen konnten. Nicht Blindenschrift. Sie hatten wirklich Zellen in den Fingerspitzen, die wie Sehnerven funktionierten. Vielleicht hat sie dieselbe Art von Zellen in ihrem Körper, hatte eine Klassenkameradin des Mädchens mal ganz ernsthaft gesagt.

Einmal hatte das Mädchen gesehen, wie Hisayo und Sei'ichi zusammen Shōgi spielten.

»Es ist leicht, wenn man sich die Position der Figuren auf dem Brett merkt. Du kannst jeden Shōgi-Spielstein erkennen, wenn du sie berührst. Schachfiguren auch, deshalb ist es einfach«, hatte Hisayo gesagt, aber jeder konnte erkennen, dass sie ein außergewöhnlich gutes Gedächtnis hatte, zusätzlich zu ihrer seltenen Fähigkeit, aus wenigen Anhaltspunkten eine dreidimensionale Welt in ihrem Kopf zu erschaffen.

Sei'ichi hatte diese Partie verloren, vielleicht weil ihm Hisayo und der Wettkampf mit ihr zu wichtig waren.

Zu gerne hätte das Mädchen einmal in ihren Kopf geschaut.

Wie sah sie die Welt? Wie hatte sie andere Menschen und die Stadt in ihrem Kopf?

Das Mädchen war sich sicher, dass es eine grenzenlose, geheimnisvolle Welt sein musste, die sich niemand sonst jemals vorstellen oder mit ihr teilen könnte.

Das Mädchen starrte auf Hisayos kleinen Kopf. So ein kleiner Kopf war es, und doch enthielt er so viel.

»Ach, übrigens, Jun war gerade bei uns zu Hause. Ich habe ihn an der Hintertür gehört.« Hisayo sagte es, als hätte sie sich gerade erst daran erinnert.

»Ich wusste es.« Die Stimme des Mädchens klang ärgerlich. Das Haus mit den Bullaugen. Da hätte er sie doch mitnehmen können. Ihr Bruder ging immer allein dorthin, wo der ganze Spaß stattfand. Sie selbst blieb zurück, dabei hatte sie ihn schon so oft weinend gebeten, sie mitzunehmen.

Plötzlich merkte sie, wie sich Hisayos Gesichtsausdruck änderte.

Das Mädchen bekam eine leichte Gänsehaut.

Sie wusste nicht, ob die Temperatur plötzlich gesunken oder ob es die Anspannung war, aber sie merkte, wie Hisayos Miene ernst wurde.

»Maki, ich glaube, es ist das Beste, wenn du heute nicht zu uns nach Hause kommst.«

»Was?«

Das junge Mädchen blickte zu Hisayo auf. Hisayo saß zur Tür gewandt und schaute mit ihren unsehenden Augen intensiv nach draußen. Von der Seite wirkte ihr Profil wie das einer Marmorstatue.

»Warum nicht?«, fragte das Mädchen.

Hisayo hatte noch nie so streng mit ihr gesprochen.

»Es ist nur so ein Gefühl«, sagte Hisayo sachlich. Mit demselben Tonfall, den sie auch benutzt hatte, als sie sagte, dass es nach Regen rieche.

»Sag es Jun und allen anderen. Das Haus ist heute voller Erwachsener von überallher, das ist für Kinder uninteressant. Ihr drei könnt ein anderes Mal kommen. Ich kaufe uns dann einen Baumstamm-Kuchen.«

Die Schokoladenkuchen der örtlichen Konditorei waren wie Baumstämme geformt und köstlich. Es machte Spaß, sie zu teilen, und sie waren ziemlich beliebt.

Das Mädchen nickte zögernd. »In Ordnung.«

»Aber heute kommst du nicht in die Nähe unseres Hauses. Versprich es!«, wiederholte Hisayo und griff nach ihrem Stock, um aufzustehen.

»Warum?«, fragte das Mädchen noch einmal.

Hisayo blieb stehen, mit einem nachdenklichen Ausdruck im Gesicht.

»Tja ... es ist eben so. Ich glaube, es kommen Fledermäuse.«

Und mit dieser rätselhaften Bemerkung verschwand sie leise durch die Haustür.

Draußen angekommen, wandte sie abrupt den Blick zu den roten Kräuselmyrtenblüten. Offenbar merkte sie, dass der Baum in Blüte stand. Ohne den Stock in ihrer Hand hätten nur wenige bemerkt, dass sie blind war. So geschärft waren ihre Sinne.

Ich glaube, es kommen Fledermäuse.

Das hatte sie schon oft gesagt. Damit wollte sie wohl ein Gefühl der Vorahnung ausdrücken.

Ihr lag nichts daran, ihre Redewendungen zu erklären. Wahrscheinlich weil sie nicht erwartete, dass sie jemand verstehen würde. Beim ersten Hören war man verwirrt, aber man gewöhnte sich allmählich an ihre Art zu sprechen und bildete sich ein, *dass man sich vage vorstellen konnte, was sie meinte. Allerdings konnte man nur vermuten, dass man es tatsächlich verstanden hat, denn was sich Hisayo in ihrem Kopf vorstellte, hätte auch ganz anders sein können. Unbestreitbar war jedoch, dass Hisayos Sprüche ihrer Anziehungskraft noch einen gewissen mystischen Hauch verliehen.*

Hatte sie, die als Kind ihr Augenlicht verloren hatte, jemals wirklich Fledermäuse gesehen?

Das junge Mädchen stellte sich Fledermäuse mit Flügeln wie schwarze Regenschirme vor.

Es gab viele Fledermäuse in dieser Gegend, die abends in Schwärmen herumflatterten. Aus irgendeinem Grund erinnerte der Anblick der fliegenden Tiere das Mädchen an Bilderbücher mit Sternenkonstellationen. Vielleicht war es ihre Flugbahn, wenn sie sich drehten und wendeten, die sie an die Verbindungslinien zwischen den Sternen denken ließ.

Während das Mädchen in der Eingangshalle saß und Hisayo hinterhersah, verarbeitete sie ihre Abschiedsworte und das Gefühl ihrer Anwesenheit neben ihr.

Eine kühle, duftende Brise strich ihr sanft über die Wangen.

»Maki! Was sitzt du denn hier im Dunkeln und liest? Du verdirbst dir die Augen!«

Es war die Mutter des Mädchens, die nach Hause gekommen war, in den Händen eine kleine Schachtel. Als das Mädchen die traditionelle Festverpackung sah, wurde ihr klar, dass ihre Mutter die Feier in Hisayos Haus besucht hatte. Die Tatsache, dass ihre Mutter mit einer weißen Bluse und einem engen marineblauen Rock eleganter als sonst gekleidet war, machte es noch deutlicher.

Mit einem Mal passte sich das Tempo im Haus der Anwesenheit ihrer Mutter an.

Das Mädchen verlor das Interesse an der Lektüre des Buches und ging hinein.

Während die Mutter damit beschäftigt war, Wasser aufzusetzen, öffnete das Mädchen die kleine Schachtel auf dem Tisch.

Darin befanden sich zwei süße Manjū-Brötchen, gefüllt mit Bohnenpaste. Ein pinkfarbenes und ein weißes.

»Nicht essen, Maki«, ermahnte die Mutter des Mädchens, als sie sich umdrehte und die offene Schachtel sah. »Die sind aus dem Haus von Dr. Aizawa; wir essen die erst, wenn Papa sie gesehen hat. Bei so was wünschte ich, wir hätten einen Familienaltar, auf den wir es stellen könnten.«

»Ich ess ja gar nichts.«

Das Mädchen schloss den Deckel wieder. Sie hatte nur einen Blick hineinwerfen wollen.

In diesem Moment kam Junji durch die Eingangstür gestürmt. »Mensch, das solltest du sehen – unglaublich! So viele Süßigkeiten!«

Seine Augen leuchteten vor Aufregung.

Sie wusste sofort, wovon er sprach.

»Die haben gesagt, wir sollen vorbeikommen. Es gibt Kuchen und Tee an der Hintertür. Ich soll euch mitbringen.«

»Jun, fall denen heute nicht zur Last, wo sie so beschäftigt sind.«

»Keine Sorge, Mama. Alle Erwachsenen sind vorne, aber wir Kinder sind hinten. Alle sind da. Und Tasuku hat gesagt, dass ich noch mal wiederkommen soll. Nur mit den Erwachsenen ist ihm langweilig.«

Junji war ganz aufgeregt. Er liebte festliche Anlässe und große Menschenansammlungen noch mehr. Tasuku war der jüngste Sohn im Hause Aizawa.

Dem Mädchen war, als hätte sie etwas Bitteres getrunken.

»Heute kommst du nicht in die Nähe unseres Hauses. Versprich es!«

Hisayos Worte lasteten schwer auf ihr.

Sollte sie es Junji erzählen oder besser nicht? Sie wollte gern damit prahlen, ganz allein mit Hisayo gesprochen zu haben, und fühlte sich gleichzeitig verpflichtet, ihr Versprechen einzuhalten. Und während Junji weiter aufgeregt plapperte, machte sich das Mädchen geistesabwesend auf den Weg zur Eingangshalle, zog sich die Turnschuhe an und schlenderte zur Tür hinaus.

»Versprich es!«

Obwohl Hisayos Stimme im Kopf des Mädchens widerhallte, bewegte sie sich in Richtung des Hauses.

Kalter Schweiß brach auf ihrer Haut aus.

Sie würde nur einen Blick aus der Ferne darauf werfen, das wäre alles. Sie würde gar nicht hineingehen. Sie hatte ja nicht vor, das Versprechen zu brechen.

Davon versuchte sich das Mädchen selbst zu überzeugen.

Auf dem Weg dorthin kam sie an älteren Menschen vorbei, die alle eine solche kleine Schachtel trugen. Es ging also jeder zu diesem Haus. Das Mädchen fühlte sich ausgegrenzt; sie wäre die Einzige, die nicht gehen würde.

Der Wind wurde stärker. Die Bäume am Straßenrand bogen sich, und sie spürte ein paar Tropfen Regen herabfallen.

Die Menschen pressten sich die Schachteln mit den Manjū-Brötchen an die Brust und eilten nach Hause. Sie ging in gleichmäßigem Tempo in die entgegengesetzte Richtung.

Beim Haus mit den Bullaugen waren noch viele Menschen. Die weiße Kräuselmyrte vor der Klinik fiel sofort ins Auge. Auf bereitgestellten Hockern saßen ältere Gäste und plauderten.

Die fröhliche Atmosphäre jagte dem Mädchen einen freudigen Schauer über den Rücken, machte sie aber gleichzeitig nervös.

Es war in jeder Hinsicht eine Welt der Erwachsenen, mit den förmlich gekleideten Männern in Anzügen und den Frauen in Kimonos.

Ängstlich ging das Mädchen zum Dienstboteneingang.

Als sie Kinderstimmen aus der Richtung hörte, war sie erleichtert. Das Haus mit den Bullaugen war an drei Seiten von Straßen umgeben, und der Dienstboteneingang lag an einer engen Gasse, die es vom Nachbarhaus trennte.

Einige Kinder hatten auf der Gasse mit Kreide ein Raster gemalt und spielten Himmel und Hölle.

Das Mädchen versteckte sich am Eingang zur Gasse und beobachtete sie.

Die Tür zum Dienstboteneingang stand offen, und man konnte Frauen in Schürzen sehen, die plauderten. Es stapelten sich die Bierkästen, und Bananen und Päckchen mit dünn geschnittenen Reiskuchen waren auf einem Tisch mit Plastikdecken ausgelegt. Das mussten die Süßigkeiten sein, von denen Junji geredet hatte.

»Versprich es!«

Hisayos Stimme hallte immer noch in ihrem Kopf wider. Was, wenn man sie hier herumlungern sah? Das Herz des Mädchens pochte. Ein hellhäutiger Junge steckte seinen Kopf durch das Tor, blickte in ihre Richtung und entdeckte sie fast sofort. Erschrocken wollte sie fliehen, aber er kam durch das Tor gestürmt.

»Maki, komm rein! Wir haben Süßigkeiten!«, sagte er lächelnd und forderte sie mit einer Geste auf, einzutreten. Der Junge trug ein weißes, kurzärmeliges Hemd und eine graue Hose, die von Hosenträgern gehalten wurde.

Es war Tasuku, das jüngste Aizawa-Kind. Die Aizawa-Geschwister waren alle hellhäutig mit feinen Gesichtszügen. Und Tasuku strahlte dazu noch eine gute Erziehung aus, die ihn von den anderen Kindern der Gegend abhob.

»Mm, aber …«, murmelte sie.

»An einem Festtag wie diesem müssen wir mit anderen teilen«, sagte Tasuku und klang dabei sehr altklug. Er musste diese Phrase von den Erwachsenen aufgeschnappt haben.

»Na gut, aber nur kurz.«

Das Mädchen schaute sich nervös um und versuchte, sich unauffällig hinter dem Jungen zu verstecken.

Als sie über die Schwelle des Tores traten, spürte sie etwas unter ihren Füßen.

Bei einem Blick nach unten sah sie ein altes rotes Spielzeugauto auf dem Boden. Jemand musste es verloren haben.

»Tasuku, gehört das dir?«, fragte das Mädchen und hob das mit Schmutz bedeckte Spielzeug auf. Sie zeigte es ihm.

»Nein, das ist nicht meins. Jemand muss es verloren haben. Wem gehört das?«, rief Tasuku mit seiner hellen Stimme. Vier oder fünf Kinder, die sich in der Nähe der Hintertür versammelt hatten, schüttelten alle den Kopf, als sie das Spielzeugauto sahen.

»Mir nicht.«

»Meins ist es auch nicht.«

»Dann heb ich es auf. Wenn ihr hört, dass jemand es verloren hat, sagt ihm, dass ich es habe.«

Tasuku wischte den Schmutz vom Auto und steckte es mit einer verantwortungsvollen, erwachsenen Miene in seine Hosentasche.

»Ach, na so was, hallo Maki«, sagte eine der Frauen, als sie das Mädchen bemerkte. »Jun war gerade hier.«

Kimi, die sie angesprochen hatte, war eine füllige, freundliche Frau in den Fünfzigern, die schon seit vielen Jahren zum Putzen ins Aizawa-Haus kam. Die Kinder der Nachbarschaft mochten sie alle.

»Jetzt ist er zu Hause.«

»Was für ein Kerl. Gerade war er noch da zum Plaudern, und schon ist er wieder weg. So ein wuseliges Kind.«

Kimi gluckste. Sie zog ein Päckchen Ramune-Bonbons mit Limonadengeschmack aus ihrer Schürzentasche und drückte es dem jungen Mädchen in die Hand.

»Für mich auch! Ramune-Bonbons!« Tasuku streckte seine Hand ebenfalls danach aus.

»Du hast doch schon so viele«, sagte Kimi streng.

»Sollte das nicht ein Tag des Teilens sein?« Tasuku zappelte ungeduldig herum.

»Na gut, aber nur noch eins«, sagte Kimi und drückte ihm ein Päckchen in die Hand.

Sie konnte nicht anders, als Tasuku zu verwöhnen. Er war sich dessen offensichtlich bewusst und hatte den Dreh raus, seinen Willen durchzusetzen.

»Komm schon, Maki. Lass uns die Bonbons essen.«

»Okay.«

Die beiden hockten an der Hintertür und öffneten ihre Päckchen.

Sie schoben sich eine Handvoll Bonbons in den Mund, und die kleinen pillenförmigen Süßigkeiten klebten an ihren Zungen und lösten sich im hinteren Teil ihrer Kehlen mit einem süß-sauren Zischen auf.

»Heute sind echt viele Leute hier.«

»Ja. Vorhin kamen ein paar Stadträte, und sie haben sich wie verrückt vor Opa verbeugt.«

»*Was ist mit Hisa?*«

»*Ist rausgegangen, aber noch nicht zurück.*«

Das Mädchen entspannte sich ein wenig. Sie nahm sich vor, darauf zu achten, Hisayo nicht über den Weg zu laufen, wenn sie nach Hause ging.

»*Huch!*« *Ein starker Windstoß riss dem Mädchen das Zellophanpäckchen aus der Hand.*

Hastig sprangen sie auf, aber das Päckchen war schon über den Zaun verschwunden.

»*O nein, das fängt bestimmt bald doll an zu regnen!*«

»*Und dabei ist doch heute ein Festtag!*«

Die beiden standen da und starrten in die Richtung, in der die Zellophanhülle verschwunden war.

Tintenschwarze Wolken zogen rasch über den Himmel und bildeten beim Zusehen immer wieder neue Wirbel.

»*Blumenlieferung!*«

In der Gasse kam ein Motorrad stotternd zum Stehen. Ein Mann mittleren Alters stieg schweißtriefend ab, in der Hand einen in weißes Papier eingewickelten Lilienstrauß.

»*Lieferung für den Arzt senior, von Dr. Terada vom Bürgerhospital.*«

»*Vielen Dank.*«

Kimi hatte sich Sandalen angezogen und kam heraus, um ihn zu empfangen. Der Mann nahm seinen Helm ab und nickte zur Begrüßung.

»*Meine Glückwünsche.*«

»*Danke schön.*«

»*Du arbeitest doch sicher schon seit den frühen Morgenstunden.*«

»*Ja, allerdings. Ganz schön aufregend.*«

»*Muss wirklich ein Segen für den Doktor sein, solche Kinder* zu haben. Aber dass seine Mutter zur gleichen Zeit ihren Achtundachtzigsten feiert, ist wirklich etwas Besonderes. Und ein Sohn und ein Enkelkind mit demselben Geburtstag ... nun, das macht sie anders als gewöhnliche Leute.«

»Wie geht's deiner Mutter?«

»Oh, sie hat ihre Höhen und Tiefen. Aber dieses Wetter macht alten Leuten wirklich zu schaffen.«

»Dann grüß mal deine Frau von mir. Und danke.«

»Ja, ich mach mal wieder los.«

Der Motor heulte wieder auf und verklang dann in der Ferne.

»Das geht schon den ganzen Tag so, die Leute bringen Blumen und Sake«, murmelte Tasuku mit einem winzigen Anflug von Stolz.

»Wahnsinn.«

Kindlich, wie sie war, begriff das Mädchen dennoch den enormen Einfluss und die Macht der Aizawa-Familie, ganz zu schweigen von der Kluft zwischen ihr, einer Außenstehenden, und Tasuku, der Teil davon war.

Das letzte verbliebene Bonbon auf ihrer Zunge wurde bitter.

Kimi schüttelte das Wasser aus dem Blumenstrauß und stellte einen Eimer am Dienstboteneingang bereit. Da standen bereits drei volle Eimer mit Blumen.

»Maki, nimm später ein paar Blumen mit nach Hause, Liebes. Das Haus quillt über von ihnen«, sagte Kimi und hielt die Lilienstängel über das Herdfeuer.

»Brätst du die Blumen?«, fragte das Mädchen erstaunt.

Kimi schaute sie verwundert an, dann lächelte sie freundlich. »Aber nein. Wenn man die Stiele von Schnittblumen anbrennt, halten sie sich länger.«

»Oh.«

Das Mädchen spähte in die Küche und sah mehrere Frauen in langärmeligen Schürzen geschäftig arbeiten. Eine Reihe Sake-Karaffen zeugte von den zahlreichen Besuchern.

Auf dem Tisch standen auch Vasen aufgereiht. Es steckten noch keine Blumen darin.

Die Augen des Mädchens wurden von einer wunderschönen blauen Glasvase angezogen, die unter dem fluoreszierenden Licht strahlend funkelte.

Die will ich haben.

Sie wurde von einem plötzlichen, starken Verlangen ergriffen, sie zu besitzen.

»Da kommt ja meine Schwester.«

Das Mädchen erschrak beim Klang von Tasukus Stimme.

Sie drehte sich um und sah, wie er seinen Kopf in Richtung der Straße reckte.

Als sie sich zu ihm gesellte, sah sie, wie Hisayo durch den Vordereingang der Klinik kam und lächelnd die Besucher begrüßte. Alles freute sich über Hisayos Ankunft und umringte sie. Obwohl noch so jung, war Hisayo souverän und würdevoll genug, um mit jedem Erwachsenen mitzuhalten. Sie hatte eine geheimnisvolle Ausstrahlung, die die Leute dazu zu bringen schien, ein Kind, das vom Alter her näher an ihren Enkelkindern lag, mit einer Verehrung zu behandeln, als wäre sie eine Miko, die in einem Shintō-Schrein arbeitete. Sie wiederum empfing diese Behandlung mit der Würde einer Göttin.

Dem jungen Mädchen fiel auf, dass Hisayo mit leeren Händen kam.

Sie hielt nichts in der Hand außer ihrer Spitzenhandtasche.

Hatte Hisayo nicht gesagt, sie sei ausgegangen, um Süßigkeiten zu holen? Oder war das nur eine Ausrede gewesen?

»Tasuku, ich geh nach Hause.«

»Hah? Jetzt schon?«
»Sag Hisa nicht, dass ich hier war, okay?«
»Warum nicht?«
»Bitte!«

Tasuku sah verärgert aus, aber das Mädchen ignorierte ihn und verschwand schnell nach draußen.

Obwohl sie eigentlich wusste, dass Hisayo sie auf diese Entfernung nicht bemerken konnte, wurde das Mädchen ein ungutes Gefühl nicht los.

Immerhin ging es um Hisayo, sie bemerkte alles. Hier, in ihrem eigenen Haus, würde sie den heimlichen Besuch des jungen Mädchens sicher schon von Weitem ahnen.

Das Mädchen floh in Richtung Zuhause.

Sie seufzte erleichtert, als die festliche Atmosphäre des Aizawa-Hauses hinter ihr lag.

Dann setzte der Regen ein.

Kaum hatte sie ein paar Tropfen bemerkt, die vom Wind getragen wurden, verwandelten sie sich in einen reißenden Sturzbach.

Das Mädchen begann zu rennen. Im Nu waren ihre Turnschuhe klatschnass.

Das Bild verwandelte sich. Passanten huschten vornübergebeugt vorbei.

Ladenbesitzer beeilten sich, die Auslagen vor ihren Geschäften mit Plastikplanen abzudecken, und andere schoben ihre Fahrräder aus dem Regen.

Das Mädchen rannte, so schnell sie konnte, durch die düstere Szenerie.

»Maki!«

Beim Klang ihres Namens blickte sie auf, und der Regen benetzte schlagartig ihr Gesicht.

Junji kam mit einem offenen Regenschirm auf sie zu. »Wo bist du hin? Mama sucht dich.«

»Wohin gehst du denn selbst?«

»Zu Dr. Aizawas Haus.«

»Schon wieder?«

»Die haben doch gesagt, dass ich später wiederkommen soll.«

Das Mädchen rannte los. Junji hatte zwar einen Regenschirm, aber sie konnte hier nicht mit ihm stehen und plaudern.

Sollte er doch machen, was er wollte.

Ohne Grund war sie plötzlich verärgert und rannte wütend nach Hause.

Es war keine große Entfernung, aber die Pfützen erschwerten das Vorankommen, und ihr Atem beschleunigte sich.

Mitten in all dem hektischen Treiben blieben die Augen des Mädchens plötzlich an etwas hängen.

Ein junger Mann, der an der Straßenecke stand und sich verwirrt umsah.

Er trug eine schwarze Baseballkappe und einen leuchtend gelben Regenmantel. Tropfen rannen vom Schirm seiner Mütze.

Der Mann trug einen Stadtplan in der Hand und suchte die Umgebung ab. Auf dem Seitenstreifen stand ein Motorrad, eine Kiste mit Getränken hinten draufgeschnallt. Es gehörte offenbar dem Mann, der eine Adresse zu suchen schien.

Er eilte zu einem Schild mit einer Hausnummer hinüber und verglich die Karte damit, war aber offenbar nicht zufrieden.

Als er sich mit der Hand im Nacken kratzte, schien der Mann zum ersten Mal zu bemerken, dass der Regenmantel eine Kapuze hatte, und zog sie über die Baseballkappe.

Das Mädchen verstand nicht ganz, warum der Mann ihre Aufmerksamkeit auf sich gezogen hatte.

Vielleicht lag es daran, dass er stehen geblieben war, während alle anderen in Panik herumliefen. Vielleicht war es der knallgelbe Regenmantel, der in der farblosen Landschaft hervorstach.

Später kam ihr dieser Moment wieder und wieder in den Sinn.

Der Mann sah immer noch verwirrt aus, als er auf das Motorrad stieg. Ein Klirren von Gläsern ertönte aus der Kiste, die Softdrinks, Bier und eine große Flasche Sake enthielt.

Als er gerade nach dem Lenker griff, bemerkte er, dass das Mädchen ihn ansah, blieb stehen und starrte sie an.

In diesem Moment erschien es ihr, als ob die Welt in Stille gehüllt wäre.

Anstatt loszufahren, stieg der Mann ab und kam zügig zu ihr herüber: »Entschuldigung, könntest du mir sagen, ob die Aizawa-Klinik hier in der Nähe ist?«

Seine Stimme war ruhig und bedächtig.

Unter der Baseballkappe sah sie einen blauen Bartschatten. Unerwartet blitzte die Beethoven-Biografie, die sie im Flur gelesen hatte, in ihrem Kopf auf.

»Gehen Sie zur Feier?«, fragte das Mädchen.

Der Mann sah sie erstaunt an. »Ah, ich glaube schon. Ich war noch nie in der Gegend hier, aber ich wurde gebeten, etwas zu liefern.«

Er nickte und sah sich mehrfach nach links und rechts um. Sie bemerkte sein markantes Profil.

»Es ist da drüben. Gehen Sie auf der Straße geradeaus, dann bei der Ampel abbiegen, immer weiter geradeaus, und dann sehen Sie schon ein Steinhaus mit Schild. Das ist es.«

Das Mädchen drehte sich um und deutete mit dem Finger.

»An dieser Ampel abbiegen? Danke, du warst mir eine große Hilfe.«

Der Mann nickte und schenkte ihr ein Lächeln.

Er winkte kurz und schwang sein Bein über das Motorrad, dann gab er Gas und fuhr los, hinter sich das Geräusch klirrender Flaschen.

Obwohl sie völlig durchnässt war, blieb das Mädchen stehen und sah zu, wie er aus ihrem Blickfeld verschwand. Bis die Gestalt mit dem gelben Regenmantel um die Ecke gebogen war.

Als der gelbe Farbfleck aus der tuscheschwarzen Landschaft gelöscht war, versank die Stadt wieder im trostlosen schlechten Wetter.

Zu Hause angekommen, wurde dem Mädchen klar, warum der Anblick des Mannes sie in seinen Bann gezogen hatte.

Die Beethoven-Biografie.

Der Mann, der Beethoven kurz vor dessen Tod einen Besuch abgestattet hatte.

Dieser Mann, den sie auf der Straße getroffen hatte, war das genaue Abbild des Mannes, den sie sich als Todesboten vorgestellt hatte.

Ein ruhiger, gepflegter junger Mann. Ein Abgesandter aus einem fernen, unterirdischen Land. Sie wurde das Gefühl nicht los, dass er sich heute und hier, in dieser Stadt, materialisiert hatte, mit schwarzer Baseballkappe und gelbem Regenmantel.

Das konnte nicht sein. Das war nur ein Zufall.

Das Mädchen grübelte darüber nach, während ihre Mutter ihr das Haar trocken rubbelte.

Und dann vergaß sie ihn ganz.

Und auch als Junji eine halbe Stunde später zurückkam, um sie zu bitten, mit ihm zu dem Haus zu gehen und ein Erfrischungsgetränk zu trinken, waren ihre Gedanken nur bei den Hausaufgaben, die sie noch nicht erledigt hatte.

4

EIN ANRUF UND EIN SPIELZEUG

I

Ja, Mama ist gestorben. Das ist jetzt aber schon drei Jahre her.

Sie hatte ein paar kleinere Schlaganfälle, aber beim letzten lag sie zwei Monate bewusstlos im Krankenhaus.

Na ja, sie murmelte manchmal vor sich hin. Immer das Gleiche. Als ob sie verzweifelt nach jemandem rufen würde. Aber wir wussten nie, nach wem, obwohl wir immer gefragt haben: »Wen rufst du denn, Mama? Was willst du sagen?« Am Ende haben wir es nie herausgefunden.

Während sie schlief, sah sie friedlich aus, aber manchmal trat ein Ausdruck von Schmerz auf ihr Gesicht. Das hat mich erschreckt, und manchmal dachte ich, sie sei wieder bei Bewusstsein. Es war, als würde ich sehen, wie ein fremder Mensch im Gesicht meiner Mutter auftaucht. Ich zuckte immer zusammen und hielt den Atem an, wenn es passierte.

Nein, es lag nicht an der Krankheit, da war sie schon stabil. Es war die Vergangenheit, die zurückkam, um sie zu quälen, das war es. Der Gedanke daran ließ sie ihr Gesicht vor Schmerz verzerren.

Sie durchlebte diese Morde in ihrem Kopf, immer und immer wieder, da bin ich mir sicher. Sie hatte schreckliche Erinnerungen. Mehr, als irgendjemand ertragen sollte. Die Zeit blieb für Mama am Tag dieser Morde stehen. Sie war immer noch eine Gefangene der Vergangenheit, als sie uns verließ.

II

Ja, das sind jetzt eigentlich alles schon alte Geschichten.

Mama ist nicht mehr unter uns. Ihr Tod ist schon einige Jahre her. Aber um ehrlich zu sein, fällt es mir immer noch schwer, über diese Dinge zu sprechen. Selbst jetzt bekomme ich Beklemmungen, wenn ich nur an diese Zeit denke. Ich weiß, dass der Schmerz immer noch in mir steckt, wie ein Splitter. Dieser Abschnitt meines Lebens ist wie ein Klumpen fauliger schwarzer Masse, der irgendwo tief in mir ruht, aber das Letzte, was ich will, ist, die Gallerthülle aufzubrechen und diesen Dreck anzurühren. Ich tue mein Bestes, sie verschlossen zu halten, aber ich weiß nie, wann er herausströmt ... der kleinste Anlass löst es aus. Es war das Böse, das wir damals erlebten, und der Gestank hängt immer noch in der Luft. Nichts hat sich geändert ... der bösartige Klumpen läuft weiter aus und verpestet alles.

Ich weiß, dass die Leute damals zu Tode verängstigt waren, aber ich kann trotzdem nicht fassen, was für schreckliche Dinge sie zu sagen imstande waren.

Dabei hat Mama doch das Gift selbst getrunken! Sie war fast eine Woche lang bewusstlos, und dann dauerte es noch drei Monate, bis sie das Krankenhaus verlassen konnte.

Es war reiner Zufall, dass sie nur einen Schluck von dem Gift genommen hatte. Aber das hielt die Leute nicht davon ab, zu reden, oder? Schrecklich, diese Gerüchte. Die sagten, sie habe gewusst, dass die Getränke vergiftet waren, deshalb habe sie nur einen Schluck genommen. Sie nannten sie Giftmörderin oder zumindest eine Komplizin. Unsere ganze Familie stand eine Zeit lang unter Verdacht.

Wir haben wirklich den Boden unter den Füßen verloren. Es regt mich immer noch auf, wenn ich daran denke, wie die Zeitungen und Klatschmagazine uns hetzten ... ganz zu schweigen von dem Ton, den sie anschlugen! Wir bekamen Geisteranrufe, und eines Tages warf jemand einen Stein in den Garten, umwickelt mit einem anonymen Verleumdungsbrief. Dass wir das zu allem Überfluss auch noch ertragen mussten, war, als streute jemand Salz in die offene Wunde. Es war ein furchtbares Verbrechen, ich weiß, und jeder wurde von dem Sturm mitgerissen, aber trotzdem ...

Ich höre immer noch Vaters Stimme, als er zur Haustür ging, nachdem der Stein geworfen worden war. Ich hielt mein Baby im Arm, stand mit angehaltenem Atem hinter ihm im dunklen Flur und beobachtete ihn.

Seine Stimme klang ganz ruhig, aber ich konnte sehen, wie seine Hände zitterten. Er muss kurz davor gewesen sein, in die Luft zu gehen.

Trotzdem lief das alles noch verhältnismäßig ruhig ab. Heutzutage hätten sie es nicht dabei belassen. Heute würden die Massenmedien sofort Fotos von unserer Familie in Umlauf bringen, und wir könnten bald das Haus nicht mehr verlassen. Ja, jetzt richtet sich die Mobjustiz gegen den Verbrecher und die Opfer, und das, bevor die Wahrheit ans Licht gekommen ist. Dabei sind die Opfer die Einzigen, die das Recht haben, Täter zu benennen. Aber völlig Fremde, die sich denken, wenn sie's nicht waren, muss es sie ja nicht kümmern!?

Ich kann das wirklich nicht verstehen.

III

Damals hatte ich gerade entbunden und war deswegen am Tag der Morde noch nicht auf den Beinen. Bei meinem ersten Sohn lief alles problemlos, aber aus irgendeinem Grund war meine zweite Geburt schwer, und es hat lange gedauert, mich davon zu erholen. Ich habe kaum gegessen und bin zwei Wochen lang nicht aufgestanden. Und ich hatte lange Zeit furchtbare schwarze Ringe unter den Augen. Mein Ältester ist in Tränen ausgebrochen, als er mich so gesehen hat; also es muss schon ziemlich schlimm gewesen sein.

Das stimmt, meine Familie ist im Großhandel mit Metallteilen tätig. Mein Mann stammt aus einer Familie von Steinmetzen, aber als dritter Sohn konnte er das Familiengeschäft nicht erben, also kam er stattdessen zu uns. Nach der Heirat lebten wir bei meinen Eltern.

Wie gesagt, ich lag noch im Bett, also kümmerte sich meine Schwester, die damals frisch verheiratet war, um meine Mutter im Krankenhaus. Auf dem Rückweg kam sie immer vorbei, um mir zu berichten. Sie hat immer geweint, wenn sie mir erzählte, wie furchtbar es war, Mama so zu sehen. Meine Schwester ist ein emotionaler Typ. Als Kind weinte sie auch immer, wenn sie wütend war, und schrie, wenn sie ihre Gefühle nicht in Worte fassen konnte. Die Tränen kullerten nur so herunter ... Und so war es auch jeden Tag, als Mama im Krankenhaus lag.

Ja, wir waren uns ständig der Blicke unserer Nachbarn bewusst. Ehrlich, wir standen immer kurz vorm Zusammenbruch.

Aber Papa war ein Fels in der Brandung. Er war wirklich toll. Er hat uns gesagt, wir sollten aufrecht gehen und nichts tun, was den Leuten Anlass geben würde, uns zu triezen. Es gibt immer jemanden, der auf eine Gelegenheit wartet, sich auf andere zu stürzen, um sich selbst besser zu fühlen, pflegte er zu sagen. Wir taten daher unser Bestes, um ruhig und unauffällig zu bleiben. Deshalb hatten wir auch nie direkte Auseinandersetzungen wegen der Gerüchte, obwohl wir wussten, was die Leute hinter unserem Rücken redeten.

Einige Leute änderten ihre Meinung jedoch sehr schnell, schmierten uns Honig ums Maul und wurden freundlich und nett, nachdem die Polizei herausgefunden hatte, wer es getan hatte ... obwohl der Täter zu diesem Zeitpunkt natürlich schon tot war. Vielleicht fühlten sie sich schuldig. Wir bekamen einen Haufen Genesungsgeschenke. All diese Päckchen mit Süßigkeiten und Obst zu sehen, die sich stapelten, hat mich sehr verbittert, ja, so war es. Warum tun sie jetzt so, als ob? Aber wir kannten diejenigen, die ihre Meinung plötzlich geändert hatten, und rührten keine Geschenke von diesen Leuten an. Stattdessen teilten wir sie mit Familien, die wir im Krankenhaus kennengelernt hatten. Es war das Mindeste, was wir tun konnten, um uns zu revanchieren. Es hat sich gut angefühlt, wirklich. Trotzdem war es natürlich richtig von denen, dass sie Geschenke brachten, als Mama das Krankenhaus verließ.

Mutter hat immer hart gearbeitet und war ein fröhlicher Mensch, stets in Bewegung, aber nach diesem Tag war sie nicht mehr dieselbe. Fast über Nacht wirkte sie wie um zwanzig Jahre gealtert. Wer sie das erste Mal im Krankenhaus sah, war so schockiert über die Veränderung, dass ihm die Worte fehlten.

Natürlich litt sie unter den Nachwirkungen des Gifts, aber ich glaube, vor allem der Schock war einfach zu viel für sie ... sie schien ihren Willen zu verlieren, gesund zu werden. Teilweise deshalb, weil sie das jüngste Aosawa-Kind, einen Jungen, den sie wie ein Enkelkind liebte, vor ihren Augen qualvoll sterben sah. Ich glaube nicht, dass sie je darüber hinwegkam.

Es war zu grausam. Mutter selbst hat Schmerzen wie nie zuvor erlebt, aber dann musste sie das auch noch mit ansehen. Es war zu viel, um es zu ertragen.

Selbst jetzt wünschte ich noch, ich könnte diesen Mörder umbringen. Ich kann ihm nicht verzeihen, dass er Selbstmord begangen hat. Der Abgang eines Feiglings. So ungerecht.

Ein schneller Tod ist zu gut für ihn. Ich würde ihm gerne sein eigenes Gift einflößen, Tropfen für Tropfen, bis er sich erbricht und sich auf dem Boden wälzt, bedeckt mit seinen eigenen Fäkalien und dem Erbrochenen. Ich würde es auch tagelang wirken lassen, damit er weiß, wie es ist, den gleichen Schmerz wie seine Opfer zu fühlen. Das ist es, was ich mir wünsche.

IV

Wann meine Mutter anfing, für die Aosawas zu arbeiten?

Solange meine Erinnerung zurückreicht, hat sie schon immer dort mitgeholfen.

Sie stammte aus einer Familie von Gärtnern, schon seit Generationen. Sie hatten einen kleinen Gartenbaubetrieb und waren seit der Zeit von Mutters Großvater für den Garten der Aosawas zuständig. Deswegen ging sie, schon seit sie klein war, mit ihrem Vater und Großvater in das Haus. Die Aosawas mochten sie. Sie übergaben ihr sogar ein großes Hochzeitsgeschenk, als sie heiratete.

Die Frau des jüngeren Arztes war Christin. Immer sanftmütig, nie hörte meine Mutter die Herrin ungeduldig oder im Zorn sprechen. Als die Tochter ihr Augenlicht verlor, taten sie alles, um sie zu heilen, aber nichts funktionierte. Der Herr, also der jüngere Arzt, war sehr niedergeschlagen, aber anscheinend tröstete die Herrin ihn und sagte, auch das sei Gottes Wille.

Als die Herrin ihre ehrenamtliche Arbeit begann, brauchten sie jemanden, der im Haushalt half, und da fiel gleich Mamas Name. Und Mama kannte die Familie ja, seit sie klein war, und machte sich gern nützlich, also war sie glücklich, diese Aufgabe zu übernehmen. Ich schätze, sie war schon seit etwa zwanzig Jahren dort, als die Morde geschahen. Wie ich schon sagte, war sie immer fröhlich und scheute keine Mühen, sodass ich sicher bin, dass sie sie sehr schätzten, auch wenn ich da als ihre Tochter vielleicht parteiisch bin. Die Kinder des Hauses waren ihr sehr zugetan. Besonders der jüngste Sohn ... das machte mich manchmal fast eifersüchtig, obwohl ich schon erwachsen war. Mama hatte diesen Jungen sehr gern ... er war ihr Liebling. Ich denke, Sie können sich ein Bild davon machen, wie gut sie die Familie kannte. Die Tochter, Hisako, und der älteste Junge, Nozomu, waren beide beeindruckende Kinder, sehr selbstbeherrscht für ihr Alter und überhaupt nicht schwierig, also verstehe ich, warum sie den Jüngsten vielleicht etwas verwöhnen wollte.

V

Was auch immer man sonst darüber sagen mag, dieses Haus hatte eine ganz besondere Atmosphäre.

Alle wirklich guten alten Häuser sind so.

Hohe Decken, eine geschmackvolle Mischung aus japanischem und westlichem Stil, eine dreiteilige Sitzgruppe mit Spitzendecken und schwere Vorhängen an den Fenstern – ein Haus wie aus einem Film.

Es lief immer Musik im Hintergrund. Klassische Musik, englische Popsongs und solche Sachen – fröhliche und stilvolle Musik. Der Herr mochte Musik, aber dass immer das Radio angeschaltet war, sei Hisako geschuldet gewesen, habe ich gehört. Damit sie sich an den Geräuschen daraus orientieren konnte.

Als Kind war ich ein paarmal im Jahr dort, immer wenn Mama mich bat, eine Aufgabe zu übernehmen, oder ich sie abholen musste. Aber im Gegensatz zu Mama und meiner Schwester habe ich mich in dem Haus nie wohlgefühlt.

Ich nehme an, weil es zu anders war. Das Haus war wie eine Theaterkulisse.

Zum einen kamen und gingen ständig Besucher. Man hörte sie reden, und die drückten sich immer so gewählt aus, als stünden sie auf der Bühne. Es war immer ein komisches Gefühl, ihnen zuzuhören. Meine Schwester war gerne in dem Haus, aber ich konnte es nie länger als zehn Minuten dort aushalten. Sie hatten importierte Uhren und Spieldosen und Puppen, die wir nie zuvor gesehen hatten; jede Menge ausgefallener, schöner Dinge. Meine Schwester starrte sie mit Vorliebe an, als wollte sie sie am liebsten aufessen.

Ich mochte es einfach nicht. Nur ein paar Minuten drinnen, und die Atmosphäre des Ortes schien mich zu erdrücken. Also ging ich immer zum Hintereingang, wenn meine Mutter mich brauchte, und verschwand, sobald meine Besorgung erledigt war. Wenn ich doch mal jemandem aus dem Haus begegnete, machte ich eine schnelle Verbeugung und huschte weiter. So war das. Sie hielten mich für schüchtern und sagten immer, ich sei überhaupt nicht wie meine Mutter. Meine Mutter bat immer mich und nicht meine Schwester, die Besorgungen zu erledigen, weil sie wusste, dass ich nicht herumtrödeln würde.

Sie konnte sich darauf verlassen, dass ich mich sofort auf den Weg machte und nie mehr sagte als nötig.

Außerdem dieser stechende Geruch.

So ähnlich wie Desinfektionsmittel. Ich dachte immer, das liegt an der Klinik.

Aber Mama und meine Schwester behaupteten, dass es nicht danach riechen würde. Mama meinte, dass die Klinik und der Wohnbereich komplett getrennt waren und dass es kein Desinfektionsmittel im Haus gab. Und dass ich mir das wahrscheinlich einbildete, weil ich um die Klinik wusste.

Aber es roch wirklich. Jedes Mal, wenn die Hintertür aufging, hatte ich das Stechen in der Nase. Es war wie ein … wie soll ich es beschreiben … eine Art kalter, herber Geruch. Er gab mir das Gefühl, dass ich dort nicht erwünscht war.

Was ich damit sagen will, ist, dass dieser Geruch etwas mit meinen Gefühlen für dieses Haus zu tun haben könnte. Sie wissen, wie es in einem Krankenhaus ist, egal wie herausgeputzt es ist oder wie freundlich die Schwestern lächeln, ein Atemzug und Sie wissen, wo Sie sind … in einem Krankenhaus … eine Grenzzone zwischen Leben und Tod. So habe ich mich in diesem Haus gefühlt. Ich wusste, ich muss aufpassen, achtsam und brav sein … auf der Hut sein. Das war das Gefühl, das mich an diesem Ort beschlich, und ich war immer bemüht, so schnell wie möglich wegzukommen.

Natürlich empfand das nicht jeder so. Verstehen Sie mich nicht falsch.

Sie waren eine angesehene Familie in der Gemeinde, bekannt und bewundert für ihre guten Taten. Einmal, als vor dem Krieg die Cholera ausbrach, packte das ganze Haus Tag und Nacht mit an, um eine große Anzahl von Patienten kostenlos zu versorgen. Als ich ein Mädchen war, erinnerten sich viele Leute noch mit Dankbarkeit daran. Ich bin mir nicht sicher, ob ich mich klar ausdrücke, aber auf jeden Fall war dieses Haus etwas Besonderes.

Ach ja, ich spreche der Einfachheit halber vom Aosawa-Haus, aber eigentlich nennt es niemand wirklich so. Ich wusste die längste Zeit nicht einmal, dass die Familie, die dort lebte, Aosawa heißt.

Wie die Leute es tatsächlich nannten, war »Runde Fenster«. »Soundso von den runden Fenstern« oder »in den runden Fenstern«, haben sie gesagt.

Ja, denn es hatte wirklich runde Fenster.

In den Wänden aus Stein waren drei runde Fenster in einer Reihe eingelassen, die es wie ein altmodisches U-Boot aussehen ließen. Ich habe gehört, dass das Haus von einem Architekten entworfen wurde, der in Deutschland studiert hat und sich mit dem alten Familienoberhaupt angefreundet hatte, als der zum Medizinstudium ins Ausland ging. Aber es wurde von japanischen Handwerkern errichtet, was man an den Kacheln um die Fenster und an dem blaugrünen Milchglas erkennt.

Ich konnte mal einen Blick von innen auf die Fenster erhaschen: Jedes von ihnen befindet sich in einem winzigen Raum von ein paar Quadratmetern Größe. Der mittlere war ein Waschraum mit einem tiefen Waschbecken, groß genug, um einen Eimer hineinzustellen und mit Wasser zu füllen. Die Räume auf beiden Seiten hatten Holztüren, und der auf der rechten Seite war ein Telefonraum. Der auf der linken Seite hatte ein Regal drin, mehr nicht. An dem Tag, als ich hineinschaute, stand darauf eine einzelne Blumenvase. Seltsam, dachte ich, aber als ich meine Mutter nach dem Zimmer fragte, war sie aus irgendeinem Grund sehr zurückhaltend und sagte nur: »Das ist das Zimmer der Hausherrin.«

Niemand hat es mir gesagt, aber ich glaube, dass die Herrin dort allein ihre Gebete sprach. Ich weiß aber nicht, ob das der ursprüngliche Zweck des Zimmers war. In ausländischen Filmen sieht man doch oft, dass ein Priester in so einen winzigen Raum geht, klein wie eine Telefonzelle, um Beichten abzunehmen, ohne dass er die Gesichter der Leute sehen kann. So einen Eindruck hat das auf mich gemacht.

Wenn Licht brannte, konnte man die drei Räume auf der Straße schon von Weitem sehen.

Meine Freunde und ich spielten im Winter auf dem Heimweg von der Schule immer irgendwelche dummen Spielchen. Wir schlossen Wetten ab, wie viele Fenster beleuchtet sein würden, wenn wir vorbeikamen. Wenn es schneite und es auch tagsüber dunkel war, sah das Haus wie ein Schiff aus, das in einem Meer aus Schnee schwamm.

Jeder kannte das Haus. Es war das Zentrum unserer Gemeinde.

VI

Ja, kein Zweifel, Hisako und Nozomu waren im Hause Aosawa der Prinz und die Prinzessin.

Sie waren schlank, hatten helle Haut und schöne Gesichtszüge.

Sie fielen überall auf. Oder besser gesagt, man konnte nicht anders, als sie anzuschauen, die Augen schienen einfach in ihre Richtung zu wandern. Sie sahen aus wie aus dem Märchen. Fast zu perfekt. Jedes Mal, wenn ich sie betrachtete, dachte ich: Die beiden stammen nicht aus derselben Welt wie ich.

Sie waren wirklich ein geheimnisvolles Paar.

Ich habe andere Leute aus sogenannten besseren Verhältnissen getroffen, aber diese beiden hatten etwas Besonderes, etwas, das sie dem Verständnis gewöhnlicher Leute wie mir entzog. Kinder aus solchen Verhältnissen werden meist etwas egozentrisch und naiv oder perfektionistisch oder rebellisch. Wie auch immer sie sich entwickeln, es ergibt Sinn, denn man kann sich gut vorstellen, dass eine Person, die verwöhnt aufwächst und der es an nichts mangelt, sich genau so entwickelt. Nun, diese beiden waren so ... von der realen Welt abgehoben ... aber eben auf eine unbegreifliche Weise.

Ich kann es nicht richtig erklären ... sie waren beide perfekt. Gut aussehend, selbstbewusst, klug, immer lächelnd, feine Manieren, nie unanständig oder arrogant. Ich glaube nicht, dass irgendjemand je ein schlechtes Wort über sie verloren hätte.

Es muss schwer sein, immer bewundert zu werden, immer Leute zu haben, die zu einem aufschauen.

Es ist schwer, ein Star zu sein. Immer im Zentrum der Aufmerksamkeit zu stehen. Wenn ein Star auch nur ein bisschen aus der Reihe tanzt, bricht eine Flut von Kritik über ihn herein, und er wird sofort in seine Schranken verwiesen. Aber Stars können sich wenigstens zur Ruhe setzen. Diese beiden waren dafür geboren, nicht wahr, sie wurden in ein soziales System hineingeboren, das Generationen zurückreicht. Für sie gab es keinen Ruhestand. Ihr ganzes Leben lang nicht. Damit mussten sie zurechtkommen.

Irgendetwas an ihnen ließ mich denken, dass sie alles aufgegeben hatten. Ihre Lebenssituation, meine ich. Ich spürte ... und das ist vielleicht etwas übertrieben ..., dass sie ihre Welt aufgegeben hatten. Weil es hoffnungslos war, könnte man sagen. Sie waren so gutmütig und fehlerlos, weil ihre Situation so hoffnungslos war ... so empfand ich es jedenfalls.

Besonders Hisako.

VII

Über den Tag der Morde kann ich selbst gar nichts sagen. Ich weiß wirklich nicht mehr als das, was in den Zeitungen stand.

Nein, ich habe Mama nie direkt danach gefragt. Hätte sie mir zu verstehen gegeben, dass sie reden wollte, hätte ich ihr gerne zugehört, aber ich wollte es nicht gegen ihren Willen zur Sprache bringen, und sie schien mehr als alles andere vergessen zu wollen. Am Ende habe ich nie etwas über diesen Tag von ihr gehört.

Die Kriminalpolizisten, die sie befragten, waren anständige Leute.

Es waren immer zwei von ihnen, ein Mann um die fünfzig und eine mollige Polizistin. Sie waren so geduldig ... der Mann war überhaupt nicht wie ein Kriminalbeamter. Er sieht schroff aus, war aber sehr sanft und freundlich ... man hätte ihn eher für einen Lehrer als für einen Polizisten halten können.

Er war auch geschickt mit seinen Händen. Eines Tages hab ich im Korridor des Krankenhauses gesehen, wie er an etwas herumwerkelte, und mich gefragt, was er da tat. Er faltete einen kleinen Papier-Kranich. Als er mein Starren bemerkte, lächelte er verlegen. Er erzählte mir, dass er früher ein starker Raucher gewesen war, aber auf Anweisung des Arztes aufgehört hatte, und seitdem falte er, wann immer er sich nach einer Zigarette sehnte, stattdessen einen Papier-Kranich. Es war ihm ein bisschen peinlich, als er sagte, er habe es sich so zur Gewohnheit werden lassen, dass er jetzt immer einen Kranich falten müsse, wenn er nachdenken wolle.

Ich wusste das vorher nicht, aber es gibt eine Art von Origami, die Kettenkranich heißt, und seit langer Zeit viele unterschiedliche Origami-Techniken, um Kraniche zu formen.

Anscheinend hat während der Edo-Zeit ein Mönch aus der Ise-Region ein Buch über geheime Renzuru-Techniken geschrieben. Der Kriminalbeamte hat mir ein paar Kraniche aus diesem Buch vorgefaltet – einen großen Kranich mit einem kleinen Kranich, der auf seinem Schwanz saß, viele Kraniche, die in einem Kreis zusammengefügt waren, und zwei Kraniche, die am Bauch verbunden waren wie mit einem Spiegelbild im Wasser. Es war wie Zauberei! Manchmal benutzte er eine winzige Schere, um Schnitte zu machen. Die Figuren hatten alle ausgefallene Namen. Damals ging es mir noch nicht so gut, und das muss man mir angesehen haben, denn als ich auf dem Flur saß, sprachen die Krankenschwestern mit mir, als wäre ich eine Patientin. Dieser Kriminalbeamte war immer sehr nett. Ach ja, richtig, ich erinnere mich an den Namen des Kranichs, der aussieht, als würde er sich im Wasser spiegeln – es ist der einzige, an den ich mich erinnere. Traumpfad heißt er anscheinend. Hübscher Name, nicht wahr?

Die beiden Polizisten hatten die Erlaubnis der Ärzte, sie jeden Tag zu besuchen.

Mama sagte anfangs überhaupt nichts, aber mit der Zeit fing sie an, den beiden zu vertrauen, und ich entsinne mich, dass ihre Gespräche allmählich länger und länger wurden. Ich glaube aber nicht, dass sie jemals etwas gesagt hat, was ihnen einen Hinweis auf den Täter gegeben hätte. Sie verstanden sich gut mit ihr, aber die Polizisten wirkten immer enttäuscht, wenn sie weggingen.

Es war schmerzhaft, damals die Zeitungen und Zeitschriften zu lesen. Ich wollte wissen, was passiert war, also kaufte ich zuerst alle Zeitungen, aber als die Gerüchte über Mama darin auftauchten, hatte ich zu viel Angst, weiterzulesen. Jedes Mal, wenn ich eine Zeitung aufschlug, sah ich sofort nur noch die Schlagzeilen zu diesem Fall. Es fühlte sich an, als würden sie mich anspringen und mir ein Messer in die Brust rammen. Manchmal habe ich eine Zeitung aufschlagen wollen, konnte mich aber eine halbe Stunde lang nicht rühren. Ich konnte keine Zeitung mehr öffnen, wenn nicht vorher mein Mann nachgesehen und Entwarnung gegeben hatte.

Das ging fast zwei Monate so. Die Zeit schleppte sich dahin, weil die Ermittlungen komplett ins Stocken geraten waren.

Die Ermittler kamen nicht mehr so oft zu Besuch, und als ich ihnen nach langer Zeit wieder begegnete, sahen sie furchtbar aus … so müde und erschöpft. In dem Moment, als ich ihre Gesichter betrachtete, war ich wieder wütend und fühlte mich hoffnungslos. Diese Menschen arbeiteten sich halb zu Tode … wie lange würde das noch so weitergehen? Alles auf Kosten der Steuerzahler … wie lange würde dieser Albtraum noch andauern? Es war eine Qual, so lange warten zu müssen, nicht zu wissen, wem man die Schuld geben oder wo man sich beschweren konnte.

VIII

Als die Nachricht vom Tod des Mörders kam, war es wie ein Blitz aus heiterem Himmel.

Ich hatte den Namen noch nie gehört oder gelesen. Es hat den Medien richtig eingeheizt, sie haben sich fast überschlagen, aber wir wurden außen vor gelassen. Ja, die, die im Mittelpunkt des Falls standen, wurden einfach beiseitegeschoben.

Sofort fingen die Zeitungen und Zeitschriften an, sich über das Leben des Mannes herzumachen, der der Mörder sein sollte, aber aus irgendeinem Grund fühlte sich das für uns alles sehr weit weg an. Wir waren zu dem Zeitpunkt vollkommen erschöpft. Sogar Mama zeigte kaum eine Reaktion, als sie las, dass der Mörder identifiziert worden war. Alle waren unruhig.

War das das Ende?

Konnte es denn wirklich so enden?

Und mussten wir jetzt einfach weitermachen und damit leben?

Es war Verzweiflung, könnte man sagen ... Verzweiflung darüber, dass es so enden sollte. Immerhin war der Mörder bereits tot, sodass die Aufregung in den Medien sehr bald erlosch, ganz anders als nach der Meldung von den Morden. Einfach so wurde der Fall als abgeschlossen angesehen und vergessen.

Und auch wir wurden von der Welt vergessen.

Es ist seltsam, aber seit dem Tag, an dem der Name des Mörders bekannt wurde, habe ich meine Angst vor Zeitungen und Zeitschriften verloren. Als wäre ich von meinen Dämonen erlöst worden ... nichts machte mir mehr Angst. Selbst wenn ich Artikel über das Verbrechen las, fühlte ich nichts mehr.

Der Kriminalbeamte kam extra noch mal zu uns, für einen Abschlussbericht über die Ermittlungen. Als ich ihn in seinem warmen dunkelgrauen Anzug sah, wurde mir plötzlich bewusst, dass es inzwischen schon Herbst geworden war.

Er wirkte ganz ruhig, aber da war etwas in seinem Gesicht, das andeutete, dass er nicht ganz überzeugt war. Wir fühlten dasselbe, und so saßen wir alle etwas unangenehm berührt zusammen und wanden uns auf unseren Stühlen.

Er sagte uns, sie seien sich sicher, dass der Mann, der identifiziert wurde, derjenige war, der den vergifteten Sake geliefert hatte.

So wie er es sagte, hörte es sich jedoch an, als ob er vermutete, dass der wahre Täter jemand anderes war. Aber mehr hat er uns nicht erzählt.

»Ich bin einer anderen Spur gefolgt«, murmelte er beim Schuheanziehen am Eingang vor sich hin, kurz bevor er ging.

»Was denn für einer?«, fragte ich ihn.

Er lachte nur und sagte: »Ach, schon gut.« Dann schien er sich an etwas zu erinnern und zog einen Traumpfad-Kranich aus seiner Tasche, um ihn Mama zu geben.

Er war aus schönem Papier gemacht. Nicht sein übliches billiges Origami-Papier, sondern ganz schick mit Blättchen von Blattgold darin.

Er sagte zu Mama, fast als würde er es rezitieren: »Leben Sie wohl, Sie müssen sich für nichts rechtfertigen, leben Sie wohl!«

Aber in dem Moment, als Mama den Kranich in die Hand nahm, brach sie in Tränen aus und fiel fast in sich zusammen. Das hat uns völlig überrascht. Der Kriminalpolizist und ich stützten sie, aber sie konnte lange Zeit nicht aufhören zu weinen.

»Nein, nein, so war es nicht, Herr Kommissar. Ich hätte nicht überleben sollen«, schluchzte sie. Ich musste auch weinen, fragte sie, was sie damit meinte, und versuchte sie zu überzeugen, dass sie nichts falsch gemacht habe. Aber sie schüttelte nur den Kopf und sagte: »So war es nicht, so war es nicht«, immer und immer wieder.

Der Polizist ging ohne ein weiteres Wort.

Meine Mutter und ich traten nach draußen, um ihn zu verabschieden, und wir standen beide eine Weile weinend da.

Bis ans Ende ihrer Tage schwieg sie über ihren damaligen Ausbruch und darüber, was sie damit gemeint hatte.

Dieser Papier-Kranich steht noch heute auf dem Ahnentäfelchen meiner Mutter.

IX

Ich hatte Angst vor Hisako.

Ich weiß nicht, warum. Ich kann es nicht in Worte fassen.

Ich glaube, ich war eifersüchtig. Sie konnte nicht sehen, aber sie hatte alles. Oder vielleicht hatte sie alles, weil sie blind war.

Wenn ich das so sage, würde das blinde Menschen wahrscheinlich verärgern. Aber Hisako ist nicht einfach irgendjemand. Man kann sie mit niemandem vergleichen, nicht nach normalen Maßstäben und auch nicht nach meinen.

Ich glaube, dass sie ihr Augenlicht im Gegenzug für die Welt hingab. Nicht die Welt, die wir kennen, sondern eine andere Welt. Ich kann mich des Gefühls nicht erwehren, dass sie mit irgendwem einen Handel einging, als sie in diese Welt geboren wurde. Ich gebe dir meine Augen, wenn du mir im Gegenzug die Welt gibst. Deshalb hatte ich Angst vor ihr.

Ich habe sie einmal auf einer Schaukel gesehen.

Auf einer kleinen Schaukel, in einem Park in der Nähe.

Sie hatte nie Angst vor Schaukeln, obwohl sie als Kind ihr Augenlicht verloren hat, als sie von einer herunterfiel.

Als ich sie eines Abends in der Dämmerung schaukeln sah, zuckte ich unvermittelt zusammen.

Sie schaukelte heftig und versuchte fast verzweifelt, so hoch wie möglich zu kommen.

Sie schaukelte so hoch, dass es mich beunruhigte, als ich sie beobachtete.

Und dann der Ausdruck in ihrem Gesicht beim Schaukeln.

Ein breites Lächeln, von einem Ohr zum anderen.

Glücklich, als hielte sie die Welt in ihren Händen.

Ich habe nie zuvor und nie danach so einen Gesichtsausdruck erlebt, weder bei ihr noch bei jemand anderem. Ich fühlte mich fast schuldig, als hätte ich etwas gesehen, was ein Mensch nicht hätte sehen sollen.

Plötzlich waren meine Beine wie versteinert.

Denn einen Moment lang hatte ich eine Vision ... nur einen winzigen Ausschnitt ... von der Welt, die sie von der Schaukel aus sah.

Sie war reinweiß. Weiß in allen Richtungen, eine reinweiße Welt des Nichts. Und das Einzige, was sich in dieser unendlichen Welt, grenzenlos wie das All, bewegte, war die Schaukel.

Es war wie eine Offenbarung.

In diesem Moment verstand ich.

Ich verstand den Handel, den sie als kleines Mädchen auf der Schaukel mit jemandem eingegangen war. Sie schaukelte, und jemand sagte zu ihr: »Ich gebe dir die Welt, wenn du mir im Gegenzug auch etwas gibst.«

Sie stimmte zu und ließ die Schaukel los.

x

Über Makiko Saiga weiß ich fast nichts.

Ich habe sie nur ein paarmal in dem Haus gesehen, als wir noch Kinder waren. Ich hatte den Eindruck, dass sie ruhig und vernünftig war und kein Dummkopf. Die Art von Kind, die still und leise zusah, während andere Kinder lautstark ihre Spiele spielten. Meine Schwester war auch von der neugierigen Sorte, die immer alles und jeden anstarrte, aber nicht auf die gleiche Weise wie Makiko. Makiko war unerschütterlich. Schon seit sie klein war, konnte sie nichts aus der Ruhe bringen. So ein Mädchen war sie.

Als sie meine Mutter besuchte, wusste ich nicht, dass sie die Makiko aus meiner Kindheit war.

Ich wusste, dass sie Briefe gewechselt hatten und Mama zugestimmt hatte, mit ihr zu sprechen, aber erst als ich Mama danach fragte, erfuhr ich, dass sie früher in der Nachbarschaft gewohnt hatte.

Mama hatte liebevolle Erinnerungen an sie.

Zu dieser Zeit schien Mama es langsam geschafft zu haben, die Auswirkungen der Morde abzuschütteln. Ich denke, dass sie vielleicht genau zu dem Zeitpunkt, als Makiko sie kontaktierte, mit jemandem reden wollte.

Und ich dachte, dass es ihr bestimmt guttun würde. Sie musste irgendwie einen Schlussstrich ziehen, und ich glaubte, darüber zu reden würde ihr helfen, die Dinge in ihrem Kopf zu verarbeiten … Papa war am Anfang noch dagegen, aber Mama sagte ihm, dass alles gut werden würde, also gab er nach.

Makiko kam dann etwa einmal im Monat vorbei und sprach jedes Mal mehrere Stunden mit Mama.

Sie war zu einer ernsten und verantwortungsbewussten jungen Frau geworden. Jedes Mal, wenn ich sie traf und mich daran erinnerte, wie sie als Mädchen gewesen war, konnte ich mich des Eindrucks nicht erwehren, dass sie sich kein bisschen verändert hatte.

Nein, sie war immer allein. Sie hatte nie jemanden dabei.

Es beunruhigte mich, wenn ich meine Mutter manchmal weinen hörte, während Makiko da war, aber sie wirkte danach immer so erleichtert, als ob ihr eine Last von den Schultern genommen wäre, also dachte ich mir nicht viel dabei. Jetzt verstehe ich, dass es für sie wie eine Therapie war, über die Vergangenheit zu sprechen und Dinge zu sagen, die sie weder uns noch sonst jemandem sagen konnte. Sogar Papa meinte, er sei erleichtert, wie gut es lief.

Aber als das Buch herauskam und es so viel Wirbel gab, hat sich Mama wieder im Haus eingeschlossen.

Auch wir waren nervös, weil es hieß, dass der Mordfall wieder aufgerollt werden sollte, und ich war damals nicht sehr glücklich mit Makiko Saigas Verhalten, das kann ich Ihnen verraten. Sie hatte uns nicht gesagt, dass sie ein Buch schreiben wollte ... sie hatte nur gesagt, dass sie Material für ihre Abschlussarbeit sammelte. Papa und ich waren beide wahnsinnig wütend.

Wir wollten sie zur Rede stellen, aber Mama blieb hartnäckig und weigerte sich, uns das zu erlauben.

»Keine Sorge, es ist schon gut«, sagte sie.

Das sagte sie immer und immer wieder. Fast so, als wollte sie sich selbst überzeugen. Also mussten Papa und ich klein beigeben.

Und, ja, Mama hat sich während der ganzen Aufregung um das Buch ins Haus zurückgezogen, aber es war nicht so, dass sie sich vor der Welt versteckt oder ausgehöhlt und leer gewirkt hätte wie zur Zeit der Morde. Sie schien einfach nur in Gedanken versunken zu sein. Sie ruhte in sich ... ja, so kann man sie am besten beschreiben ... und verbrachte jeden Tag, von morgens bis abends, damit, die Briefe und alten Fotoalben durchzusehen, die sie für ihre Gespräche mit Makiko zusammengestellt hatte. Sie hatte diese Ausstrahlung, als ob sie sich nicht unterkriegen lassen würde. Sie war so in ihre Erinnerungen vertieft, dass sie wahrscheinlich nichts um sich herum wahrnahm. Also ließen wir sie einfach in Ruhe. Dann legte sich die ganze Aufregung, wie sie sich immer legt, wenn man sie ignoriert, und die Zeitungen gingen zum nächsten Skandal über. Das Buch und auch Mama wurden wieder von der Welt vergessen.

Ich sehe sie immer noch vor mir, wie sie an dem niedrigen

Lesepult auf dem Boden des Tatami-Raums sitzt und, dieses Buch aufgeschlagen, die Fotos sorgfältig durchgeht.

Seitdem habe ich Makiko kein einziges Mal mehr gesehen.

Ich frage mich, was sie jetzt macht. Sie hat ja kein weiteres Buch mehr geschrieben, glaube ich.

XI

Nein, ich selbst habe das Buch nie gelesen.

Nachdem Sie sich bei mir gemeldet hatten, habe ich es zum ersten Mal durchgeblättert, das war's. Für unsere Familie war es ein furchtbares Buch. Aber wegwerfen konnte ich es auch nicht.

Wie gesagt, bis zu ihrem Tod hat Mama mit keinem aus der Familie über die Morde geredet.

Und ich habe auch nie verstanden, warum sie damals zu dem Kriminalbeamten gesagt hat: »Nein, nein, so war es nicht.«

Aber als sie das Buch gelesen hat, kamen die Erinnerungen wieder hoch.

Aber auch wenn meine Mutter nie über den Vorfall in seiner Gesamtheit gesprochen hat, hat sie ihn trotzdem gelegentlich am Rande erwähnt.

Wenn Makiko unser Haus verlassen hatte, war Mama immer noch aufgebracht. In solchen Momenten sprach sie mit sich selbst.

Eines Tages sagte sie plötzlich: »Oh, da war ein Telefonanruf.«

Einfach so. Also fragte ich sie: »Was für ein Anruf?«

Und sie sagte nur: »An dem Tag.« Sie hatte diesen entrückten Blick, und ihre Augen funkelten.

»Ja, wirklich, jemand hat angerufen, gerade als alle ihre Gläser zum Anstoßen erhoben. Ich hatte nur einen Schluck getrunken und dachte noch, dass der Sake komisch schmeckt, als ich das Telefon hörte und mein Glas wieder abstellte. Es war meine Aufgabe, ans Telefon zu gehen.

Wenn das Telefon zu schrillen anfing, machte es furchtbaren Krach, und ich hatte Angst, es würde die Party verderben, also bin ich sofort hin.

Bevor Telefone anfangen zu klingeln, merkt man es doch meistens, da gibt es so eine Art Klicken, und meine Ohren sind gut, also habe ich das Geräusch gehört, als ich gerade das Glas erhoben hatte, und deshalb nur ganz wenig getrunken.«

Das fand ich sehr interessant, also fragte ich, von wem dieser Anruf kam. Mama war an diesem Tag ungewöhnlich gesprächig.

»Eine Frau ... es war eine junge Frau«, erzählte sie mir. »Sie hat ihren Namen nicht genannt. Sie sagte etwas Seltsames ... was war es gleich ... als wäre sie nervös. ›Äh, geht es allen gut?‹ und ›Gibt's was Neues?‹, so etwas in der Art.

Ich habe gefragt: ›Wer ist da, bitte?‹ und ›Mit wem möchten Sie sprechen?‹

Sie sagte wieder etwas Seltsames: ›Haben Sie vielleicht einen dünnen Hund gesehen?‹ Ich dachte, es sei vielleicht ein Scherzanruf, aber auf einmal wurde mir schwindelig und schlecht. Das Haus schien sich plötzlich zu verdunkeln. Was passiert hier nur?, dachte ich, dann hörte ich die Person am anderen Ende der Leitung ›Ah!‹ sagen und auflegen. Etwa zur selben Zeit legte ich den Hörer auf, weil alles dunkel wurde und mir so übel war, dass ich mich heftig übergeben musste.«

Ich weiß nicht, ob sie der Polizei jemals von diesem Telefonat erzählt hat.

Für mich hörte es sich so an, als wäre es das erste Mal gewesen, dass sie sich daran erinnerte. Ich schätze, sie hatte bis dahin eine Erinnerungslücke.

Aber, wissen Sie, ich frage mich, ob das nicht die Dinge ändert. Wenn diese Frau am Telefon etwas sagte wie »geht es allen gut« und »gibt's was Neues«, klingt das nicht so, als hätte sie gewusst, was passiert war? Sie könnte angerufen haben, um zu überprüfen, ob auch alle das Gift getrunken haben! Vielleicht war der dünne Hund ein Codewort für den Mann, der die Getränke geliefert hat.

Vielleicht gab es also wirklich einen Komplizen. Vielleicht war die Frau, die angerufen hat, die wahre Mörderin. Nachts im Bett konnte ich nicht aufhören, mir darüber Gedanken zu machen. Vielleicht sollte ich diesen Kriminalbeamten finden, dachte ich, und ihm davon erzählen. Aber der war längst im Ruhestand, und der Fall war offiziell abgeschlossen. Als der neue Tag anbrach, hatte ich es mir anders überlegt, da es ja doch nichts zu geben schien, was ich tun konnte.

Ich erinnere mich, dass meine Mutter noch eine weitere Sache erzählt hat.

Eine der Frauen, die an diesem Tag aushalfen, war auf etwas getreten und wäre fast gestolpert, als sie das Tablett mit dem gelieferten Sake und den Softdrinks hereintrug.

Mama sagte, sie sei erschrocken und habe bei einem Blick auf den Boden ein rotes Spielzeugauto entdeckt.

Es gehörte nicht Tasuku, denn er mochte es nicht, wenn sein Spielzeug schmutzig wurde. Er hatte eine große Sammlung von Modellautos, die er in einem speziellen Koffer aufbewahrte und mit denen er nur drinnen spielte. Dieses Auto aber war völlig verdreckt. Es war zwar schon trocken, aber es sah aus, als hätte man es draußen stehen lassen, und wahrscheinlich hatte es jemand – vielleicht Tasuku – mit hereingebracht. Mama fragte sich, wem es wohl gehörte und wie es hierhergekommen war, aber sie hatte für so etwas keine Zeit.

Sie meinte bedauernd, es sei schade, dass die Frau nicht gefallen sei. Dann hätten vielleicht nicht so viele das Gift getrunken.

Diese Geschichte beunruhigt mich jetzt im Nachhinein auch irgendwie.

Was, wenn jemand in diesem Haus wusste, dass etwas passieren würde?

Ich habe keine Ahnung, wie viel dieser Jemand wusste oder ob er involviert war. Aber mein Gefühl sagt mir, jemand wusste, dass die Getränke vergiftet waren, und versuchte zu verhindern, dass man sie trank. Ein Spielzeugauto allein kann nicht viel ausrichten, aber stellt man es auf die Holzdielen im Gang, wo jemand mit einem großen Tablett in den Händen in Hausschuhen drauftreten könnte, dann wird es gefährlich rutschig.

Wohlgemerkt, das ist nur eine Vermutung.

In letzter Zeit beschäftigen mich viele solcher Dinge.

Ich fühle mich, als hätte Mama mir Hausaufgaben aufgegeben. Ich … in diesem Alter! Was soll ich nur tun?

Neuerdings habe ich morgens immer wieder denselben Traum.

Ich schleiche über die Oberfläche eines weißen Sees wie ein Ninja.

Ich weiß, dass Mama auf mich wartet, ganz weit vorne. Ich bin mir im Traum sicher, dass vor mir der »Traumpfad« liegt, und wenn ich den gehe, treffe ich meine Mutter.

Ich laufe konzentriert über das Wasser. Es ist rundherum neblig, und ich kann nichts sehen, aber ich weiß sicher, dass Mama vor mir ist.

Ich beeile mich. Dann schaue ich zufällig nach unten und sehe, wie ich mich in der Wasseroberfläche spiegle.

Dort unter mir, auf dem Kopf stehend, laufe ich.

Ich betrachte mein Gesicht.

Aber als ich genauer hinsehe, merke ich, dass ich es nicht bin.

Es ist Hisako.

Kopfüber, direkt unter mir, läuft Hisako.

Ich schreie. Ich renne verzweifelt, um ihr zu entkommen.

Aber Hisako rennt genauso verzweifelt und hält mit mir Schritt, egal wie schnell ich bin.

Ich bin zu Tode verängstigt.

Ich renne und renne und renne. Es fühlt sich an, als würde mein Herz zerspringen, wenn ich noch weiter renne.

Dann wache ich auf.

XII

Mama hat das Grab der Familie Aosawa jedes Jahr besucht, am Jahrestag der Morde. Sie ging immer allein, keines von uns Familienmitgliedern begleitete sie je.

Seitdem sie gestorben ist, geht niemand mehr hin.

Aber ich glaube, ich werde dieses Jahr für sie gehen. So wie Mama es getan hat, am Jahrestag der Morde.

Sie wollte, dass ein Teil ihrer Asche im Meer verstreut wird, wissen Sie. Weil sie am Meer aufgewachsen ist. Das Haus, in dem sie als Mädchen wohnte, hatte Meerblick, und ihre Grundschule lag eine Straße weiter vom Strand entfernt. Sie hat oft erzählt, dass sie immer das Geräusch der Wellen im Ohr hatte. Ich habe etwas von ihrer Asche aufbewahrt, wie sie es wollte, um sie dort zu verstreuen, konnte mich aber nicht dazu durchringen, also lag sie die ganze Zeit zu Hause.

Aber ich denke, wenn ich das Aosawa-Grab besucht habe, gehe ich zum Strand in der Nähe ihrer alten Schule und verstreue dort die Asche. Und ich glaube, ich werde dieses Buch lesen, richtig von Anfang bis Ende.

Das hilft mir vielleicht, den Kopf ein wenig freizubekommen.

Wieder ein heißer Sommer dieses Jahr, nicht wahr?

Genauso einer wie damals.

Ich glaube, es ist eine gute Zeit, Mamas Asche zu verstreuen, am Ende des Sommers.

In letzter Zeit habe ich immer ein seltsames Bild im Kopf, wenn ich auf das Meer schaue.

Ich sehe eine Schaukel, die vom Himmel herabhängt, über dem Wasser.

Ich kann nicht sehen, wo die Ketten der Schaukel beginnen. Sie hängen von hoch oben in den Wolken herunter, wie Lichtstrahlen.

Die Schaukel schwingt langsam über dem Wasser.

Und natürlich sitzt sie darauf.

Wie an dem Tag, an dem ich sie gesehen habe.

Sie schaukelt, in ihrem Gesicht ein Lächeln, das so strahlend ist, als wäre sie nicht von dieser Welt.

Ich kneife die Augen zusammen und beobachte sie eine ganze Weile, wie sie über dem Horizont schaukelt.

Niemand sonst sieht sie. Nur ich. Ich bin die Einzige, die die Schaukel sehen kann. Wie an dem Tag, als ich sie im Park bemerkt habe.

Wann das war?

Das war am Tag der Gedenkfeier für die Opfer, als der Fall nach dem Selbstmord des Mörders abgeschlossen war. Ich war in der Abenddämmerung auf dem Weg nach Hause, als ich sie schaukeln sah, ein breites Lächeln im Gesicht.

5

DER TRAUMPFAD (TEIL 1)

I

Dass er diesen Beruf gewählt hatte, lag an den Ameisen.

In dem Moment, als er sie über ein angeschmolzenes hellviolettes Eis im Rinnstein krabbeln sah, hatte er das Gefühl, dass es das Richtige für ihn wäre.

Da er ein ernsthafter Junge mit guten Schulnoten war, wünschte sich seine Mutter, dass er eine Anstellung im Büro einer Bank, in einem Handelsunternehmen oder etwas Ähnlichem finden würde. Mit dem Einkommen seines Vaters, eines Schreiners, war es nicht einfach, ihn und seine drei jüngeren Geschwister großzuziehen, und für ihren Sohn wünschte sich seine Mutter ein geregeltes Einkommen. Die Eltern setzten ihre Hoffnungen auf ihren tüchtigen ältesten Sohn und taten alles, um ihm eine gute Schulbildung zu ermöglichen. Er wiederum hatte die feste Absicht, ihre Erwartungen zu erfüllen, und wünschte sich seit seiner Jugend nichts sehnlicher, als eigenständig zu werden, um zum Einkommen der Familie beizutragen.

Im Frühling seines letzten Schuljahres begann er, seine Zukunftspläne auszuloten und mit so vielen Menschen wie möglich zu besprechen.

Seine erste Wahl war natürlich, dem Wunsch seiner Eltern

entsprechend, Büroangestellter zu werden. Doch als ihm ein Bekannter stolz ein mittelständisches Handelsunternehmen vorstellte und er zum ersten Mal ein Büro betrat, fühlte er sich deplatziert.

Zunächst konnte er die Ursache für dieses Gefühl nicht erkennen. Da er noch nie eine Firma besucht oder ein Büro von innen gesehen hatte, nahm er an, dass es einfach mit dem Unbekannten und dem Überraschungseffekt zusammenhing.

Männer, die geschäftig Anrufe entgegennahmen, und Mitarbeiterinnen in blendend weißen Blusen. Voller Energie, Intelligenz, eine verheißungsvolle, strahlende Zukunft. Wäre er wie andere Jugendliche in seinem Alter gewesen, hätte sich bei dem Gedanken, einer von ihnen zu werden, seine Brust vor Stolz und Hoffnung geschwellt. Sie hätten sich wohl vorgestellt, sich eines Tages unter diese Männer einzureihen, wichtige Telefongespräche zu führen, Dokumente zu verfassen und mit den jungen Frauen zu plaudern.

Doch in seiner Brust regte sich nur ein Gefühl von Unbehagen.

Jeder Versuch, sich vorzustellen, dort zu arbeiten, scheiterte kläglich.

Er war verwirrt von diesem Gefühl. Was war los? Warum fühlte er sich dort nicht richtig, was daran passte nicht?

Der Bekannte, der ihm die Einführung gegeben hatte, fasste seine Unsicherheit als allgemeine Angst davor auf, arbeiten zu müssen. »Es wird schon gut gehen«, sagte er unbekümmert. »Jeder ist nervös, wenn er zum ersten Mal eine Arbeit annimmt. Du brauchst bestimmt kein Jahr und hast den Dreh raus, Teru, wirst schon sehen. Und mit deinem Sinn für Zahlen lassen sie dich vielleicht in die Buchhaltung und du wirst schnell befördert.«

Obwohl er vage zustimmend nickte, empfand er das nicht als beruhigend.

Er konnte sich nicht erklären, woran es lag. Er hatte bereits Arbeitserfahrung – Zeitungen austragen, auf Baustellen aushelfen und Rechnungen sortieren. Er hatte weder eine Abneigung gegen Arbeit als solche noch Angst vor dem neuen Lebensabschnitt. Aber wie auch immer er es betrachtete, er konnte sich selbst einfach nicht in dieser Umgebung sehen.

Nach reiflicher Überlegung kam er zu dem Schluss, dass es vielleicht nur mangelnde Lebenserfahrung war.

Mit diesem Gedanken im Hinterkopf bat er seine Lehrer, ihm Besuche bei anderen Unternehmen zu vermitteln, die Abiturienten aufnahmen.

Allerdings spürte er überall dasselbe Gefühl des Unbehagens.

Hätte er es beschreiben müssen, hätte er es wohl mit der Unaufrichtigkeit dort begründet.

In Büros ging es so inhaltslos und oberflächlich zu, dass er Verrat witterte. Im Vergleich mit dem, was das Leben ausmachte, schien das dort nur an der Oberfläche zu kratzen.

In der verarmten Nachbarschaft, in der er aufwuchs, wurde er oft als »Streber« verspottet, als unnahbar oder sogar als arrogant. Er leugnete nie, dass er sich anders fühlte, und er leugnete auch nicht, dass er dort rauswollte, um die Situation seiner Familie zu verbessern. Er konnte ihr beengtes, schmuddeliges Leben mit seinem völligen Mangel an Privatsphäre nicht ertragen, obwohl er das nie offen aussprach. Aber als es Zeit war, die Schule zu verlassen, fühlte er sich auch nicht wohl in der Welt, die ihn erwartete; sie übte keinerlei Anziehungskraft auf ihn aus.

Als die Sommerferien seines letzten Oberschuljahres anbrachen, war er immer noch nicht in der Lage, jemandem seine Gefühle zu offenbaren. In den Ferien nahm er einen Job als Eisblock-Träger an. Es fühlte sich absurd an, unter der gleißenden Sonne schweißgebadet das kalte Eis zu tragen.

Eines Abends, als er nach einem Tag schwerer Arbeit auf dem Heimweg von der Eisfabrik war, bemerkte er einen Tumult an der Ecke der Fabrik in einer Seitenstraße. Die Polizei eilte geschäftig umher und verscheuchte Schaulustige.

»Was ist denn passiert?«

»Da hat wohl eine auf ihren Mann eingestochen.«

»Die muss ja zugestochen haben; alles voller Blut!«

»Die beiden haben sich immer gestritten. Der Ehemann geht ständig fremd. Ich hab sie oft schreien gehört, dass sie ihn umbringen würde.«

»Er hat am helllichten Tag eine Schlampe nach Hause geschmuggelt, als die Frau nicht da war.«

»Und als sie nach Hause kam, ist sie ausgerastet.«

»Hätte nicht gedacht, dass sie das wirklich mal tun würde.«

Das aufgeregte Tuscheln der Menge drang in seine Ohren.

Am Eingang der Fabrik sah er eine benommen wirkende Frau mittleren Alters. Ein Polizist sprach mit ihr, aber sie reagierte in keiner Weise auf seine Worte. Als er genauer hinsah, bemerkte er, dass ihr violetter Arbeitskittel und ihre Hände mit Blut befleckt waren, das anfing, schwarz zu werden. Es war ein bizarrer Kontrast zu der geordneten Reihe von Morgenlilien in den Töpfen auf der Gasse davor.

Dann bemerkte er eine junge Frau, die sich weinend an das Geländer des Eingangs zur Wohnung lehnte. Ihr weißer Baumwollkimono war von den Knien abwärts offen und erlaubte den Blick auf nackte Waden, die zitterten und zuckten wie die Gliedmaßen eines sterbenden Frosches.

Er richtete sich gerade auf. Ein Schauer durchlief seinen Körper.

Ein völlig ungewohntes Gefühl stieg in seiner Brust auf, entblößte seine Reißzähne und biss zu.

Sein Herz schlug schnell und kräftig.

Was ist das für ein Gefühl?, dachte er.

Ratlos schaute er sich um, ohne Ziel.

Plötzlich sah er aus dem Augenwinkel eine schwarze Masse.

Er beugte sich hinunter, starrte sie an und begriff, dass es unzählige Ameisen waren, die sich an etwas zu schaffen machten.

Seine erste Reaktion war, automatisch zurückzuweichen, aber dann beugte er sich wieder vor, um genauer hinzusehen.

Eine weiße Papiertüte lag in der flachen Rinne. Darin sah er zwei Stangen mit geschmolzenem Adzukibohnen-Eis, die bereits mit dem Papier verklebt waren.

Das hellviolette Eis hatte seine ursprüngliche Form verloren, und an einigen Stellen waren die roten Bohnen freigelegt. Ein Ameisenschwarm krabbelte emsig darauf hin und her.

Es war nur eine Vermutung, aber er hatte das Gefühl, dass diese Papiertüte der Frau gehörte, die am Eingang zur Fabrik stand.

Der Abend war drückend heiß. Vielleicht hatte die Frau spontan ein Eis gekauft, weil sie nach der Arbeit etwas Süßes und Kühles brauchte – für ihren Mann gleich mit. Aber dann hatte sie die junge Frau in ihrem unordentlichen Kimono aus dem Haus kommen sehen, und etwas in ihr war zerbrochen. Sie merkte gar nicht, dass sie das Eis fallen ließ und zu rennen anfing.

In diesem Moment hatte er eine Vision.

Ein Mann, der blutverschmiert auf dem Tatami-Boden lag, eine schluchzende Frau mit zitternden Beinen, eine Frau im blutverschmierten Kittel, die wie angewurzelt dastand, all die Schaulustigen, die sich draußen versammelt hatten. Und dann war da noch ein Jugendlicher, der allein abseits der Menge stand.

Das alles hatte er vor sich gesehen, während er auf das Objekt in der Rinne blickte, und da wusste er es: Hier gehöre ich hin.

Er war sich sicher. Er hatte keine Zweifel mehr.

Im Jahr nach seinem Schulabschluss trat er in den Polizeidienst ein.

II

Obwohl er aus freien Stücken Kriminalpolizist geworden war, blieb er am Arbeitsplatz immer so etwas wie ein Außenseiter.

Ob es nun sein Temperament war, das ihn abgrenzte, oder eine unbewusste Ablehnung, er wurde jedenfalls nie ganz in die Truppe aufgenommen. Seine Kollegen hielten ihn zwar auf Distanz, weil er ein Intellektueller war, irgendwie anders als sie, aber sie respektierten ihn dennoch, weil er umgänglich und besonnen war, die anfallenden Arbeiten gewissenhaft erledigte und sich nicht in übereilte Aktionen stürzte.

Er hätte nie von sich behauptet, dass er seine Arbeit liebte oder seine Berufung gefunden hatte.

Aber es bestand für ihn auch kein Zweifel, dass er hierhergehörte. Die Arbeit passte zu ihm, unabhängig von der Organisation.

Er trank gerne, aber meistens allein, abgesehen von ein paar ausgewählten Kollegen. In seinen Stammbars dachten die Leute wahrscheinlich, dass er so etwas wie Lehrer oder Wissenschaftler war. Er redete nie viel über sich, und in den Bars, die er besuchte, konnte er seine Drinks in Ruhe genießen.

Mit zweiunddreißig heiratete er eine Frau, die ihm von einem alten Schulfreund vorgestellt worden war.

Zu diesem Zeitpunkt war sein Vater bereits verstorben, und seine Geschwister waren alle unabhängig, was ihm eine Last von den Schultern nahm.

Von Anfang an verstand er sich mit seiner Frau, die mädchenhaft, unkompliziert und ohne Ambitionen war. Ihr äußeres Erscheinungsbild täuschte jedoch über eine innere Stärke hinweg, die ihr dabei half, seine Mutter geduldig durch eine lange Krankheit bis zum Tod zu pflegen und ihm zwei Söhne zu gebären. Dank ihr war er in der Lage, ein Heim und eine Familie zu gründen.

Sein Job war anstrengend, aber er war fasziniert davon.

Wenn er einen Tatort aufsuchte, durchlebte er immer das Gefühl, das ihn in dem Sommer überkommen hatte, als er die Ameisen sah. Wann immer er diesen Nervenkitzel verspürte, fühlte er sich schuldig, als müsste er ein sündiger Mensch sein, um das zu empfinden.

Aber im Grunde wollte er vielleicht nur die wahre Natur der Menschen verstehen. Möglicherweise auch verstehen, was er selbst für ein Mensch war.

Über diese Art Fragen sinnierte er oft bei einer Zigarette am Tresen seiner Stammkneipe.

Bin ich auch so? Würde ich in einer Extremsituation, in die Enge getrieben, jemanden töten?

Sind alle Menschen so? Ist die Vernunft letztlich keine Hemmschwelle?

Kurz nachdem er zweiundvierzig geworden war, saß er an einem Wochenende wie üblich am Tresen und trank, als er einen ungewohnten Schmerz in der Brust spürte; der Barbesitzer bemerkte, dass etwas nicht stimmte, und rief einen Krankenwagen, der ihn ins Hospital brachte.

Dort wurde ihm von den Ärzten gesagt, er solle mit dem Rauchen aufhören, sonst gebe es keine Garantie, dass er weiterleben würde.

Er fühlte sich gezwungen, dieser Warnung nachzukommen. Sein Zigarettenkonsum hatte seit seinem Eintritt in die Polizei zugenommen, bis zu dem Punkt, an dem er fast zwei Schachteln pro Tag rauchte.

Zigaretten waren jedoch schon lange sein ständiger Begleiter, und so erwies sich der Verzicht auf sie als weitaus schwieriger, als er erwartet hatte. Lutscher oder Bonbons waren als Ersatz untauglich, da er ohnehin nichts für Süßes übrighatte, ganz zu schweigen davon, dass sie ihn durstig machten und eine unangenehme Klebrigkeit in seinem Mund hinterließen.

Eines Tages, als er sich in einem hochgradig nervösen Zustand befand, der durch das intensive Verlangen zu rauchen hervorgerufen wurde, traf er sich mit einem alten Schulfreund, den er schon lange nicht mehr gesehen hatte. Zu dieser Zeit arbeitete er an einem schwierigen Fall, bei dem er in einer Sackgasse steckte. Unfähig, sich auf das Gespräch zu konzentrieren, streckte er unbewusst seine Hände nach einer Zigarette aus; dann, als er merkte, was er getan hatte, versuchte er, es zu vertuschen, indem er nach seinem Sakebecher griff.

Der Freund durchschaute ihn. Er nahm den Papierumschlag für Einweg-Essstäbchen vom Tisch und öffnete ihn zu einem langen Rechteck. Dann begann er ohne Eile, ihn zu falten.

Die Aufmerksamkeit des Ermittlers war gefesselt, und er beobachtete, wie sein Freund das Stück Papier in kürzester Zeit zu einem dreidimensionalen Akkordeon faltete.

Das beeindruckte ihn so sehr, dass er die Zigaretten vergaß.

»Na so was, wie hast du das gemacht?«

»Origami ist nichts anderes als Mathe, weißt du. Und Mathe war doch deine Stärke, oder?«

Der Freund hatte direkt nach dem Abitur einen Job gefunden, sich dann aber entschieden, noch einmal zu studieren; jetzt arbeitete er in irgendeinem Forschungslabor. Der Kriminalpolizist erinnerte sich daran, dass sein Freund schon immer geschickt mit seinen Fingern und für einen Jungen gut in Origami gewesen war. Er hatte nicht nur die Standardstücke wie Kraniche und Käfer angefertigt, sondern auch eigene Kreationen.

Von diesem Tag an begleiteten Papierzuschnitte den Kriminalpolizisten beim Denken und Trinken. In seiner Tasche bewahrte er quadratische, vierfach gefaltete Werbeblätter von fünfzehn Zentimeter Seitenlänge auf. Die klappte er immer dann auf, wenn er nachdenken musste, das Verlangen verspürte, sich etwas in den Mund zu stecken, oder etwas brauchte, um sich die Zeit beim Trinken zu vertreiben.

Damit ein Origami-Kunstwerk gut ausfällt, sollte das Papier exakt quadratisch sein.

Anfangs kaufte er Papier, das für diesen Zweck angeboten wurde, aber es war überraschenderweise nicht immer gleichmäßig geschnitten, und so begann er im Sinne der Sparsamkeit, das Papier selbst vorzubereiten. Es wurde ihm zur Gewohnheit, dass er an freien Tagen mit einem Zimmermannswinkel Quadrate aus losen Blättern, die der Zeitung beilagen, maß und zurechtschnitt. Seine Frau sammelte auch Flugblätter und dekoratives Papier aus Kuchen- und Bonbonschachteln, das er verwenden konnte.

Er wurde schnell besser und ging dazu über, sich an aufwendigerem Origami zu versuchen. Originelle Stücke und geometrische Muster in dreidimensionalen Formen interessierten ihn, aber am Ende kam er immer wieder auf das grundlegendste und wichtigste Origami-Muster zurück: den Kranich.

Kraniche sind seit dem Altertum ein Glück verheißendes Symbol, und Papier-Kraniche wurden ursprünglich als Teil von Shintō-Ritualen gefaltet. Tatsächlich glaubt man, dass Papierfalten selbst ein Weg zu den Göttern sei. Es war als Kunst so hoch angesehen, dass in alten Dokumenten festgehalten wurde, wie wichtig es ist, Herz und Seele in jeden gefalteten Vogel zu stecken. Der Überlieferung nach wurde der erste Origami-Kranich am Schrein von Ise gefaltet, was vielleicht erklärt, warum ein Priester aus der Ise-Region für die Erfindung verschiedener Kranich-Designs während der Edo-Zeit verantwortlich war.

Der Kriminalpolizist besorgte sich Kopien der alten Dokumente, und er rätselte gerne über Bildern von fertigen Stücken, um herauszufinden, wie man sie faltete, ohne auf die erklärenden Abbildungen zurückzugreifen.

Bei Reihen von zusammenhängenden großen und kleinen Kranichen, die den Einsatz einer Schere erforderten, machte es ihm Spaß, herauszufinden, wo er die Schnitte setzen musste. Er erkannte, dass, sobald er ein festgelegtes Muster ergründet hatte, alles eine Frage der richtigen Umsetzung war, aber wenn er sich zu sehr auf das Muster fixierte, war es unmöglich, etwas Neues zu erschaffen.

Das ähnelte auch seiner Arbeit. Das menschliche Handeln folgt bis zu einem gewissen Grad festen Mustern, etwa wie Schablonen, und man kann daraus Emotionen ablesen, doch wenn sie sich zu Vorurteilen verfestigen, hindern sie einen, etwas anderes zu sehen.

Drei Jahre waren vergangen, seit er begonnen hatte, Origami-Papier in seine Jackentasche zu stecken, und er war jetzt sechsundvierzig Jahre alt.

An diesem Punkt begegnete er dem verworrensten Fall seiner bisherigen Laufbahn, einem, bei dem die Schablonen versagten und den er sein ganzes Leben lang nicht vergessen sollte: dem Fall der Massenvergiftung.

III

Menschen haben Instinkte.

Und es gibt auch so etwas wie Intuition, die auf Erfahrung und Professionalität basiert.

Das hatte er verstanden. Obwohl er es nie in diesen Worten ausdrücken würde, waren ihm viele Fälle begegnet, die keine andere Erklärung zuließen.

Auf NHK lief zu der Zeit eine populäre amerikanische Fernsehserie. Es waren umgekehrte Detektivgeschichten, in denen der Täter zunächst beim Begehen des Verbrechens gezeigt wird. Er ist in der Regel intelligent und jemand von hohem gesellschaftlichen Ansehen, der auf den ersten Blick den perfekten Mord begangen zu haben scheint. Dann kommt ein mittelmäßig aussehender Kommissar der Mordkommission in einem schäbigen Trenchcoat daher, sodass der Mörder sich in Sicherheit wiegt.

Doch der Kriminalbeamte ist in Wirklichkeit ein brillanter Detektiv mit einer scharfen Beobachtungsgabe, der dicht an den Tätern dranbleibt, sie nervt und langsam in die Ecke drängt.

Unter seinen Kollegen gab es einige, die die Sendung zu unrealistisch fanden und nicht mochten, aber der Kriminalbeamte war einem Polizeidrama mit einem klaren, nachvollziehbaren Motiv, das in weniger als einer Stunde zufriedenstellend abgeschlossen wird, nicht abgeneigt.

Teru sah sich diese Sendung eines Abends mit seiner Frau an, als sie ihn fragte: »Kannst du bei der ersten Begegnung mit einem Menschen sagen, ob er schuldig ist oder nicht?«

Der Kommissar in dieser Serie sagte immer etwas wie: »Ich wusste vom ersten Moment an, dass Sie es waren. Sie mussten es sein. Ich habe Sie von Anfang an verdächtigt.«

Er wusste nicht, was er darauf antworten sollte.

In fast allen Mordfällen, die er bearbeitet hatte, war es sofort offensichtlich gewesen, wer der Mörder war, da er oder sie entweder am Tatort vorgefunden wurde und dort fassungslos neben dem Opfer stand oder vor Entsetzen über die eigene Tat geflohen war, aber leicht aufgefunden werden konnte.

Einen Täter wie im Fernsehen – einen Smoking tragenden, Champagner trinkenden Intriganten, der in einer Villa mit Pool wohnt, komplizierte Motive hat und sagt: »Rufen Sie meinen Anwalt!«; und der ein sorgfältig durchdachtes Verbrechen begeht, das die Vorbereitung eines Alibis und von Ablenkungsmanövern im Vorfeld erfordert – hatte er noch nie gesehen. Und er erwartete auch nicht, dass sich das ändern würde.

»Nein, ganz und gar nicht«, antwortete er seiner Frau, aber tief in seinem Innern hörte er eine Stimme sagen: »Man kann nie wissen ...«

Er hielt es zwar für möglich, bezweifelte aber, dass er jemals die Gelegenheit haben würde, die Probe aufs Exempel zu machen.

Er wusste nicht, dass genau diese Gelegenheit in naher Zukunft auf ihn wartete.

IV

Es war gegen Ende des Sommers. Der Tag begann unerträglich heiß, und wegen eines herannahenden Taifuns war für den Nachmittag sintflutartiger Regen vorhergesagt.

Als er am Morgen das Haus verließ, betastete der Kriminalbeamte mit einem Seufzer seine Tasche. Darin befanden sich seine üblichen Blätter gefaltetes Papier, aber er wusste, dass die Hitze sie schweißnass und unbrauchbar machen würde. Es wäre sowieso unmöglich, bei diesem Wetter etwas zu falten. Bei früheren Gelegenheiten, als er in heftige Regengüsse geraten war, hatte er hinterher mühsam einen nassen, breiigen Haufen durchweichten Papiers aus seiner Tasche kratzen müssen. Vielleicht wäre es besser, die Blätter heute zu Hause zu lassen.

Zu allem Elend kam zur endlosen, ermüdenden Hitze auch noch die Aussicht, den Tag mit lang aufgeschobenem Papierkram verbringen zu müssen. Sosehr der Kriminalbeamte seinen Job auch liebte, musste er sich heute doch zwingen, sich auf den Weg zum Hauptquartier zu machen.

Es gab jedoch noch einen anderen Grund, aus dem er nicht zur Arbeit gehen wollte.

Etwas Schlimmes würde passieren.

Seit er aufgewacht war, konnte er dieses Gefühl nicht abschütteln. Zuerst hatte er es nicht als eine Vorahnung identifiziert. Vielleicht ging es ihm nicht gut, dachte er, oder es war das Wetter. Aber als er das Haus verließ, war es ihm schon fast zur Überzeugung geworden.

Bestimmt passiert heute etwas Schlimmes.

Er betastete wieder die Werbeblätter in seiner Jackentasche, immer noch im Zwiespalt, ob er das Papier zurücklassen sollte oder nicht, aber er entschied sich, dass es vielleicht besser wäre, alles so zu machen wie immer.

Vielleicht lag es am Wetter, dass das Hauptquartier voller war als sonst, mit Kollegen, die verbissen ihren Papierkram erledigten.

Am Nachmittag kam der Regen, peitschte manchmal heftig gegen die Fenster und verstärkte noch die ungewöhnlich ruhige Atmosphäre.

»Argh, mein Gehirn streikt heute.«

»Sogar meine Zigaretten sind klatschnass.«

Hin und wieder durchbrachen Flüche die Stille.

Der Kriminalbeamte erhob sich, um sich einen Tee einzugießen, und zog auf dem Rückweg zum Schreibtisch das Origami-Papier aus seiner Tasche. Natürlich war es feucht und ließ sich nur schwer öffnen, geschweige denn falten.

Da kühle Getränke ihn auslaugten, nahm er so oft wie möglich Warmes zu sich, doch zurück am Tisch, war die Tasse unangenehm heiß in seiner Hand.

Spontan legte er das Stück gefaltete Papier hin, um es als Untersetzer zu benutzen.

Er widmete sich wieder seiner Schreibarbeit, während er darauf wartete, dass der Tee abkühlte. Aber das dauerte lange, und er war durstig.

Innerlich fluchend, schrieb er mit seinem Kugelschreiber weiter. Die Gereiztheit wuchs und drohte überzuschwappen: die Hitze ... dieser lästige Papierkram ... dass irgendetwas Schlimmes passieren würde ... Die Worte auf dem Papier ergaben in seinem Kopf keinen Sinn.

Er seufzte, und unbewusst tastete seine Hand nach seiner Tasche, doch dann fiel ihm ein, dass das Papier unter seiner Tasse ruhte.

Endlich war das Getränk kühl genug, um einen Schluck zu trinken.

Aber sein Gesicht verzog sich als Reaktion auf den unappetitlichen Geschmack des schwachen, faden Tees. Er wäre mit einfachem abgekochtem Wasser besser dran gewesen.

Der Kriminalbeamte wollte die Tasse gerade wieder abstellen, als sein Blick auf das Papier fiel, das er als Untersetzer benutzt hatte.

Dort, wo der Boden der Tasse das Papier berührt hatte, befand sich ein feuchter Ring, durch den der Druck auf der darunterliegenden Schicht sichtbar war.

Was dabei zufällig auftauchte, waren zwei Schriftzeichen. Eines schräg links oben und das andere unten links im Kreis.

```
    Frau

                    Leiden
```

Ein Schauer durchfuhr ihn. Er starrte auf die Zeichen. Es war immer noch heiß und schwül, und er schwitzte, aber seine Haut fühlte sich plötzlich kalt an.

Warum steht denn so was in einer Werbung?

Unbehaglich nahm er die oberste Papierschicht ab und entdeckte darunter die Anzeige einer Apotheke:

```
Für die Frau mit Kälte- und Hitzewallungen.
Für alle mit Rücken-, Knie- und Gelenk-Leiden.
```

Er lächelte gequält.

Das war's also. Logisch. Nur ein Zufall, das war alles. Er kam sich dumm vor, war aber dennoch erleichtert. Trotzdem ging das Frösteln nicht weg.

Heute würde etwas Schlimmes passieren.

Dieser Gedanke schoss ihm wieder durch den Kopf, als er das schrille Klingeln seines Telefons hörte.

V

Nach Eingang der ersten Meldung, auf dem Weg zum Tatort durch strömenden Regen und starken Wind, mochte es noch niemand richtig glauben.

Wie konnte so etwas nur passieren? Und das bei diesem furchtbaren Wetter?

Der Wind frischte weiter auf, und der Regen, der bereits in Strömen fiel, wurde immer schlimmer. Als sie an der Kreuzung hielten, wehten so heftige Böen, dass der Wagen davon geschüttelt wurde.

Der Kriminalbeamte überlegte kurz, ob das Wetter vielleicht ein Grund dafür war, dass der Täter diesen Tag gewählt hatte.

Die Regenläden an den Häusern waren fest geschlossen, Regenschirme waren nutzlos, und es war schwierig, auch nur die Augen zu öffnen. Die Menschen blieben in den Häusern, was bedeutete, dass es zwangsläufig weniger Zeugen geben und niemand etwas gehört haben würde. Spuren und Beweise würden weggespült.

Ja, wahrscheinlich war das der Grund.

Doch trotz des extremen Wetters wurden sie bei ihrer Ankunft am Tatort von einer großen Menschenmenge in Regenmänteln empfangen, die unbeweglich im Regen stand.

Die Polizei, die zuerst eingetroffen war, regelte gegenüber den Verkehr. Wasser strömte von den voluminösen wasserdichten Mänteln, die sie wie weiße Membranen umhüllten, und ihre Stimmen wurden vom Regen verschluckt, sodass die Szene wie aus einem Stummfilm wirkte.

Der Sinn für die Realität kehrte zurück, als der Kriminalbeamte geparkte Streifenwagen und Krankenwagen sah, die die Straße versperrten.

Obwohl er darauf vorbereitet war, überraschten ihn das Getöse und der Ansturm von Regen und Wind auf seinen Körper, als er die Tür öffnete.

Er eilte hinüber zu der Gruppe von Polizeibeamten. Als er den Eingang des Hauses erreichte, war er so durchnässt, als wäre er durch einen Pool geschwommen.

Da der strömende Regen seine Sicht einschränkte, hatte er sich bisher keinen Überblick über das Haus verschaffen können, aber als er hineingelassen wurde, konnte er sich endlich umsehen und die Größe des Hauses erfassen.

Es war riesig. Das waren reiche Leute. Er dachte an einen Smoking tragenden, Champagner trinkenden Schurken.

Dieser Gedanke wurde jedoch augenblicklich durch den überwältigenden Gestank, der ihm in die Nase stieg, vertrieben.

»Uh!«

Alle, die eintraten, hielten sich unwillkürlich die Nase zu.

Ein säuerlich bitterer, metallischer Geruch strömte durchs Haus.

Er bemerkte eine zusammengebrochene Frau im Gang. Ihre unnatürliche, verdrehte Position schien darauf hinzudeuten, dass sie furchtbar litt.

»Was für ein Gestank!« Die Sanitäter, die aus dem Haus traten, wirkten entsetzt, obwohl sie Masken trugen. Sie winkten abweisend.

»Sie dürfen hier nicht rein. Von dem Erbrochenen und den Exkrementen könnten noch giftige Dämpfe ausgehen. Wir brauchen frische Luft, aber bei dem Wetter kann ich die Fenster nicht öffnen.« Der Mann klang verzweifelt.

»Polizei. Sind dort alle tot?«

»Wir haben die, die noch geatmet haben, ins Krankenhaus gebracht. Der Rest ist tot.«

»Wie viele sind im Krankenhaus?«

»Fünf.«

»Sind Ärzte hier?«

»Noch nicht.«

»War es Gift?«

»Mehr als wahrscheinlich. Sieht so aus, als hätten sie angestoßen, getrunken und wären dann alle zusammen umgekommen. Es liegen noch Gläser herum. Sogar Dr. Aosawa«, keuchte der Sanitäter. Sein Gesicht war blass. »Ich würde das Haus gern absperren lassen, wenn möglich.«

»Hey, ist alles in Ordnung? Geht's Ihnen nicht gut? Haben Sie vielleicht auch was von dem Gift eingeatmet?«

»Nein, ist schon okay. Ich …« Der Sanitäter taumelte und suchte nach Halt. Ein seltsames Geräusch kam aus seiner Kehle, und der Kriminalbeamte erkannte, dass er sich gleich übergeben musste. Er stützte den Mann und brachte ihn nach draußen.

»Hey, nicht hier drin übergeben. Hilft mal jemand!«

Nachdem er den Sanitäter nach draußen begleitet und Hilfe geholt hatte, ging der Kriminalbeamte zurück und untersuchte erneut vorsichtig den Korridor. Zwei weitere menschliche Gestalten lagen auf dem Boden. Auf den ersten Blick war zu erkennen, dass es Leichen waren.

Er schluckte schwer, zog ein Taschentuch hervor, um sich den Mund zu bedecken, und ging langsam den Korridor entlang.

Der Boden war nass von der Flüssigkeit aus heruntergefallenen Gläsern.

Er versuchte, so wenig wie möglich zu berühren, während er vorsichtig voranging, entschlossen, sich alles, was er sah, einzuprägen.

Draußen tobte der Wind, aber drinnen war das Haus erfüllt von der Stille des Todes.

Es war buchstäblich totenstill. Aus einem Raum an der Rückseite des Hauses drang Licht, das die Dunkelheit des Korridors noch verstärkte.

Die zwei Frauen auf dem Boden trugen Schürzen und sahen aus wie Hausangestellte. Die eine schien in den Vierzigern zu sein, die andere war vielleicht um die sechzig. Im Moment ihres Todes hatten sich ihre Körper unnatürlich verdreht. Ihre Kehlen trugen Kratzspuren, und ihre Haarteile waren nicht mehr an ihrem Platz. Waren sie so weit gekrochen?, grübelte er. Die Luft stank säuerlich nach Erbrochenem, vermischt mit Urin.

Er presste das Taschentuch vor den Mund, und kalte Schweißtropfen bildeten sich an seinen Schläfen.

Als er nach unten schaute, fiel sein Blick auf ein kleines rotes Spielzeugauto zu seinen Füßen.

Er erschrak. Es gab Kinder in diesem Haus.

Als er die Tür zu einem Zimmer erreichte, spähte er hinein. Der Anblick, der sich ihm bot, traf ihn wie ein Schlag ins Gesicht. Er blieb wie angewurzelt stehen.

Es war ein großer Raum, mit einer hohen Decke.

Und es waren viel mehr Menschen darin, als er erwartet hatte.

Er ließ seine Augen über sie alle gleiten und zählte. Zwölf insgesamt.

Sein erster Eindruck war, dass sie alle schliefen.

Die Szene erinnerte ihn an das gemeinsame Übernachten in der großen Halle im Trainingslager des Kendō-Clubs.

Aber dieser Eindruck währte nur einen Augenblick: Im nächsten Moment nahm er die Bedeutung dessen, was seine Augen sahen, auf, und er erstarrte vor Entsetzen.

Jede der Leichen zeigte Spuren extremen Leids.

Sie lagen da, als würden sie gerade Go-go tanzen, mit wild verdrehten Kleidern, der Ausdruck von Todesqualen noch auf ihren Gesichtern, bedeckt mit ihrem eigenen Erbrochenen und ihren Exkrementen. Im Todeskampf hatten sie gegen Tische und Stühle getreten.

Eine Frau in einem Kimono, ein älterer Mann im Anzug und ein gut gebauter Mann in den Fünfzigern waren auf und hinter dem Sofa zusammengesackt. Ein anderer älterer Mann war auf den Knien liegend gestorben.

Es war grausam, die bittere Erkenntnis der Niederlage auf ihren Gesichtern zu sehen, während die letzten Momente ihres Lebens abebbten. Er fühlte, wie sich etwas an sein Herz klammerte, und zitterte heftig beim Anblick der Jungen, die im Schatten des Tisches übereinanderlagen, Jungen, die etwa so alt zu sein schienen wie sein jüngstes Kind. Sie lagen mit ausgestreckten Gliedmaßen wie Puppen da, die wehrlosen, aschfahlen Gesichter zur Decke gerichtet, die Münder schlaff geöffnet.

Es war unerträglich. Die Eltern waren vielleicht auch irgendwo hier.

Beim Anblick eines Teenagers in Schuluniform verspürte er erneut einen Stich des Grauens. Nein, das konnte nicht sein. Doch nicht Yukio …? Die Befürchtung, dass es sich um seinen eigenen Sohn handelte, trieb ihn dazu, das Gesicht genauer zu betrachten. Weiche braune Haare, das ist gut, blasser Teint, ein Glück ... es war nicht sein Sohn. Er schüttelte sich vor fast hysterischer Erleichterung.

Plötzlich dämmerte ihm die volle Realität der Situation – dass er sich in einem Raum voller Leichen befand –, und er hätte am liebsten laut geschrien.

Ihm wurde klar, dass der Sanitäter von vorhin kein Gift eingeatmet hatte, sondern vom Anblick all dieser Leichen überwältigt gewesen sein musste.

Etwas in ihm zerbrach, als er sich von einem intensiven, bedrohlichen Gefühl der eiskalten Realität überwältigt fühlte, wie er es noch nie erlebt hatte. Der Raum war mit Ameisen gefüllt, die über Eiscreme krabbelten, vermischt mit Erbrochenem, das den Fußboden bedeckte. Er fühlte, wie die Haut seines gesamten Körpers von krabbelnden Ameisen überrannt wurde.

Ein erstickendes, kaltes, jenseitiges Böses.

Ein riesiges, unerschütterliches Übel, das in der Lage war, sein mickriges, unbedeutendes Ich zu zerquetschen.

Einen Moment lang übermannte ihn das Grauen.

Zwei widersprüchliche Stimmen stritten sich in seinem Kopf.

Lauf. Lauf. Verschwinde von hier, so schnell du kannst – sofort! Sieh hin. Präg dir alles ein. Sieh dir jeden Zentimeter des Tatorts an!

Er seufzte tief in sein Taschentuch und bemühte sich entschlossen, seinen Geist zu fokussieren.

Er wusste nicht, wie er sich auf den Beinen hielt. Benommen zwang er sich, in der Mitte des Raumes zu stehen und sich umzusehen.

Ein kaum angerührtes Festmahl. Hier und da umgekippte Gläser.

Plötzlich veranlasste ihn ein intensives Gefühl, dass etwas nicht stimmte, sich umzudrehen und hinter sich zu schauen.

Er schreckte zurück.

Doch alles, was er sah, war ein leerer Rattanstuhl.

Ein hellbrauner, bequemer Rattanstuhl mit einem indigofarbenen Kissen darauf.

Was war daran so seltsam?

Er fühlte sich wieder gefasster und wälzte den Gedanken in seinem Kopf. Sofort erkannte er, was seine Reaktion ausgelöst hatte. Während alle anderen Möbel im Raum durch die qualvollen Todeskämpfe aus ihrer Position gerissen worden waren, befand sich allein dieser Stuhl an der richtigen Stelle.

Inmitten des Chaos, das den Raum erfasst hatte, blieb dieser Stuhl unangetastet. Bedeutete das, dass die Person, die auf diesem Stuhl gesessen hatte, unversehrt war? Bei so vielen Menschen im Raum musste doch jemand dort gesessen haben. Oder war die Person sofort aufgestanden, nachdem sie das Gift getrunken hatte, und hatte sich vom Stuhl entfernt?

```
        Frau

                            Leiden
```

Die Worte unter seiner Teetasse. Ohne jeden Grund blitzten sie in seinem Kopf auf. Die Erinnerung ließ ihn aufschrecken.

Er war wohl unbewusst davon ausgegangen, dass die Person, die auf diesem Stuhl gesessen hatte, eine Frau war.

Er ließ seinen Blick noch einmal durch den Raum gleiten, dann zog er sich vorsichtig zurück.

Draußen im schummrigen Korridor fand er langsam zu seiner üblichen Klarheit zurück.

Suchend ging er im Haus umher, bis er das erreichte, was er für die Küche hielt, und spähte hinein.

Er sah Teller mit Essen, die mit Folie bedeckt waren, einen Stapel Sushi-Schalen, Flaschen mit Bier und Softdrinks und Karaffen mit Sake, die ordentlich aufgereiht auf dem Tisch standen. Offensichtlich wurde hier alles vorbereitet, bevor es in den anderen Raum getragen wurde.

Dann fiel ihm etwas auf dem Tisch ins Auge, ein Blatt Papier.

Schlichtes weißes Notizpapier, das von einer Vase beschwert wurde.

In der Vase eine einzelne, verwelkte Tagblume.

Auf dem Papier stand etwas in unauffälliger Handschrift geschrieben. Er las es, vor sich hin murmelnd.

Was zum Teufel sollte das bedeuten?

VI

Draußen hatte sich der Geräuschpegel mit dem Eintreffen der Ärzte und der Spurensicherung erhöht. Inzwischen waren es so viele Leute, dass ihre Stimmen das Getöse des Regens übertönten.

Sein Instinkt sagte ihm, dass auch die Medien da waren.

Jetzt würden die Dinge kompliziert werden.

Die Spurensicherung strömte lärmend ins Haus, darunter ein Kollege, ebenfalls klatschnass, der ihm ins Ohr flüsterte: »Ernüchternd. Drei sind auf dem Weg ins Krankenhaus gestorben.«

»Gibt es Überlebende?«

»Eine Person könnte durchkommen. Ist aber noch bewusstlos.«

»Also keine Chance auf eine Zeugenbefragung. Wer hat zuerst den Alarm ausgelöst?«

»Eine Polizeistation in der Nähe. Heute war hier eine Feier, und ein paar Kinder aus der Nachbarschaft waren da. Einer kam erst später, sah, was passiert war, und ist zur Polizeistation gerannt.«

Nachbarskinder. Er fühlte einen Schmerz in seiner Brust. Mehrere Kinder waren da drin gestorben.

»Gibt es Verdächtige?«

»Ein junger Kerl mit einem gelben Regenmantel, der Sake und Softdrinks geliefert hat. Jemand hat ihn gesehen. Die Lieferungen kamen normalerweise von einem örtlichen Getränkeladen, aber heute war es jemand anderes.« Sein jüngerer Kollege wirkte beunruhigt. »Das wird einen Riesenwirbel geben«, sagte er mit leiser Stimme.

»Sieht ganz danach aus.«

»Das ist die Aosawa-Klinik.«

»Die Aosawa-Klinik?« Bislang hatte der Kriminalbeamte dem Namen des Ortes keine große Beachtung geschenkt.

»Ja«, fuhr der Kollege fort, »alte Medizinerfamilie. Der Gründer war ein Absolvent der Vierten Hochschule und an der Kaiserlichen Universität. Früher war er auch Chef der Medizinischen Gesellschaft der Präfektur. Sein Sohn hat das aber schon vor einiger Zeit übernommen.«

»Verstehe. Dann sind all diese Leute …«

»Genau. Die Frau, der Sohn, seine Frau, die Enkelkinder – alle tot. Die ganze Familie wurde ermordet. Die Sanitäter haben ihre Gesichter erkannt.«

Der Kriminalbeamte runzelte die Stirn. Menschen von gesellschaftlichem Rang. Er wusste, was das bedeuten würde, all die zusätzliche Aufmerksamkeit, die es auf sich ziehen würde.

Nach dem, was er drinnen gesehen hatte, entwickelte er langsam auch ein Gefühl für die Komplexität des Falls, seine verworrene, nervenaufreibende Natur, und er konnte die enorme Arbeitsbelastung voraussehen, die auf ihn zukommen würde. Er fühlte sich schon bei dem Gedanken daran müde.

Da fiel ihm noch etwas ein.

»Hey«, sagte er, hob den Kopf und schaute seinen Kollegen an.

»Ja?«

»Du hast gesagt, drei sind gestorben, oder? Und einer war bewusstlos und könnte durchkommen.«

»Ja.«

»Was ist mit der anderen Person?«

»Welche andere Person?«

»Fünf Leute wurden ins Krankenhaus gebracht.«

»Hm, wirklich? Davon weiß ich nichts.«

In diesem Moment kam ein altgedienter Kriminalbeamter herein. Auch er war durchnässt, und sein schütteres, mühsam quer über den Kopf gekämmtes Haar befand sich in einem beklagenswerten Zustand.

»Das Fernsehen und die Zeitungen sind schon da. Die haben hervorragende Ohren«, beschwerte er sich anstelle einer Begrüßung.

»Taro, wissen Sie etwas über die Opfer, die ins Krankenhaus gebracht wurden?«, fragte der jüngere Kollege. Taro war die Abkürzung des Nachnamens des Älteren, Taromaru.

»Ja. Drei Tote. Zwei Überlebende, aber Besucher sind nicht erlaubt.«

»Zwei? Zwei haben überlebt? Beide bewusstlos?«, fragte er eifrig.

Taromaru warf ihm einen finsteren Blick zu.

»Eine Person ist bewusstlos. Die andere ist körperlich unversehrt, steht aber wegen eines schweren Schocks unter Beruhigungsmitteln.«

Das Herz des Kriminalbeamten pochte. Überlebende. Es gab Überlebende, die von Anfang bis Ende gesehen hatten, was geschehen war.

Taromaru sah ihn mitleidig an, als hätte er seine Gedanken gelesen. »Es ist die Enkelin. Hisako Aosawa. Eine Mittelschülerin, glaube ich.«

»Aosawa. Ein Enkelkind hat überlebt?«

Er fühlte einen Stich in der Brust. Ihre Großeltern, Eltern und Geschwister waren alle da drin gewesen.

»Aber ich bezweifle, dass wir von ihr eine brauchbare Aussage bekommen.« Taromaru sah verbittert aus.

»Warum nicht?«, fragte er verwirrt. »Sie war die ganze Zeit dabei – sie muss doch alles gesehen haben.«

Taromaru schüttelte den Kopf. »Ach, wissen Sie, Hisako Aosawa ist blind.«

VII

Der Taifun war vorübergegangen, aber über Nacht war ein Sturm anderer Art aufgezogen.

In den Straßen der Stadt herrschte eine merkwürdige Atmosphäre, als ein steter Journalistenstrom aus Tokio in die Stadt drang.

Die ersten Informationen über das Verbrechen waren so verworren, dass sich erst spät in der Nacht ein vollständiges Bild ergab.

In mehreren Zeitungen wurde allgemein berichtet, dass ein Massenmord durch Vergiftung auf einer Feier stattgefunden hatte, die anlässlich der Geburtstage von drei Generationen der Aosawas, einer bekannten Ärztefamilie in K, veranstaltet wurde. Die Polizei hatte mit der Suche nach einem Mann im Alter von etwa dreißig Jahren begonnen, von dem sie glaubte, dass er über Informationen von Interesse verfügen könnte. Der Mann hatte an diesem Tag gegen 13 Uhr Sake und alkoholfreie Getränke in das Haus geliefert und dabei eine schwarze Baseballkappe und einen gelben Regenmantel getragen.

Siebzehn Personen, die sich an diesem Tag im Haus befanden, starben an einer vermutlich zyanidhaltigen Substanz. Eine Person war bewusstlos und befand sich in kritischem Zustand.

Sechs der Toten stammten aus der Familie Aosawa, vier waren Verwandte, und der Rest waren Nachbarn.

Die Präfekturpolizei hatte eine Einsatzzentrale eingerichtet und ordnete aufgrund der Abscheulichkeit des höchst ungewöhnlichen und schweren Verbrechens eine rasche Verhaftung an. Mehr als fünfzig Beamte wurden dem Fall zugewiesen.

Die Todesfälle in einer so prominenten lokalen Familie hatten Schockwellen durch die medizinischen Kreise der Präfektur geschickt und Anlass zu vielen Spekulationen gegeben – das in etwa stand in den Zeitungen.

In diesem Sturm machten sich der Kriminalbeamte und seine Kollegin voller Erwartung auf den Weg zum Krankenhaus.

Sie saßen schweigend im Auto, die Arme verschränkt, Druck und Unruhe im Magen.

Die Ärztekammer der Präfektur hatte eine Erklärung abgegeben, in der sie dazu aufrief, das Verbrechen so schnell wie möglich aufzuklären.

Es hatte viele Anrufe mit Hinweisen aus der Bevölkerung gegeben, aber die meisten hatten einfach nur der Angst vor einem unsichtbaren Giftmörder in ihrer Mitte Ausdruck verliehen.

Nach einer Weile ergriff seine Kollegin das Wort: »Ihre Geburtstage sind jetzt auch ihre Todestage geworden.«

»Ja, das stimmt.«

»Wie groß ist die Wahrscheinlichkeit, dass Menschen aus drei Generationen am selben Tag Geburtstag haben?«

»Also, mein jüngster Bruder und mein Cousin haben denselben Geburtstag; so ungewöhnlich ist das gar nicht.«

»Aber drei Generationen? Das ist doch ungewöhnlich«, fuhr die Kollegin mürrisch fort und schaute immer noch aus dem Fenster.

Einen vollen Tag nach dem Vorfall war Hisako Aosawa nun wach und gefasst genug, dass die Ärzte die Erlaubnis erteilten, sie zu befragen.

Obwohl der Kriminalbeamte entmutigt war, als er erfuhr, dass sie blind sei, war sie doch unbestreitbar am Tatort anwesend gewesen.

Irgendeine Art Anhaltspunkt würden sie schon finden. Etwas, das zur Verhaftung des Mörders führen würde.

»Teru, was würdest du tun, wenn alle in deiner Familie so sterben würden, alle außer dir, auf einmal?«, fragte seine Kollegin mit immer noch abgewandtem Gesicht.

»Hmm ... kann ich nicht sagen«, antwortete er ausweichend. Daran wollte er nicht einmal denken.

»Ich könnte das nicht. Die einzige Überlebende zu sein ... Das könnte ich nicht. Ich würde ihnen folgen.«

Der Kriminalbeamte blickte zu seiner Kollegin auf dem Sitz

neben ihm hinüber. Er konnte ihren Gesichtsausdruck nicht sehen und nicht erkennen, ob sie es ernst meinte oder nur sprach, um die Stille zu füllen.

Auf dem Flur des Krankenhauses ermahnte die Krankenschwester sie wiederholt: »Sie scheint verhältnismäßig gefasst zu sein, aber messen Sie dem nicht zu viel Bedeutung bei.«

Ihre Stimme war voller Emotionen.

»Bitte vergessen Sie nicht die Umstände. Dieses Kind war von Anfang bis Ende im selben Raum, während ihre ganze Familie um sie herum qualvoll gestorben ist, und sie hat alles mitbekommen. Sie hat etwas Schreckliches durchgemacht.«

Sie standen in einem kühlen weißen Flur. Die Spannung wurde immer unerträglicher.

Gleichzeitig fühlte er eine innere Erregung bei der Erinnerung an die enorme kalte Bosheit, die er am Vortag im Gesellschaftsraum flüchtig wahrgenommen hatte. Etwas, das ihm bis dahin unbekannt war, jenseits von allem, was er sich je vorgestellt hatte oder was ihm je begegnet war.

Ja, das war geradezu, als gäbe es da etwas, das jenseits des menschlichen Verstandes lag.

Doch sofort verwarf er diesen Gedanken als töricht.

Sie standen vor einer weißen Tür am Ende des Flurs.

Die Krankenschwester öffnete sie mit einem Ruck.

Seine Kollegin und er betraten hinter ihr das Zimmer und verbeugten sich zur Begrüßung.

Als er den Kopf wieder hob und das Mädchen aufrecht im Bett sitzen sah, hörte er irgendwo in seinem Hinterkopf die Stimme seiner Frau: »Kannst du bei der ersten Begegnung mit einem Menschen sagen, ob er schuldig ist oder nicht?«

Er starrte auf das Mädchen vor ihm.

Das Gespräch begann, und er ließ sich von ihr bestätigen, dass sie in dem Rattanstuhl im Gesellschaftsraum gesessen hatte, dem Stuhl, der an seinem Platz gestanden hatte.

Dann, in seinem Kopf, antwortete er seiner Frau leise: »Ja, kann ich. Das ist mir noch nie passiert, aber in diesem Fall wusste ich es sofort.«

Er setzte sich auf den Stuhl neben dem Bett des Mädchens.

»Ich wusste sofort, dass die Frau vor mir die Täterin war.«

6

UNSICHTBARE MENSCHEN

I

Sie haben doch nichts dagegen, wenn ich mir einen Drink genehmige, oder? Nehmen Sie auch einen, wenn Sie wollen. Sie hatten so einen weiten Weg bei der Hitze.

Ja, dann fühle ich mich nicht so allein beim Trinken, gern.

Lieber im Glas, oder geht's so? Ja, etwas unfein, aber ich mag es.

Ich sorge dafür, dass uns das Dosenbier nie ausgeht. Das ist mein einziges Vergnügen, könnte man sagen. Aber nur an freien Tagen, tagsüber und alleine.

Meine Frau ist bei einer Freundin. Sie weiß, dass ich an freien Tagen gern in Ruhe gelassen werde, also geht sie raus und trifft ihre Freundinnen, um an Quilts zu arbeiten. Eine davon ist so eine Art Textilkünstlerin. Ich bin einmal mit meiner Frau zu einer ihrer Einzelausstellungen gegangen – soziale Verpflichtung –, und es hat mir das Blut in den Adern gefrieren lassen, zu sehen, wie viel Arbeit sie da hineinsteckt. Das hat mich daran erinnert, dass mir ein Mädchen in der Highschool mal einen selbst gestrickten Pullover geschenkt hat. Ich war nicht im Geringsten an ihr interessiert. Wenn ich es gewesen wäre, wäre ich vielleicht gerührt gewesen, wissen Sie, dass sie sich all die Mühe gemacht hat, etwas speziell für mich zu fertigen, aber so war das nicht mehr als ein Stück Stoff.

Ich habe ihnen bei der Arbeit an den Quilts zugesehen, und es ist mir unbegreiflich, wie sie in einer solch fummeligen, ermüdenden Arbeit so aufgehen können. Aber um ehrlich zu sein, ziehe ich es vor, an meinen freien Tagen allein zu entspannen, also bin ich meiner Frau dankbar, dass sie ausgegangen ist. Die Kinder sind ja auch schon aus dem Haus.

Wissen Sie, draußen trinke ich so gut wie nie. Auf der Arbeit halten mich alle für einen Abstinenzler, dabei mag ich Alkohol. Ich habe ein paar enge Freunde, mit denen ich außerhalb des Hauses trinke, aber die haben nichts mit der Arbeit zu tun.

Cafés? Mag ich auch nicht besonders. Wenn ich es in meiner Studentenzeit nicht vermeiden konnte, in eines zu gehen, habe ich etwas bestellt, es aber nicht angerührt. Das gefiel dem Personal natürlich nicht. Und meine Freunde fanden es auch seltsam. Aber heute gibt es mehr Lokale, in denen sie die Getränke direkt vor meinen Augen einschenken, deshalb bin ich da etwas entspannter.

Warum?

Es mag dumm klingen, aber in einer Bar oder einem Café gibt es jede Menge Möglichkeiten, Gift in ein Getränk zu schütten, bevor es einem serviert wird.

II

Ach, was soll ich sagen? Das mag etwas damit zu tun haben. Ich weiß es nicht genau. Ich hatte von Anfang an eine leichte Keimphobie und wäre vielleicht ohnehin so geworden. Als Junge habe ich zum Beispiel nie Reiscracker oder Manjū-Brötchen gegessen, die schon jemand angefasst hatte. Ich erinnere mich noch, dass ich nie Getränke mit Freunden geteilt habe und es gehasst habe, dieselben Handtücher zu benutzen wie der Rest der Familie.

Mein Bruder hat damals auch eine Zeit lang keine Softdrinks angerührt, aber als wir weggezogen sind, hat er das überwunden und konnte wieder alles essen oder trinken, was ihm andere anboten, solange es ihm schmeckte. Also um auf Ihre Frage zurückzukommen, glaube ich nicht, dass die Morde für mich ein Wendepunkt waren.

So wie ich es jetzt sehe, ist es eine natürliche Form der Selbstverteidigung.

Heutzutage hört man von vielen Fällen von Essens- und Getränkemanipulationen. Man weiß nie, was die Leute vorhaben. Selbst in der Büroküche. Man weiß nie, wer einen nicht mag oder ob irgendwo ein Verrückter lauert.

Männer sind besonders gefährdet. Sie sind seit ihrer Kindheit so daran gewöhnt, dass ihre Mütter alles für sie tun, dass sie sich der Illusion hingeben, Getränke würden einfach so vor ihnen auftauchen, wann immer sie wollen. Die merken nicht, dass alles, was sie in den Mund nehmen, zuvor durch die Hände von einer Menge Menschen gegangen ist. Na ja, aber heutzutage sind Frauen vielleicht genauso anfällig.

Ich habe beruflich manchmal mit ausländischen Führungskräften zu tun, und ich kann Ihnen sagen, diese Leute sind von unsichtbaren Dienern umgeben. Sie denken nicht zweimal darüber nach, ob sie Hausmädchen oder Handwerker von Hausverwaltungen in ihre Wohnungen lassen, wenn sie selbst nicht zu Hause sind.

Nein, nicht, weil sie absolutes Vertrauen haben. Es liegt daran, dass sie wie Könige sind, und ihre Untergebenen tun eben alles für sie, sogar ihre Kleidung wechseln. Königen ist es nicht peinlich, von den Leuten, die sie bedienen, nackt gesehen zu werden. Und genau so ist das für die. Für die sind das unsichtbare Menschen.

III

Ach, ich kann mich kaum noch an die Morde erinnern.

Ich war damals mit dem Lernen für die Aufnahmeprüfung beschäftigt und bin nur widerwillig zu diesem Haus gegangen, weil meine Geschwister so viel Aufhebens darum gemacht haben. Und ja, wahrscheinlich auch, weil meine Eltern mir gesagt haben, dass ich mich dort blicken lassen soll. Ich war schlecht gelaunt, weil das Wetter furchtbar und es so verdammt heiß war, dass ich mich nicht konzentrieren konnte.

Es war wahnsinnig heiß und schwül – sehr seltsames Wetter.

Ich erinnere mich noch, dass irgendein Schlüssel nicht funktioniert hat.

Wissen Sie, wie schwierig es sein kann, einen Schlüssel bei extremer Luftfeuchtigkeit im Schloss zu drehen?

Metall kann sich ja ausdehnen oder zusammenziehen. Und die Luftfeuchtigkeit an dem Tag war extrem. Es wehte ein Föhnwind, und die Temperatur war auch sehr hoch.

Ah, jetzt erinnere ich mich – es war der Schlüssel zu meinem Schulranzen. Wie gesagt war ich ja sehr empfindlich, wenn meine Sachen von Fremden angefasst wurden. Deshalb hatte ich schon damals in meinem Zimmer viele Schlösser. Natürlich besaß ich nicht viel Wertvolles, ich war ja erst auf der Mittelschule. Aber meine Spielsachen waren weggeschlossen und mein Schulranzen abgeschlossen.

Mein Ranzen hatte ein winziges, billiges Schloss, und ich konnte den Schlüssel an dem Tag überhaupt nicht darin drehen.

Deshalb war ich noch schlechter gelaunt. Ich weiß gar nicht mehr, ob ich es am Ende geschafft habe, ihn abzuschließen.

Jedenfalls hab ich mich immer noch darüber geärgert, als wir an dem Haus angelangt waren.

Schon als wir dort ankamen, hab ich gemerkt, dass etwas nicht stimmte.

Ja, nur, dass etwas seltsam war.

Als ob die Hölle ausgebrochen wäre? Nein, so war es nicht. In meiner Erinnerung sehe ich Menschen auf dem Boden liegen, fast wie schwarze Amöben. Ich kann mich nicht an ihre Gesichter oder Mienen erinnern. Ich erinnere mich nur an schwarze Amöben, die sich auf dem Boden winden.

Ich kann mich auch nicht daran erinnern, dass ich irgendwelche Schreie oder Stöhnen gehört hätte. Natürlich gab es Geräusche, aber es hörte sich mehr nach einem Knarren im Gebälk an als nach Stimmen. Ich benutze das Wort »Knarren«, aber nur, weil ich nicht weiß, wie ich es sonst beschreiben soll. Das ganze Haus hörte sich an, als würde es heulen und wackeln. Vielleicht ist es ein Erinnerungsfehler, aber so habe ich es im Gedächtnis. Es war, als würden meine Knochen vibrieren, und ich wusste einfach, dass etwas sehr Schlimmes passiert war.

Ich glaube, ich habe meinen Bruder und meine Schwester angeschrien, sie sollten stehen bleiben und sich nicht bewegen.

Dann bin ich losgerannt. Alles, was ich denken konnte, war, dass ich Hilfe holen musste.

Bis zur nächsten Polizeistation; die war etwa zehn Minuten entfernt, schätze ich.

Aber um ehrlich zu sein, wollte ich einfach nur so schnell wie möglich von dort wegkommen. So viel Abstand wie möglich zwischen diesen Ort und mich bringen, selbst wenn das bedeutete, meinen Bruder und meine Schwester im Stich zu lassen.

Als ich bei der Polizei ankam, da bin ich mir ziemlich sicher, habe ich so etwas gesagt wie, dass im Aosawa-Haus etwas Schreckliches passiert sei und dass sich die Leute vor Schmerzen auf dem Boden winden würden. Der diensthabende Beamte war zuerst verwirrt, aber als ich es wiederholte, wurde er plötzlich bleich und trat in Aktion. Er erledigte viele Telefonanrufe, Leute tauchten auf, und in kürzester Zeit war eine riesige Aufregung entstanden.

Das, woran ich mich am besten erinnere, ist die Angst, weil sich die Welt um mich herum plötzlich mit einem Ruck zu bewegen begann. Das war für mich noch gruseliger als das, was ich in dem Haus gesehen hatte. Das, was da passiert war, würde jetzt zu einer weltweit bekannten Tatsache werden. Und ich war derjenige, der den Schalter umgelegt hatte, um all das in Bewegung zu setzen. Es war, als hätte ein Karussell begonnen, sich immer schneller zu drehen, und obwohl ich derjenige war, der es in Gang gesetzt hatte, wurde ich zurückgelassen. Ich bin sowieso kein Mensch, der normalerweise Aktionen initiiert. Ich bin ein Opportunist, könnte man sagen, jemand, der immer erst schaut, was die anderen tun, bevor er selbst etwas unternimmt. Diese Denkweise ist so tief in mir verwurzelt, dass ich, als ich loslief zur Polizei, in einer Ecke meines Verstandes bereits Zweifel hatte, ob es eine kluge Entscheidung war, das zu tun.

Das Einzige, woran ich mich erinnere, ist, dass der junge Polizist Instantkaffee getrunken und den Löffel in der Tasse stehen gelassen hat. Ich kann es nicht leiden, wenn Löffel in der Tasse bleiben. Aber als der Wahnsinn seinen Lauf nahm, war keine Zeit zum Kaffeetrinken.

Und diese Tasse mit dem Löffel wurde einfach auf dem Schreibtisch stehen gelassen.

Sie hat mich an mich selbst erinnert. Als ob diese Tasse und ich die einzigen statischen Dinge im Raum wären, während sich alles und jeder mit hoher Geschwindigkeit bewegte.

Natürlich hat mich die Polizei zigmal befragt, aber ich war ja nur sehr kurz im Haus gewesen, bevor ich Hilfe geholt habe, also gab es nicht viel, was ich ihnen sagen konnte. Meinen Bruder und meine Schwester haben sie auch sehr oft befragt – vor allem meinen Bruder, weil er den ganzen Tag dort ein und aus gegangen war –, aber ich glaube, sie hatten auch nicht viele Hinweise beizutragen. Ich konnte es nicht glauben, dass uns immer wieder dieselben Fragen gestellt wurden.

Ja, das ist alles, woran ich mich erinnere.

IV

Das stimmt natürlich. Es war ein furchtbares Verbrechen – alle zitterten vor Angst –, aber ich sah das damals sehr gelassen.

Sie müssen verstehen, dass ich noch ein Jugendlicher war.

Fast jeder macht doch in der Pubertät so eine zynische Phase durch, oder? Denkt, die ganze Welt sei gegen ihn, behandelt Erwachsene mit Verachtung, verhält sich feindselig gegenüber allem und jedem. In genau dieser Phase war ich gerade. Was die anderen dachten, war mir egal, ich hatte keinen Nerv dafür.

Ja, aber trotzdem hatte ich eine Meinung zu dieser ganzen Angelegenheit.

Dass es nämlich so kommen musste.

Ja, so lässt sich das zusammenfassen.

Es musste so kommen.

Das ging mir ständig durch den Kopf, von dem Moment an, als ich ins Haus gesehen hatte und zur Polizei rannte. Tja, wie soll ich das erklären …

Ich war schon immer sehr empfindlich, was Machtdynamiken angeht, schon seit ich ein Kind war. Wahrscheinlich das Ergebnis davon, dass ich oft die Schule wechselte und zwei jüngere Geschwister hatte. Ich hab sehr früh erkannt, dass Stärke in der Zahl liegt – zwei sind besser als einer, drei besser als zwei –, und hab intuitiv verstanden, dass es viel zu beachten gilt.

Machtdynamiken sind auch im Klassenzimmer wichtig. Man muss wissen, welchen Kindern man nicht zu nahe kommen und welche man nicht übergehen sollte, um zu überleben. Mit der Zeit lernt man, die Verhältnisse zu lesen. Jeder Ort hat eine etablierte Hierarchie, und dementsprechend gibt es bestimmte Dinge, die man sich gefallen lassen muss. Um in der Welt aufzusteigen, muss man den richtigen Weg gehen, darf aber nicht zu sehr auffallen. Ich glaube, diese Lektion habe ich schon sehr früh im Leben gelernt.

Um also darauf zurückzukommen, dass dieses Verbrechen zwangsläufig passieren musste, führt mich das wieder zu den unsichtbaren Menschen, die ich erwähnt habe.

Wir verstehen instinktiv, dass Unsichtbarkeit die beste Strategie zum Überleben ist. Wer neu in der Klasse ist, weiß, dass er nicht auffallen darf. Man tut so, als wär man schon die ganze Zeit dabei, und macht nichts, was Aufmerksamkeit erregt.

Denn sichtbar zu sein birgt ein furchtbares Risiko. Umgekehrt suchen aber diejenigen, die sich von anderen abheben wollen, aktiv danach, sichtbar zu werden.

Dieses Haus war ein sichtbares. Und die Menschen, die darin lebten, waren es auch.

Die ganze Familie hatte Autorität. Die Art von Autorität, die in jeden Winkel der örtlichen Gemeinschaft eindringt und dort Wurzeln schlägt.

Natürlich besaßen sie auch das aristokratische Pflichtgefühl und die Tugendhaftigkeit, die dazugehören, und die Gemeinde akzeptierte und respektierte das.

Aber es ist ein schmaler Grat zwischen Respekt und Verachtung, Bewunderung und Eifersucht.

Im Laufe der Jahre wuchs die Zahl der Unsichtbaren in ihrem Umfeld.

Und ich denke, irgendwann begann die Familie, den Dienst und die Loyalität der Unsichtbaren als selbstverständlich anzusehen.

Sie machten sich keine Gedanken über die Zahl der Unsichtbaren oder darüber, was sie von ihnen dachten.

Hisako Aosawa, so vermute ich, war der Inbegriff davon.

Was zutiefst ironisch ist, da sie ja wirklich nicht sehen konnte.

Sie benahm sich wie eine Königin und wurde im Gegenzug wie eine behandelt. Selbstverständlich war sie auf Hilfe angewiesen, und es war natürlich, dass man ihr half, weil sie blind war.

Doch die Tatsache, dass die Menschen, die sie bedienten, für sie buchstäblich unsichtbar waren, stand irgendwie stellvertretend für dieses Haus zur damaligen Zeit.

Na klar ist das zynisch, und sicher spielt auch Neid mit hinein, das weiß ich.

Aber denken Sie mal drüber nach. Ist der Mörder in diesem Fall nicht die exakte Beschreibung einer solchen »unsichtbaren Person«? Eine »unsichtbare Person«, möglichst anonym und aus der Gesellschaft herausgefallen. Aus der Sicht der Familie

Aosawa war er jemand, zu dem sie keine Verbindung hatten, jemand, von dessen Existenz sie noch nicht einmal wussten.

Ist es nicht ein merkwürdiger Zufall, dass der Familie durch so eine Person dieses Leid angetan wurde? Mir kommt es geradezu so vor, als hätte er sich an ihnen gerächt.

Ich habe mit Hisako Aosawa mal Schach gespielt.

Natürlich habe ich sie bewundert. Sie würden auch auf Wolken wandeln, wenn Sie ihr beim Schach gegenübersäßen. Sie war betörend – intelligent und anmutig. Allein ihre Anwesenheit zog einen in den Bann. Jeder wurde sofort zum ergebenen Untertan. Man konnte nicht anders, als über die Existenz eines solchen Menschen zu staunen. Ihr gegenüberzusitzen machte mich so glücklich wie nie zuvor.

Aber ich war mir auch eines anderen Gefühls bewusst, das mich dabei umfing. Das Bewusstsein nämlich, dass Menschen wie sie, die von vorne bis hinten bedient werden, nach und nach immer mehr Macht, Reichtum und Talent anhäufen. Das wiederum führt dazu, dass noch mehr Menschen ihnen dienen und sie so Energie aus der Gesellschaft saugen, die deswegen nur ganz wenigen Erfolg beschert.

Ich weiß ja. Die Menschen wollen ausgebeutet werden, sie wollen dienen. Die Aosawa-Familie war ein Produkt von unsichtbaren Menschen, und die Unsichtbaren wünschten sich eine Familie Aosawa.

Und genau deshalb musste es so kommen. Nichts auf dieser Welt läuft so, wie wir es planen.

V

Geschwisterbeziehungen sind etwas Merkwürdiges, wissen Sie.

In der Kindheit verbringen sie so viele Jahre miteinander, und dann werden sie plötzlich in die Welt hinausgeworfen und entfremden sich, einfach so. Wie Erbsen. In der elterlichen Schote sind sie beisammen, aber wenn die aufplatzt, verstreuen sie sich in alle Winde.

Meine Geschwister und ich standen uns nicht besonders nahe. Aber vielleicht ist das normal. Wir hatten eine Beziehung zueinander, weil wir im selben Haus wohnten, aber sobald wir getrennte Wege gingen, war das nicht mehr nötig.

Ich kannte Kinder, die mit ihren Brüdern oder Schwestern gut befreundet waren, aber ich habe das nie verstanden. Warum sollte man mit seinen Geschwistern Zeit verbringen, wenn das Zusammensein mit anderen Kindern viel angenehmer war? Ich fand das seltsam.

Vor allem hatten wir drei völlig unterschiedliche Persönlichkeiten. Manchmal heißt es ja, Gegensätze ziehen sich an, aber bei uns war das nicht so. Jeder von uns hat sein eigenes Ding durchgezogen, weil wir einander einfach nicht verstanden haben. Unsere Mutter muss es schwer gehabt haben. Wir hatten absolut keinen Sinn für Kameradschaft oder Zusammenhalt.

Mein Bruder war einfallsreich und freundlich, aber aus meiner Sicht waren das eher unselige Charakterzüge. Er brauchte ständig die Bestätigung von anderen und war deshalb nie zufrieden, was bedeutete, dass er immer von einer Sache zur nächsten weiterzog und nie lange bei etwas blieb. Nach außen hin sah es so aus, als hätte er viele Freunde, aber das waren alles oberflächliche Beziehungen. Ich glaube nicht, dass irgendeine dieser Freundschaften lange gehalten hat. Und natürlich ging er oft zum Aosawa-Haus. Wenn er von denen akzeptiert würde, wäre sein innerer Frieden garantiert. Er war gut darin, solche Leute zu finden – die, deren Akzeptanz zählte. Er wollte bei ihnen einsteigen und ihr Mitläufer sein. Ist wahrscheinlich so, wenn man der zweite Sohn ist.

Und meine Schwester ... um ehrlich zu sein, verstehe ich sie noch nicht mal jetzt.

Ich habe sie nie verstanden, auch nicht, als wir Kinder waren. Ich hatte fast immer nur über meinen Bruder Umgang mit ihr – ich habe kaum Erinnerungen an einen direkten Kontakt. Insgeheim fand ich immer, dass sie ein völliges Rätsel war.

Ich wusste nie, was sie dachte. Die Mädchen in der Schule oder im Büro waren viel einfacher zu durchschauen.

Emotional schien sie stabil zu sein. Sie spielte gern allein, beobachtete aber gleichzeitig, was andere Leute taten. Immer wenn mein Bruder und ich an einem Bastelprojekt oder was Ähnlichem für die Schule arbeiteten, schaute sie aus der Ferne zu und begann dann leise, uns zu kopieren. Sie fragte nie nach. Und trotzdem wurden ihre Projekte besser als unsere. Manchmal hat mein Bruder ihr erklärt, was zu tun ist, dann hat er sie dazu gebracht, die Hausaufgaben zu machen, und sie als seine eigene Arbeit eingereicht.

Kennen Sie diese Veranstaltungen, die manchmal in Kaufhäusern stattfinden, wenn Kunsthandwerker verschiedene traditionelle Handwerke vorführen? Meine Schwester hat sich das immer eine halbe Stunde oder länger angesehen, ohne dass ihr langweilig wurde. Die Kunsthandwerker waren immer beeindruckt und meinten jedes Mal, was für ein geduldiges Kind sie doch sei.

Ich kann mich nicht mehr genau erinnern, wann, aber

einmal, als sie in der Highschool war, sagte ich ihr halb im Scherz, sie solle doch Kunsthandwerkerin werden. »Du bist so hartnäckig und kannst den Handwerksmeistern durch bloßes Zusehen alles abgucken«, meinte ich.

Aber sie schüttelte den Kopf und sagte: »Nein, solche Arbeit ist nichts für mich.«

Es war ihr absolut ernst. Ich sagte, sie solle nicht so bescheiden sein.

Aber sie schüttelte nur wieder den Kopf und sagte ganz sachlich: »Ich kann nur nachahmen. Ich besitze keine Originalität.«

Das hab ich anders gesehen. Ich sagte ihr, dass jeder mit dem Imitieren anfängt und dass jemand, der keine gute Kopie fertigen kann, nie so weit kommt, was Eigenes zu schaffen. Und dass es eingebildet klingt, wenn sie sagt, sie könne nur nachahmen. Oder etwas in dieser Richtung.

Aber sie schüttelte nur wieder den Kopf.

»Nein«, sagte sie, »du hast mich nicht richtig verstanden. Ich imitiere keine Techniken, ich imitiere Menschen. Ich habe nur die Handlungen dieser Personen nachgeahmt, nicht die Technik. Ich will nur die Person imitieren.« Sie meinte es wirklich ernst.

Ich muss verwirrt geschaut haben, denn sie fügte hinzu: »Willst du denn nicht manchmal jemand anderes sein?«

Die Frage kam so unvermittelt, dass ich nur ein verdutztes Geräusch gemacht habe.

Dann sagte sie: »Ich kann für den Rest meines Lebens immer nur ich selbst sein – ich kann nicht du sein oder Mutter und werde mein ganzes Leben lang nie wissen, was andere Leute denken, immer nur, was ich denke –, findest du das nicht langweilig?«

Und sie meinte jedes Wort davon ernst. Ich war sprachlos, wie Sie sich denken können.

»Ja, das stimmt schon, aber das ist doch normal«, erwiderte ich. »Stell dir vor, wie es wäre, wenn du wüsstest, was andere Leute denken. Da kommt bestimmt nichts Gutes bei raus.«

Sie dachte eine Weile darüber nach und sagte dann: »Wahrscheinlich hast du recht.«

Damit war das Gespräch zu Ende.

Aber dann gab es einen weiteren Vorfall, der mich ein wenig schockierte, obwohl ich schon Gerüchte gehört hatte.

Ich weiß nicht mehr genau, wann es war, aber meine Schwester hatte ein paar Freundinnen mit nach Hause gebracht, und aus irgendeinem Grund sagte eine von ihnen zu mir: »Maki ist total gut darin, Leute zu imitieren.«

Das konnte ich mir kaum vorstellen. Zum einen sprach sie zu Hause fast nie, war ungesellig und sagte nie mehr als nötig. Selbst wenn wir zusammen fernsahen, lachte sie selten. Ich hätte nie gedacht, dass sie fähig war, jemanden nachzumachen.

Aber da gab's noch so eine Sache … Ach ja, ich weiß. Im Frühjahr, als sie die Oberschule abgeschlossen hatte, hat sie in einem Callcenter gejobbt, im Verkauf. Und einmal musste sie wegen irgendwas früher nach Hause, bevor sie mit den Anrufen für den Tag durch war. Als sie nach Hause kam, sagte sie uns, dass sie das Telefon brauchen würde, um zehn weitere Leute zu erreichen, und begann, sie anzurufen.

Das war ein echtes Aha-Erlebnis.

Ihre Stimme … es war nicht die Stimme der Schwester, die ich kannte. Natürlich benutzen Menschen unterschiedliche Stimmen innerhalb und außerhalb der Familie. Aber so einfach war es nicht. Sie wurde buchstäblich zu jemand anderem. Und zwar abhängig von dem, den sie angerufen hatte.

Offensichtlich war das keine Kaltakquise. Sie rief Kunden an, die in der Vergangenheit bereits bei dieser Firma etwas gekauft hatten, also handelte es sich um eine Zielgruppe, die nicht sofort wieder auflegen würde. Ich glaube, sie hat den Leuten, die Interesse am Kauf bekundet hatten, ein Produkt erklärt, oder so etwas in der Art. Wie auch immer, sie hatte eine Liste mit Namen und Informationen.

Vor jedem Anruf schaute sie auf diese Liste, dachte ein paar Augenblicke nach und wählte dann in aller Ruhe. Man merkte sofort, dass sie ihre Herangehensweise mit jeder Person änderte. In der einen Minute war sie eine forsche Frau mittleren Alters, in der nächsten eine schüchterne, aber im Grunde genommen anständige Person, dann eine aufdringliche Verkäuferin ohne Rücksicht auf Verluste – man hätte meinen können, dass jedes Mal ein völlig anderer Mensch sprach.

Nur Mutter und ich waren zu dieser Zeit zu Hause, und wir trauten unseren Ohren nicht. Keiner von uns hatte sie jemals zuvor so sprechen hören. Ich erinnere mich, dass Mutter mich ansah und sagte: »Na, das ist ja mal eine Überraschung.«

Als sie fertig war, sagte ich zu ihr: »Hey, was war das denn? Wo hast du die unterschiedlichen Stimmen her?« Aber sie schaute nur verblüfft. Also erklärte ich ihr, dass sie jedes Mal eine andere Stimme und eine andere Persönlichkeit eingesetzt habe.

»Ah«, murmelte sie, »ich habe einfach die Tante in Takasaki imitiert und die Verkäuferin aus der Konditorei und die Sekretärin aus unserer Schule.«

Und da ergab es für mich endlich einen Sinn.

Ich erinnerte mich an das, was sie in der Vergangenheit gesagt hatte.

Meine Schwester wollte wirklich zu einem anderen Menschen werden.

Was wir gehört hatten, war nicht eine jedes Mal andere Verkaufstaktik, sondern sie identifizierte sich jeweils völlig mit einer anderen Person.

»Ach, jetzt verstehe ich«, sagte meine Mutter nur in ihrer naiven Art. »Ich hab mir doch gedacht, dass sie mich an irgendwen erinnert, und jetzt weiß ich, an wen – meine Schwester!« Sie lachte darüber.

Jetzt war es offensichtlich. Sie hatte genauso geklungen wie die Schwester unserer Mutter, die in Takasaki lebte. Die Tante, die viele Jahre lang Versicherungen verkauft hatte und ziemlich aufdringlich sein konnte.

Ich hatte mich so erschreckt bei dem Telefonat, weil ich die Stimme unserer Tante gehört hatte; eine einwandfreie Imitation.

Das hat mich ein bisschen verstört. Mutter hat darüber gelacht, aber ich konnte das nicht.

Seitdem habe ich immer im Hinterkopf, dass meine Schwester eigenartige Wunschvorstellungen hat.

Vielleicht sind sie auch gar nicht so eigenartig. Wahrscheinlich möchte jeder insgeheim manchmal jemand anderes sein. Der Beruf des Schauspielers bringt diese menschliche Sehnsucht deutlich zum Ausdruck.

Aber meine Schwester passte auch nicht ganz in diese Kategorie.

Sie wollte jemand anderes sein. Buchstäblich. Und das bereitete mir ziemliches Unbehagen.

VI

Als das Buch herauskam?

Erstaunt. Mit einem Wort.

Weil ich keine Ahnung hatte, dass sie so besessen von der Affäre war. Wir hatten es alle vergessen. Mein Bruder und ich waren damals schon ausgezogen, und wir drei sahen uns nicht mehr oft, also schien es surreal, dass die Person, die das Buch geschrieben hatte, zu meiner Familie gehörte.

Der Inhalt auch. Ja. Immer wenn ich versuchte, es zu lesen, hat mich der Gedanke abgelenkt, dass jemand aus meiner eigenen Familie es geschrieben hatte; ständig sah ich ihr Gesicht vor mir.

Nachdem meine Schwester zur Universität gegangen war, haben wir uns noch mehr voneinander entfernt. Das Gleiche passierte mit meinem Bruder. Ich war inzwischen berufstätig, und wir führten sehr unterschiedliche Leben.

Auch als das Buch dann zum Kassenschlager wurde, hab ich niemandem erzählt, dass die Autorin meine Schwester ist. Mein Bruder erzählte seinen Freunden nur, dass er in dem Buch vorkomme, was für ihn eine eher zurückhaltende Reaktion war, also war es vielleicht auch ihm noch unangenehm, mit den Morden in Verbindung gebracht zu werden. Oder vielleicht konnten wir auch irgendwie nicht glauben, dass es wirklich von unserer Schwester geschrieben worden war.

Um die Wahrheit zu sagen, hat mich viel mehr beschäftigt, was sie mit all dem Geld anfängt, das sie damit verdient hat. Aber ich habe später von Mutter gehört, dass ein großer Teil als Zuwendung an die Interviewpartner ging, und nach Abzug der Steuern hat sie den Rest Mutter gegeben. Uns schickte sie auch etwas, weil sie uns miteinbezogen hatte.

Mein Bruder und ich waren froh, dass sie Mutter den verbliebenen Anteil gegeben hatte. Die hatte nach der Trennung von unserem Vater eine schwere Zeit.

Ja, nach den Morden wurde mein Vater nach Nagano versetzt, und kurz danach ließen sich meine Eltern scheiden.

VII

Ihre Beziehung hatte sich schon eine Weile vor den Morden verschlechtert.

Es war die übliche Geschichte – eine andere Frau. Der Umzug in die Stadt sollte eigentlich ein Schnitt für Vater werden und ein Wendepunkt für unsere Familie. Er hatte versprochen, den Kontakt abzubrechen. Ich glaube, er hat es anfangs wirklich ernst gemeint.

Die Dinge schienen gut zu laufen, als wir umgezogen waren. Ich war erleichtert, dass sich die häusliche Situation endlich zu beruhigen schien.

Wie sich jedoch herausstellte, hatte er es doch nicht beendet.

Das kam kurz vor den Morden ans Licht. Es stellte sich heraus, dass die Frau oft nachkam und dann in einem Hotel wohnte. Es ist keine besonders große Stadt, also wurden sie irgendwann zusammen gesehen, und die Nachricht erreichte Mutter.

Die Stimmung zu Hause verschlechterte sich sofort. Das alte Haus im japanischen Stil war sowieso schon dunkel, aber jetzt hörte man auch noch ständig Streit und Weinen.

Ich habe ja bereits erwähnt, dass ich eine zynische Phase durchmachte. Das war zum großen Teil auf die Beziehung meiner Eltern zurückzuführen. Ich stürzte mich ins Lernen, um dem Konflikt zu entfliehen.

Der Grund, aus dem Mutter darauf bestand, dass ich an dem Tag zum Aosawa-Haus ging, war, dass Vater früher nach Hause kommen wollte. Ich war mir vage bewusst, dass sie etwas Wichtiges mit ihm besprechen wollte – nichts, was uns unmittelbar betreffen würde, aber anscheinend in Vorbereitung darauf.

Vater war selten zu Hause, da er immer entweder mit der Arbeit beschäftigt war oder Zeit mit der anderen Frau verbrachte, wenn sie in der Stadt war. Mutter hatte schon viele Male um dieses Gespräch gebeten, und endlich sollte es stattfinden – genau an diesem Tag. Deshalb konnte ich es ihr nicht abschlagen, als sie mich bat, die anderen beiden zu diesem Haus zu begleiten. Aber Sie wissen ja, wie der Tag verlaufen ist, also weiß ich nicht, was bei ihrer Diskussion herauskam.

Insgeheim hatte ich gehofft, die Morde könnten eine Gelegenheit sein, sich zu versöhnen. Ich dachte, es würde ihnen vor Augen führen, was für ein Glück wir hatten, dass wir alle als Familie zusammen waren, verglichen mit dem, was den Aosawas passiert ist.

Obwohl es uns vorübergehend zusammenschweißte, kann ich im Nachhinein sagen, dass die Morde auch das Ende unserer Familie bedeuteten.

Mein Vater wollte schließlich nicht mit Mutter, sondern mit dieser anderen Frau zusammen sein. Er sagte es auch ganz offen.

Merkwürdigerweise hatte Mutter, die immer gehofft hatte, dass die Beziehung gerettet würde, aufgegeben, als der Fall gelöst war. Ich weiß noch, wie sie zu sich selbst sagte: »Das war's dann wohl«, als bekannt wurde, dass der Täter Selbstmord begangen hatte. Aber mir ist immer noch nicht klar, was sie damit meinte.

Vater trug pflichtbewusst die Lebenshaltungs- und Ausbildungskosten, aber ich glaube, Mutter war sich nie sicher, wie sehr sie auf ihn zählen konnte. Wir kannten auch andere alleinerziehende Mütter, die Schwierigkeiten hatten, wenn das Geld ausging. Mutter fing an zu arbeiten. Das muss furchtbar schwierig für sie gewesen sein, nachdem sie so lange Hausfrau gewesen war. Bei drei Kindern, für die sie sorgen musste, gab es immer irgendwelche unerwarteten Ausgaben. Mit so etwas konnte sie sich wohl nicht an Vater wenden und hatte es schwer, über die Runden zu kommen. Wir haben das mitbekommen und waren deshalb sehr erleichtert, dass Maki ihr das Geld aus den Buchverkäufen gegeben hatte.

In dem Punkt muss ich sagen, dass ich ihr sehr dankbar bin.

VIII

Da hab ich ja jetzt 'ne ganze Menge belangloses Zeug erzählt, was?

Ich hatte nicht mehr viel Kontakt zu meinen Geschwistern, nachdem ich von zu Hause weggegangen war, und die Jahre verflogen. Rückwirkend scheint es mir, als wäre der Tag der Morde das letzte Mal gewesen, dass wir alle zusammen etwas unternommen haben. Ich weiß, dass das eigentlich nicht stimmen kann, aber der Aufbruch zu diesem Haus ist die einzige Gelegenheit, die mir einfällt, zu der wir drei etwas zusammen gemacht haben. Geschwister sind wirklich ein Rätsel.

Wollen Sie nicht noch ein Bier? Ich trinke eins. Es geht nichts über Bier an freien Tagen, um sich zu entspannen.

Obwohl der Alkohol tagsüber sicher schneller zu Kopf steigt. Wie kommt das eigentlich? Vielleicht funktioniert der Stoffwechsel tagsüber effizienter. Nachts verlangsamt er sich, deshalb ist es besser, Medikamente am Abend zu nehmen, damit die Wirkung länger anhält.

Ich komm manchmal ins Grübeln.

Ist es eine Sünde, nicht zu verstehen?

Es gibt Menschen, die man nie verstehen wird, selbst wenn es Verwandte sind, wie Eltern, Kinder oder Geschwister. Ist es nicht sogar ein Teil des Verstehens, diesen Mangel an Verständnis anzuerkennen und abzuhaken? Das denke ich jedenfalls.

Aber heutzutage kann die Gesellschaft nichts ertragen, das sie nicht versteht. Wenn man zugibt, dass man etwas nicht versteht, macht einen das leicht zum Mobbing-Opfer, man wird angreifbar. Man muss nach außen überzeugend wirken. Alles nach Vorschrift – reduziert und genormt. Der Grund für Wut ist meistens einfach nur mangelndes Verständnis.

Tatsächlich sind die Dinge, die wir verstehen können, bei Weitem in der Minderheit. Zu sagen, dass man versteht, löst auch keine Probleme. Es scheint mir also realistischer zu sein, anzunehmen, dass wir in einer unbegreiflichen Welt leben.

So was denke ich mir manchmal.

Was wollte meine Schwester so sehr verstehen, dass sie zu solchen Anstrengungen bereit war?

Warum wollte sie unbedingt jemand anderes werden?

Das erinnert mich an das letzte Mal, als wir alle zusammen als Familie aßen. Meine Eltern hatten sich scheiden lassen, und Vater war im Begriff, das Haus für immer zu verlassen.

Vater war wirklich ein ganz normaler Mann. Hart arbeitend, im Grunde ein guter Mensch, liebte seine Kinder. Deshalb kam es uns gar nicht in den Sinn, ihm Vorwürfe zu machen, als wir hörten, dass er gehen würde. Wir waren eher traurig und resigniert als alles andere. Es gab eine Zeit, in der ich unglücklich darüber war, dass er uns verlassen hat, aber – ja, wie soll ich sagen? – es war kompliziert, weil er deprimierter zu sein schien als ich, obwohl er derjenige war, der ging. Ich glaube, als Vater fühlte er sich sehr schuldig uns gegenüber. Aber das hatte nicht genug Gewicht, um ihn vom Gehen abzuhalten.

Es war schönes, warmes Wetter an dem Tag.

Oberflächlich betrachtet, sahen wir wie eine ganz normale, glückliche Familie aus. Wir Kinder taten ganz unbeschwert. Irgendwie fühlte es sich so an, als wäre es das, was von uns erwartet wurde.

Mutter und Maki haben Rindereintopf gekocht. Der simmerte schon seit dem Morgen und war ausgesprochen lecker.

Wir saßen am Tisch, plauderten und aßen, alle nahmen einen Nachschlag.

Aber mit der Zeit wurde mir mulmig zumute, und ich begann zu frösteln. Und nicht nur mir ging es so. Mutter, Vater und mein Bruder sahen auch blass aus. Wir warfen uns alle seltsame Blicke zu.

»Ist euch auch so komisch?«, fragte Mutter.

»Dir etwa auch?« Ich weiß noch, wie Mutter und Vater sich anschauten.

Und dann ging's los. Wir rannten alle aus dem Zimmer und mussten erbrechen. Wir hatten nicht die Zeit zu warten, bis die Toilette frei wurde, also mussten wir uns in Papier- und Plastiktüten übergeben. Das ganze Haus stank.

Als Vater fragte, ob es eine Lebensmittelvergiftung sein könnte, sagte Mutter: »Das kann nicht sein, es ist nichts im Eintopf, was das verursachen könnte, und der kocht schon seit Stunden.«

Ich weiß noch, wie fahl ihre Gesichter aussahen.

Wir waren alle so mit Erbrechen beschäftigt, dass wir nicht einmal daran dachten, einen Krankenwagen zu rufen. Uns ging's wirklich übel.

Aber als sich unsere Mägen geleert hatten, fühlten wir uns besser, und das sah man uns an. Niemand fühlte sich betäubt oder fiebrig. Wir tranken alle literweise Wasser und fühlten uns gleich viel besser.

»Was in aller Welt war das denn? Wir sollten uns von einem Arzt durchchecken lassen«, sagte Vater.

Mutter stimmte zu, weil sie sich Sorgen machte, die Ursache nicht zu kennen. Sie wirkten immer noch wie ein Paar. Die Atmosphäre war schon den ganzen Morgen angespannt gewesen, aber dieser Vorfall hatte die Stimmung ein wenig entschärft.

Und dann wurden wir plötzlich alle still.

Alle gleichzeitig. Aus irgendeinem Grund sahen wir alle Maki an.

Sie saß einfach ganz ruhig da.

Keiner von uns hatte es bis dahin bemerkt, aber sie war die Einzige, die nicht betroffen war. Die ganze Zeit, in der wir rausgerannt waren, um uns zu übergeben, hatte sie nur dagesessen und uns beobachtet.

Als es uns dann plötzlich allen gleichzeitig dämmerte, sahen wir sie nur verständnislos an.

Und sie, in ihrer typischen Art, starrte einfach zurück.

Ich bemerkte, dass sie ihr Essen kaum angerührt hatte.

»Was ist los? Warum hast du nichts gegessen?«, fragte Mutter.

»Wegen dem hier«, sagte sie und streckte ihre Hand aus, um uns etwas zu zeigen.

Es sah aus wie eine Art Kraut mit gezackten Blättern.

»Was ist das?«, fragte Mutter mit einem befremdeten Ausdruck im Gesicht.

»Das hab ich neulich beim Schulausflug gepflückt«, sagte Maki ohne besondere Emotion.

Mutter sah aus, als hätte sie der Blitz getroffen.

»Maki, hast du das etwa ...«

»... in den Topf getan, ja«, sagte Maki.

»In den Topf? In den Eintopf?« Mutters Stimme brach.

Maki nickte nur zur Antwort und sah überhaupt nicht beunruhigt aus.

Also riss Mutter Maki die Pflanze aus der Hand und rief: »Was ist das?«

Maki war übertölpelt und versuchte, das Kraut zurückzubekommen, aber Mutter hielt ihre Hand hoch, damit sie nicht herankam.

»Ach ... davon muss man sich übergeben«, erklärte sie.

Mutters Gesicht verzerrte sich vor Angst. Entsetzt sah sie Maki an und wollte wissen, ob es giftig sei.

Maki schüttelte den Kopf und sagte, die Lehrerin habe ihr erklärt, dass es nur Erbrechen auslöse und dass Tiere es kauten, um ihren Magen zu leeren, wenn sie etwas Schlechtes gefressen haben.

Da rastete Mutter richtig aus. Sie fing an, Maki anzuschreien.

»Warum? Warum gibst du so etwas in unseren Eintopf?«

Und erst da wirkte Maki unsicher. Als wüsste sie nicht, ob sie antworten sollte oder nicht.

»Gut jetzt«, mischte sich Vater ein, nahm Mutter bei den Schultern und schob sie weg.

Er sagte, es sei seine Schuld.

Er sah sehr traurig aus, und ich bin sicher, dass er dachte, es sei eine Art Rache an ihm. Eine Strafe für einen Vater, der seine Kinder verließ, ohne dass sie etwas dagegen ausrichten konnten.

Aber Vater hat es nicht verstanden. Er verstand weder Maki noch irgendeinen anderen von uns im Geringsten. So, wie ich Maki nicht verstehe.

Dann wurde es still am Tisch. Ich wusste, dass Mutter dasselbe dachte wie Vater. Ich wollte ihnen sagen, dass sie damit falschlagen, aber ich konnte nicht.

Maki sah Vater an und sagte zu ihm: »Ich wollte es wissen.«

»Was wissen?«, fragte er sie. Aber mit einigem Zögern, als ob er es nicht wirklich hören wollte.

»Wie es sich anfühlt, Menschen zu vergiften«, antwortete sie.

Alle waren fassungslos. Sogar Vater. Er schaute sie mit offenem Mund an.

Eine Zeit lang sagte niemand etwas, dann drehten wir uns alle zu Maki um.

»Und? Weißt du es jetzt?«, fragte ich schließlich. Aus reiner Neugierde.

Sie legte den Kopf schief.

Auf ihrem Gesicht war eine Mischung von Ärger und Bedauern.

»Nee. Weiß ich immer noch nicht.«

Und daraufhin seufzte sie auch noch.

IX

Möchten Sie noch eine Dose Bier?

Das ist der Moment, in dem ich am entspanntesten bin, wenn ich alleine etwas trinke. Bierdosen sind nicht einfach zu manipulieren. Es ist leicht zu erkennen, wenn sich jemand daran zu schaffen gemacht hat.

Es gibt viele Dinge und viele Menschen auf dieser Welt, die wir nicht verstehen können.

Und die Menschen unterteilen sich in solche, die alles verstehen wollen, und solche, denen es genügt, einige Dinge zu verstehen.

Meine Schwester wollte nur eine einzige Person verstehen. Als sie sagte, sie wolle jemand anderes werden, meinte sie eine bestimmte Person.

Den Mörder, der das vergiftete Getränk geschickt und wahllos so viele Menschen getötet hat.

Ich frage mich, ob Maki die Gedankengänge des Mörders verstanden hat. Und ob es ihr jemals gelungen ist, diese Person zu werden.

Obwohl ich das Buch gelesen habe, habe ich immer noch nicht die geringste Ahnung.

7

PORTRÄT EINES GEISTES

I

Es ging das Gerücht um, dass die Bildrolle, die im Schaufenster des Soba-Nudelladens hing, das Porträt eines Geistes sei. Niemand wusste, wann diese Geschichte zum ersten Mal aufkam, aber jeder aus der Nachbarschaft kannte sie.

Kinder, die auf dem Weg zur Schule an dem Laden vorbeikamen, kannten die Geschichte, denn ältere Schüler gaben sie in jedem Jahrgang an die jüngeren weiter. Und im Sommer, wenn es Brauch war, einander gruselige Geschichten zu erzählen, kamen manche Kinder extra vorbei, um die Bildrolle in entzücktem Schrecken anzustarren.

Das Restaurant, das an einer Straßenecke inmitten des Einkaufsviertels lag, sah aus wie jeder andere Nudelladen in der Gegend. Das Einzige, was es von anderen ein wenig abhob, waren die bescheidene Bildrolle und die Bambusvase in der Vitrine an der Ladenfront, wo die Kunden normalerweise eine Auslage mit Plastikmodellen von Gerichten erwarten würden. Das hätte man als ein Zeichen von Kultiviertheit deuten können, wenn nicht die Vitrine nur zweimal im Jahr abgestaubt worden wäre, sodass die Schriftrolle eine staubige, schmutzige Farbe angenommen hatte und kaum noch von der Wand zu unterscheiden war. Auch die Blütenblätter der künstlichen Glockenblume in der Vase, die vor der Schriftrolle stand, waren ziemlich verblasst. Infolgedessen schenkten die meisten Kunden der Schaufensterauslage kaum einen zweiten Blick.

Gelegentlich kam es vor, dass sich Stammkunden nach der Herkunft dieser Schriftrolle erkundigten, aber der Besitzer, ein mürrischer Typ, antwortete einfach mit einem Anflug von Genervtheit, dass er von seinem Vater angewiesen worden war, sie hängen zu lassen, und damit war das Gespräch beendet.

Diejenigen Kunden, die neugierig genug waren, um über die Jahre hinweg hartnäckig nachzufragen, erfuhren jedoch, dass der Großvater des Inhabers die Schriftrolle auf einer seiner Reisen erworben und daraufhin eine solche Glückssträhne erlebt hatte, dass er zu der Überzeugung gelangt war, die Schriftrolle bringe Glück. Er hatte daher verfügt, dass sie im Familienbetrieb ständig ausgestellt werden sollte, und der jetzige Inhaber befolgte einfach diese von seinem Vater geerbte Anweisung.

»Kaum zu glauben, dass so ein widerliches Ding Glück bringen soll«, flüsterten die Stammgäste hinter seinem Rücken.

»Andererseits läuft der Laden wirklich gut.«

»Stimmt, die Nudeln und Snacks sind nicht übel.«

»Und Glücksbringer sind ja oft ziemlich bizarr.«

»Hast du dir mal Ebisus Gesicht genauer angesehen? Für einen Glücksgott geradezu finster.«

»Vielleicht hat die Schriftrolle ja einen historischen Wert.«

»Glaub ich nicht. Gibt ja nicht mal eine Signatur.«

Der Sprecher schüttelte den Kopf. Er war in der Nachbarschaft als der Sohn des Schreibwarenhändlers bekannt, obwohl er schon weit über vierzig war, und verstand etwas von Kalligrafie.

Er war einmal zufällig dabei gewesen, als die Schriftrolle zum Abstauben aus ihrem Kästchen genommen wurde, und hatte Gelegenheit gehabt, sie zu untersuchen.

Je genauer er hingesehen hatte, desto schäbiger war sie ihm erschienen. Da sie ohne Feuchtigkeits- oder Temperaturkontrolle aufbewahrt wurde, war es kein Wunder, dass Stockflecken auf der Leinwand waren, die Linien des Gemäldes verschwommen und die ursprünglichen Farben verblasst waren: Jeglicher historische Wert, den es einmal gehabt haben könnte, wäre sicher nicht erhalten geblieben.

Es stellte sich sogar die Frage, zu welchem Zweck so ein Bild eigentlich gemalt worden war.

Der Schreibwarenhändler legte den Kopf schräg.

Ein Mann, der halbwegs in der Mitte des Bildes stand; keine besonders gelungene Komposition. Keine Signatur, kein Siegelstempel des Künstlers. Es hätte genauso gut aus einer größeren Leinwand herausgeschnitten und auf die Rolle montiert worden sein können. Und das mit einem Mangel an ästhetischem Gespür, ohne jeden Anspruch, das Bild bestmöglich zur Geltung zu bringen.

Und was war das eigentlich für ein Mann?

Das Bild hätte vielleicht einen Sinn ergeben, wenn es sich um einen Einsiedler oder einen Greis gehandelt hätte, aber sein Alter war unbestimmt, und obwohl das Gesicht glatt war, vermittelte es irgendwie einen Eindruck von Betagtheit. Eigentlich ein normales Gesicht, aber trotzdem hatte es etwas Eigenartiges.

Und zwar auf die unangenehme Art. Wahrscheinlich hatte der Urheber der Geistergeschichte das auch gespürt. Irgendwie war es ein unnatürliches Gesicht, das nicht menschlich wirkte.

Der Hauptgrund für das Gerücht war jedoch zweifellos die Stirn.

Obwohl nur schwach zu sehen, hatte der Mann unverkennbar ein drittes Auge in der Mitte seiner Stirn. Wäre er ein Buddha gewesen, wäre das vielleicht verständlich, aber ein drittes Auge auf der Stirn eines Mannes, der kein besonders tugendhaftes Bild abgab, löste bei jedem, der es bemerkte, ein Gefühl des Unbehagens aus. Kinder flüsterten sich zu, dass es im Dunkeln leuchten oder Leute, die allein vorbeigingen, beobachten würde.

Es war sicherlich ein merkwürdiges Gemälde, aber das dritte Auge war nicht besonders auffällig und erschien dem flüchtigen Blick als nicht mehr als ein Fleck. Kurz gesagt, die Schriftrolle hatte wenig, was für sie sprach; es gab nichts, was den Betrachter ansprach, noch irgendetwas in den Linien, das Aufmerksamkeit verlangte. Es taugte kaum zur Wanddekoration. Noch zehn Jahre im Schaufenster, und es wäre wahrscheinlich völlig verblasst.

Allerdings war dem Schreibwarenhändler vor Kurzem aufgefallen, dass es einen jungen Mann gab, der sich dafür interessierte, denn er hatte ihn in den letzten Monaten zwei- oder dreimal dabei beobachtet, wie er die Schriftrolle im Fenster anstarrte.

Im Gegensatz zu dem Gemälde hinterließ dieser junge Mann Eindruck.

Er war ein fast schmerzhaft frisch aussehender Jugendlicher, der unauffällig in einer grauen Hose zu weißem Hemd mit offenem Halsausschnitt und kurzen Ärmeln gekleidet war, und obwohl seine Hemden nicht neu waren, sahen sie immer ordentlich gebügelt aus.

Sein Haar war sehr kurz getrimmt und hob sein kantiges Gesicht mit den fein gezeichneten Zügen hervor.

Es gab kein einziges überschüssiges Gramm Fleisch an

den mageren Umrissen seines Körpers, der an eine frisch geschnitzte Statue erinnerte.

Sein Gesicht war attraktiv; das Fehlen von Farbe auf den Wangen betonte seine Züge, nicht zuletzt die dunklen Augen, die tief unter einer vorspringenden, hohen Stirn lagen.

In den durchnässten Straßen der Stadt, auf dem Höhepunkt der langen, feuchten Regenzeit, war er der Einzige, der eine kühle Stille ausstrahlte.

Wie alt der wohl ist?, fragte sich der Schreibwarenhändler.

Anhand der körperlichen Erscheinung des jungen Mannes hätte er auf Mitte zwanzig getippt, aber da war etwas in seinen Augen, und es umgab ihn eine Aura der Reife, die ihn älter erscheinen ließ.

Ich habe dieses Gesicht schon einmal irgendwo gesehen, dachte er, vor langer Zeit, als ich ein Kind war, an einem weißen Straßenrand ...

Ein Gesicht im Profil, unter einer Mütze mit Sternen darauf, flackerte in den Gedanken des Schreibwarenhändlers auf.

Ach ja. Das war doch Toshi.

Der Name fiel ihm sofort ein, sehr zu seiner Erleichterung. Bevor Toshi in den Krieg gezogen war, hatte sich das Bild, wie Toshi in seine Heimatstadt zurückkehrte und die Straße entlangging, in seine Netzhaut eingebrannt. Das schöne Profil, das unter seiner Mütze hervorlugte.

Sein Onkel Toshi, der einer der begabtesten Männer in der Familie gewesen war, die Militärkadettenschule in Nagoya besucht und es bis zur kaiserlichen Militärakademie gebracht hatte, war ein kühler, gut aussehender Mann gewesen, den sowohl Männer als auch Frauen bewunderten. Er hatte ein ruhiges Wesen, aber er liebte Kinder und konnte gut mit ihnen spielen. Wenn die Kinder also zu ihm kamen, riefen sie ihn liebevoll »Toshi-chan, Toshi-chan« und umringten ihn immer wie Welpen (mich eingeschlossen, erinnerte sich der Schreibwarenhändler).

Er war sich sicher, dass die Augen seines Onkels auch so waren: älter, als er an Jahren zählte. Es waren Augen voller Qualen und Unbehagen, als ob er allein das Gewicht der ganzen Welt auf seinen Schultern zu tragen hätte.

Sein Onkel kam nie aus dem Krieg zurück. Alles, was sie erfuhren, war, dass er sein Leben auf dem chinesischen Festland verloren hatte; seine Gebeine wurden nie nach Hause überführt.

Deshalb war sein Onkel für den Schreibwarenhändler für immer jung und gut aussehend. Und sein Gesicht war es, das sich in seinen Gedanken mit dem des jungen Mannes überschnitt, der die Schriftrolle am Eingang des Soba-Restaurants anstarrte.

Er starrte sie immer gedankenverloren an, bevor er abrupt auf dem Absatz kehrtmachte und ging, als hätte er plötzlich alles Interesse daran verloren.

Es kam dem Schreibwarenhändler nie in den Sinn, etwas über ihn herausfinden zu wollen. Der junge Mann war einfach eine faszinierende Gestalt, die er gelegentlich zu Gesicht bekam, nicht mehr.

Dann, eines Tages, begegnete der Schreibwarenhändler dem jungen Mann ganz zufällig.

Es war in einem Tempel am Rande der Stadt, wohin er mit einigen ehemaligen Klassenkameraden gegangen war, um die Gedenkfeier für einen damaligen Lehrer zu besuchen.

Plötzlich erregte eine vertraute Gestalt seine Aufmerksamkeit. Ein Mann in einem ordentlich gebügelten Hemd saß auf einer Bank in der Ecke des Tempelgeländes, zwischen Hortensien, die vom gedämpften Sonnenschein der Regenzeit angestrahlt wurden.

Kindergeschrei schallte durch die Luft.

Der Tempel betrieb auf dem angrenzenden Grundstück einen Kindergarten. Der Mann saß auf einer Bank in einer gemütlichen Gartenecke, die Kinder um sich geschart.

Der Schreibwarenhändler hatte ein Déjà-vu. Er sah sich selbst als eines dieser Kinder und den kleinen, von sanftem Sonnenschein erfüllten Garten als ein Stückchen Himmel, in dem er früher mit Onkel Toshi gespielt hatte.

Aber im Gegensatz zu seinem Onkel schien dieser Mann keine Verbindung zu den Kindern aufbauen zu wollen. Obwohl er sie anlächelte, während sie sich zu seinen Füßen tummelten und miteinander plapperten, war sein Gesichtsausdruck distanziert und deutete auf Kummer hin.

Unerwartet kam dem Schreibwarenhändler angesichts dieser Erscheinung das Wort »Heiliger« in den Sinn.

»Ist alles in Ordnung?«

Als er bemerkte, dass der Schreibwarenhändler wie angewurzelt auf der Stelle stand, war der Hauptpriester, ein Mann mittleren Alters, an ihn herangetreten und hatte ihn angesprochen.

»Der Mann dort drüben – gehört er zum Tempel?«

Der Priester blickte den Mann an und nickte, als er auch die unausgesprochenen Fragen wahrnahm, mit einem Seufzer.

»Er kommt manchmal hierher, um zu beten«, antwortete er sanft, »und spielt mit den Kindern, bevor er geht. Für jemanden, der so jung ist, hat er in seinem Leben schon viel Pech gehabt. Kennen Sie ihn?«

Der Schreibwarenhändler zögerte.

»Nein, aber ich habe ihn manchmal in meiner Nachbarschaft gesehen. Ich erinnere mich an sein Gesicht, weil er so gut aussieht.«

»Ah, ich verstehe. In der Nähe Ihres Hauses, sagten Sie. Darf ich fragen, wo das ist?«

Die Adresse, die der Schreibwarenhändler nannte, schien dem Mönch etwas zu sagen, denn er nickte mehrmals und sagte: »Er ist also noch in Behandlung.«

»Behandlung?«

Der Mönch wandte sich um und schaute, seinem Blick ausweichend, in den Garten.

»Vor drei Jahren wurde ein junges Paar in der Nähe des Asano-Flusses ermordet.«

»Ja, ich erinnere mich. Die Bande, die es getan hat, wurde gefasst, glaube ich.«

»Das Paar wollte heiraten. Sie hatten keinerlei Verbindung zu der Bande, aber sie wurden auf äußerst grausame Weise getötet ... Die Frau war seine jüngere Schwester.«

Als er den Ausdruck von Schock auf dem Gesicht des Schreibwarenhändlers bemerkte, fuhr der Abt in seiner Erzählung fort.

»Sie standen sich sehr nahe, denn die Eltern starben, als die Kinder noch klein waren, und so kümmerten sie sich gegenseitig umeinander«, erzählte der Mönch. »Er schaffte es, einen Universitätsabschluss zu machen, einen Job zu bekommen und für die Hochzeit seiner Schwester zu sparen, so wie seine Eltern es gewollt hätten, aber dann schlug das Schicksal zu und zerstörte ihn fast. Er wurde extrem depressiv und war eine ganze Weile in der Klinik.«

»Das ist also seine Geschichte.« Der Schreibwarenhändler verspürte einen Stich des Mitleids.

Kein Wunder, dass der junge Mann viel zu betagt für sein Alter aussah.

»Er war schon immer ein Grübler mit sensiblem Gemüt, aber er hat es seiner Schwester zuliebe geschafft, durchzuhalten, und hart gearbeitet. Ich habe von einigen Leuten gehört, dass seine Eltern genauso waren und dass es sie wahrscheinlich früh ins Grab gebracht hat«, sagte der Mönch in gleichmäßigem Tonfall.

Der Schreibwarenhändler fragte sich flüchtig, ob es angemessen war, solch private Informationen zu erhalten, aber er war neugierig und wollte mehr erfahren.

Der Abt hatte einen starken Kansai-Akzent. Vielleicht hatte er in Nara oder Kyoto gelebt.

»In der Klinik hat er einen Professor für buddhistische Kunst kennengelernt, der im Bett neben ihm lag«, fuhr der Mönch fort. »Er hat mir gesagt, dass so sein Interesse an Buddha geweckt wurde.«

»Ich hoffe, dass Buddha ihm eine Hilfe sein kann«, sagte der Schreibwarenhändler.

»Er scheint eher an Buddha-Statuen als an Buddhas Lehren interessiert zu sein. Vor allem an der Urna. Dem Punkt, der in buddhistischen Bildern das dritte Auge auf der Stirn darstellt, wissen Sie? Das ist es, was ihn am meisten anzuziehen scheint.«

Der Schreibwarenhändler erschrak: das Auge in der Mitte der Stirn. Er erinnerte sich an den jungen Mann, der vor dem Soba-Restaurant stand und auf die Schriftrolle starrte.

Im selben gedämpften Ton fuhr der Abt fort, Fragmente aus seinen Gesprächen mit dem jungen Mann wiederzugeben:

»Was ist das für ein Auge? Oder besser: Ist das überhaupt ein Auge?«

»Nein, nicht ganz. Es sind Haare, die zwischen den Augenbrauen des Bodhisattvas wachsen. Die Locke ist spiralförmig rechtsherum gedreht, sodass sie wie ein rundes Auge aussieht. Bei Buddha-Statuen verwendet man einfach runde Steine, um sie darzustellen, manchmal auch Kristall. Von dort geht ein segensreiches Licht aus.«

»Dann ist es also nicht wirklich ein Auge?«

»Nein. Einige Buddhas haben aber ein drittes Auge, wie der Pferdekopf-Kannon oder der Fudō-König. Es sind meistens die zornigen Buddhas, die ein drittes Auge haben.«

»Zornig?«

»Ja. Bilder mit einem dritten Auge finden sich seit Anbeginn der Zeit in allen Kulturen und Religionen der Welt. Schon eigenartig. Und überall heißt es, wenn man sich den religiösen Studien hingibt, entsteht an der Stelle eine Art Auge oder ein Punkt, der Hitze auszustrahlen scheint. Ich bin nicht sicher, ob es da einen Zusammenhang gibt, aber Bilder von Franz Xaver und anderen Heiligen und Mönchen, die man in Lehrbüchern sieht, zeigen sie immer mit einer kahlen Stelle auf dem Oberkopf. Eine Theorie besagt, dass, wenn die geistige Kraft durch asketische Praxis zunimmt, die Energie, die im Körper zirkuliert, in der Lage ist, sich selbst zu regulieren, und eine große Hitze über den Kopf abgibt, was zur natürlichen Entwicklung von Kahlheit führt. Das ist der Grund, warum alle wirklich tugendhaften Mönche eine Tonsur tragen, so heißt es zumindest. Aber es ist das häufigste Muster von Kahlheit bei Männern, deshalb vermute ich, dass das vielleicht nur eine Ausrede ist.«

»Also muss man Tugendhaftigkeit anstreben. Aber ich frage mich, wie die Welt aussehen würde, wenn man ein zusätzliches Auge hätte.«

»Weiß ich nicht. Kann ich wirklich nicht sagen. Aber ich ver-

mute, du würdest die Welt anders sehen, auf einer anderen Ebene.«

Der Schreibwarenhändler erinnerte sich an Klatsch und Tratsch, den er bei einem Klassentreffen über den Abt dieses Tempels gehört hatte. Offenbar hatte er die Position erst kürzlich von seinem Vater geerbt. Davor war er so etwas wie ein Abenteurer gewesen, hatte die Welt bereist und mit der Hippiekultur in Amerika Bekanntschaft gemacht. Nach diesem Gespräch konnte sich der Schreibwarenhändler das gut vorstellen. Der Mönch hatte etwas Unkonventionelles an sich.

Der Abt fuhr in seinen Erinnerungen an die Gespräche mit dem jungen Mann fort:

»Ich weiß wirklich nicht, was ich tun soll.«

»Tun, weswegen?«

»Von mir wird eine Antwort verlangt, aber ich weiß nicht, wie ich antworten soll.«

»Wem sollst du eine Antwort geben?«

»Ähm … ich weiß nicht, wie ich das genau ausdrücken soll, aber es ist eine Antwort an die Welt.«

»Rache ist nicht die Antwort. Rache wird immer auf dich zurückfallen. Es ist ein Teufelskreis. Es kommt nichts Gutes dabei heraus. Deine Schwester würde nie in Frieden ruhen.«

»Nein. Verstehen Sie mich nicht falsch. Ich hege keinen Groll gegen die Welt wegen dem, was mit meiner Schwester passiert ist.«

»Was meinst du dann?«

»Die Welt stellt mir Fragen. So wichtige Fragen werden mir gestellt, und doch schweige ich. Aber ich halte es nicht mehr lange aus. Ich muss irgendwie reagieren. Deshalb fühle ich im Moment eine große Verantwortung.«

»Verantwortung? Verantwortung wofür? Der Tod deiner Schwester war nicht deine Schuld. Viele Menschen fühlen sich schuldig, nachdem sie ohne eigenes Verschulden in schreckliche Situationen geraten sind. Es gibt überhaupt keinen Grund dafür, dass du dich verantwortlich fühlst.«

»Wirklich? Aber die Wahrheit ist, dass ich derjenige bin, der darin verwickelt wurde. Niemand sonst – ich wurde auserwählt. Glauben Sie nicht, dass es dafür einen Grund gibt? Ich muss doch irgendwie antworten.«

»Ja ... Jetzt habe endlich auch ich verstanden.«

»Hm?«

»Dank dir.«

»Was meinen Sie?«

»Ich habe das Gefühl, dass das so gewollt war – dass ich hierher zurückgekommen bin, um dich zu treffen.«

»Mich?«

»Meine Probleme waren lächerlich im Vergleich zu dem, was du durchmachen musstest, aber ich habe auch mit der Welt gehadert. Ich wurde in diesem Tempel geboren und genoss eine buddhistische Erziehung, aber ich rebellierte und ging auf die Suche nach Antworten. Als ich des Reisens müde wurde, kam ich zurück und übernahm pflichtbewusst die Aufgaben meines Vaters. Und jetzt halte ich Predigten, ohne mit der Wimper zu zucken, als wäre ich besser als alle anderen ... Aber dann treffe ich dich. Und ich denke, das liegt daran, dass du dazu bestimmt bist, Buddhas Lehren zu empfangen.«

»Bin ich das?«

»Ja, das bist du. Der Professor für buddhistische Kunst, der neben dir in der Klinik lag, war auch ein Zeichen. Wenn jemand die Lehren des Buddha braucht, dann bist du es. Die Tatsache, dass du jetzt hier bei mir bist, beweist das.«

»Denken Sie das wirklich? Aber ich glaube nicht an das Schicksal. Oder an Zeichen.«

»Nenn es, wie du willst, aber ich glaube, es ist vorherbestimmt, dass ich jetzt hier bei dir bin, damit du die Lehren des Buddha empfängst.«

»Wenn Sie das sagen, ist es vielleicht wirklich so gewollt. Auf jeden Fall fühle ich mich verantwortlich und will dieses Auge. Ein drittes Auge. Damit ich auf mich selbst herabschauen und die Welt von einer anderen Ebene aus betrachten kann, irgendwo weit oben, und nicht mehr leiden muss. Das ist alles, was ich mir erhoffe.«

»Ihre Freunde sind da.« Der Mönch brach seine Erzählung ab und deutete auf die Gefährten des Schreibwarenhändlers, die vom anderen Ende des Ganges winkten. Es war Zeit für sie, zum Mittagessen aufzubrechen. In einem nahe gelegenen Restaurant wartete ein vegetarisches Essen auf sie, die Art von Mahlzeit, die früher bei solchen Zusammenkünften vielleicht undenkbar gewesen wäre, aber sie waren jetzt alle in einem Alter, in dem sie verschiedene gesundheitliche Probleme zu berücksichtigen hatten, und es ging ohnehin nur darum, sich wiederzusehen.

Der Schreibwarenhändler wollte sich gerade auf den Weg machen, als ihm ein Foto ins Auge fiel, das an einer Säule im Durchgang befestigt war.

Es zeigte einen Mönch, der in einer leuchtend gelben Robe dahinschritt.

»Wo wurde das aufgenommen?«

»Äh ... Sri Lanka, glaube ich. Ich bin mir nicht mehr sicher. Es ist mir etwas peinlich, aber in meiner Jugend bin ich ziemlich viel herumgekommen und konnte die ganzen Orte gar nicht mehr auseinanderhalten.«

Offensichtlich war es ein Foto vom Abt selbst.

»Ich wäre Ihnen dankbar, wenn Sie das, was ich Ihnen gerade erzählt habe, für sich behalten würden«, fuhr der Mönch fort. »Ich habe es nur deshalb erwähnt, weil Sie sich für ihn zu interessieren scheinen. Bitte machen Sie ihm keinen Ärger und verraten niemandem sonst, was ich gesagt habe, ich bitte Sie.«

Der Mönch senkte feierlich den Kopf.

Natürlich hatte der Schreibwarenhändler nicht die Absicht, den jungen Mann anzusprechen oder jemand anderem von ihm zu erzählen.

Er drehte sich beiläufig noch einmal zu den Hortensien um und sah, dass der Hof des Kindergartens nun leer war.

Die Sonne war hinter den Wolken verschwunden, keine Kinderstimmen waren mehr zu hören, und von dem Mann im weißen Hemd fehlte jede Spur.

II

Obwohl die Worte des Abts den Schreibwarenhändler betroffen gemacht hatten, verblasste die Angelegenheit im Laufe der Tage in seinem Gedächtnis. Doch das sollte nicht das Ende seiner Verbindung zu dem jungen Mann sein.

Gegen Ende der Regenzeit begegnete er ihm ein drittes Mal während eines heftigen Regengusses.

Um genau zu sein, begegneten sie einander eigentlich gar nicht.

Der Schreibwarenhändler war auf dem Heimweg von einer geschäftlichen Besprechung gewesen, als der Boden seiner Papiertragetasche nass wurde und riss, und so hatte er unterwegs im Laden eines befreundeten Tabakhändlers angehalten.

Es regnete weiter in Strömen, während er seine Sachen von einer Tasche in die andere umpackte.

Plötzlich spürte er, dass jemand in seiner Nähe war.

Er hob den Blick, um eine Gestalt auf der anderen Seite der Milchglasschiebetür vorbeigehen zu sehen, welche auf die Gasse hinausführte, die das Geschäft von den gegenüberliegenden Wohnhäusern trennte. Es war ein junger Mann. So viel konnte er erkennen. Er beobachtete, wie die Gestalt weiter die enge Straße hinaufging und schließlich verschwand.

Die Frau des Tabakhändlers kam mit einer Tasse Tee und fand ihn mit einem verwirrten Blick auf die Glastür starrend vor. »Oh, haben Sie den Untermieter von nebenan gesehen?«, fragte sie.

»Das muss er gewesen sein. Ich wusste nicht, dass es dort Wohnungen gibt.«

»Die gehören dem Eisenwarenladen nebenan«, sagte sie und blickte mit finsterer Miene auf die Schiebetür. »So jung, aber er kann nicht arbeiten. Gesundheitliche Probleme, sagt man.«

»Ach so?«

»Wenn er fit ist, hilft er bei den Lieferungen für den Supermarkt oben an der Hauptstraße aus, aber momentan sehen wir ihn nur selten rauskommen. Er schließt sich die ganze Zeit in seinem Zimmer ein. Es ist ein bisschen beunruhigend.«

Sie bedeckte ihren Mund mit der Hand.

Der Schreibwarenhändler gab mitfühlende Laute von sich.

»Aber er scheint ein anständiger junger Mann zu sein. Er sieht gut aus, ist ruhig und gut erzogen. Immer ordentlich gekleidet«, fügte sie hastig hinzu, als wollte sie nicht für eine böswillige Klatschtante gehalten werden.

Ihre Beschreibung traf den Schreibwarenhändler wie ein Schlag.

Sicherlich nicht ... das konnte er doch nicht sein?

»Die Kinder mögen ihn, komischerweise«, fuhr sie fort. »Mein Enkel plaudert oft mit ihm. Ich war ziemlich überrascht, wie schnell sie sich angefreundet haben.«

Jetzt war er sich sicher: Es musste derselbe Mann sein. Der Schreibwarenhändler konnte ihn vor sich sehen, wie er im Tempelgarten saß, umgeben von Kindern.

Offensichtlich war er noch nicht wieder ganz auf den Beinen.

Es war herzzerreißend. Er erinnerte sich an den Abt, der die tragischen Ereignisse im Leben des jungen Mannes beschrieben hatte, seine Niedergeschlagenheit und seine Krankheit.

»Großmutter, ist mein großer Bruder von nebenan zurück?«

Wie aufs Stichwort kam ein Junge mit hohen Gummistiefeln hereingerannt. Der Schreibwarenhändler schätzte ihn auf etwa acht oder neun Jahre. Der Junge musste von Weitem gesehen haben, wie der junge Mann in die Gasse eingebogen war.

Seine Großmutter runzelte die Stirn. »Ist er, aber er sieht nicht allzu gut aus. Stör ihn nicht und sei nicht lästig«, mahnte sie.

»Aber er hat versprochen, mir beizubringen, wie man ein Radio baut.«

»Lass es, bis es ihm besser geht. Außerdem gießt es in Strömen.«

»Aber ist doch viel besser, drinnen zu sein und ein Radio zu bauen, wenn es regnet!«

Die Logik eines Kindes ist unschlagbar, dachte der Schreibwarenhändler, als er diesem Austausch amüsiert zuhörte.

»Außerdem kommt er jetzt kaum noch raus. Er sitzt nur in

seinem Zimmer und liest den ganzen Tag Sutras, oder er geht raus, um Sachen zu suchen ... Keine Ahnung, was. Jetzt ist die Gelegenheit, ihn mir zu schnappen.«

Der Schreibwarenhändler erinnerte sich an die Überzeugung des Mönchs, dass der junge Mann dazu bestimmt sei, die Lehren des Buddha zu empfangen, und er war froh zu hören, dass er das nun anscheinend in Angriff genommen hatte.

Er bedankte sich bei der Frau des Tabakhändlers, die immer noch mit ihrem Enkel diskutierte, für den Tee und verließ den Laden. Draußen fiel der Regen unvermindert.

Verbindungen zwischen Menschen sind eine merkwürdige Sache, dachte der Schreibwarenhändler. War das überhaupt eine »Verbindung«? Es gab unzählige Menschen, die in derselben Stadt lebten, mit denen er nie ein Wort wechselte und von deren Existenz er nicht einmal wusste, doch aus irgendeinem Grund war er sich einer bestimmten Person bewusst geworden, die ihm zufällig aufgefallen war.

Wie nannte man so etwas? Jemand, der keinen Platz im Alltag hat oder nicht ins eigene Gedankengebäude gehört, der einem aber irgendwann plötzlich in den Sinn kommt und eine seltsame Art von Erregung hervorruft.

Die Regenzeit endete, die sengende Hitze hielt an.

Auf den Straßen herrschte eine schwüle, saunaähnliche Luftfeuchtigkeit, die die Passanten dazu veranlasste, Schatten zu suchen, um der unerbittlichen Sonne zu entkommen.

Das war es, was den Schreibwarenhändler eines Tages dazu trieb, in einen Süßwarenladen zu gehen, als er auf dem Rückweg von einer geschäftlichen Besprechung war und seine Aufmerksamkeit von einem Schild erregt wurde, auf dem »Eis« stand.

Ohne zu zögern, bestellte er ein geschabtes Eis mit Erdbeersirup, nahm dann seine Brille ab und wischte sich über die Stirn.

Eine beruhigende, sanfte Brise strömte durch ein offenes Fenster herein, und er atmete erleichtert auf.

Sie trug auch Fetzen eines Gesprächs von zwei Grundschülern mit sich, die auf der anderen Seite des Fensters standen.

»Ich versteh echt immer weniger, wovon der spricht.«

»Der ist langsam durchgedreht oder so.«

Er spitzte die Ohren; eine dieser Stimmen war ihm bekannt.

Der Schreibwarenhändler drehte sich um und sah durch das Fenster zwei Jungen die Straße entlanglaufen.

»Eigentlich hat er sich nicht groß verändert. Wenn er Mathe unterrichtet, ist alles ganz normal. Mathe oder Naturwissenschaften erklärt er besser als jeder andere Lehrer.«

»Aber was ist das für ein drittes Auge, von dem er immer redet?«

»Keine Ahnung. Es beschäftigt ihn schon seit Ewigkeiten. Er redet immer davon, dass er ein drittes Auge sucht. Jemand hat ihm wohl davon erzählt. Und jetzt sagt er immer: ›Ich hab's gefunden, ich hab's gefunden‹, die ganze Zeit. Sooo langweilig. Da bin ich abgehauen.«

»Abgefahren, oder?«

»Allerdings.«

»Hast du den aus der zweiten Klasse ...«

Die Stimmen verklangen in der Ferne.

Der Schreibwarenhändler war beunruhigt.

Offensichtlich sprachen sie über den jungen Mann.

Er hatte den Standort eines dritten Auges entdeckt. Was in aller Welt hatte das zu bedeuten?

Das ist ja wie die Anweisung aus einem Glückskeks, dachte er und presste das kühle Eis gegen seine Stirn.

»Wenn Sie etwas beschäftigt, gehen Sie auf eine belebte Straße oder an eine Straßenecke und lauschen auf die Worte, die an Ihr Ohr dringen.«

Was hatte er also gerade aus dem Gespräch dieser zwei Jungen erfahren? Und warum hörte er so oft von diesem jungen Mann?

Worauf es hinauslief, erkannte er, war sein eigenes Verlangen, mehr über ihn zu erfahren. Über den Mann, dessen Namen er noch nicht einmal kannte. Tatsächlich spielte der Name keine Rolle; er war einfach neugierig darauf, was dieser junge Mann, der seinem Onkel so sehr ähnelte, dachte und wie er in Zukunft mit einer schrecklichen Tragödie fertigwerden würde.

Nachdem er das Erdbeereis aufgegessen hatte, fühlte sich der überhitzte Körper des Schreibwarenhändlers nun endlich kühler an.

Die Sonne stand endlich tiefer, stellte er fest, und so wagte er sich wieder nach draußen und machte sich auf den Weg in Richtung eines Ortes, den er ursprünglich gar nicht hatte aufsuchen wollen: die Tabakwarenhandlung, in der er an jenem Tag im Regen eine neue Papiertüte erhalten hatte.

Hier, auf der Rückseite des Ladens, wohnte der junge Mann. Ein Mann, den der Schreibwarenhändler nur einige Male zufällig gesehen hatte, dessen Namen er nicht kannte und mit dem er nie ein Wort gesprochen hatte.

Obwohl die größte Hitze des Tages vorüber war, röstete die Erde weiterhin unter den Strahlen der Sonne vor sich hin.

Der Schreibwarenhändler ging zum Tabakladen.

Stille war in die Stadt eingezogen. Er vermutete angesichts der unbesetzten Theke an der Straßenfront, dass sich derjenige, der den Laden bewachte, vor der Hitze in die Kühle des Inneren zurückgezogen hatte. Es war nicht nur dieser Laden, stellte er fest; die ganze Stadt sah fast so aus, als wäre sie menschenleer.

Zögernd blieb er draußen stehen.

Die schmale Gasse war nur ein paar Schritte entfernt. Es wäre ein Leichtes, sie hinunterzugehen, um die Ecke zu biegen und endlich den jungen Mann zu treffen. Den Mann mit der Aura eines Heiligen und einem für sein Alter betagten Gesicht.

Was in aller Welt mache ich hier?, dachte er.

Unschlüssig stand er da, fühlte den Schweiß aus seinen Poren dringen. Noch immer konnte er sich nicht dazu durchringen, sich zu bewegen. Dann, in einem plötzlichen Entschluss, machte er auf dem Absatz kehrt und ging auf die Suche nach einer Bushaltestelle.

Der Sommer zog sich unendlich in die Länge.

Die Tage waren geprägt vom Klirren leerer Bierflaschen, die von den Schnapsläden abtransportiert wurden, und von Haufen von Abfällen all jener Lebensmittel, die im Sommer gern gegessen wurden: Schalen von Sojabohnen, von den Körnern befreite Maiskolben, weiße, abgegessene Wassermelonenschalen und hölzerne Eisstiele. Kinder, die gescholten wurden, weil sie sich mit zu vielen kalten Getränken den Magen verdorben hatten, stöhnten über die bitteren braunen Pillen, die sie schlucken mussten.

Der Sommer schien niemals enden zu wollen, doch spätestens als ein Taifun vorhergesagt wurde, war klar, dass ein Wechsel der Jahreszeiten bevorstand.

An diesem Morgen erwachte der Schreibwarenhändler in einer dichten, klebrig schweren Atmosphäre. Die Luftfeuchtigkeit stieg eindeutig. Mehrere Tage hintereinander war die Temperatur nachts nicht unter zwanzig Grad gesunken, ein sicheres Zeichen dafür, dass ein Tiefdruckgebiet im Anmarsch war.

Er war schon schweißgebadet aufgewacht, und da es der erste Schultag war, lärmten die Kinder im Haus.

Als er beim Öffnen der Ladentür vor eine Wand aus erstickend heißer Luft lief, überkam ihn eine düstere Stimmung.

Das Wetter schien sehr früh am Tag unangenehm zu werden.

Seine Mutter, die aus dem Haus gegangen war, um ihre Medizin in der benachbarten Praxis zu holen, kam missgelaunt zurück. »Die Klinik ist heute geschlossen.«

»Oh? Ist Dr. Takano krank?«

»Ich habe völlig vergessen, dass er heute etwas vorhatte. Er hat es mir sogar gesagt. Er ist bei einer Feier von einem bekannten Arzt, dem er viel zu verdanken hat. Ist mir erst eingefallen, als ich schon vor der Praxis stand, so was Ärgerliches!« Sie schien sich mehr über ihre Vergesslichkeit zu ärgern als über die geschlossene Klinik.

»Der Wind frischt auf. Du solltest heute lieber früh mit der Auslieferung beginnen«, sagte sie zu ihm und strich sich das Haar glatt.

Der Schreibwarenhändler stimmte zu und beschloss, das Sortieren, das er normalerweise morgens erledigte, zu verschieben, damit er zuerst seine Runde machen konnte.

Es blies ein unangenehmer Wind. Obwohl noch nicht Mittag, war der Himmel dunkel, und launische Windböen schlugen dem Schreibwarenhändler aus allen Richtungen entgegen, während er auf dem Liefermotorrad saß. Noch regnete es nicht, doch der stickige, feuchte Wind brachte keine Erleichterung, sondern schien die Luftfeuchtigkeit eher noch zu erhöhen.

Draußen wuselten die Leute herum und bereiteten sich auf den Sturm vor, der für den Nachmittag vorhergesagt war. Das

Hemd des Schreibwarenhändlers, das er kurz vor dem Verlassen des Ladens angezogen hatte, klebte bereits an seiner Haut.

Er fluchte leise vor sich hin. Dann fiel ihm etwas ins Auge und ließ ihn innehalten.

Ein gelbes Gewand.

Er erinnerte sich an das Foto im Tempel. Ein Mönch, frontal aufgenommen, dahinschreitend.

Das war er – der junge Mann. Er lief direkt auf den Schreibwarenhändler zu, gekleidet in eine gelbe Kutte.

Automatisch verlangsamte der Schreibwarenhändler sein Motorrad und beobachtete, wie der junge Mann auf ihn zukam, ohne zu merken, dass er beobachtet wurde. Er trug eine schwarze Baseballkappe und schritt zügig aus, den Blick nach unten gerichtet.

Der junge Mann war blass, aber gut aussehend wie immer, und die skulpturalen Züge hoben sich in seinem schlanken Gesicht mehr denn je im scharfen Profil ab.

Er strahlte eine Aura kühler Stille aus inmitten des hektischen Treibens auf den Straßen vor dem aufkommenden Sturm. Seine Jugend und seine Reife waren in einem solchen Maße verschmolzen, dass es unmöglich war, zu sagen, ob er jung oder alt war.

Und in seiner gelben Kutte sah er tatsächlich aus wie ein Mönch.

Aber das war nur der Eindruck eines kurzen Augenblicks. Im Handumdrehen war der junge Mann hinter dem Schreibwarenhändler verschwunden.

Sein gelber Rücken wurde im Rückspiegel immer kleiner.

Der Schreibwarenhändler fragte sich, wohin er wohl ging, während er der Gestalt im Spiegel folgte.

Es blieb jedoch keine Zeit, darüber nachzudenken, umzudrehen und die Verfolgung aufzunehmen, denn ehe er sich versah, schalteten die Ampeln auf Grün, und er setzte die Auslieferung widerwillig fort.

Am Nachmittag hatte der Wind zugenommen und brachte schließlich Regen mit sich.

»Sollen wir jetzt die Sturmläden schließen?«

»Aber es ist so schwül ... und drinnen ist es dann völlig dunkel.«

Die Ehefrau und die Mutter des Schreibwarenhändlers gingen nach draußen und blickten dabei auf den Dachvorsprung vor der Tür.

Sie verfolgten aufmerksam die Warnungen und Wettermeldungen im Radio.

Es gab nur wenige Kunden, und die Zahl der Menschen auf den Straßen wurde immer geringer. Einige Geschäfte schlossen bereits vorzeitig.

Das Bild eines gelben Regenmantels blieb dem Schreibwarenhändler im Kopf, selbst als er eifrig Lieferscheine sortierte. Wobei es für ihn der Mann in der Mönchskutte war.

Wo wollte er hin? War er inzwischen wieder in seiner Wohnung?

Vielleicht las er gerade in diesem Moment Sutras in seinem Zimmer.

»Ah, jetzt kommt der Regen.«

Er blickte beim Klang der Stimme seiner Frau auf und sah, wie sich der Bürgersteig vor dem Laden weiß färbte.

Große Regentropfen prasselten auf den Boden.

»Meine Güte, die Fenster sind doch alle zu, oder? O nein, ich glaube, ich habe das Badezimmerfenster offen gelassen.«

Die Frau des Schreibwarenhändlers sprang als Antwort auf ihre eigene Frage auf und eilte in das Haus an der Rückseite des Ladens, gefolgt von ihrer Schwiegermutter, die ebenfalls nachsehen wollte.

Sein Vater war mit Rentnerfreunden die heißen Quellen von Yamanaka besuchen. Dem Schreibwarenhändler kam in den Sinn, dass sie bei diesem Wetter nicht in den Genuss der heißen Außenbäder kommen würden.

Das Geräusch des Regens wurde immer lauter, bis das Radio neben der Kasse übertönt wurde. Die ganze Zeit über existierte jedoch ein stiller Raum im Kopf des Schreibwarenhändlers, in dessen kühles Schweigen gehüllt der junge Mann in aller Ruhe umherging.

Er bewegte sich unaufhörlich, eingesperrt vom Regen, ganz allein.

Als er, nachdem seine Gedanken so abgedriftet waren, mit einem Ruck in die Realität zurückkehrte, bemerkte der Schreibwarenhändler, dass das Radio wieder zu hören war und der Regen an Intensität verloren hatte. Zweifellos würde der Wechsel von sintflutartigen und leichten Regengüssen noch einige Zeit anhalten.

»Das war knapp«, sagte die Frau des Schreibwarenhändlers bei ihrer Rückkehr. »Was für eine Aufregung. Zum Glück hat's nicht reingeregnet. Wo ist denn die Taschenlampe?«

»Auf dem Regal unter der Treppe, glaube ich.«

»Die ist kaputt. Ich habe die Batterien gewechselt, aber sie funktioniert immer noch nicht. Erinnerst du dich an die Probleme, die wir nach dem Stromausfall beim letzten Gewitter hatten?«

»Stimmt. Hatte ich vergessen. Dann gehe ich mal eine neue kaufen.«

»Bei diesem Wetter? Bist du sicher?«

»Der Regen hat nachgelassen – wird schon gehen. Ich esse auf dem Weg einen Happen zu Mittag. Ich bin seit dem Morgen im Stress und habe noch gar nichts gegessen.«

»Bleib nicht zu lange weg.«

»Mach ich.«

Draußen blies der Wind so stark, dass sein Regenschirm nutzlos war, und er musste seine Brille festhalten, als er zum nahe gelegenen Elektrogeschäft eilte. Während der Assistent seine Taschenlampe einpackte, überlegte der Schreibwarenhändler, wohin er zum Mittagessen gehen sollte, und entschied sich für das Soba-Restaurant.

Er würde sich schnell einen Teller kalte Soba-Nudeln holen und dann wieder nach Hause eilen.

Seinen Einkauf unter den Arm geklemmt, wagte er sich zurück auf die Straße, gepeitscht von dem unangenehm nassen Wind.

Die Szenerie war ohne jede Farbe, alle eilten zu ihren Häusern.

In der Ferne glaubte er eine Sirene zu hören. Ein Feuerwehrauto?

Das Soba-Restaurant war leer, als er eintrat. Im Gegensatz zu vielen anderen Lokalen schloss es nicht in der Zeit zwischen Mittag- und Abendessen, sondern war den ganzen Tag über geöffnet.

»Willkommen. Schreckliches Wetter, nicht wahr?«

Von Natur aus ein schweigsamer Mann, war das eine ungewöhnlich redselige Begrüßung für den Besitzer des Restaurants.

»Der Wind ist grauenhaft. Ich war in kürzester Zeit komplett nass.«

»Hier, nehmen Sie«, sagte der Mann und schob dem Schreibwarenhändler ein Baumwollhandtuch hin, das dieser dankbar annahm, um sich Kopf und Schultern abzutrocknen.

»Soba und ein Bier, bitte.«

»Alles in Ordnung?«

»Wir machen den Laden für heute dicht. Bei dem Wetter kommen keine Kunden, und es wird nur noch schlimmer werden.«

Während er dem Besitzer dabei zusah, wie er die Bierflasche öffnete, fiel ihm auf, dass er, als sich der Deckel hob, das Zischen nicht hören konnte. Der Regen war wieder intensiver geworden. Er fiel jetzt stärker denn je und erzeugte ohrenbetäubenden Lärm auf dem Wellblechdach. Er übertönte alles andere.

Beide Männer blickten mit Verwunderung an die Decke; der Lärm war so laut, dass es unmöglich war, nicht zu reagieren.

Während er an gekochten Fischpaste-Scheibchen mit Wasabi knabberte und an seinem Bier nippte, bemerkte der Schreibwarenhändler wieder die Sirenen.

»Heute sind aber wirklich viele Feuerwehrautos und Krankenwagen unterwegs.«

»Vielleicht ein Feuer?«

»Brauchen die denn so viel Wasser bei dem Regen?«

Er spitzte die Ohren und lauschte durch die Kakofonie auf dem Dach auf das Kreischen der Sirenen.

Unheilvolle, Unglück bringende Geräusche.

Es schien kein Ende zu nehmen; sobald eine in der Ferne verklang, hörte man eine andere, die unmittelbar darauf folgte.

Er fragte sich, wie viele es wohl gewesen waren.

»Was in aller Welt ist da los?«

»Hmm. Sehr seltsam«, sagte der Besitzer und ging hinüber, um den Fernseher einzuschalten, der auf einem Regal kurz unter der Decke stand. Er liefen jedoch keine Nachrichten, sondern nur die langweilige Wiederholung einer alten Dramaserie.

Als der Schreibwarenhändler seine Nudeln gegessen und den Tee dazu getrunken hatte, ließ der Regen allmählich nach.

Er warf einen Blick durch das hintere Fenster und sah, wie sich die achtfingrigen Blätter der Aralie draußen im Wind wiegten.

»Sieht aus, als wäre der Regen nicht mehr so schlimm. Ich werd mal schnell nach Hause gehen. Danke.«

»Ja, machen Sie sich besser fix auf den Weg. Immer gern geschehen.«

Der Schreibwarenhändler bezahlte seine Rechnung und trat wieder hinaus in den Mahlstrom.

Er zog eine Grimasse. Obwohl der Regen etwas nachgelassen hatte, besaß er, vom Wind getragen, immer noch genug Schwung, um mit stechender Kraft auf sein Gesicht zu prasseln.

Aber im nächsten Augenblick blieb er wie angewurzelt stehen.

Vor dem Restaurant stand jemand.

Da stand er.

Als hätte er sich direkt aus seiner Fantasie in der Wirklichkeit materialisiert.

Eine aschgraue Silhouette mit scharfem Profil.

Er starrte auf die Schriftrolle im Schaufenster, ohne sich um den Regen zu kümmern, der auf ihn niederprasselte.

Wie lange hatte er schon dort gestanden?

Das gelbe Gewand, das er vorhin getragen hatte, war nirgends zu sehen.

Seine Hose war schwarz vor Nässe, und sein weißes Hemd war vollgesogen, die Falten des Unterhemds darunter deutlich sichtbar. Regen strömte vom Schirm seiner Baseballkappe.

Er schien nicht zu bemerken, dass er beobachtet wurde.

Wie immer, dachte der Schreibwarenhändler plötzlich frustriert. Ich bin nur ein Zuschauer, der nie in seine Welt eindringt.

Der Mann starrte konzentriert auf die Schriftrolle, ohne einen Muskel zu bewegen.

Auch der Schreibwarenhändler blieb stehen und beobachtete ihn weiter.

Er sah, wie sich die Lippen des jungen Mannes bewegten, als ob er vor sich hin murmelte.

Sein Gesichtsausdruck war anders als zuvor; es war etwas Neues hinzugetreten.

Etwas, das für den Schreibwarenhändler wie eine Mischung aus Zufriedenheit und Erleichterung, aber auch Erschöpfung aussah.

Wo war der junge Mann seit heute Morgen gewesen? Als der Schreibwarenhändler vorhin das Restaurant betreten hatte, war keine Spur von ihm zu sehen gewesen. Und was hatte er – bei diesem Regen – getan, das die Ursache für eine so große Zufriedenheit sein konnte?

Der Schreibwarenhändler zerbrach sich den Kopf und spitzte die Ohren, um zu hören, was der Mann sagte.

Es gelang ihm nicht.

»Endlich habe ich die Antwort gefunden«, murmelte der junge Mann unhörbar vor sich hin, wieder und wieder. »Das ist meine Antwort.«

8

DIE STIMME DER BLUMEN

I

»Fami-res« ist ein seltsamer Begriff, finden Sie nicht?

Nein? Ich schon. Jedes Mal, wenn ich ihn höre.

Ich weiß natürlich, das ist die Abkürzung für Familien-Restaurant, aber ich höre immer »family-less«. Wissen Sie, also »ohne Familie«. So wie beim Wort »sex-less«.

Viele Leute nutzen Familien-Restaurants beruflich. Die sind ja auch praktisch für Geschäftstreffen oder gemeinsame Mittagessen, wegen der großen Tische und der guten Beleuchtung.

Aber ich sehe hier eigentlich nie echte Familien essen. Ich vermute, dass echte Familien nur zu bestimmten Zeiten herkommen. Ich bin hier nur spät am Abend und treffe immer nur Einzelgänger an, oder Eltern und Kinder, bei denen Probleme offensichtlich sind, oder Studenten, Sie wissen schon ... die Familienlosen. Nur Leute mit irgendeinem Defekt oder Familien, die nicht als normale Familie durchgehen, sind um diese Zeit hier. Diese Menschen sitzen wie dunkle Kerzen in einem hell erleuchteten Restaurant.

Fami-res-Gäste lächeln nicht.

Das ist mir vor einer Weile aufgefallen. Natürlich lächeln die Kellner, weil es im Handbuch steht. Es gilt nicht wirklich den

Gästen. Genauso wie die Gäste nicht herkommen, weil sie in einem Fami-res sein wollen. Sie schlagen die Zeit tot oder wollen nicht allein zu Hause sitzen oder brauchen einfach einen Tapetenwechsel. Ein Fami-res ist nicht ihre erste Wahl, aber es geht zur Not. Das Personal und die Gäste sind ebenso resigniert, auf ihre eigene Art und Weise. Niemand versucht, eine Maske aufzusetzen oder so zu tun, als ob er glücklich wäre. Jeder Mensch bringt sein Leben mit an den Tisch.

Und ich denke, wenn man es so betrachtet, ist »family-less« vielleicht der richtige Begriff.

II

Nein, aber ich war mal verheiratet.

Wenn ich ehrlich bin, weil ich es für unnötig hielt.

Nee, mit ihr war alles in Ordnung. Es war überhaupt nicht ihre Schuld. Im Grunde war sie ein wirklich tolles Mädchen. Hat auch nie Aufstand wegen der Alimente gemacht, obwohl ich derjenige war, der es beendet hat, und sie jedes Recht dazu gehabt hätte. Ich hatte nichts gegen sie, und ich glaube, ihr ging es mit mir genauso.

Aber ich weiß nicht … Ich habe einfach keinen Grund für uns gesehen, zusammen zu sein.

Menschen haben ja alle möglichen Gründe, zusammenzuleben.

Am Leben des anderen teilhaben zu können oder eine Familie zu gründen, Sicherheit im Alter, sozialer Druck. Einsamkeit. Oder weil man sich nützlich fühlen will. Nichts davon fühlte sich relevant an.

Ich habe mich immer gefragt: Warum ist diese Frau überhaupt hier?

Jedes Mal, wenn ich sie ansah. Sie hat mich nicht genervt oder angeödet. Es war nur die einfache Frage: Nanu? Wozu ist diese Frau hier, warum existiert sie im selben Raum wie ich?

Und diesen Blick hat sie wohl bemerkt.

Sie sagte mir, sie könne es nicht ertragen, wie ich sie ansehe. Dass ich keine Ahnung hätte, wie grausam ich sei, als würde ich ihre Existenz verleugnen, und dass ihr das wehtäte. Und noch grausamer fand sie, dass sie wusste, dass ich es nicht böse meinte.

Das hat sie mir jedenfalls gesagt, als wir uns trennten. Aber ich vermute, sie war froh, dass sie da rauskam.

Ja, gute Frage, warum ich dann überhaupt geheiratet habe. Na ja, alle haben halt geheiratet. Ich dachte mir, dass ich das wenigstens mal versuchen sollte. Meine verheirateten Freunde fanden das schließlich alle ziemlich gut. Und wenn alle Kumpels das tun, bekommt man Panik, zurückzubleiben, verstehen Sie?

Nee, Hausarbeit macht mir nichts aus. Ich find's sogar einfacher, sie selbst zu erledigen, so wie ich es möchte.

Nichts für ungut, aber ich denke, Frauen sind stumpf und unsensibel. Das meine ich nicht diskriminierend. Ich denke, es ist harte Arbeit, ein Kind zu gebären und aufzuziehen, also müssen Frauen so sein – sie sind so gebaut, dass sie einfach weitermachen, egal was passiert. Männer sind meiner Meinung nach wesentlich neurotischer, in jeder Hinsicht.

Ich weiß gar nicht, wie wir jetzt darauf gekommen sind. Darüber wollten Sie doch sicher nicht reden, oder?

Ja, leider war ich als Ingenieur nicht sehr erfolgreich. Ich mochte es, an Maschinen herumzubasteln und Dinge herzustellen, aber ich hatte keine glänzenden Ideen oder den Antrieb, ein Erfinder zu sein. Jetzt bin ich im Vertrieb und in der

Planung tätig – eine allgemeine, übergreifende Art von Arbeit. Das passt ziemlich gut zu mir.

Die Leute sagen oft, mir fehle der Ehrgeiz.

Und auch, dass ich keine Emotionen hätte. Feingefühl, meinen die wohl.

Schon manchmal schade, dass ich als Ingenieur nicht mehr Ehrgeiz hatte, oder im Beruf allgemein. Wenn ich darüber nachdenke, würde ich so was auch heute noch gerne machen.

Aber das Konzept von Ehrgeiz verstehe ich immer noch nicht.

Warum sollte das Leben in einer Luxuseigentumswohnung, der Besitz mehrerer ausländischer Autos oder der Bau eines zweiten Hauses als Erfolg bezeichnet werden? Worauf soll man da neidisch sein? Jeder braucht doch im Grunde dasselbe bei einem Haus. Ein Bad, eine Küche, eine Toilette, einen Ort zum Schlafen und ein Plätzchen zum Entspannen. Sicher, ein Garten oder ein Arbeitszimmer vergrößert die Fläche oder die Anzahl der Zimmer ein wenig, aber egal wie groß ein Haus oder eine Wohnung ist, das Grundprinzip ist immer dasselbe. Ich verstehe wirklich nicht, warum Luxusapartments so viel teurer sein sollten, selbst wenn man die größere Wohnfläche berücksichtigt. Und apropos, die Amerikaner verstehe ich am allerwenigsten. Ihre Vorstellung von Erfolg ist ein Anwesen mit einem Pool, dazu ein protziges Auto, sexy Frauen und Partys mit Wein und Champagner. Das ist völlig unkultiviert. Die haben einfach keine Fantasie.

Ja, die Leute nennen mich oft unterkühlt. Aber was an mir kalt sein soll, ist mir nicht klar. Wenn ich's verstehen würde, würde ich mich vielleicht auch anders verhalten.

Jeder, der mir nahesteht und eine längere Zeit mit mir verbringt, endet tot. Ich frag mich manchmal schon, ob das meine

Schuld ist. Bin ich so kalt und hart, dass es sie auch erwischt? Staut sich das in ihnen auf, bis sie es nicht mehr aushalten?

Nur sechs Monate nach unserer Trennung ist meine Ex-Frau gestorben. Es war ein Autounfall, aber es gab Gerüchte, dass es Selbstmord gewesen sein könnte. Ich weiß es bis heute nicht.

Da war auch noch ein Freund, von der Uni. Wir waren im selben Club und vier Jahre lang gute Kumpel, aber nachdem er einen Job gefunden hatte, kam er mit den Leuten in der Abteilung, der er zugeteilt war, nicht zurecht und hat sich umgebracht.

Aber wenn ich zurückdenke, war die erste Person, die ich kannte, die gestorben ist, dieser Mann, den ich immer nur »großer Bruder« nannte.

Das hatte ich völlig vergessen, bis Sie aufgetaucht sind.

III

Nee. Ich glaube immer noch nicht, dass mein großer Bruder der Täter war.

Aber ich war damals noch ein Kind, und selbst jetzt bin ich nicht besonders gut darin, Menschen einzuschätzen.

Ich habe mich immer unwohl gefühlt, wenn Leute über ihn sprachen, als wäre er ein perverser Killer und eine Art Monster. Das passte überhaupt nicht zu dem Eindruck, den ich von meinem großen Bruder hatte.

Warum ich ihn so nenne?

Tja, keine Ahnung. Für mich war er immer einfach mein großer Bruder, in dem Sinne, wie man ältere Freunde anspricht. Ich habe ihn immer so genannt. Ich hatte einen richtigen großen Bruder, vier Jahre älter, aber zu dem habe ich nicht so aufgeschaut.

Als wir hörten, dass mein großer Bruder hinter den Morden stecken sollte, drehte meine Mama halb durch. Eigentlich war es wohl eher ein Triumph für sie. »Ich hab's ja immer gewusst, ich hab immer gesagt, dass der komisch ist, dass der irgendwas im Schilde führt!« Das hat sie selbstgefällig allen Nachbarn und Journalisten und jedem, der in unseren Tabakladen kam, auf die Nase gebunden. Es war mir unglaublich peinlich.

Aber sie hatte auch Schiss, die Medien könnten Wind davon bekommen, dass ich mit ihm befreundet war, und jagte mich weg, wenn Reporter in die Nähe kamen. Das war für mich in Ordnung. Ich mochte es sowieso nicht, wenn man mich über ihn ausfragte, also bin ich jedes Mal, wenn ein Journalist auftauchte, aufgesprungen und habe so getan, als wäre ich auf dem Weg nach draußen.

Aber eines Tages konnte ich es nicht mehr ertragen – ihre überhebliche Einstellung und ihr ständiges Gerede über ihn gegenüber den Kunden –, also sagte ich beim Abendessen: »Sieht aus, als würdest du dich drüber freuen, Mama. Du findest es wohl toll, dass neben uns ein Mörder gewohnt hat? Immerhin prahlst du jeden Tag damit.«

Verdammt, ist die ausgeflippt ... das hat mir richtig Angst eingejagt. Ich habe sie noch nie so wütend gesehen. Und solche Prügel habe ich auch noch nie einstecken müssen ...

Aber, ja, Tatsache ist, dass sie von da an ihren Mund hielt und Journalisten mied, also muss das, was ich sagte, sie getroffen haben.

Ich hatte als Kind einen Freund, einen Jungen aus Osaka. Und bei unserem ständigen Kontakt hat sein Kansai-Akzent ein bisschen auf mich abgefärbt. Sogar mehr als nur ein bisschen. Sie wissen ja selbst, wie barsch der klingt. Wenn mich heute ein Junge in demselben sarkastischen Ton ansprechen würde, den ich damals draufhatte, würde ich dem wahrscheinlich an den Hals springen. Was Kinder in dem Alter so von sich geben, kann ganz schön grausam sein.

Rückblickend habe ich etwas Mitleid mit meiner Mutter.

Ich meine, ihr Sohn freundet sich mit einem Fremden an, der in der Nachbarschaft wohnt, hört auf kein Wort, das sie sagt, ist ständig widerborstig. Und sie kann nichts dagegen tun. Kein Wunder, dass sie sauer war.

Zumal der besagte Fremde zwar keinen Job hatte, aber an seinem Verhalten oder Aussehen nichts zu beanstanden war, sodass sie ihm also auch nichts vorwerfen konnte. Ich glaube, sie hat die ganze Zeit nach einem Grund gesucht, um mich von ihm zu entfremden.

Dann passierten die Morde. Und obendrein begeht er Selbstmord und verschwindet einfach vom Erdboden.

Sie muss sehr erleichtert gewesen sein. Endlich hatte ihr Kind nichts mehr mit dem zu tun. Ganz zu schweigen davon, dass sie recht behalten hatte. Deshalb hat sie es so übertrieben.

Alleinstehende Männer werden aber immer schlecht behandelt. Das sieht man auch an meinem Bruder. Seine Eltern waren tot, seine Schwester ermordet, und er lag ewig im Krankenhaus. Aber er wurde als unzuverlässig abgestempelt, nur weil er nicht arbeiten gehen konnte.

Zum Glück wissen die Leute, dass ich geschieden bin, sonst wären alle Augen auf mich gerichtet, wenn etwas passiert. Die Leute denken, ich bin in Ordnung, weil ich in einer Firma arbeite, das reicht schon. Weil es natürlich stimmt, dass arbeitslose junge Männer alle möglichen Verbrechen begehen.

Es ist erstaunlich, wie viel Hass Leute mit Familie heutzutage alleinstehenden Menschen entgegenbringen. Ich weiß nicht, warum das so ist. Ich beneide Menschen mit Familie nicht, aber ich habe auch nichts gegen sie. Ich hoffe für sie, dass sie glücklich sind, und alles andere geht mich nichts an. Aber die sind sowohl eifersüchtig als auch mitleidig. In der Vergangenheit war es nur Mitleid: »Was für ein armer, unglücklicher Mensch, so ganz allein.« Aber jetzt sind es Hass und Neid. Die denken: »Ihr seid die Einzigen, die Spaß haben.«

Selbst ein unsensibler Trottel wie ich spürt das.

Trotzdem glaube ich, dass es im Vergleich zu früher mehr Akzeptanz für verschiedene Lebensweisen gibt.

Mein Bruder muss damals sehr einsam gewesen sein.

IV

Er war ein ruhiger Typ. Ich glaube, er war sehr klug.

Mathe und Naturwissenschaften ergaben immer einen perfekten Sinn, wenn er sie erklärte, das begleitet mich bis heute. Seinetwegen wurde ich überhaupt Ingenieur.

Viele Leute können einfache Dinge verkomplizieren, aber nur wenige können schwierige Ideen leicht verständlich machen.

Ja, wie soll ich sagen ... wenn mein großer Bruder ein Konzept erklärte, war es so, als könnte man sehen, wie das logische Konstrukt dreidimensional in seinem Kopf erschaffen wurde. Sehr präzise, methodisch und mit Struktur. Alle Details waren an ihrem Platz, sodass es keine Rolle spielte, aus welchem Blickwinkel man ihn befragte, alles hing zusammen und war leicht zu visualisieren.

Eine andere Eigenschaft von ihm war, dass er sein Verhalten nicht änderte, nur weil man ein Kind war. Kinder wissen instinktiv, wenn jemand sie als gleichwertig betrachtet. Deshalb war er bei ihnen so beliebt.

Na ja, die meisten Erwachsenen geizen Kindern gegenüber mit ihrer Zeit.

Wenn die Summe all ihrer Zeit hundert wäre, gestehen sie etwa zehn Teile Kindern zu. Nachbarn verbrauchen vielleicht zwei oder drei Teile für Kinder aus anderen Familien. Man kann sehen, wie sie in ihrem Kopf rechnen und entscheiden, wie viel Zeit ihnen das wert ist. Wenn ein Kind etwas fragt und sie fürchten, es könnte drei Teile statt einem kosten, geraten sie in Panik und schicken das Kind weg.

Kinder sind sehr empfindlich, wenn Erwachsene ihnen Zeit missgönnen. Das führt nur dazu, dass sie mehr wollen, also versuchen sie, den Erwachsenen so viel Zeit zu stehlen, wie sie können. Normalerweise hat das den gegenteiligen Effekt, und sie scheitern. Allmählich lernen sie, Erwachsenen zu misstrauen, und geben auf.

Wenn aber etwas passiert, sagen dieselben Eltern und Lehrer, die sonst mit ihrer Zeit geizen: »Erzähl uns alles von Anfang bis Ende.«

Sie würden ihnen keine Zeit schenken, fordern aber von Kindern schamlos Zeit ein. Es ist kein Wunder, dass Kinder sich dagegen wehren.

Mein großer Bruder hatte nie etwas dagegen, seine Zeit mit Kindern zu verbringen. Na ja, lag vielleicht auch daran, dass er nicht arbeitete und viel davon hatte.

Ja, er war wirklich nett.

Er war überhaupt nicht unnormal.

Manchmal sagte er ein paar seltsame Dinge, aber er wirkte nie unheimlich oder bedrohlich. Er war eher der verträumte Typ, abgeschieden in seiner eigenen Welt. Der Typ, der lieber verletzt wird, als jemand anderem wehzutun. Eher wurde er selbst schikaniert, als dass er jemanden tyrannisiert hätte.

Wenn es um Wissenschaft oder Studium ging, war er superklar und präzise, aber wenn das Thema wechselte, verlor er sofort den Faden, bekam immer diesen distanzierten Blick.

Ich habe ihn fast nie über sich selbst reden hören. Persönlichen Fragen wich er immer aus. Und in den Wochen vor dem Vorfall hat er nur Sutras gelesen und sich nicht mit mir getroffen.

Ja, aber ich hatte ein dickes Fell, also bin ich immer wieder hingegangen. Ich hatte die Angewohnheit, auf dem Heimweg von der Schule vorbeizuschauen, um Hallo zu sagen.

Ich habe gejammert und versucht, ihn zu überreden, mich reinzulassen, aber er hat mich nur mit traurigen Augen angeschaut. Ich konnte diesen Augen nichts abschlagen, also gab ich immer auf und ging.

Und noch was – er erwähnte oft ein drittes Auge.

Er murmelte immer etwas von Training. Er sagte, wenn man den Durchbruch schafft, kann man es erwerben.

Das interessierte mich nicht, und wenn er begann, darüber zu reden, dachte ich immer, jetzt fängt er schon wieder damit an, und habe auf Durchzug geschaltet. Ich erinnere mich also nicht an viel.

Aber besser erinnere ich mich an das mit der Stimme.

Ja, manchmal redete er mit mir, zuckte dann plötzlich zusammen und schaute einen Moment lang an die Decke oder aus dem Fenster.

Wenn ich fragte, was los sei, sagte er: »Da ist eine Stimme.«

Ich sagte ihm, dass er sich das einbilde, aber er verneinte und schüttelte den Kopf.

Dann sagte er, immer mit einem todernsten Blick: »Ich höre die Stimme der Blume.«

V

Ja, ich weiß, wenn ich es jetzt so erzähle, klingt es verrückt, aber damals kam es mir überhaupt nicht komisch vor.

Er redete ganz normal über Funktionen und Gleichungen und so, und dann sagte er plötzlich »ah« – und schaute in eine andere Richtung.

Ich gewöhnte mich daran. Ist mal wieder so weit, dachte ich.

Blumenstimmen. Ich weiß nicht, welche Art von Blumen. Natürlich habe ich ihn gefragt: »Welche Blume denn? Eine Kirschblüte? Eine Tulpe? Oder einfach irgendeine Art von Blume?«

Er schien sich selbst nicht ganz sicher zu sein und schüttelte nur den Kopf.

»Weiße«, sagte er einmal. »Schöne, weiße Blumen. In voller Blüte. Viele, viele davon.«

Mehr hat er nie verraten.

Aber natürlich gibt es alle möglichen Arten von weißen Blumen. Lilien, Chrysanthemen, Magnolien … Wenn ich eine bestimmte erwähnte, schüttelte er nur den Kopf.

»So eine schöne Stimme«, sagte er dann.

Er wirkte immer glücklich, wenn er über diese Stimme sprach.

Ja, er war gut aussehend, sehr ebenmäßige Gesichtszüge. Er schaute oft auf den Boden und wirkte einsam, aber wenn er lächelte, war er hübsch. Er strahlte immer, wenn er die Blumen erwähnte, also war ich irgendwie froh, wenn er über sie sprach.

Natürlich wusste ich nicht, ob er wirklich etwas hörte. Ich denke, er glaubte wirklich daran. Aber es war mir egal, so oder so. Auch wenn ich ein Kind war, wusste ich, dass er psychisch etwas labil war. Wenn er glücklich war, war ich auch glücklich.

Ja, die Klatschmagazine und Zeitungen stürzten sich nach den Morden auf diese Stimme und schrieben lauter komisches Zeug. Dass es eine Stimme aus dem Himmel gewesen sei, die ihm jeden Tag gesagt habe, er solle diese Familie töten. Oder dass er jeden Tag von der Stimme bedrängt worden sei. Ich habe ein paar Artikel gelesen, aber alle haben ihn für einen Spinner gehalten.

Stimmt, sie haben behauptet, das hätte er in seinem Abschiedsbrief geschrieben, aber ich glaube das nicht.

Die Frage ist doch: War die Stimme echt oder nicht?

Hm? Ja, hab ich der Polizei auch gesagt. Aber am Ende schienen sie mir nicht zu glauben. Niemand außer mir hat das Stück Papier gesehen.

Ich glaube, das war zwei Tage vor den Morden.

Ich sah, dass er einen Zettel behutsam mit sich herumtrug.

Ich war nach der Schule auf dem Weg zu einem Freund, als ich ihm zufällig begegnete.

Er trug es vorsichtig in beiden Händen und hatte diesen glücklichen Ausdruck im Gesicht. Ich war neugierig, also fragte ich: »Hey, was ist das?«

»Ich habe es von der Stimme«, antwortete er.

Das war ein Schock für mich. Natürlich wusste ich, dass er die Stimme meinte, von der er immer sprach, aber ich hätte nie gedacht, dass sie echt war.

Also fragte ich: »Was hast du denn bekommen?«, und warf einen Blick auf seine Hände. Irgendwie hatte ich erwartet, dass sie leer waren, aber zu meiner Überraschung hielt er ein Stück grobes Strohpapier. Es hatte Falzspuren, und es waren zwei Adressen darauf geschrieben, in sauberer Handschrift. Ich habe nur einen kurzen Blick darauf geworfen, aber ich würde sagen, es war die Schrift eines Mädchens.

Ich konnte die Adressen nicht richtig lesen, aber ich konnte sehen, dass eine in der Präfektur Yamagata war.

Mein großer Bruder kicherte nur wie ein Mädchen und ging weiter in Richtung seines Zuhause.

Ich beachtete das gar nicht weiter. Aber irgendwo in meinem Kopf registrierte ich, dass die Stimme, von der mein großer Bruder redete, vielleicht doch nicht nur in seiner Einbildung existierte.

Das alles fiel mir erst wieder ein, nachdem er gestorben war. Als die Polizisten und die Medien überall herumschwirrten und Fragen stellten. Um die Wahrheit zu sagen, ich hatte es bis dahin vergessen.

Aber ich erwähnte es erst, als die anfängliche Welle der Aufregung vorüber war und ein anderer Polizist kam. Der erste Polizist, der aufgetaucht war, hat mich wirklich eingeschüchtert. Mama wollte nicht, dass ich mit ihm spreche, also war es im Grunde das erste Mal, dass ich überhaupt darüber redete.

Dieser Polizist war wie ein Lehrer. Ruhig und ernst. Er kam immer in Begleitung einer molligen Polizistin, und sie war auch eine gute Zuhörerin – mit denen konnte man gut reden.

Als ich dem Beamten von dem Zettel erzählte, mit dem ich meinen großen Bruder gesehen hatte, war er sehr aufgeregt.

Ich habe erst Jahre später verstanden, warum.

Es ging um die Adresse in Yamagata. Die Person, die angeblich den ganzen vergifteten Sake und die Softdrinks bestellt hatte, lebte in Yamagata. Und die Lieferadresse war die Klinik, in der all diese Menschen starben.

VI

Das bedeutet ja, jemand hat meinem großen Bruder diese Adressen gegeben und ihn gebeten, Lieferscheine zu schreiben. Man muss nicht lange nachdenken, um zu begreifen, was das heißt.

Ganz genau. Jemand anderes war involviert.

Auch nachdem bereits mein großer Bruder als der Schuldige ausgemacht worden war, wurde weiter darüber spekuliert, dass noch andere in den Fall verwickelt sein könnten. Wissen Sie, die Polizei hatte keine Ahnung, was sein Motiv gewesen sein könnte. Sie wussten nur, dass er geistig nicht in guter Verfassung war.

Aber sie überprüften alle seine Kontakte gründlich. Sogar jeder, der einfach nur meinte, dass er ihn schon mal gesehen hätte, wurde überprüft. Ein Mönch in dem Tempel, in dem er sich manchmal Buddha-Statuen anschaute, wurde auch ausgefragt. Offenbar tagelang. Er war sehr verärgert darüber, dass er wie ein Verdächtiger behandelt wurde.

Der Schwachpunkt ihrer Theorie war die Verbindung zwischen ihm und dem angeblichen Absender – der Klinik in der Präfektur Yamagata.

Die Aosawa-Klinik war in seiner Stadt, da könnte man sich noch irgendeine Verbindung vorstellen, aber woher kannte er die Adresse des Arztes in Yamagata, einem alten Freund des Familienoberhaupts? Das war das größte Rätsel.

Wenn also der Notizzettel, den ich gesehen habe, vom wahren Täter stammt, dann ist das ein wichtiges Beweismittel.

Die Polizei hat seine Wohnung und die Nachbarschaft von oben bis unten durchsucht. Sogar die Abflussrohre.

Aber sie haben den Notizzettel nie entdeckt. Er war ja auch

klein und sicher schwer zu finden. Dann begannen sie, an mir zu zweifeln. Sie sagten, ich sei noch ein Kind, ich hätte mich vertan und es gebe gar keinen Zettel.

Das fand ich natürlich überhaupt nicht toll. Aber ich konnte nichts machen, da sie ihn nicht gefunden haben.

Nach all dem blieb die Sache also in der Schwebe. Die Möglichkeit, dass noch jemand beteiligt war, stand weiter im Raum.

Die beiden Polizisten – der Mann und die Frau – kamen immer wieder. Ich musste ihnen jedes Mal von dem Zettel erzählen. Aber als die Zeit verging und der Zettel nicht auftauchte, wurden sie zunehmend grimmig. Ich merkte, dass sie mir glaubten, aber ohne Beweise hatten sie keine andere Wahl, als die offizielle Version zu vertreten, dass mein großer Bruder der alleinige Täter war.

Aber es ist wirklich wahr. Ich habe die Notiz gesehen. Und ich bin mir sicher, dass sie nicht von meinem großen Bruder geschrieben wurde. Ich kannte seine Schrift, weil er mir die ganze Zeit beim Lernen geholfen hat.

Seine Handschrift war unverwechselbar. Winzig, aber mit viel Druck geschrieben. Was ich gesehen hatte, war nicht sein Stil. Das war ordentlich und fließend.

Ja, ich war frustriert darüber, wie sich die Dinge entwickelt hatten. Aber mehr konnte ich nicht tun. Damals habe ich mich mehr darüber geärgert, dass man mir nicht glauben wollte, als darüber, dass ich die Wahrheit nicht kannte. Es dämmerte mir nicht einmal, dass der Zettel seine Unschuld beweisen könnte.

Aber wenn ich heute zurückblicke, bin ich mir bei einer Sache sicher.

Er wurde reingelegt.

Der wahre Täter? Ganz sicher: eine Frau.

VII

Nee, ich bin mir ziemlich sicher, dass mein großer Bruder keine Freundin hatte.

Er hat sowieso kaum mit jemandem gesprochen. In der Nähe von Kindern war er halbwegs normal, aber mit Erwachsenen schien er nicht gut klarzukommen.

Das überrascht mich allerdings auch nicht. Alle Erwachsenen in der Nachbarschaft behandelten ihn, als ob er irgendwie verdächtig wäre.

Aber er hatte ein doppeltes Handicap. Zum einen hatte er keinen Job, und zum anderen waren seine Vermieter – denen der Eisenwarenladen gehörte – nicht gerade ein Musterbeispiel für gute nachbarschaftliche Beziehungen.

Der Mann und die Frau waren stur und verrückt, alle beide. Sie brachen ständig über alles Mögliche einen Streit vom Zaun, von der Müllabfuhr bis zur Leitung des Nachbarschaftsvereins. Sie bauten diese Wohnungen ohne ein Wort der Warnung an die Nachbarn. Als dann Mieter einzogen und die private Zufahrtsstraße benutzen mussten, gab es noch mehr Reibereien.

Die Mieter waren meist Barbetreiber und Handwerker. Sie hatten kaum etwas mit dem Rest der Nachbarschaft zu tun. Mein großer Bruder fiel auf, weil er den ganzen Tag da war.

Ein gefundenes Fressen für alle mit ihren Anfeindungen gegen den Eisenwarenladen und ihren Vorurteilen gegenüber den Mietern. Das war sein Pech. Obwohl er sowieso schon der Typ war, auf dem herumgehackt wurde. Er hatte die Angewohnheit, auf den Boden zu schauen – als würde er sich entschuldigen –, was es nur noch schlimmer machte.

Aber Frauen sind scharfsichtig.

Ja, und mein großer Bruder war gut aussehend. Dünn, aber

würdevoll, wissen Sie. Ich denke, er hatte eine mitleiderregende Ausstrahlung, die die Frauen ansprach.

Frauen mit klarem Verstand waren nicht interessiert, aber ich bemerkte, dass die jüngeren Mädchen ihn ansahen. Auch die Prostituierten. Die machten ihn oft lautstark an.

Damit konnte er überhaupt nicht umgehen. Da wurde er rot und lief weg. Hat mir leidgetan.

»Du bist ein Mann, tu nicht so, als ob du es nicht verstehst«, riefen sie ihm nach. Ich selbst verstand nicht, was sie meinten, und wenn ich Mama fragte, bekam ich Ärger.

Ein Mädchen gab's, das ihm ständig hinterherlief. Ihre Eltern hatten ein Schnitzelrestaurant oder ein Café – so etwas in der Art. Ich hörte, wie sie ihn anflehte, sich um ihn kümmern zu dürfen. Sie sagte, er bräuchte jemanden wie sie, um sein Herz zu besänftigen, weil er krank sei. Sie war ein grobschlächtiges, dickes Mädchen. Und dazu schwer von Begriff. Mein großer Bruder starb fast vor Scham. Wenn er versuchte, vor ihr zu fliehen, war sie nur noch mehr hinter ihm her.

Alle lachten hinter ihren Rücken über die beiden. Die Prostituierten, die mit ihm ihre Scherze trieben, machten sich lustig. Frauen können wirklich grausam zu anderen, weniger hübschen Frauen sein.

»Oh, gegen so ein schamloses Mädchen hat er keine Chance«, haben sie gesagt. »Wie soll er sich denn besänftigen lassen, wenn er in so ein hässliches Gesicht gucken muss? Obwohl man ja sagt, dass man sich nach drei Tagen an alles gewöhnt.«

Aber selbst ihre Schikanen brachten das Mädchen nicht aus der Ruhe. Ich weiß nicht ... sie waren alle gleich schlimm.

Dann war sie plötzlich verschwunden. Ein für alle Mal.

Es hieß, ihre Eltern hätten den Laden aufgegeben und seien in die Heimatstadt der Mutter gezogen. Ich kenne aber die wahre Geschichte nicht. Auf jeden Fall war mein großer Bruder aus dem Schneider. Ich weiß noch, wie erleichtert er aussah, als er es hörte.

Das war also das einzige Mal, dass es eine Frau in seinem Leben gab.

Aber die Blumenstimme war definitiv eine Frau. Weiße Blumen, schöne Stimme. Es muss eine Frau gewesen sein.

Ich habe ja erzählt, dass mein großer Bruder gute Laune bekam, wenn er über die Stimme redete, aber als er anfing, darüber zu reden, veränderte er sich auch irgendwie.

Er begann etwa zur selben Zeit, Sutras zu lesen, und – ich weiß nicht genau, wie ich das ausdrücken soll – es war, als hätte er ein Ziel vor Augen.

So was in der Art. Ich weiß, es klingt klischeehaft, zu sagen, dass er etwas gefunden hatte, das ihm Trost spendet, aber ich glaube, das war es.

Aber ich kann nicht sagen, ob dieses Etwas die Stimme war oder nicht.

Vorher schien er sehr unsicher zu sein. Wie ein Blatt in einer Pfütze, das sich im Kreis dreht und nichts hat, woran es sich festhalten kann – wenn man so will. Von den Elementen zermürbt irgendwie. Aber kurz vor den Morden schien es mir, als hätte er einen Sinn gefunden.

Verstehen Sie mich nicht falsch, er war immer noch ständig todtraurig. Es war eher so, als hätte er sein Schicksal akzeptiert.

Ich frage mich, was er gefunden hat.

Was hatte er vor Augen, als er die Deckel der Getränkeflaschen öffnete und das Gift hineinmischte?

Er war methodisch, geschickt mit den Händen, wissen Sie.

Ich kann mir gut vorstellen, wie er die Deckel vorsichtig wieder auf die Flaschen setzte, einen nach dem anderen. Er glättete die Beulen, stellte sicher, dass das Bier nicht schal wurde, damit niemand bemerkte, dass sie geöffnet worden waren.

Dann machte er sich mit seiner Todesladung auf den Weg.

Mein großer Bruder aß immer wie ein Vögelchen. Rührte kaum etwas an, also kann er an diesem Tag auch nicht viel zu sich genommen haben. Aber Berichten zufolge war er, als er die Getränke ablieferte, lebhaft und flink – nichts Ausgefallenes bei ihm. Was hat ihn also angetrieben? Irgendwas muss ihn motiviert haben.

Ja, was hat er sich gedacht, als er durch dieses Wetter gefahren ist, um eine Ladung giftiger Getränke auszuliefern?

VIII

Als die ganze Stadt wegen der Morde in Aufruhr war, lag mein großer Bruder die ganze Zeit im Bett.

Aber das hat niemand bemerkt. Er geriet völlig in Vergessenheit.

Ich wurde auch von dem ganzen Trubel mitgerissen. Es war eine merkwürdige Zeit. Überall Polizisten.

Die Ermittlungen liefen noch, als der Sommer vorbei war.

Und die ganze Zeit über, bis zum Ende des Sommers, hat mein großer Bruder still vor sich hin vegetiert.

Ich ging auch nicht mehr bei ihm vorbei.

Er hatte keine Lust, mit mir Zeit zu verbringen, also habe ich stattdessen Baseball gespielt.

Als ich das nächste Mal auf die Idee kam, ihn zu besuchen, hatte schon das neue Schuljahr begonnen.

Ich erinnere mich noch an das seltsame Gefühl, als ich vor seiner Tür stand.

Ich war eigentlich schon sehr oft dort drinnen gewesen, aber in diesem Moment fühlte ich mich unwohl bei dem Gedanken.

Ich wollte reingehen, aber ich hatte den Eindruck, ich sollte es nicht tun, also stand ich einfach da.

Dann kam so ein Kerl mit einem Kurzhaarschnitt den Korridor entlanggestapft, und ich bin vor Schreck fast umgefallen.

Er fragte mich, ob ich in diese Wohnung wolle. Er hörte sich wie ein Handwerker an.

Als ich Ja sagte, schickte er mich weg. Er sagte, der Mann da drinnen sei krank an der Lunge und ich solle mich vom Acker machen, denn es könnte sogar sein, dass man einen Mönch rufen müsste. Anscheinend war mein großer Bruder schon lange nicht mehr aus dem Bett gekommen. Er war ein Furcht einflößender Kerl, aber ich verstehe jetzt, dass er nur versucht hat, mir zu helfen. Es wäre schlimm für mich gewesen, wenn ich mich mit TBC angesteckt hätte.

Also habe ich Reißaus genommen. Aber das seltsame Gefühl, das ich hatte, als ich vor der Tür stand, werde ich nie vergessen. Als ob der große Bruder, den ich kannte, nicht mehr da drin wäre.

IX

Das letzte Mal, als ich meinen großen Bruder gesehen habe, war im Herbst.

Es war schönes Wetter an dem Morgen, und ich war auf dem Weg zum Park, wo ich mich mit anderen Kindern traf, um zur Schule zu gehen. Und plötzlich huschte ein weißer Schatten vorüber. Ich schreckte zusammen und drehte mich um, und es war mein großer Bruder.

Kein Wunder, dass ich dachte, es sei ein Schatten. Er war ausgezehrt und abgemagert. Sein Haar war zerzaust, und er wirkte wie ein alter Mann. Ich konnte sehen, dass ihm das Hemd von den Schultern fiel und sein Rücken nur noch Haut und Knochen war.

»Hey«, rief ich ihm zu. Nach einem kurzen Moment drehte er sich um und blickte mich an.

Er lächelte und grüßte, und dadurch wusste ich, dass er es wirklich war, aber er war völlig geschwächt. Seine Haut war rau wie Rinde, und er hatte tief liegende Augen.

Ich war sprachlos. Er hatte sich so sehr verändert.

»Ich gehe der Stimme zuhören«, sagte er.

Ja, das hat er gesagt, obwohl ich gar nicht gefragt hatte. Dann drehte er sich um und lief los.

Seine Beine waren zittrig, als ob jeder Schritt ihm schwerfiele. Er sah aus, als könnte er jeden Moment zusammenbrechen.

Ich schaute ihm noch eine Weile hinterher, aber dann musste ich zur Schule und rannte los, um die anderen einzuholen.

Der Vermieter fand ihn weniger als eine Woche später, glaube ich.

Es war die ganze Zeit schönes Wetter, und die Temperaturen waren bestimmt hoch.

Anscheinend haben sich die Leute in den Wohnungen auf beiden Seiten über den Geruch beschwert.

Die Leute tuschelten, der Vermieter hätte nie etwas unternommen, wenn es Winter gewesen wäre. Sie sagten, er habe die Polizei nur gerufen, weil die Mieter in den anderen Wohnungen davon wussten. Sonst hätte er die Leiche loswerden und einen neuen Mieter suchen können, als ob nichts passiert wäre. Mein großer Bruder zahlte die Miete sechs Monate im Voraus, also hätte der Vermieter keine Verluste gemacht.

Und sie sagten, es sei ein Wunder, dass er den Abschiedsbrief nicht auch losgeworden ist. Nur weil andere Mieter anwesend waren, konnte er ihn nicht verschwinden lassen.

Wissen Sie, mein großer Bruder hatte keine nahen Verwandten.

Hätte man also seinen Tod als Selbstmord aufgrund von Krankheit abgetan und den Brief und alles andere im Zimmer entsorgt, wäre der Fall vielleicht nie aufgeklärt worden.

Aber sie fanden den Brief. Und die Polizisten erkannten seine Bedeutung.

Und so begann der zweite Akt der ganzen widerwärtigen Angelegenheit.

X

Die Auswirkungen der Sache auf mich?

Hm, weiß nicht. Ich glaube, mein großer Bruder hat mich beeinflusst. Dass ich Ingenieur geworden bin und so.

Ich glaube nicht, dass er der Täter ist.

Es war ein abgekartetes Spiel. Jemand hat seine Verletzlichkeit ausgenutzt, und diese Person kam ungeschoren davon. Und es war sorgfältig geplant. Meinem großen Bruder wurde die ganze Schuld aufgeladen, und der wahre Täter ist entkommen.

Ein Buch? Kenn ich nicht. Über die Morde? Hat es sich gut verkauft? Die Frau, die es geschrieben hat, muss ja sehr neugierig sein. Und wer hat es getan? Laut dem Buch, meine ich.

Na, das wundert mich nicht, natürlich war es nicht mein großer Bruder.

Aber wissen Sie, das ganze Gerede hat mich hungrig gemacht. Ist es in Ordnung, wenn ich eine Portion Spaghetti mit Kabeljaurogen bestelle?

Ich mache die nie selbst, weil es ein Albtraum ist, die Haut abzuziehen.

Meine Ex-Frau hasste alle Arten von Rogen. Aus Angst vor Gicht. Dabei bekommen fast nur Männer Gicht, aber sie hatte ein paar seltsame Ängste.

Sie hatte zum Beispiel Angst vor Gullys. Sie ist nie auf einen getreten. Als sie jung war, ist ein Kind, das sie kannte, in einen gefallen und ertrunken. Offenbar hatte sich der Deckel bei Hochwasser angehoben.

Sie hat solche Sachen gesagt wie: »Seltsam, dass du nie in Gullys fällst, obwohl du ständig drauftrittst.«

Sie meinte, es mache ihr immer Angst, mich zu beobachten und sich zu sorgen, wann ich hineinfalle. Heute? Oder morgen? Sie war die ganze Zeit nervös, wenn sie nur daran dachte. Und sie warf mir vor, dass ich das gar nicht bemerkte und völlig rücksichtslos sei.

Kaum zu glauben, oder?

Haha ... vielleicht sterben deshalb alle um mich herum. Sie bekommen meinen Anteil am Stress mit ab.

Leute wie mein großer Bruder, die den Stress von allen anderen auf sich nehmen, sterben am Ende.

Er war ein Opfer.

Der Tempel, in dem er sich immer Buddha-Statuen anschaute, übernahm seinen Leichnam. Der Mönch dort ist ein interessanter Typ. Ein bisschen ein Kauz. Natürlich gab es keine richtige Beerdigung. Ich wollte mich verabschieden, hatte aber nie die Gelegenheit dazu. Man munkelt, dass die beiden Polizisten heimlich zu seiner Beisetzung gingen. Ich denke, sie glaubten auch nicht, dass er der Täter war.

XI

Als ich in der Oberschule war, musste ich noch einmal an meinen großen Bruder denken.

Genau zur Mitte des Sommers.

Ich war auf dem Heimweg von einem Baseballspiel. Ich ging allein auf einer Straße, auf der ich normalerweise nie unterwegs war.

Es war windstill. Die Hitze war wirklich schlimm, und die ganze Stadt lag lahm.

Mir war heiß. Wir hatten das Baseballspiel verloren, und ich war erschöpft. Ich hatte richtig schlechte Laune. Damals glaubten die Trainer noch, die richtige Einstellung sei alles. Und nicht daran, wie wichtig es ist, in der Hitze zu trinken. Aber ich war so müde, dass ich nicht mal zum Trinken genug Energie hatte.

Ich nehme an, ich war vielleicht ein bisschen im Delirium.

Wie auch immer, ich erinnere mich, dass ich fix und fertig war und die ganze Zeit dachte, ich kippe jeden Moment tot um.

Dann hörte ich aus heiterem Himmel eine Stimme sagen: »Wenn das so ist, dann stirb doch.«

Glockenklar und deutlich. Das war schockierend.

Also blieb ich stehen und sah mich um.

In der Hitze war alles verschwommen, weil der Dunst vom Asphalt hochstieg. Aber es war niemand zu sehen.

Ich dachte, ich muss verrückt sein. Die Stimme war viel zu deutlich, um nur meine Einbildung zu sein.

Aber da war niemand außer mir.

Plötzlich schossen mir die Worte »glockenhelle Stimme« durch den Kopf. Denn es war eine helle, klare Stimme. Sehr beruhigend. Die Stimme einer jungen Frau.

Dann sah ich auf und erblickte ganz viele weiße Blüten.

An einem Kräuselmyrtenbaum.

Der Baum war so voller Blüten, dass ich mich fragte, wie eine Pflanze all das hervorbringen konnte. Sie waren rein, strahlend weiß. Ein grelles Weiß.

Ich bekam eine Gänsehaut, ehrlich gesagt. Mein Kopf wurde ganz leicht. Ich glaube, meine Körpertemperatur muss gesunken sein, denn ich erinnere mich noch an das Frösteln.

Aber ich weiß noch, dass ich dachte: Das ist also die Stimme, die mein großer Bruder gehört hat.

Merkwürdig, nicht wahr? Ich hatte ihn schon komplett vergessen. Die Morde und die Tatsache, dass er gestorben war, spielten in meinem Leben keine Rolle mehr. Aber in dem Moment dachte ich an ihn.

Jedenfalls stand ich halb betäubt da und merkte endlich, dass ich mir nichts einbildete. Die Stimme war real.

Ich weiß noch, dass meine Gedanken in alle Richtungen gingen. »Was soll ich tun?«, und: »Jetzt versteh ich's endlich!«

In dem Haus hinter dem Baum muss ein Fenster offen gestanden haben. Und durch dieses hörte ich die Stimmen mehrerer Frauen, die lachten und sich unterhielten.

Ich fühlte mich besser, als ich das herausgefunden hatte. Es war überhaupt nichts Seltsames daran. Weil die Stimmen aus dem Fenster auf der anderen Seite des Baumes kamen, hörte es sich an, als würden die Blumen reden.

Das Haus war alt und sah edel aus. Aber es war etwas heruntergekommen und vernachlässigt. Es war im westlichen Stil, mit drei runden Fenstern.

Scheint, als wäre es ursprünglich eine Klinik gewesen. Es gab ein Schild, das übermalt worden war.

Ich fühlte mich wieder wie ich selbst, also ging ich weiter. Ich redete mir ein, es wäre nur ein Zufall gewesen, dass ich jemanden in einem Gespräch hatte sagen hören: »Dann stirb doch«, gerade als ich mich in der Hitze so schlecht fühlte. Mir das einzureden half mir, mich wieder normal zu fühlen.

Aber wissen Sie, das brachte mich auf den Gedanken, dass mein großer Bruder eine ähnliche Stimme gehört haben musste.

Stirb doch.

Das ist es, was ihm an diesem Morgen gesagt wurde.

Hell und klar. Einfach so.

Bei so einer klaren Stimme würde jeder denken, er müsse den Anweisungen folgen.

Deshalb sagte er Ja, ging zurück in sein Zimmer und legte sich einen Strick um den Hals.

9

SZENEN EINES LEBENS

I

»Jetzt ist sie weg. Die Welt.«

»Ja. Seltsam, oder? Diese Momente, in denen das Meeresrauschen plötzlich aufhört.«

»Ja, stimmt ... dann ist es wirklich still. Für mich ist das, als ob die Welt verschwindet. Ah, schon wieder.«

»Ja, genau.«

»Als ob die Welt nur noch aus dir und mir bestünde.«

»Das stimmt allerdings.«

»Guck, schon wieder. Ungewöhnlich, dass es so lange anhält.«

»In Spanien sagt man: ›Es geht ein Engel durch den Raum.‹«

»Wirklich? Was für ein schöner Ausdruck. So nennt man einen plötzlichen Moment der Stille?«

»Ja. Oder besser gesagt, wenn die Leute sich unterhalten und das Gespräch plötzlich abbricht, weil alle gleichzeitig still werden. Spanier sind viel gesprächiger als Japaner, also sind solche Momente wohl selten.«

»Kann sein.«

»Passt zu einem christlichen Land, der Spruch.«

»Aber bei uns ist es auch immer laut.«

»Stimmt. Du stammst aus einer großen Familie.«

»Irgendjemand ist immer da, und der Fernseher und das Radio laufen die ganze Zeit. Es gibt nie einen Moment, in dem ein Engel vorbeikommen könnte.«

»Aber ist doch schön, immer von der Familie umgeben zu sein.«

»Nein, ist es nicht. In unserem Haus könnten keine Engel vorbeikommen. Deshalb ist es auch so …«

»So was?«

»Ach, nichts. Nur, dass es bei uns zu Hause eben nie einen Moment gibt, in dem Engel vorbeikommen könnten.«

»Aber besser, als allein zu sein. Mit anderen Menschen zusammen.«

»Ich wünschte, ich könnte mal allein sein.«

»Wirklich?«

»Ja. Ich möchte allein sein.«

»Warum?«

»Oder wenn ich nicht allein sein darf, möchte ich wenigstens mit Leuten zusammen sein, die ich mir ausgesucht habe. Nicht mit solchen, die notgedrungen bei mir sind oder die denken, dass ich Gesellschaft brauche.«

»Alle sorgen sich sehr um dich, weißt du.«

»Ist das zu viel verlangt? Ich möchte doch nur allein sein. Ich will ganz allein in ein anderes Land gehen. Oder höchstens noch mit einer zweiten Person.«

»Oh – es ist wieder passiert.«

»Es sind schon viele Engel vorbeigekommen, nicht wahr? Ich bin sicher, dass sie zuhören, was wir sagen – genau wie Mama.«

II

Der Mensch ist sündig. Wir sind schon voller Sünde, wenn wir die Welt betreten. Die Tatsache, dass wir in diese Welt geboren werden, ist der Beweis dafür. Deshalb müssen wir unser Leben lang Buße tun. Verstehst du? Sieh dir all das Leid, die Gewalt und das Blutvergießen auf der Welt an. Wenn das kein Beweis dafür ist, dass wir als Sünder geboren wurden, was dann? Glück ist flüchtig. Nicht mehr als ein schwacher Lichtstrahl in einem Meer von Leid.

Deshalb musst du Buße tun. Denn von dem Moment an, in dem wir in die Welt geboren werden, sind wir sündig. Und es ist sehr wichtig, sich seiner Sünden immer bewusst zu sein. Bete! Denn irgendjemand beobachtet dich immer, also wird immer jemand die Sünden sehen, die du begehst. Täusch dich da nicht.

Jemand sieht immer deine Sünden, deine bösen Gedanken.
Jemand sieht immer, wenn du auf Abwege gerätst.

III

»Hast du schon mal von Utopia gehört?«
»Ja, hab ich.«
»Das soll ein wundervolles Land sein, wie Shangri-La. Ein Ort, an den jeder gehen möchte, eine Art Paradies.«
»Wie im Roman von Thomas Morus.«
»Thomas Morus? Wer ist das denn?«
»Das war ein englischer Denker im sechzehnten Jahrhundert. Politiker war er auch. Aber er wurde wegen Hochverrats hingerichtet, weil er sich gegen die Aufhebung der Ehe von Heinrich VIII. ausgesprochen hatte. Die Renaissance hatte

einen großen Einfluss auf seine Ideen, und er hat sich eine Gesellschaft ausgedacht, in der es keine religiöse oder königliche Macht gab, und hat sie ›Utopia‹ genannt. Ein idealer Staat, in dem alle gleich sind.«

»Ach so.«

»Die Leute hielten es damals für eine ausgedachte Geschichte.«

»Dann ist es doch anders, als ich es mir vorgestellt habe. Ich dachte, es ist was Schöneres, wie ein Paradies.«

»Hast recht. Aber Religion ist wichtig in der westlichen Kultur.«

»Eigentlich wollte ich da hin. Aber jetzt geh ich doch in ein anderes Land.«

»Ein anderes Land?«

»Ja, und ich habe mir schon einen Namen dafür ausgedacht. Für unser Land. Ein Land nur für uns. Oh – da kommt jemand.«

»Es sind bloß Kinder.«

»Hisako-chan, Hisako-chan!«

»Huch, wer ist das denn da bei dir, Hisako-chan?«

»Ja, wer ist das?«

»Das ist mein Yūjin.«

»Ju-dschin?«

»Ist Judschin sein Name, Hisako-chan?«

»Ja, Hisako-chan, was ist ein Judschin?«

»Yūjin ist ein anderes Wort für Freund.«

»Judschin, Judschin, lass uns zusammen spielen.«

»Komm, Judschin, lass uns spielen.«

»Okay, los, gehen wir. Lasst uns im Kirchengarten spielen.«

IV

Es war einmal ein einsamer alter Mann.

Er hatte immer allein gelebt, und sein Körper war so schwach, dass er ständig einnickte. Und wenn er das tat, war sein Schlaf erfüllt von Träumen aus seiner Kindheit.

Es ist doch komisch, wenn man so lange alleine lebt, jahrzehntelang, dass man anfängt, sich an seine Kindheit zu erinnern, als wäre es gestern gewesen. Wisst ihr zum Beispiel noch die Kekse, die ihr letztes Jahr von eurer Mama bekommen habt? Die rochen so gut. Es waren Bärenkekse mit Teeblättern darin. Wisst ihr noch? Dieser wunderbare Geruch. Die Aufregung vor Weihnachten. Wirklich, als wäre es gestern gewesen.

Auf diese Weise erinnerte sich der alte Mann an seine Kindheit. In seinem Kopf konnte er sich vorstellen, wie er einen Strohhut trug und Fische im Fluss fing oder am Strand Feuerwerkskörper abfeuerte. Diese schönen Erinnerungen bedeuteten ihm weit mehr als all die Zeit, in der er an dieser Krankheit litt.

Der alte Mann liebte Feuerwerk. In den Sommerferien war es für ihn ein Riesenspaß gewesen, mit seinem Onkel und Freunden aus der Nachbarschaft Raketen zu zünden. Er liebte es, ein Feuerwerk zu sehen, und eilte zu jedem Feuerwerksfestival, von dem er hörte, auch wenn es weit weg war. Er freute sich immer darauf, die bunten Feuerwerkskörper zu betrachten, die am Nachthimmel wie Blumen erblühten. Die Vibrationen des Knalls, wenn sie explodierten, kribbelten in seinem Bauch, und er konnte die Lichtstrahlen der Blumen auf seinen Wangen spüren, hoch oben am Himmel verstreut. Das kennt ihr alle, oder? Erinnert ihr euch an eure Freunde, wenn sie zu einem Feuerwerk am Himmel aufschauen, die Gesichter wie auf einem Schwarz-Weiß-Bild?

Aber der alte Mann war ganz allein, er hatte keine Freunde, mit denen er spielen konnte, so wie ihr. Alles, was er tagein, tagaus tat, war, zu dösen und von den Feuerwerken zu träumen, die er als Kind gesehen hatte. Ist das nicht traurig? Ihr könnt jederzeit mit euren Freunden spielen, aber er hatte niemanden.

Mensch, ich weiß, warum gehen wir nicht zu ihm und spielen mit ihm? Aber das ist unser Geheimnis, ja? Wir können Feuerwerkskörper mitnehmen und zusammen Spaß haben. Ist das nicht eine tolle Idee? Sagt es aber nicht den anderen. Wir schleichen uns rüber und überraschen ihn. Stellt euch vor, wie überrascht er sein wird. Ich kann mir gut vorstellen, dass er überglücklich sein wird. Bestimmt ist er überglücklich.

10

EIN ABEND IM ANTIQUARIATSVIERTEL

I

Sa, 2. Aug.
Regen. Plötzlich heiß und schwül. Muss mir einen Hut kaufen. Bei 2, 3 und 5 vorbeigegangen. K. hat sich schnell eingearbeitet, und alles lief reibungslos. Zum Glück. Habe im Schnitt 1,5 Stunden mit jedem verbracht. Meistens persönliche Erinnerungen. Kein Anlass für weitere Recherchen. Jeder erinnert sich gut an die Zeit. Interessant, alle waren nostalgisch. Auch im Gästehaus keine Klimaanlage, zu heiß. Hoffentlich dehnen sich die Tonbänder nicht. Transkribieren ist schweißtreibende Arbeit. Abends zu M., aber zu. Aushang an der Tür: »Wegen Notfall geschlossen«.

So, 3. Aug.
Wetter wechselhaft. Schwül, kann nicht schlafen. Zu 1, 7 und 8 gegangen. 1 ist verstorben und 7 im Krankenhaus. Besuchserlaubnis bekommen. Darum gebeten, dass jemand Bescheid sagt. Mit 8 in weniger als 20 Min. fertig. Transkribieren zeitaufwendig, werde mich heute darauf konzentrieren. Abends Sturm. Danach etwas kühler.

Mo, 4. Aug.

Wetter plötzlich schön. Jetzt ist der Sommer da. Laufen ist harte Arbeit. Trinke zu viel Cola. Nicht gut. 7 im K-Krankenhaus besucht. Hat Erinnerungen geweckt. 7 erinnert sich an mich. Wurde durch Zufall 21 vorgestellt. Bot an, den Kontakt für mich herzustellen, also habe ich angenommen. Bei M. vorbeigefahren, immer noch geschlossen. Die Nachbarn sagen, ein Verwandter ist gestorben. In S und T nachgesehen. Mehrere ältere Ausgaben von G entdeckt. Am Abend Transkription. Komme nur langsam voran. 5-Minuten-Gespräche dauern ewig, wenn man sie aufschreibt. Wünschte, ich könnte Steno.

Di, 5. Aug.

Klarer Himmel. Schreckliche Hitze. Heute Stadtbesichtigung, da K. auch erschöpft. Haben die Gärten gesehen und kalte chinesische Nudeln gegessen. K. sehr beeindruckt von blauem Zimmer. Habe K. zurück ins Gästehaus geschickt und 4 allein besucht. Ziemlich angespannt. Fragte nach meinen Motiven. Gelegentliches gegenseitiges Anschweigen; bin ganz erschöpft. In Y, A und H nachgesehen. Beengt, schwer, etwas zu finden. Offenbar keine alten Ausgaben von G. Bin zurück ins Gästehaus und habe etwas mit K. getrunken. Auch er sprach kein Wort. Scheint müde zu sein. Tut mir leid. Vielleicht erhöhe ich seinen Lohn.

Mi, 6. Aug.

Klarer Himmel, gelegentlich Wolken. 9 und 12 immer noch weg. 10, 11, 15 und 16 verweigern Interviews. 11 behauptet, schon in den Sommerferien zu sein, bestimmt eine Ausrede. K. scheint niedergeschlagen, vielleicht verkatert. Sagte ihm, er solle sich ausruhen (sich aufs Transkribieren konzentrieren), während ich 13 und 14 besuchte. Hatte nicht viel erwartet, aber die Ergebnisse sind überraschend. Obwohl ich nicht verstehe, wie man das als Außenstehender wissen konnte. Bei M. vorbeigeschaut, und es war offen. Müde, also nur ein kurzer Blick in die Regale.

Do, 7. Aug.
Klarer Himmel. K. geht's nicht gut, hat wohl eine Sommergrippe. Sagte, im Zimmer ginge es noch, deswegen transkribiert er. Aber die Räume sind auch verdammt heiß. Am Ende habe ich literweise Softdrinks getrunken. Viel dafür ausgegeben. Ich verbrauche auch viele Kassetten, also einen Stapel neue gekauft, aber das war teuer. 9 ist verstorben. 12 immer noch weg. 17 und 18 wollen nur telefonieren.

Fr, 8. Aug.
Bewölkt, gelegentlich Sonne. K. hat sich erholt. Wird sich auf Transkriptionen konzentrieren. Bin zu 21. Hat den ganzen Vormittag gedauert. Sehr nützlich. Hab's bei 20 versucht. Weitschweifig. Zeitverschwendung. Bin zu M. gegangen und habe dem Besitzer zugehört.

Sa, 9. Aug.
K. wieder in Tokio. Mit Kassetten, um sie zu Hause zu transkribieren. Sehr dankbar. 19 am Morgen gesehen. Bin zu M. gegangen und habe mit Besitzer gesprochen. Wird einen Haufen G-Ausgaben für mich zusammenstellen. Am Abend nicht viel gemacht. Das erste Mal seit Langem. 21 hat angerufen. Hat sich gerade an etwas erinnert. Werde morgen wieder vorbeigehen.

So, 10. Aug.
Habe 21 wieder besucht. Ziemlich schockierend. Hatte es befürchtet, aber trotzdem unerwartet. Bin zurück ins Zimmer gegangen und habe die Informationen sortiert. Weiß nicht, wann ich zurückkommen kann. Viele Leute weg nächste Woche wegen Obon-Fest. Bin zu M. gegangen und habe mit Besitzer gesprochen. Zusammen nach Büchern gesucht. Ein paar gekauft. Habe nachts alleine abgeschrieben. Der Rest für zu Hause. Wünschte, ich hätte mehr Hilfe, aber kann nicht mehr Leute involvieren. Werde es selbst machen müssen.

II

Ja, das ist wirklich ihre Handschrift.

Ah, sie wiederzusehen bringt alles zurück.

Eine feste, ruhige Hand mit einem gleichmäßigen Strich, der jedoch keinerlei Emotionen zeigt.

Ich hatte schon komplett vergessen, dass ich das Buch gemacht habe. Ist auch schon viele Jahre her, dass ich in der Abteilung gearbeitet habe.

Ich wünschte, ich wäre im Lektorat geblieben, aber mit dem Druck der nachrückenden jüngeren Redakteure musste ich ins Management gehen; weit weniger interessant.

Aber wenn man mich nach einem bestimmten Titel fragt, kommt alles sofort zurück. Ich kann mich an jedes Buch erinnern, an dem ich mitgewirkt habe. Jedes hatte seinen Reiz, unabhängig davon, ob es sich gut verkauft hat oder nicht.

Ihr Anruf hat mich überrascht. Ich hatte nicht erwartet, jemanden nach so vielen Jahren wieder von diesem Titel reden zu hören. Aber der Kopf ist ein seltsames Instrument. In dem

Moment, als ich ihn hörte, habe ich regelrecht physisch gespürt, wie die Erinnerungen zurückfluteten.

Ja, das Buch hat sich extrem gut verkauft.

Ja, das ist wahr. Und er hat auch ziemlich viel Aufmerksamkeit erregt. Die Leserinnen und Leser kannten den Fall aus den Nachrichten, aber viele hatten das Ausmaß und die Tragweite des Falls nicht erkannt.

Allerdings gab's auch viele Beschwerdeanrufe.

Hauptsächlich aus Unzufriedenheit mit dem Titel des Buches. Wir wurden gerügt, weil wir das Wort »Fest« im Zusammenhang mit einem so tragischen Ereignis verwendet haben. Meiner Meinung nach war es aber ein treffender Titel, der zum Inhalt passte. Zum einen wird das Wort »Fest« auch im religiösen Kontext verwendet, und zum anderen hat die Autorin überzeugend vermittelt, dass der Vorfall etwas Feierliches hatte. Deshalb habe ich in diesem Punkt nicht klein beigegeben.

Trotzdem ist es nie als Taschenbuch erschienen. Die Weigerung der Autorin, die Lizenz zu vergeben, war ein Grund dafür, aber im Allgemeinen sind tagesaktuelle Publikationen wie diese im Taschenbuch ohnehin schwer verkäuflich.

Die Autorin?

Nun, ich muss sagen, dass sie mir ein Rätsel war. Für eine Studentin war sie sehr gelassen und selbstbewusst.

Wenn es darum geht, ein Buch zu veröffentlichen, zeigen die meisten Autorinnen und Autoren ein gewisses Maß an Aufregung, aber nicht sie. Nein, obwohl sie von der ganzen Aufmerksamkeit überrascht schien, wirkte sie nicht erfreut darüber.

Wenn überhaupt, deutete sie an, dass ihr das alles eher lästig sei. Sie wissen, dass sie mich anfangs abwies?

Ja, als ich sie das erste Mal ansprach. Aber am Ende ließ sie sich überreden. Sie machte den Eindruck, als erschiene es ihr unvermeidlich, aber sie sagte mir, es sei das erste und letzte Mal, dass sie so etwas tun würde. Mit »so etwas« meinte sie wohl, sich darauf einzulassen, mit anderen gemeinsam ein Projekt zu recherchieren und darüber zu schreiben.

Sie sagte mehr als einmal, das sei nicht Teil des Plans.

Sie hatte vorgehabt, ihre Recherchen als Forschungsmaterial zu verwenden, und nie beabsichtigt, dass andere Leute es sehen.

Nein, ich glaube nicht, dass es einfach Bescheidenheit war.

Natürlich verstand ich ihre Gefühle bis zu einem gewissen Grad. Nachdem man ein Buch geschrieben hat, kommt ein Punkt, an dem man eine Entscheidung treffen muss, nämlich ob man weiterschreiben und sozusagen Schriftsteller werden will oder ob man akzeptiert, dass das Buch eine einmalige Sache war. Im Laufe meiner Gespräche mit dieser speziellen Autorin hatte ich den Eindruck, dass es für sie das erste und letzte Mal sein würde.

Um ehrlich zu sein, habe ich sie kaum noch wiedergesehen, nachdem das Buch herausgekommen war. Ich könnte an einer Hand abzählen, wie oft ich sie nach der Übergabe der Vorabexemplare getroffen habe. Wir hatten nach Erscheinen eine Flut von Interviewanfragen, aber sie wollte keinem zusagen. Sie wies mich an, sie alle abzulehnen, da sie einfach nicht interessiert sei. Natürlich raufte sich die Werbeabteilung die Haare. Nun, selbstverständlich. Die Medien rannten uns sozusagen die Türen ein, und wir hatten ihnen nichts zu geben als ein Minimum an Informationen über die Autorin. Ich griff auf die Ausrede zurück, dass sie es vorzog, sich aus dem Rampenlicht herauszuhalten, weil sie direkt mit dem Fall zu tun hatte.

In den Augen der Öffentlichkeit sah es jedoch so aus, als ob wir diejenigen wären, die mauerten und die Autorin unter Verschluss hielten. Das war eine große Fehleinschätzung.

Sie zeigte keinerlei Interesse an den Verkäufen oder Rezensionen. Es war fast so, als ob das Buch, sobald es veröffentlicht war, ihr nichts mehr bedeutete.

III

Ja, ehrlich, ich war beim ersten Lesen unheimlich angetan.

Ich konnte gar nicht glauben, dass es von einem Mädchen geschrieben worden war, das gerade mal zwanzig Jahre alt war. Der Schreibstil war leidenschaftslos und akribisch, aber souverän. Hätte ich nicht gewusst, dass die Autorin eine Studentin war, hätte ich nicht auf ihr Alter schließen können.

Es hatte auch einen gewissen ... äh, das ist vielleicht nicht der richtige Ausdruck, aber ich würde sagen, es hatte einen gewissen unheimlichen ... oder vielleicht, sagen wir ... bizarren Unterton.

Hmm, das macht es wahrscheinlich nicht gerade verständlicher. Man könnte sagen, dass davon ein kühler Blick und eine geheimnisvolle Atmosphäre ausgingen, die nicht von der Autorin zu stammen schienen und nur zwischen den Buchdeckeln existierten.

Ich bin sicher, Sie wissen, dass es so etwas wie einen Glückstreffer gibt.

Man könnte es Zufall nennen oder Anfängerglück oder so etwas, aber es ist tatsächlich real.

Nun, gelegentlich kommt es vor, dass ein Werk eine Qualität erhält, die der Autor oder die Autorin nie beabsichtigt hat. Dieses Buch war ein solches Werk, obwohl wir nie erfahren werden, ob es ein Glückstreffer war oder nicht, da sie nie ein weiteres geschrieben hat. Der Vorfall war zutiefst faszinierend und von vielen Geheimnissen umwittert. Er wird immer noch oft in Verbindung mit der Teigin-Affäre genannt. Angesichts all dessen habe ich schon erwartet, dass das Buch Aufsehen erregen würde.

Ich bin nicht in der Lage zu beurteilen, ob das, was sie geschrieben hat, der Wahrheit entspricht, aber ich glaube, dass das in diesem Fall gar nicht von Belang ist. Ich würde sogar behaupten, dass es vom Genre her mit Capotes *Kaltblütig* vergleichbar ist. Weder Fiction noch Non-Fiction; ein Werk, das sich nicht einem bestimmten Genre zuordnen lässt. Ich würde mich auch schwertun, es als literarisch zu bezeichnen, weil der Stil ambivalent ist. Andererseits macht das auch den Reiz dieses Buches aus.

Von allen Titeln, an denen ich gearbeitet habe, war dieser ein Sonderfall. Ziemlich einmalig. Er ähnelt keinem anderen Werk, das ich kenne. Ja, das Buch war etwas Besonderes. Fast so, als käme es aus einer anderen Welt, sozusagen.

IV

Das ist richtig. Die Zusage, diesen Karton an mich zu nehmen, war ihre erste Bedingung.

Ja, das komplette Material, das sie zum Schreiben des Buches verwendet hat.

Alles hier drin. Ich glaube nicht, dass sie noch etwas in ihrem Besitz hat.

In dem Karton befinden sich auch jede Menge Kassetten. Allerdings könnten sie inzwischen unbrauchbar geworden sein. Wahrscheinlich kann man sie nicht mehr abhören. Ich habe den Karton in einem Regal auf der Arbeit zwischen meinen persönlichen Sachen aufbewahrt, also nicht besonders geschützt. Zu meiner Verteidigung muss ich aber sagen, dass sie das Material nicht behalten wollte und mir sagte, ich solle es verbrennen, wegwerfen oder was auch immer. Sie schickte es mir nach der Fahnenkorrektur, anscheinend ohne Bedauern.

Nein, abgesehen von einem kurzen Durchblättern habe ich es nie gründlich in Augenschein genommen. Zu wissen, dass es sich um ihre Forschungsnotizen handelte, war für mich ausreichend. Ich hatte nicht das Bedürfnis, alles durchzugehen.

Aber ich hätte doch gezögert, es zu entsorgen.

Dieses Notizbuch ist ihr Forschungstagebuch.

Sie können sehen, wie sachlich es gehalten ist. So wie sie eben eine sehr sachliche Person ist.

Sie hat jedem ihrer Interviewpartner eine Nummer zugewiesen, und am Ende gibt es eine separate Liste mit diesen Personen. Es standen fast vierzig darauf, obwohl sie nicht mit allen Kontakt hatte. Einige waren nicht auffindbar, und andere weigerten sich, mit ihr zu sprechen.

K. war offenbar ein Student, jünger als sie, der bei den Interviews half. Der hatte es ganz schön schwer, mit der Hitze in der Hokuriku-Region zurechtzukommen.

Wie? Ah, die Buchstaben, meinen Sie?

Die weisen auf Antiquariate hin.

V

Offenbar hat sie jedes Antiquariat in der Innenstadt mit dem Anfangsbuchstaben seines Namens bezeichnet.

Sie haben recht. In *Das vergessene Fest* wird nicht erwähnt, dass sie Buchhandlungen besucht hat.

Das Buch ist eine Mischung aus Reportage und Fiktion, Vergangenheit und Gegenwart, doch obwohl es verrät, wo sie recherchiert und Interviews geführt hat, werden die Antiquariate komplett ausgelassen.

Ich weiß es nicht. Ich glaube nicht, dass es dafür einen wichtigen Grund gibt. Vielleicht hatte sie die Gesamtwirkung des Buches im Sinn und wollte die Dinge einfach halten. Ich persönlich glaube, das war die richtige Entscheidung.

Ah, ich weiß, »G« – das sind diese dünnen Zeitschriften hier.

In der Schachtel finden Sie ein Bündel von älteren Ausgaben.

Es scheint eine Zeitschrift mit geringer Auflage zu sein. Ein lokales Boulevardblatt. Mit regionalen Nachrichten, Klatsch und Tratsch und so weiter, die nur für eine sehr begrenzte Leserschaft von Interesse sein dürften. Sie scheint Exemplare gesammelt zu haben, die um die Zeit der Morde erschienen.

Ich glaube, sie war auf der Suche nach irgendwelchen Gerüchten, die damals kursierten, nach Artikeln mit Informationen über die polizeilichen Ermittlungen oder nach allem, was die Ärzteschaft über die Opfer verlautbaren durfte. Wenn man ein Außenstehender ist, ist es extrem schwierig, in die örtlichen Gerüchte eingeweiht zu werden. Umso mehr, wenn es sich bei den Opfern um einflussreiche Personen handelt. Offenbar wollte sie die Vergangenheit und den Ruf der ermordeten Familie erforschen. Letztlich fand sie aber wohl nichts, was verdächtig gewesen wäre.

Trotz des jämmerlichen Erscheinungsbildes hat dieses Magazin ein gewisses Etwas.

Vom Inhalt erwartet man nicht viel.

Na ja, es besteht fast ausschließlich aus kindischen Beleidigungen, es ist voller Dilettantismus, und die Anzeigen haben fast alle mit dem Sexgewerbe zu tun. Dennoch hat es für jemanden wie mich, der es gewohnt ist, wirtschaftlich rentable Zeitschriften herauszugeben, einen rohen Reiz, hinterlässt Eindruck.

Als würde man auf den Ursprung der Massenmedien blicken.

Denn die sind ja eigentlich auch nur schicke Versionen so eines lokalen Schwarzen Bretts. So etwas durchzublättern kann ziemlich aufschlussreich sein und sogar bewegend. Man begreift, wie Menschen in die Lage versetzt wurden, zu kommunizieren und Informationen zu verbreiten, was wiederum zur Entstehung von Bürgerbewegungen und Zeitungen führte.

Diese Zeitschriften haben mich interessiert, deshalb habe ich sie von vorne bis hinten gelesen, aber ich habe nichts über die Klinik gefunden. Ich kann jedoch nicht mit absoluter Sicherheit sagen, dass es nicht doch etwas zu entdecken gegeben hätte, weil ich nicht alle früheren Ausgaben besitze.

Ja, das stimmt. Wir können davon ausgehen, dass sie viel Mühe investiert hat, in Antiquariaten zu recherchieren, denn die Stadt ist nicht nur eine alte Burgstadt, sondern auch eine alte Universitätsstadt, deswegen gibt es viele Buchhandlungen. Und die liegen alle in einem bestimmten Viertel, deswegen war es für sie relativ einfach, wirklich alle zu besuchen. Antiquariate passen perfekt in das Ambiente so einer alten Stadt, finden Sie nicht auch?

Ja, das hier ist eines der größten spezialisierten Antiquariatsviertel der Welt, aber in den letzten Jahren hat sich viel verändert.

Ich finde es schön, dass Antiquariate bei jungen Leuten wieder in Mode sind. Ich glaube, die Menschheit lässt sich generell in zwei Arten unterteilen: die, die in Antiquariate gehen, und die, die es nicht tun.

Wie?

Was ist mit dem Notizbuch?

Die Nummer 6 ist die einzige, die nicht erwähnt wird?

Meine Güte, Sie sind aber gründlich.

Sehr scharfsinnig, dass Sie das bemerkt haben. Keine Angst, ich stelle Sie nicht auf die Probe oder so etwas.

Um die Wahrheit zu sagen, hat mich das auch gestört, als ich das Notizbuch zum ersten Mal las. Ich ertappte mich dabei, wie ich unbewusst jede Person abhakte, wenn sie auftauchte. Und doch kommt Nummer 6 nie vor. War es jemand aus ihrer Berufsgruppe? Jemand Spezielles?

Ich habe es auch ihr gegenüber angesprochen. Wer ist Nummer 6? Auf der Liste hinten steht auch nichts über diese Person.

Sie sagte mir, dass es die Frau war, die überlebt hat.

Diese Frau war offenbar nach Übersee gegangen, deshalb konnte sie letztlich die Fragen, deren Antworten sie am meisten interessierten, nicht stellen. Das war das Einzige, was sie bedauerte, sagte sie.

VI

Beim Thema »One-Hit-Wonder der Literatur« fällt mir natürlich sofort Margaret Mitchell ein.

Margaret Mitchell hat ihr Manuskript in einem Koffer an einen Verleger geschickt und ihn dann mit zahlreichen Telegrammen belästigt. Er begann das Manuskript im Zug zu lesen, eher widerwillig, glaube ich. Wie auch immer, das Manuskript entpuppte sich als *Vom Winde verweht*. Ich beneide diesen Lektor.

Stellen Sie sich vor, Sie hätten das unglaubliche Glück, das Buch als Erster zu lesen. Allerdings auch Furcht einflößend: Was, wenn er die Seiten verloren hätte? Oder noch schlimmer, wenn er es einfach als ein weiteres langweiliges Manuskript abgetan und es an einen anderen Lektor weitergegeben hätte?

Der Gedanke an beides lässt mich erschaudern.

Margaret Mitchell hat alles, was sie hatte, in *Vom Winde verweht* gesteckt und danach erklärt, dass sie nie wieder einen Roman schreiben werde. Und das hat sie auch nie getan, was ich großartig finde. Sie hat alles gegeben, um ihr einziges großes Werk zu vollenden.

O nein, ich will nicht im Geringsten andeuten, dass dieses Buch mit *Vom Winde verweht* vergleichbar ist. Ich habe lediglich über die Arbeit eines Lektors gesprochen.

Romane wie *Vom Winde verweht* machen diese Arbeit zu einem Abenteuer – faszinierend und beängstigend zugleich.

Man verbringt seine Tage damit, sich durch einen Berg von Manuskripten auf dem Schreibtisch zu wühlen, auf der Suche nach diesem noch unentdeckten Meisterwerk, und wird selten – wenn überhaupt – belohnt. Und doch, wenn man es am wenigsten erwartet, taucht etwas aus einer unvorhergesehenen Richtung auf. Die Arbeit beginnt, und es wird in die Welt hinausgeschickt, als wäre das die ganze Zeit der Plan gewesen.

Ich spürte von Anfang an, dass sie kein Interesse daran hatte, Schriftstellerin zu werden, also fragte ich sie einmal, welche Art von Karriere sie anstrebe.

Sie sagte nur nachdenklich: »Tja ...«

Sie war keine Frau, die viel lächelte.

Ernst fuhr sie fort: »Ich weiß es nicht genau, aber ich kann Ihnen sagen, dass das hier nicht das Richtige ist.«

Dann fragte ich, ob es etwas gebe, was sie tun wolle. Nachdem sie eine Weile darüber nachgedacht hatte, sagte sie, dass es etwas gebe, was sie wissen wolle.

Daraufhin erzählte sie mir, als wäre ihr der Gedanke gerade erst gekommen, dass sie es anfangs für keine gute Idee gehalten habe, das Buch zu veröffentlichen, jetzt aber dankbar dafür sei. Denn sie glaubte, dass die Veröffentlichung ihr helfen würde, das herauszufinden, was sie wissen wollte.

Ich versuchte mehrfach zu erfahren, was das sei, aber sie wiederholte nur, das sei privat. Letztendlich hat sie es mir nie verraten.

VII

Übrigens erhielt ich etwa ein Jahr nach Erscheinen des Buches einen merkwürdigen Telefonanruf.

Kuriose Anrufe sind in diesem Metier nicht unüblich. Normalerweise etwas in der Art von »Ich bin der Autor dieses oder jenes Buches, überweisen Sie alle Tantiemen auf mein Konto« oder Beschwerden, dass ein bestimmter Titel ein schändliches Plagiat sei, oder auch etwas wie: »Dieses Buch beschreibt mein

Leben, woher kennen Sie die Einzelheiten?«, und so weiter. Sie würden sich wundern.

Dieser Anruf war jedoch nicht in diesem Sinne merkwürdig, was vielleicht der Grund ist, warum er mir im Gedächtnis geblieben ist.

Die Anruferin war eine Frau mittleren Alters. Sie klang kultiviert und selbstbewusst.

Sie erzählte mir, dass sie das Buch gelesen habe, und fragte, ob die Autorin zufällig Makiko Saiga sei. Sie behauptete, eine alte Bekannte von Makiko zu sein, und sagte, dass sie mit ihr in Kontakt treten wolle.

Nichts an ihrem Verhalten kam mir seltsam vor.

Da das Buch unter einem Pseudonym geschrieben worden war und kein Autorenfoto enthielt, vermutete ich, dass sie die Wahrheit sagte und die Autorin kannte.

Allerdings hatte mich Frau Saiga bereits angewiesen, ihre Daten niemals an jemanden weiterzugeben, der danach fragte, besonders nicht an Leute, die sie als Kind gekannt hatten. Sie sagte, wenn jemand nachfragen würde, solle ich um die Adresse der Person bitten und sagen, dass die Autorin sich melden würde. Das habe ich in diesem Fall auch getan.

Und daraufhin wurde die Frau für ein paar Augenblicke still.

Dabei hörte ich eine Art Hintergrundgeräusch.

Ich hatte schon von Anfang an so etwas wahrgenommen, aber es nicht identifizieren können, obwohl mir der Gedanke gekommen war, dass sie vielleicht draußen telefonieren könnte.

In dieser kurzen Zeit der Stille fiel mir jedoch plötzlich auf, was für ein Geräusch das war.

Das Geräusch von Wellen.

Die Frau muss von irgendwo am Meer angerufen haben. Und zwar ziemlich nah am Meer. Und ich kann beim besten

Willen nicht sagen, warum, aber in diesem Moment hatte ich ein Bild vom Meer an der Küste von Hokuriku vor Augen.

Dann fing die Frau wieder an zu sprechen.

Sie lobte Makiko Saiga für all die Mühe, die sie in die Recherche für ihr Buch gesteckt hatte, und sagte, dass sie K unzählige Male besucht und mit vielen Bekannten gesprochen haben müsse, um die Ereignisse der Vergangenheit mit solcher Sorgfalt aufzeichnen zu können. Und es sei großartig, dass sie diese alte Geschichte noch einmal aufgegriffen habe.

Ihr Ton war plötzlich anders. Sie klang fordernd und erweckte den Eindruck, als wollte sie etwas von mir wissen, obwohl ich nicht ergründen konnte, was. Ich war sofort auf der Hut.

Ich antwortete ihr vorsichtig, dass, ja, Frau Saiga sehr gewissenhaft recherchiert habe.

Dann fragte ich ganz geschäftsmäßig nach ihrem Namen und ihren Kontaktdaten. Sie gab keine Antwort. Stattdessen schwieg sie einfach, dann legte sie plötzlich auf.

Auch das war irgendwie verunsichernd.

Aber in der Pause, bevor sie auflegte, hörte ich einen kurzen Gesprächsfetzen. Und ich konnte daraus schließen, dass in der Nähe der Anruferin eine andere, viel jüngere Frau war, die mit einer scharfen Stimme sprach.

Etwas sagte mir, dass sie diejenige war, die die Frau mittleren Alters gebeten hatte, den Anruf zu machen.

Die Person, die unsere Autorin wirklich kannte, musste also die junge Frau sein. Die eigentliche Anruferin kannte sie überhaupt nicht.

Alles ziemlich unangenehm.

Warum hat die junge Frau nicht selbst angerufen, wenn sie die Autorin kannte? Und warum hat sie ihren Namen nicht genannt?

Ich grübelte noch eine Weile darüber nach, als ich den Hörer längst aufgelegt hatte.

Was war es, das sie hatte wissen wollen?

VIII

Sind Sie gerade dabei, ein Buch zu schreiben?

Ist es etwa eine weitere Aufarbeitung des Falls?

Ein Tatsachenroman über einen Tatsachenroman? Hmm, das ist ein interessantes Konzept. Bücher über die Shōwa-Ära sind ja gerade extrem populär. Vielleicht weil die letzte Generation, die den Krieg erlebt hat, alt wird und eine Krisenstimmung umgeht. Ich persönlich würde mir wünschen, dass mehr jüngere Leute mit internationaler Erfahrung eine frische und objektive Perspektive auf diese Zeit einbrächten.

Nein, Sie müssen gar nicht antworten.

Behalten Sie Ihre Ziele für sich, das sage ich immer. Wenn Sie vor der Fertigstellung über ein Projekt reden, verschwindet die Magie. Man muss es für sich behalten und darf es mit niemandem besprechen.

Schauen Sie mal aus diesem Fenster. Die Straße füllt sich mit mehr und mehr Menschen, sobald es Nachmittag wird. Studierende, Geschäftsleute, die die Zeit totschlagen, Akademikerinnen und Akademiker, Menschen aus dem Ausland.

Alle leisten ihre jeweilige geistige und intellektuelle Arbeit. Unter ihnen sind Lektoren, Schriftstellerinnen, Forscher. Einige von ihnen arbeiten an einem Projekt, voller Ehrgeiz, und blicken hoffnungsvoll auf die nächsten Jahre. Sie forschen. Sie denken nach. Sie schreiben.

Einige werden auf dem Weg scheitern, natürlich. Einige Manuskripte werden am Ende verworfen und nie von jemandem gelesen. Andere hingegen werden gedeihen und in die Welt hinausgesandt werden, um sozusagen Früchte zu tragen und hervorragende Ergebnisse zu erzielen. Einige Menschen dort haben Ideen in ihren Köpfen, die noch nicht zu Papier gebracht worden sind. Andere wissen noch gar nicht, was sie schreiben wollen.

Ich fühle mich immer ermutigt, wenn ich aus dem Fenster auf diese Straße mit den vielen Antiquariaten blicke.

Ich denke, das liegt daran, dass diese Welt wie eine Bibliothek ist, und jeder Mensch ist ständig bemüht, all diese Bücher zu lesen. Egal wie viele Informationen verfügbar sind oder wie leicht man an sie herankommt, der einzige Weg, ein Buch zu lesen, ist, es selbst zu lesen, Zeile für Zeile, Seite für Seite, mit viel Geduld.

Es gibt ein altes Sprichwort, das besagt, dass mit dem Tod eines betagten Menschen eine Bibliothek verschwindet.

Das trifft zweifellos auch auf jedes einzelne der Geschäfte in dieser Straße zu.

Ich habe diese Gegend seit meiner Studentenzeit aufgesucht. Am Anfang war ich nervös, wenn ich in die Buchläden ging, weil ich das Gefühl hatte, dass alles, was ich tat, vom Besitzer beobachtet und meine Intelligenz beurteilt werden würde. Ich überlegte lange, bevor ich ein Buch aus dem Regal nahm.

Doch als ich meine Nervosität überwunden hatte, entdeckte ich, dass die Antiquare über einen erstaunlichen Wissensschatz verfügen.

Einmal war ich auf der Suche nach Referenzmaterial, nach einem bestimmten Roman in Übersetzung, und als ich dem Ladenbesitzer den Titel nannte, sagte er mir – aus dem Stegreif –, dass vor dem Krieg drei Übersetzungen von verschiedenen Verlagen herausgebracht worden waren, aber alle inzwischen vergriffen seien und dass die jüngste, die Version von 1944, bis vor Kurzem in dem Regal dort drüben gestanden habe. Ich war verblüfft, wie Sie sich vielleicht vorstellen können.

Ich habe viele ähnliche Erfahrungen in anderen Buchhandlungen gemacht und mit der Zeit unheimlich viel von ihnen gelernt. Ich profitiere bis heute von ihrer Gelehrsamkeit und habe den größten Respekt vor ihnen und dem Wissensschatz, den sie sich im Laufe ihres Berufslebens aneignen.

Deshalb hoffe ich, dass hier alles beim Alten bleibt. Dass dieser Wissensspeicher vor Erdbeben oder Feuer sicher ist. Wirklich, das hoffe ich zutiefst.

Was? Ja, ich nehme an, ich bin etwas emotional geworden.

Vielleicht wissen Sie das gar nicht, aber die Buchhandlung M, von der in dem Tagebuch die Rede war, gibt es nicht mehr.

Sie ist abgebrannt.

IX

Ich habe das selbst erst kürzlich entdeckt.

Letzte Woche war ich auf einer Geschäftsreise in K. Da Sie mich gerade kontaktiert hatten und ich ein wenig nostalgisch war, steckte ich das Buch in meine Aktentasche, um mich im Zug wieder damit vertraut zu machen. Es war in mehr als einer Hinsicht sozusagen eine emotionale Reise, es wieder durchzublättern und den einen oder anderen Abschnitt zu lesen. Natürlich erinnerte ich mich auch wieder an ihre Forschungsnotizen.

Da ich bei meiner Ankunft ein wenig Zeit hatte, machte ich einen Spaziergang durch das Antiquariatsviertel.

Insbesondere wollte ich beim Antiquariat M vorbeischauen.

Aber obwohl ich überall suchte, konnte ich es nirgends finden.

Schließlich fragte ich einen Einheimischen und erfuhr, dass es schon vor einiger Zeit abgebrannt war. Anscheinend war das Feuer in der Wohnung eines älteren Mannes ausgebrochen, der allein hinter der Buchhandlung wohnte, und hatte sich von dort ausgebreitet. Auch dieser Nachbar war beim Feuer ums Leben gekommen.

Das Ehepaar, das die Buchhandlung besaß, lebte nicht auf dem Grundstück und blieb unverletzt. Ihre Raritäten wurden glücklicherweise in einem Safe zu Hause aufbewahrt. Allerdings war alles im Laden verloren. Sie können sich vorstellen, wie all das Papier das Feuer angefacht haben muss. In kürzester Zeit war alles verbrannt.

Die Besitzer waren zwar versichert, aber so ein Buchbestand ist ja nicht ersetzbar. Offenbar haben sie sich gegen eine Wiedereröffnung des Ladens entschieden.

Ich war ziemlich aufgebracht über den ganzen Vorfall. Wenn ich auf Geschäftsreise oder im Urlaub bin, besuche ich immer gerne die dortigen Antiquariate. Und in diesem Fall machte die Verbindung des M-Ladens zu einem Buch, an dem ich gearbeitet hatte, die Sache für mich doppelt interessant.

In welchem Jahr der Brand war?

Nun, ich glaube, das war ein Jahr nachdem das Buch herausgekommen war … Ja, das ist richtig, jetzt, wo ich darüber nachdenke. Es müsste ungefähr zu der Zeit gewesen sein, als wir diesen seltsamen Anruf erhielten. Aber ich könnte jetzt nicht sagen, was zuerst geschah.

X

Ich habe Frau Saiga nie wieder getroffen, aber wir haben Neujahrsgrußkarten ausgetauscht. Sie schreibt fast nie etwas von sich, obwohl sie mal erwähnt hat, dass sie eine Stelle in einem Pharmaunternehmen gefunden und geheiratet hat. Ich hatte den Eindruck, dass sie in ihrem Leben angekommen war, und so habe ich von weiterem Kontakt mit ihr abgesehen.

Allerdings erhielt ich einmal aus heiterem Himmel eine Postkarte.

Ich glaube, das war etwa sechs Jahre nach der Veröffentlichung.

Die Nachricht war kurz und knapp.

Sie war aus einem bestimmten Grund zum ersten Mal seit langer Zeit wieder nach K gefahren, und die Kräuselmyrte habe wieder in voller Blüte gestanden. So etwas in der Art … Sehr sachlich.

Nein, die Karte ist nicht in dem Karton. Wenn Sie sie sehen wollen, kann ich sie das nächste Mal mitbringen. Aber wirklich, mehr stand da nicht.

Ein Gedicht?

Ah, Sie meinen das Gedicht, das am Tatort hinterlassen wurde.

Sie hat das Gedicht nicht in ihr Buch aufgenommen, aber sie kannte den Wortlaut. Sie hat es mir gezeigt, im Vertrauen.

Dann kennen Sie es auch?

Alles, was damals darüber in den Zeitungen stand, war, dass es einen ausländischen Namen enthielt. Bis heute kennt niemand die Bedeutung dieses Namens, und obwohl man glaubte, der Täter habe das Gedicht geschrieben, wurde auch das nie bewiesen.

Es ist allerdings ein seltsames Gedicht, wenn man es überhaupt so nennen kann. Ist es wirklich ein Gedicht oder eher ein Brief?

Offenbar hat die Polizei gründlich geprüft, ob es sich um eine Art Zitat handelt, kam aber zu dem Schluss, dass es höchstwahrscheinlich von der Person selbst geschrieben wurde, die den Brief hinterlassen hat. Der Name ist ja beileibe nicht üblich. Personen, die mit dem Fall zu tun hatten, wurden wiederholt dazu befragt. Hatte er eine Bedeutung für sie? War es ein Kosename für jemanden, den sie kannten – so etwas in der Art –, aber am Ende hat die Polizei keinerlei Hinweise gefunden.

Wenn man es ohne jede übertragene Bedeutung liest, könnte man annehmen, dass Eugenia etwas mit der Familie zu tun hat, die der Absender kennt und an der er sich rächen will. Letztlich konnte die Polizei aber keine Verbindung zwischen dem Täter und der Familie herstellen.

Auch die Handschrift war sehr unleserlich. Ob das Absicht war, wissen wir nicht, aber das machte es für die Experten schwierig, das Geschlecht oder das Alter des Schreibers zu identifizieren.

Es wurde auf einem Tisch unter einer Blumenvase gefunden. Allein diese Tatsache lässt vermuten, dass es dort hingelegt wurde, um entdeckt und gelesen zu werden.

Frau Saiga und ich haben diesen Brief einmal gemeinsam angeschaut und darüber diskutiert. Was für ein Text es war, wer ihn geschrieben hatte und zu welchem Zweck und so weiter.

Sie fragte mich nach meiner Meinung.

In meinem Beruf bin ich es gewohnt, mit handschriftlichen Manuskripten und verschiedenen Arten von Handschriften umzugehen, aber in diesem Fall war ich mir nicht sicher. Ich teilte ihr trotzdem meine ehrliche Meinung mit.

Ich hatte das Gefühl, dass eine Frau den Brief geschrieben hat. Da war etwas an der Schrift und der Wortwahl, das mir nicht männlich erschien. Ich glaube, das ist es, was ich zu ihr gesagt habe. Das war mein erster Eindruck.

Dann fragte sie, ob ich dächte, dass es auch als Liebesbrief verstanden werden könnte.

Ich sagte, ja, so könne er auch gelesen werden.

Aber obwohl es ein Liebesbrief zu sein schien, war er doch etwas bedrohlich. Ich sei mir sicher, dass der Empfänger beunruhigt wäre.

Das ist im Grunde das, was ich ihr mitgeteilt habe. Heutzutage würde man eine Frau, die so etwas schreibt, vielleicht paranoid oder eine Stalkerin nennen. Aber das Wort »Stalker« war damals noch nicht in Gebrauch.

Ich fragte sie, für wen der Brief ihrer Meinung nach bestimmt gewesen sei.

Und sie antwortete ganz sachlich: »Für die ganze Familie, meinen Sie nicht auch?«

In diesem Fall würde es bedeuten, dass die Person, die den Brief geschrieben hat, eine Art Groll gegen die Familie hegte.

Aber als ich es ihr so darlegte, schüttelte sie den Kopf.

»Davon wüsste ich nichts«, sagte sie. »Ich weiß nicht, ob die Person einen Groll gegen sie hegte, aber ich denke, dass dieser Brief an die Familie gerichtet war.«

Ihre Antwort war so kühl und sachlich, dass ich ihr irgendwie nicht widersprechen konnte.

Aber in diesem Moment hielt ich es doch für denkbar, dass sie eine Ahnung von der Identität des Täters hatte.

Sie schien eine Weile darüber nachzudenken und sprach dann wieder, in einer Weise, die vermuten ließ, dass ihr der Gedanke gerade erst gekommen war: »Die Person, die diesen Brief geschrieben hat, ist im Dunklen.«

»Im Dunklen?«, erwiderte ich.

»Genau. Ich habe das Gefühl, dass diese Person an einem dunklen Ort ist«, wiederholte sie.

»An einem dunklen Ort? Was meinen Sie damit?«, fragte ich sie. »Die Umgebung dieser Person? Oder ihren geistigen Zustand?«

Wieder schüttelte sie nachdenklich den Kopf.

»Ich weiß es nicht. Ich habe nur das Gefühl, dass es beides sein könnte.«

Dann deutete sie auf den Brief.

»Sehen Sie sich mal die zweite Hälfte an: ›Das Lied, das von meinen Lippen aufsteigt, / Die Insekten, im morgendlichen Wald von meinen Schuhen zertreten.‹ Und weiter geht es mit: ›Und mein unermüdlich Blut pumpendes, kleines Herz.‹ Ich glaube, das sind Geräusche, die die Person hört.«

»Geräusche?« fragte ich.

Dann las ich das Gedicht erneut.

»Glauben Sie nicht, dass die Person beschreibt, was sie hört, nicht sieht?«, fragte sie. »Die Person hört ein Lied, das Geräusch von Insekten, die unter den Füßen zertreten werden, und den Klang eines schlagenden Herzens. Sie hört, sie sieht nicht. Deshalb spüre ich Dunkelheit in diesem Gedicht.«

»Verstehe«, sagte ich.

Aber dann fiel mir auf, dass die ferne Morgendämmerung in der ersten Hälfte eine visuelle Empfindung suggeriert.

Wieder schüttelte sie den Kopf.

»Davor kommt das Wort ›zittern‹. Das deutet darauf hin,

dass die Person die Veränderung der Zeit und das Herannahen des Sonnenaufgangs durch die Veränderung der Temperatur wahrnimmt. In der Dunkelheit nimmt man den Lauf der Zeit nur über die Haut wahr.«

Nach all dem konnte sogar ich erkennen, wen sie verdächtigte.

Das Mädchen, das überlebt hatte, diejenige, die das Augenlicht verloren hatte.

Deshalb fragte ich Frau Saiga – vorsichtig, wohlgemerkt –, ob sie sie für die Verfasserin des Briefes halte.

Sie zögerte eine Weile, dann murmelte sie: »Ich weiß es nicht.«

Sie sprach leise und ausdruckslos. Es klang nicht so, als würde sie es nicht verraten wollen; sie schien es wirklich nicht zu wissen.

Das war ganz typisch für sie. Obwohl sie wortgewandt und direkt war, wusste man nie, was sie dachte. Sie hatte eine gewisse Aura, als würde ein grauer Nebel über ihr hängen, der alles abwehrte, was über eine oberflächliche Interaktion hinausging.

Ich fühlte mich immer etwas unwohl, wenn ich mit ihr sprach.

Aber ihre Interpretation des Gedichts hat mich sehr beeindruckt. Sie hat wirklich eine außergewöhnliche Fähigkeit, komplizierte Sachverhalte zu untersuchen und zu analysieren. Ich glaube sogar, das Buch war für sie eine Möglichkeit, ihr Talent voll auszuschöpfen.

XI

Was sind denn Tatsachen, wenn man es genau nimmt?

Wie kann man beweisen, was an einem bestimmten Tag an einem bestimmten Ort geschehen ist?

Angenommen, in einem abgelegenen Haus in den Bergen findet ein Mord statt. Vier Personen, die in komplizierten Beziehungen zueinander stehen, bringen sich gegenseitig um.

Alle Beteiligten sterben, und es vergehen mehrere Monate. Das Haus war ohnehin vom Rest der Welt abgeschnitten. Niemand wusste, dass die vier Menschen dort waren, niemand wusste, dass dieses Haus überhaupt existierte. Irgendwann kommt ein Sturm auf, und das Haus wird bei einem Erdrutsch zerstört, dann wird das Grundstück schließlich zu einem wilden Feld. Das Haus und die Leichen werden nie entdeckt.

Ist in so einem Fall etwas passiert? Natürlich war es eine Tragödie für die Beteiligten. Aber für uns? Und für die Welt? Es gab eine Gewalttat, aber wenn uns das nie bekannt wird, ist es dann nicht dasselbe, als wäre nie etwas passiert? In einem gewissen Sinne kann etwas nur als Geschehen identifiziert werden, wenn es eine Aufzeichnung davon gibt.

Frau Saiga sagte, sie betrachte das Buch als Quellenmaterial.

Zur Zeit der Morde war sie noch in der Grundschule. Ich vermute, dass das Schreiben darüber für sie eine Möglichkeit war, sich selbst zu bestätigen, dass sie tatsächlich passiert waren. Und durch diesen Prozess war sie schließlich in der Lage, ihre eigene Verbindung dazu zu erkennen. Ich bin mir sicher, dass sie das Buch für sich selbst geschrieben hat. Indem sie über das Verbrechen schrieb, »entdeckte« sie es.

In diesem Prozess entdeckte sie auch den Täter. Die Person, von der sie glaubt, sie sei verantwortlich.

Ich erinnere mich, dass sie sich mit der Verjährungsfrist befasst hat.

Sie interessierte sich besonders für die Aussetzung der Verjährung und untersuchte Fälle, in denen Verdächtige ins Ausland gegangen waren. Offenbar kann ein Auslandsaufenthalt die Verjährungsfrist verlängern.

Ich bin sicher, Sie sehen, worauf ich damit hinauswill.

Wer es war, den sie verdächtigte.

Da ist die Sache mit dem Gedicht, aber es ist wahrscheinlich, dass sie diese Person schon länger verdächtigt hat. Zumindest sagt mir das mein Instinkt.

Und der sagt mir auch, dass sie diese Person auch jetzt noch verfolgt. Aber seltsamerweise glaube ich nicht, dass es ihr Ziel ist, die betreffende Person festnehmen zu lassen oder ein Geständnis von ihr zu erzwingen. Ich glaube, dass ihr Ziel ein anderes ist. Dass die Verfolgung dieser Person zu ihrer Lebensaufgabe geworden ist und sie es, wie bei dem Buch, nur für sich selbst tut.

Aber nehmen wir einmal an, dass es ihr gelungen ist, die Wahrheit herauszufinden. Wenn ja, dann glaube ich nicht, dass sie ein Buch darüber schreiben würde. Sie selbst weiß Bescheid, und das genügt ihr. Eine Schande, nicht wahr? Es ist ein seltsamer Charakterzug, wenn ich das so sagen darf. Eine weitere Tatsache wird begraben. Und ohne Aufzeichnung ist es dann leider so, als wäre das alles nie passiert.

Wenn Sie also über sie oder über diesen Fall schreiben, bitte ich Sie, mich auf dem Laufenden zu halten. Gehen Sie auf Nummer sicher, und bewahren Sie Sicherheitskopien von Ihrem Material auf. Und rufen Sie mich bitte vorsichtshalber regelmäßig an.

Versprechen Sie mir das, in Ordnung?

11

DER TRAUMPFAD (TEIL 2)

I

Entschuldigen Sie den Krach. Die Enkelkinder sind vorbeigekommen – die Jungs meines jüngsten Sohnes.

In unserer Familie gibt's fast nur Jungs. Mein Ältester hat auch zwei.

Natürlich habe ich sie gern, aber sie sind manchmal etwas anstrengend. Ich könnte wahrscheinlich jetzt noch stundenlang durchhalten, wenn ich bei einer Ermittlung ein Verhör führen würde, aber wenn es darum geht, mit den Enkeln zu spielen, reicht mir schon eine halbe Stunde. Und jedes Mal, wenn ich sie sehe, sind sie wieder schwerer.

Ah, aber ich hätte mir nie vorstellen können, dass der Tag kommen würde, an dem ich Enkelkinder in den Armen halte.

Eines Tages waren da plötzlich diese kleinen Kinder, die mich Opa nannten … So was passiert, ehe man sich versieht.

Überhaupt nicht, ich fühle mich draußen viel entspannter. Und es ist einfacher, sich beim Gehen zu unterhalten.

Jemandem an einem Tisch gegenüberzusitzen erinnert mich zu sehr an die Arbeit, da kann ich mich nicht entspannen.

Nein, ich unternehme nicht viel. Ich bringe den Kindern ein paarmal pro Woche Kendō bei, das ist alles. Ich bin ein ganz normaler Rentner.

Ja, angenehme Abendbrise. Was halten Sie davon, wenn wir in eine kleine Bar gehen, die ich kenne? Rechnung einfach halbe-halbe. Die ist ruhig, billig, und das Essen ist gut. Solche Orte mag ich, aber sie sind nicht leicht zu finden. Die Bars, in die ich früher gegangen bin, als ich noch gearbeitet habe, sind jetzt fast alle weg. Es ist schwer, einen neuen Laden zu finden, also bete ich, dass dieser hier nicht schließt.

Sie kommen oft hierher, oder?

Ich verstehe, also ziemlich oft. Dann kennen Sie sich mit der Stadt ja ganz gut aus. Sind Sie viel spazieren gegangen?

Oh, ich verstehe.

Ich mag keine Menschenmengen, also zeige ich Ihnen eine meiner Lieblingsrouten durch die Seitenstraßen.

Origami?

Mach ich gar nicht mehr. Eigenartigerweise habe ich in dem Moment, als ich in Rente ging und endlich die Zeit dafür gehabt hätte, das Interesse daran komplett verloren. Früher habe ich das in jeder freien Minute bei der Arbeit gemacht, deswegen war ich wohl mit so viel Leidenschaft dabei.

II

In letzter Zeit habe ich viel nachgedacht.

Ich denke, dass jeder Mensch eine bestimmte Phase in seinem Leben hat, an die er sich in ruhigen Momenten zurückerinnert. Das kann eine erfolgreiche Periode sein oder unvergessliche Ereignisse, so etwas in der Art. Es muss aber nicht immer eine positive Zeit sein. Für manche kann es auch eine Zeit der Depression oder des Rückzugs sein. Wie auch immer, gut oder schlecht, es gibt eine bestimmte Phase im Leben eines Menschen, die für ihn zentral ist.

Für manche ist es die Kindheit. Für andere die Studienzeit. Oder das Erreichen von Ruhm und Anerkennung. Es können alle möglichen Lebenserfahrungen sein, aber aus irgendeinem Grund, wie wenn ein Schalter umgelegt wird, kehrt die Person in ihren Gedanken immer wieder in diese Zeit zurück. Immer wieder denkt man daran.

Haben Sie nicht auch so eine Phase?

Für mich war es dieser Fall. Die Arbeit an dem Fall war ein entscheidender Punkt in meinem Leben. Manchmal beschäftige ich mich mit irgendetwas und vergesse plötzlich, wo ich bin. Wenn das passiert, sehe ich vor meinem geistigen Auge immer mich, wie ich daran arbeite, diesen Fall zu lösen. Sogar nach all diesen Jahren.

Genau genommen war es das erste Mal, dass ich ihr gegenüberstand – im Krankenhaus. Das ist der Moment.

Meine Stunde null.

Habe ich mich verständlich ausgedrückt?

Wäre mein Leben ein Buch, wäre das dickste Kapitel, das mit den meisten Eselsohren, dasjenige über diesen Fall. Der Buchrücken wäre geknickt, weil ich es so oft aufgeschlagen hätte. Und das Buch würde immer von selbst an dieser Stelle aufgehen. So ungefähr.

III

An meiner Überzeugung hat sich nichts geändert.

Nennen Sie es ein persönliches Vorurteil, wenn Sie wollen – ich gebe es zu.

Ich will schließlich ehrlich zu Ihnen sein.

Ich habe nicht herauszufinden versucht, wer es getan hat. Ich wollte beweisen, dass sie es getan hat. Jeden Tag hetzte ich herum und versuchte alles, was mir nur einfiel. So viel kann ich Ihnen verraten.

Es gehört sich nicht für einen Kriminalbeamten, sich von einer vorgefassten Meinung leiten zu lassen. Noch dazu ohne Beweise. Alles, worauf ich mich stützen konnte, war mein Instinkt. Die entsprechende Person dürfte solche Verdächtigungen entschieden zurückweisen. Und das zu Recht.

Normalerweise sehe ich das genauso.

Aber dieser Fall, und nur dieser Fall, war anders.

Es war das einzige Mal, dass ich mir hundertprozentig sicher war, wer es getan hatte.

Ich schwankte nie in meiner Überzeugung. Wenn überhaupt, ist sie mit den Jahren nur stärker geworden. Die meiste Zeit vergesse ich es, aber dann erinnert mich etwas aus irgendeinem Grund daran, und es gibt Zeiten, in denen ich nachts vor Frust und Reue nicht schlafen kann.

Wir wurden besiegt.

Sie hat mich besiegt.

Ich habe so viel in die Ermittlungen zu diesem Fall gesteckt, dass meine Kollegen sagten, ich hätte wie ein Besessener gearbeitet. Ich konnte sehen, dass sie mich irgendwie bewunderten und annahmen, ich sei durch den Hass auf einen Massenmörder motiviert. Aber mein wahres Motiv war ein anderes. Denn ich wusste von Anfang an, wer es war. Das Problem, den Täter zu identifizieren, existierte nicht für mich. Ich wollte nicht von ihr besiegt werden, schlicht und einfach. Das war's. Ich wollte nicht, dass sie gewinnt.

Alles, was ich tat, wurde von dieser Motivation angetrieben.

Sie fragen sich, warum ich so überzeugt war?

Darüber habe ich auch schon oft nachgedacht.

Ehrlich gesagt bin ich mir bis heute nicht sicher. Ich kann

nur sagen, dass ich es in dem Moment wusste, als ich sie zum ersten Mal sah. Ich konnte eine Art durchscheinende Bosheit spüren, genauso wie am Tatort – das ist alles.

Haha ... wie Liebe auf den ersten Blick?

Ja, jetzt, wo Sie's sagen ... Es ist wie zwei Seiten einer Medaille. Die Frage ist, ob man auf ihren Charme und ihre Tugendhaftigkeit reagiert oder auf das, was dahintersteckt. Ein anderer Kriminalbeamter, der mich einmal begleitete, um sie zu befragen, war so von ihrer Schönheit eingenommen, dass er ständig davon sprach, wir müssten das arme Mädchen beschützen und ihr zuliebe alles tun, um den Mörder zu fassen, so etwas in der Art. Seine Reaktion hat meinen Verdacht nur erhärtet.

Wir sahen beide dieselbe Person, aber unsere Reaktionen waren gegensätzlich.

Ich kann nicht leugnen, dass es eine verzerrte Art von Anziehung war. Ich war damals von ihr verzaubert und habe seitdem nie aufgehört, an sie zu denken.

IV

Auf den ersten Blick war die Suche nach dem Mann im gelben Regenmantel unsere Hauptpriorität, aber sie rückte schon sehr früh in mein Blickfeld, und ich begann, ihre Freundschaften, ihre Stellung in der Familie usw. zu untersuchen.

Die Aosawas waren eine so alte, prominente lokale Familie, dass ich eine Menge Widerstand gegen unsere Nachforschungen erwartete. Ich dachte, die örtliche Ärztekammer wäre auch nicht allzu glücklich darüber, dass sie unter die Lupe genommen wird.

Aber überraschenderweise waren die meisten Leute in der Gemeinde mehr als bereit zu kooperieren. Es herrschte ein enormes Mitleid mit ihr, da sie die einzige Überlebende war und ihre ganze Familie verloren hatte, also waren die Leute froh, alles zu tun, was dazu führen könnte, den Schuldigen zu finden.

Wir befragten mehr als sechshundert Menschen, von denen, die seit Langem mit der Familie in Verbindung standen, bis hin zu Leuten, die mit ihnen nur ein paar Worte gewechselt hatten.

Aber es kam nichts dabei heraus.

Es gab keine Spur eines Skandals. Man entdeckt bei alten Familien oft eine Leiche im Keller. Aber wir haben niemanden gefunden, der einen Groll hegte – medizinische Versäumnisse zum Beispiel –, oder Kinder mit den verkehrten Freunden oder Taugenichtse in der Verwandtschaft. Sie waren so sauber, dass es fast unnatürlich war. Egal wie tief wir gruben, wir konnten keinen Schmutz finden.

Dann dachte ich, was wäre, wenn es ein Problem innerhalb der Familie gäbe? Etwas, das nicht nach außen dringen würde? Ich glaube, dass es, wenn sie die Schuldige war, etwas geben musste, das schwelte – ein Familienstreit oder eine Art von Missstand im häuslichen Umfeld.

Ich stellte viele Listen zusammen, von Schulen, die die Kinder besuchten, vom Arbeitsumfeld und von privaten Freunden, ging methodisch alles durch und befragte Leute.

Aber es hat nichts gebracht.

Vorbildliche Eltern. Geschwister, die sich vertrugen. Sie waren gut in der Schule, fröhlich, aufgeweckt, von allen bewundert.

Ich begann mir Sorgen zu machen, dass ich völlig danebenliegen könnte.

Was war das Motiv? Ich konnte keinen Grund für meine Überzeugung finden, dass sie die Täterin war. Ein Mord ohne Motiv?

Oder ein Verbrechen im Affekt?

Diese Gedanken passten einfach nicht zu meinem Eindruck von dem Mädchen, das ich im Krankenhaus gesehen hatte.

Ich konnte nicht glauben, dass ich mich in ihr getäuscht hatte.

Das konnte einfach nicht sein.

Ich zerbrach mir den Kopf darüber, Tag für Tag.

Eine Theorie, die ich in Betracht zog, war, dass sie vorgehabt hatte, sich umzubringen und die ganze Familie mit in den Tod zu reißen. Sobald sie sich vergewissert hatte, dass alle anderen tot waren, würde sie folgen.

Das schien besser zu ihr zu passen als alles andere.

Aber in diesem Fall, was wäre das Motiv für ihren Selbstmord?

Machte sie sich Sorgen um ihre Zukunft?

Auch dieser Gedankengang war eine Sackgasse.

Sie war seit ihrer Kindheit blind und daran gewöhnt, ganz zu schweigen davon, dass die Familie Aosawa so wohlhabend war, dass sie ein Leben im Luxus führen könnte, ohne jemals arbeiten zu müssen.

Dann war vielleicht die einfachste Erklärung, dass sie die alleinige Kontrolle über das Geld der Familie wollte. Aber auch davon war ich nicht überzeugt. Mit einer Familie, die sie beschützte und ihr half, ihren Lebensunterhalt zu bestreiten, wäre es für sie viel bequemer gewesen.

Allmählich gerieten die Ermittlungen ins Stocken.

Alle begannen, in Panik zu verfallen.

Das war der Zeitpunkt, an dem die Theorie eines Zufallskillers aufkam. Ein Killer, der nicht wählerisch ist, was den Ort angeht. Hauptsache viele Menschen.

Aber auch diese Theorie war nicht haltbar. Und zwar wegen des Lieferscheins. Der Zettel, auf dem die Namen und Adressen von Absender und Empfänger standen. Die Existenz dieses Zettels machte jede Zufallstheorie zunichte. Wegen dieses Lieferscheins hatte niemand auch nur darüber nachgedacht, die Getränke zu servieren.

Wir klammerten uns also an jeden Strohhalm, und die Ermittlungen wurden auf frühere Freundschaften der Opfer und Verbindungen zu Medizinern aus anderen Präfekturen ausgeweitet. Die Untersuchung zog sich quälend in die Länge, ohne dass ein Ende in Sicht war. Es war hoffnungslos – wir wussten nicht einmal mehr, wonach wir suchen sollten. Es fühlte sich an, als würde der Sommer nie enden.

Wenn ich jetzt auf diesen Fall zurückblicke, denke ich an den Moment, als ich sie im Krankenhaus traf, an meine Stunde null, und der Rest war einfach Beinarbeit, zu Fuß unterwegs auf den Straßen in der Hitze. Genervt, wissend, dass es nutzlos war, aber ohne eine Alternative. In diesem Sommer verlor ich fast den Mut.

Ich habe dieses Bild von meiner Kollegin und mir vor Augen: Wir waren erschöpft von der Hitze und zu müde, um miteinander zu reden, nachdem wir seit dem frühen Morgen durch die Straßen gestapft waren, ohne jedes Ergebnis. Unter dem Vordach eines kleinen Lebensmittelgeschäfts schützten wir uns vor der Sonne, und ich kaufte uns Adzukibohnen-Eis.

Ich vermute, ein Teil von mir läuft immer noch durch diese sommerlichen Straßen der Stadt. Manchmal fühlt es sich so an.

V

Deshalb war ich fast wütend, als plötzlich die Leiche dieses jungen Mannes auftauchte.

Ein Täter, komplett mit Abschiedsbrief, den wir überhaupt nicht auf dem Radar hatten …

Es war, als käme er von einem anderen Planeten. Wir waren ihm nicht mal annähernd auf der Spur gewesen. So hat es sich angefühlt.

Aber jetzt hatten wir die Baseballkappe und all die anderen physischen Beweise, also war es kein Wunder, dass die Chefetage auf einmal hellwach war.

Nachdem ich alles überprüft hatte, gab es für mich keinen Zweifel mehr, dass er derjenige war, der die vergifteten Getränke geliefert hatte.

Aber was war sein Motiv? Und was war mit dem Lieferschein?

Ich fing an, seine Verbindung zu den Aosawas zu untersuchen, und war sicher, dass ich diesmal etwas finden würde.

Aber es gab keinen Anhaltspunkt für eine Verbindung zwischen ihm und den Aosawas.

Deshalb war ich überglücklich, als ich von dem Jungen hörte, der in der Nähe wohnte und gesehen hatte, wie er einen Notizzettel mit sich herumtrug. Das ist es, dachte ich.

Nie bin ich tiefer durch Schlamm gewatet, buchstäblich, als ich es damals tat. Mir wurde sogar dafür gedankt, dass ich die Stadt sauberer gemacht hätte! Ich war wie besessen vom Gedanken an diesen Notizzettel. Es machte mich fast wahnsinnig, nicht daran vorbeigehen zu können, wenn ich einen Papierfetzen zufällig in den Rinnstein fallen sah. Wo auch immer ich hinging, ich hatte meine Augen immer auf den Boden gerichtet, auf der Suche nach Papierschnipseln. Es spielte keine Rolle, wie weit ich von seiner Wohnung entfernt war, wenn ich ein Stück Papier auf dem Boden sah, fand ich keine Ruhe, bevor ich es nicht umgedreht und überprüft hatte. So besessen war ich.

Aber am Ende haben wir den Notizzettel nie gefunden.

Ich glaube nicht, dass der Junge gelogen hat. Ich glaube, was er gesehen hat, war das, was später auf dem Lieferschein stand.

Aber letztendlich konnten wir es nie beweisen, weil wir keine physischen Belege hatten.

Zu Beginn setzten auch die Chefs auf diesen Notizzettel, aber die Stimmung änderte sich, als klar wurde, dass wir nichts in Händen hatten, und bald sagten alle, dass der Junge sich geirrt habe. Dann begann die Führungsriege zu der Theorie zu tendieren, dass der Mann allein gehandelt habe.

Es stimmte ja, dass er es getan hatte, und ich glaube, die wollten nur eine Untersuchung abschließen, die ihnen zu groß geworden war.

Ich war dagegen.

Die Existenz des Lieferscheins war der Beweis für einen Komplizen. Ich argumentierte, dass in Anbetracht des geistigen Zustands des Mannes, der das Verbrechen tatsächlich ausgeführt hatte, der Haupttäter jemand anderes sein musste.

Viele Kollegen, die an dem Fall arbeiteten, dachten das auch, aber die oberste Leitung war anderer Meinung.

Es war klar, dass sie die Untersuchung zu einem Ende bringen wollten.

Und in der Tat wurde sie abgeschlossen, mit dem Urteil, dass das Verbrechen das Werk eines Einzeltäters war.

VI

Ich hatte Mitleid mit der anderen Überlebenden, der Frau, die im Aosawa-Haushalt geholfen hatte. Sie litt lange unter den Nachwirkungen des Giftes und war obendrein Zielscheibe bösartiger Gerüchte, dass sie die Täterin sei.

Nachdem sie das Bewusstsein wiedererlangt hatte, war sie so von Schuldgefühlen überwältigt, überlebt zu haben, dass sie oft den Wunsch äußerte, sie hätte auch ihr Ende gefunden. Es war hart für die Familie, wie Sie sich vorstellen können, von allen misstrauisch beäugt zu werden, aber sie haben zusammengehalten und es geschafft, ihr durch all das hindurchzuhelfen.

Das einzige Mal, dass ich irgendeine Art von Zorn fühlte – was man als normale menschliche Wut bezeichnen würde, nehme ich an –, war, als ich bei dieser Frau und ihrer Familie war. Sie gaben mir immer das Gefühl, dass ich meinen Job wie jeder andere verantwortungsvolle Mensch ausführte. Auch nachdem sie das Krankenhaus verlassen hatte, wurde sie von schrecklichen Schuldgefühlen gequält. Als die Untersuchung abgeschlossen war, ging ich ein letztes Mal zu ihnen, und sie sagte wieder, sie hätte nicht überleben dürfen, und sie und ihre Tochter brachen in Tränen aus. Da habe ich wirklich rotgesehen.

Am selben Tag besuchte ich auch die andere Überlebende.

Ich wollte sie treffen, bevor meine Wut abgekühlt war.

Sie war zu dem Zeitpunkt schon wieder zu Hause, als Einzige aus der Familie.

Ich denke immer noch manchmal darüber nach.

Ich frage mich, ob sie in Wahrheit wirklich sehen konnte. Ich konnte nicht umhin, das zu denken, und ich kenne ein paar andere Leute, die das Gleiche dachten.

Dieser Tag war keine Ausnahme.

Als ich die Tür öffnete, stand sie da und wartete in der Eingangshalle, als ob sie mich hätte kommen sehen. Und sie rief mich beim Namen, bevor ich ihn selbst nennen konnte.

Sie trug ein marineblaues Kleid. Es wirkte wie Trauerkleidung, aber es besaß eine Art prächtige Schönheit.

Sie wusste, dass ich sie verdächtigte.

Wahrscheinlich seit unserem ersten Treffen.

Sie hatte scharfe Instinkte. Von dem Moment an, als ich sie

das erste Mal traf, dachte ich, dass sie es war, und ebenso wusste sie von dem Moment an, als wir das erste Mal miteinander sprachen, dass sie unter Verdacht stand.

Wir redeten oft miteinander. Ich ließ sie ihre Aussage wiederholen und befragte sie intensiv über ihre Familie. Natürlich habe ich meinen Verdacht nie offen ausgesprochen. Aber wir verstanden beide das Spiel. Wir wussten beide, dass es eine Verfolgungsjagd war, der eine der Jäger, die andere die Gejagte. Das war unser Geheimnis.

An diesem Tag teilte ich ihr mit, dass die Untersuchung abgeschlossen sei, sehr zu meinem Bedauern.

Das war alles, was ich sagte.

Aber ich weiß, dass sie es verstanden hat.

Ich nahm ihre Hand und legte einen Origami-Kranich hinein. Ich gab auch der anderen Überlebenden einen. Es war ein Stück namens Traumpfad, zwei Kraniche, die am Bauch zusammengefügt sind, als ob einer auf einem See gelandet ist und sein eigenes Spiegelbild sieht.

Ich erklärte ihr das, und sie befühlte es, um die Form selbst zu begreifen.

Dann sah sie mich mit einem Lächeln an.

»Herr Kommissar, wir sind wie diese Kraniche, nicht wahr?«, sagte sie.

Ruhig wie immer.

»Warum das?«, fragte ich.

»Nur so ein Gefühl«, sagte sie und neigte den Kopf.

Dann schwiegen wir. Ich hatte den Eindruck, dass sie mir etwas sehr Wichtiges mitgeteilt hatte, aber ich wusste beim besten Willen nicht, was.

Nach einer Weile fragte sie: »Glauben Sie nicht, dass die Träume der Menschen miteinander verbunden sind?«

Ich antwortete, nur die Träume von Menschen, die aneinander denken.

»Das ist schön«, sagte sie.

Und das war's.

Seitdem habe ich sie nicht wiedergesehen.

VII

Ich war nicht in Japan, als das Buch herauskam.

Zu der Zeit habe ich als Ausbilder für einen Informations- und Trainingsaustausch mit der malaysischen Polizei gearbeitet. Es war Teil eines dieser obskuren Ausbildungsprogramme, die große Organisationen hin und wieder einrichten.

Und auch als ich zurück war, erfuhr ich noch eine Zeit lang nicht davon.

Eine ehemalige Kollegin hat mir dann davon erzählt. Die auch an diesem Fall gearbeitet hatte. Dass eine junge Frau aus der Nachbarschaft, die damals noch ein Kind gewesen war, einen Roman darüber geschrieben habe.

Trotzdem war ich nicht gerade scharf darauf, ihn zu lesen. Dieser Fall bedeutete für mich eine bittere Niederlage, und ich hatte keine Lust, ihn in irgendeiner Art von Fiktion aufgewärmt und verdreht zu sehen. Und ich war auch genervt von dem Gedanken, etwas zu lesen, was ich eigentlich gar nicht lesen wollte.

Aber natürlich war ich tief im Innern neugierig darauf.

Also kaufte ich mir schließlich eines Tages ein Exemplar, als ich zur nationalen Polizeibehörde in Tokio fuhr und etwas zum Lesen im Zug brauchte. Aber ich führte auf dieser Reise auf dem Hin- und Rückweg Arbeitsgespräche und habe es dann doch nicht gelesen.

Erst ein paar Monate später kam ich endlich dazu.

Um ehrlich zu sein, bin ich jetzt noch sauer auf Malaysia, dabei kann Malaysia ja gar nichts dafür. Ich war nur erschüttert, dass ich, als das Buch herauskam, nicht in Japan war.

Hätte ich es doch nur gleich nach Erscheinen gelesen.

Nur ein bisschen früher – ein halbes Jahr wenigstens.

Ich hätte mir all die schlaflosen Nächte und das Hin- und Herwälzen ersparen können.

VIII

Mein erster Gedanke war, wie gut die Autorin die Atmosphäre der damaligen Zeit eingefangen hat, obwohl sie noch so jung war, als es geschah.

Es war offensichtlich, dass sie sorgfältig gearbeitet hatte. Sie beschrieb das Stadtbild und das soziale Umfeld sehr detailliert. Beim Lesen konnte ich mir gut vorstellen, wie es damals ausgesehen hatte.

Sie wissen ja, wie schnell sich Städte hier verändern. Gebäude werden abgerissen, und neue entstehen, bevor man sich versieht.

Läden kommen und gehen, und jedes Mal, wenn ein neues Unternehmen einzieht, verändert sich auch das Äußere. Man sieht immer wieder Geschäfte, von denen man weiß, dass sie neu sind, aber man kann sich nicht so recht erinnern, was vorher dort angesiedelt war.

Jedenfalls hatte ich so etwas noch nie in der Belletristik erlebt. Beim Lesen hatte ich ein ganz klares Bild von der damaligen Szenerie im Kopf.

Das Buch handelte zwar von den Morden, enthielt aber keine Argumentation oder Schlussfolgerung, sodass der eigentliche Inhalt keinen großen Eindruck bei mir hinterlassen hat.

Aber es gab eine Reihe von Stellen, an denen ich das Gefühl hatte, dass irgendetwas nicht stimmt.

Ich konnte den Grund dafür aber nicht genau benennen. Es war nur ein vages Gefühl, und ich dachte zu dem Zeitpunkt nicht allzu viel darüber nach.

Aber dann, ein paar Tage später – ich glaube, ich lief gerade irgendeine Straße entlang –, ging mir ein Licht auf.

Sofort eilte ich nach Hause und las das Buch noch einmal ganz genau.

Diesmal markierte ich alle Seiten, auf denen mir etwas seltsam vorkam.

Als ich das Ende erreicht hatte, blätterte ich zurück und überprüfte all diese Seiten.

Und es war nicht zu übersehen.

Ich war mir sicher.

Die Beschreibungen der Autorin wichen an bestimmten Stellen von der Realität ab. Absichtlich, wie es schien. Das war es, was mir klar wurde.

Sie hatte so detailliert über die Geografie und die Gestalt der Stadt geschrieben – in einem fast unnötigen Ausmaß –, dass es auf den zweiten Blick offensichtlich war, wie sehr sie die Beschreibungen an bestimmten Stellen absichtlich verfälscht hatte.

Können Sie erraten, welche das waren?

Die Antiquariate.

Ja, davon gibt es eine Menge in der Stadt. Wie zu erwarten in einem Ort mit vielen Universitäten und einer langen Kulturgeschichte. Eine echte Gelehrtenstadt eben.

Aber im Buch wird keine einzige Buchhandlung erwähnt. Oder vielmehr, an Stellen, wo sie erwähnt werden sollten, setzt sie eine andere Art von Laden ein. Sie beschreibt sehr detailliert die alteingesessenen Geschäfte in der Innenstadt und verzeichnet sie mit großer Genauigkeit nach Karten aus der Zeit, nur die Antiquariate werden nicht erwähnt.

Was hatte das zu bedeuten?

Darüber habe ich mir den Kopf zerbrochen.

Die Tatsache, dass sie an anderen Stellen so haarspalterisch präzise war, machte deutlich, dass es Absicht sein musste. Aber warum? Warum sollte sie das tun? War es eine Art Spiel?

Sehr seltsam. Und es würde auch nicht vielen auffallen.

Jemand, der die Stadt nicht kannte oder nicht wusste, wie sie damals aussah, hätte es nicht bemerkt. Und wenn doch, was soll's?

Ich habe viel darüber nachgedacht, fand aber keine Erklärung. Vielleicht war es aus persönlichen Gründen. Ich konnte mir keinen Reim darauf machen und war am Ende so sehr mit anderen Dingen beschäftigt, dass ich es vergaß.

Einige Wochen vergingen.

Mein Sohn zog von zu Hause aus, um zu heiraten, und ich half ihm beim Umzug.

Dabei bemerkte ich einen Stapel Bücher im Gang, die mit Bindfaden zusammengebunden waren.

Als ich ihn fragte, was ich damit anfangen sollte, sagte er, er habe einen Antiquar angerufen, der sie abholen würde. Er war ein Bücherwurm, der alles hortete, was er gelesen hatte, aber da er in eine kleinere Wohnung umzog, konnte er nicht alle Bücher mitnehmen.

Und so kam mir eine Idee.

Ich starrte auf den Bücherstapel auf dem Boden.

Und plötzlich wurde mir klar, dass ich bei den Ermittlungen etwas sehr Wichtiges übersehen hatte.

IX

Der junge Mann, der die Tat begangen hat, war sehr ordentlich.

Es befand sich fast nichts in seiner Wohnung. Sie war anscheinend immer sauber und ordentlich, und er schien nicht viele Kleider zu besitzen, aber alle bezeugten, dass er immer saubere Hemden trug und gebügelte Hosen.

Ich habe damals nicht darauf geachtet, obwohl seine Wohnung leer war und nur wenige Dinge herumlagen. Wir haben auf der Suche nach dem Zettel sogar die Mülleimer und Abflüsse untersucht.

Aber wenn man mal darüber nachdenkt, gab es keinen Grund für ihn, diesen Zettel wegzuwerfen.

Der Junge, der in der Nähe wohnte, sagte aus, dass er ihn sehr sorgfältig mit sich herumtrug wie einen wertvollen Gegenstand. Für mich deutet das auf eine blinde Verehrung der Person hin, die ihn dazu trieb, die Morde auszuführen. Deshalb hatte er den Zettel so ehrfürchtig behandelt.

Ich las die Aussage des Jungen noch einmal.

Und ich entdeckte etwas, das ich übersehen hatte, obwohl ich sie schon so oft gelesen hatte.

Der Junge sagte aus, dass der Mann ein guter Lehrer gewesen sei. Er erwähnte auch, dass er manchmal seine eigenen naturwissenschaftlichen und mathematischen Lehrbücher herausholte, um dem Jungen die Fächer in Worten zu erklären, die er leicht verstehen konnte.

Er hatte an einer guten Universität einen Abschluss in Naturwissenschaften mit Schwerpunkt Chemie gemacht.

Und er hatte auch in einem Betrieb gearbeitet, der Agrarchemikalien herstellte, also hätten wir in der Wohnung auch Bücher zu diesem Thema finden müssen. Lehrwerke und Fachbücher sind teuer, nicht die Art von Dingen, die man wegwirft.

Aber wir haben überhaupt keine Bücher in seiner Wohnung gefunden.

Bevor er sich das Leben nahm, hatte er seine Sachen in Ordnung gebracht.

Ja, genau. Es liegt nahe, dass er seine Bücher zu einem Antiquariat gebracht hat.

Und – darauf wette ich – dieser Zettel steckte zwischen den Seiten eines dieser Bücher.

X

Stellen Sie sich meinen Schock vor, als ich das realisiert habe.

Wahrscheinlich können Sie das gar nicht.

Für einen Moment wurde mir schwarz vor Augen. Ich konnte nicht atmen.

Ich dachte sogar, ich könnte einen weiteren Herzinfarkt erleiden. Dann rechnete ich sofort nach, wegen der Verjährungsfrist.

Weil ich wusste, dass Hisako Aosawa geheiratet hatte und nach Übersee gegangen war. Da war sie schon volljährig.

Wenn sie in Übersee war, würde die Verjährung ausgesetzt werden. Wir hatten noch viel Zeit.

Aber natürlich gab es keine Garantie, dass diese Bücher noch im Antiquariat waren.

Sie könnten inzwischen verkauft oder sogar vernichtet worden sein.

Aber in Antiquariaten ticken die Uhren anders; die Zeit vergeht langsamer. Ein und dasselbe Buch kann jahrelang in der Ecke eines Regals stehen.

Ich wusste nicht, wann ich das letzte Mal so aufgeregt gewesen war.

Ich kramte einen alten Stadtplan hervor und machte mich auf die Suche nach Buchläden, die es damals wie heute gab.

Und siehe da, ich entdeckte ein Geschäft nicht allzu weit von seinem Wohnort entfernt, das sich auf Naturwissenschaften spezialisiert hatte. Das musste der Ort sein, an dem er seine Bücher entsorgt hatte. Das hatte ich im Gefühl.

Der Name des Antiquariats kam mir aber irgendwie bekannt vor. Ich meinte, dass ich ihn erst kürzlich gehört hatte.

Ich redete mir ein, es sei nur Einbildung, aber das nagende Gefühl in der Magengrube wollte nicht verschwinden.

Also machte ich mich am nächsten Morgen als Erstes auf den Weg zu dieser Buchhandlung.

Und als ich dort ankam, wurde mir sofort klar, warum mir der Name bekannt vorkam.

Keine zwei Monate zuvor war sie niedergebrannt. Ich hatte es in den Nachrichten im Fernsehen und im Radio gehört, deshalb kannte ich den Namen.

Ich erschauderte, als ich eine Plane über den ausgebrannten Überresten sah.

Es bedeutete, dass noch jemand außer mir das Buch gelesen und dasselbe gedacht hatte.

Und wer auch immer es war, hatte keine Skrupel, offene Fragen zu klären. Er zerstörte Beweise, ohne zu wissen, ob die Bücher tatsächlich da drin waren oder nicht.

Das Kalkül und die Dreistigkeit der Tat waren erschreckend.

Ich untersuchte den Vorfall. Offenbar war das Feuer in der Wohnung eines älteren Mannes hinter dem Geschäft ausgebrochen und hatte sich von dort ausgebreitet.

Dieser Nachbar lebte allein und war in den letzten Jahren

immer wieder im Krankenhaus gewesen. Er war bei dem Brand gestorben, sodass die Ursache nicht ermittelt werden konnte.

Auch diese Nachricht ließ mir das Blut in den Adern gefrieren.

Es war ein nur allzu glaubhaftes Szenario für einen Hausbrand. Und oberflächlich betrachtet sah es überhaupt nicht aus, als wäre die Buchhandlung das eigentliche Ziel gewesen.

Sie nahm in Kauf, die Bleibe einer älteren Person niederzubrennen, nur um die Buchhandlung zu zerstören.

Das machte mich wütend, und ich beschloss, herauszufinden, wo sie zur Zeit des Brandes gewesen war.

Es stellte sich heraus, dass sie an diesem Tag außer Landes war, aber ich erfuhr, dass sie kurz davor für sechs Monate hier gewesen war.

Ich kann mir denken, warum sie zurückkam.

Sie hat wahrscheinlich Gerüchte über das Buch gehört. Vielleicht kam sie zurück, um sich ein Exemplar zu kaufen, oder vielleicht hat sie es in Übersee gelesen und beschlossen, zurückzukehren. Wie auch immer, ich habe keinen Zweifel, dass sie zu demselben Schluss kam wie ich.

Es fühlte sich wie ein Schlag in die Magengrube an, als mir das klar wurde. Sie hatte mich wieder einmal besiegt.

XI

Dann begann ich, über die Absichten der Autorin nachzudenken. Warum hatte sie das Buch geschrieben?

Es sah für mich so aus, als ob die Autorin zu demselben Schluss gekommen wäre wie ich und Hinweise geliefert hätte, indem sie dieses Buch schrieb. Ich begann mich zu fragen, ob sie vielleicht etwas wüsste oder vielleicht Beweise dafür hätte.

Also schickte ich ihr einen Brief.

Ich schrieb, dass ich mit der Untersuchung in Verbindung stünde und dass das Lesen ihres Buches Erinnerungen wachgerufen habe usw. Dann fragte ich direkt, warum sie die Details hinsichtlich der Antiquariate verändert habe.

Als ich einige Zeit später eine Antwort erhielt, war es nicht das, was ich erwartet hatte.

Sie schrieb, dass sie im Rahmen ihrer Hintergrundrecherche über die damalige Zeit viele Antiquariate aufgesucht habe und die Besitzer sehr freundlich zu ihr gewesen seien, sodass es ihr unangenehm gewesen wäre, in ihrem Roman direkt über sie zu schreiben. Deshalb habe sie diese Änderungen vorgenommen.

Es seien also persönliche, sentimentale Gründe. Es gebe keine tiefere Bedeutung.

Nun, dagegen gab es nichts einzuwenden. Und überhaupt, wenn sie im Besitz von irgendwelchen Beweisen gewesen wäre, dann wäre es doch einfacher gewesen, direkt darüber zu schreiben. Ich glaubte nicht, dass sie log, denn es gab keinen Grund für sie, die Schuldigen zu decken.

Sie verhielt sich allerdings schon ziemlich rätselhaft. Hatte sie die Details wirklich aus sentimentalen Gründen geändert? Und warum hatte sie das Buch überhaupt geschrieben? Das habe ich immer noch nicht verstanden.

Aber im Nachhinein vermute ich, dass sie selbst es auch nicht wirklich verstanden hat; ziemlich sicher. Sie wurde als Mädchen Zeugin eines schockierenden Ereignisses, konnte aber dessen Bedeutung damals nicht erfassen. Und weil sie es nicht verarbeiten konnte, blieb sie in einer Art Schockzustand, als sie heranwuchs. Und der einzige Weg, den sie fand, um das auszudrücken, war dieses Buch. Das ist jedenfalls meine Einschätzung.

XII

So hatte sie mich wieder besiegt.

Auch das zweite Mal war ein echter Tritt in den Hintern.

Nur wir beide wissen davon. Nur sie und ich. Ich habe keine Ahnung, wo sie jetzt lebt, aber in dieser großen, weiten Welt sind sie und ich die einzigen zwei Menschen, die die Wahrheit kennen. Ein seltsames Gefühl, das zu denken.

Aber diese Niederlage hat mich verändert.

Bis dahin hatte es in der Vergangenheit gelegen, aus und vorbei. Etwas, von dem ich wünschte, ich könnte es vergessen, aber es ging nicht. Das war meine Haltung.

Als sie mich das zweite Mal besiegt hatte, lernte ich daraus. Dass ich noch nicht alles verstanden hatte. Dass der Fall immer noch nicht abgeschlossen war.

Nach all dieser Zeit hatte sie das Buch gelesen und schnell kluge Maßnahmen ergriffen. Das sagte mir etwas. Es sagte mir, dass es auch für sie noch nicht vorbei war. Es war ein Zeichen dafür, dass sie wusste, wenn neue Fakten ans Licht kämen, könnte sich der Strick um ihren Hals enger ziehen.

Was bedeutete, dass es eine dritte Chance geben könnte.

Solange die Verjährung ausgesetzt war, bestand die Möglichkeit, sie zu fassen.

Das gab mir Hoffnung. Vielleicht würde ich den Tag erleben, an dem sie gefasst wurde.

Die Rache des Himmels ist langsam, aber sicher.

In letzter Zeit kommt mir dieser Spruch oft in den Sinn. Ich bezweifle nicht, dass es ein drittes Mal geben wird, und wenn es eintritt, werde ich es nicht kommen sehen. Aber es wird einen Moment geben, in dem ihre Schuld ganz zufällig aufgedeckt wird. Da bin ich mir sicher.

Ich glaube fest daran.

Bei unserem letzten Treffen sagte sie, dass wir wie diese zwei Origami-Kraniche seien. Ich denke, das stimmt.

Es ist wahr, wir sind uns ähnlich. Die Art, wie wir denken und die Dinge betrachten. Unsere Handlungen spiegeln die des anderen, wie die beiden Kraniche, die sich gegenüberstehen.

In gewisser Weise denken wir mehr aneinander als an jeden anderen Menschen auf der Welt.

Es gibt einen Teil von ihr, den ich besser verstehe als jeder andere Mensch auf der Welt.

Deshalb verbinden wir uns in unseren Träumen. Vielleicht haben ihre Träume mir die Wahrheit über die Antiquariate verraten.

Deshalb wird es ein nächstes Mal geben.

Und wenn es kommt, werden mir ihre Träume wieder davon erzählen.

Eines Tages werde ich sie wiedersehen. Ich weiß es. Ich kann es in meinen Knochen spüren.

XIII

Einige Zeit später erhielt ich einen Telefonanruf.

Von der anderen Überlebenden. Der Frau, die im Haushalt geholfen hatte.

Ich glaube, es war, kurz bevor ich in Rente ging.

Ich wusste aus dem Buch, dass sie mit der Autorin zusammengearbeitet hatte.

Sie erzählte mir am Telefon, dass sie sich, nachdem die Interviews abgeschlossen gewesen waren, an einige weitere Dinge erinnert hatte.

Wir trafen uns in der Nähe des Hauses, in dem sie aufgewachsen war.

Keiner aus ihrer Familie lebte mehr dort, aber es war in der Nähe des Meeres, ebenso wie die Schule, die sie besucht hatte, und sie war mit dem Klang des Meeres aufgewachsen.

Wir machten einen Spaziergang am Meer entlang.

Sie war gealtert, aber sie wirkte viel ruhiger als das letzte Mal, als ich sie gesehen hatte. Ich hatte das Gefühl, dass es eine Gnade für sie war, ihre letzten Jahre in Frieden verbringen zu können.

Sie erzählte mir, dass sie in letzter Zeit viel an ihre Kindheit gedacht habe.

Wie sie durch das Fenster des Klassenzimmers auf das Meer geblickt und sein Rauschen im Hintergrund gehört hatte. Sie erinnerte sich daran, wie sie mit ihren Freunden am Strand spielte. Wie sie einen Ball ins Meer warfen und darum wetteiferten, wer ihn als Erster auffing, wenn die Wellen ihn zurückspülten.

Sie wirkte nostalgisch dabei.

»Ich habe meine Tochter gebeten, meine Asche hier im Meer zu verstreuen«, sagte sie mit einem Lächeln.

Dann begann sie von einem Anruf zu erzählen, den sie am Tag der Morde entgegengenommen habe. Sie sagte, es war ein junges Mädchen, das eine Bestätigung erhalten zu wollen schien, dass die Morde stattgefunden hatten.

Ich war erschüttert.

Ich hätte nie gedacht, dass sie eine so wichtige Aussage machen könnte.

Wer, zum Teufel, hatte da angerufen? Gab es noch eine Komplizin?

Sie können sich vorstellen, wie aufgewühlt ich war, aber ich blieb ruhig und schrieb auf, woran sie sich bei dem Telefonat erinnerte.

Es war nicht viel, womit ich arbeiten konnte.

Sie sagte mit Bedauern, dass sie damals nicht darauf gekommen ist, dass sie die Stimme irgendwie kannte, ihr aber keinen Namen zuordnen konnte. Die Durchsicht von Fotoalben und Namenslisten aus dieser Zeit brachte sie auf keine Spur.

Ich gab ihr meine private Telefonnummer und sagte ihr, sie solle mich anrufen, wenn ihr noch etwas einfiele. Dann wäre ich nämlich schon im Ruhestand.

Daraufhin zeigte sie zur anderen Seite eines Kiefernwäldchens.

Sie wies mich auf die kleine Kirche hin, wo Frau Aosawa anscheinend mehrmals im Jahr zu helfen pflegte. Zu Weihnachten und Neujahr sei sie mit ihr dorthin gegangen, um Süßigkeiten und Reiskuchen an Waisenkinder zu verteilen, die von der Kirche betreut wurden. Frau Aosawa brachte auch kleine Geschenke für die Bewohner eines nahe gelegenen Pflegeheims, die zur Gemeinde gehörten, und half beim Basteln von Karten und beim Putzen.

Ihre Augen funkelten glücklich, als sie mir all das erzählte.

Es war herzzerreißend, sie so in Erinnerungen an die Vergangenheit schwelgen zu hören, und ich war froh, dass sie es schaffte, darüber zu reden.

Sie sagte, dass sie auch mit Hisako an diesem Ort gewesen sei.

Hisako hörte anscheinend gerne das Rauschen des Meeres.

Manchmal bettelte sie darum, mitgenommen zu werden, um »Kimis Meer« zu hören. Wenn Kimi ihr sagte, das Meer gehöre niemandem, lachte Hisako nur und wiederholte: »Das ist Kimis Meer.«

Es gab einen kleinen Park, der von Kiefern umgeben war, an diesem Weg, wo Hisako anscheinend eine Lieblingsbank hatte. Sie saß dort immer und hörte lange dem Meer zu.

Wir gingen in diesen Park.

Es war eine sehr interessante Bank, das, was man einen Loveseat nennt. Aus Stein, aber in einer S-Form, sodass zwei Personen darauf sitzen können und einander zugewandt sind. Der einzige Unterschied zu einem gewöhnlichen Loveseat war, dass die Rückenlehne zu hoch war, als dass man die andere Person hätte sehen können.

Der obere Teil der Rückenlehne hatte einen dicken farbigen Glaseinsatz – ein bisschen wie ein Buntglasfenster. Ich erinnere mich, dass es ein rotes Blumenmuster hatte. Wenn jemand auf der anderen Seite saß, konnte man seinen Kopf durch das Glas nur verschwommen erkennen.

Ich sag ja, ziemlich interessant, oder?

Hisako war offenbar mächtig stolz darauf. Als ob er ihr gehörte.

Kimi erzählte mir, dass sie immer mit Hisako dort saß und plauderte.

Anscheinend war Hisako sehr frustriert, weil sie nie allein sein konnte. Immer musste sie jemand begleiten, wenn sie irgendwo hinging, wegen ihrer Blindheit. Aber wenn sie auf dieser Bank saß, konnte sie sich fühlen, als wäre sie allein. Kimi ließ sie so oft wie möglich in Ruhe. Sie sagte mir, sie habe gestrickt oder gelesen, um Hisako etwas Freiraum zu geben.

Ich reagierte verhalten.

Ich wollte nicht auf dem Platz sitzen, auf dem sie immer gesessen hatte.

Ich hatte Angst, dass ich mich irgendwie verlieren, ein Teil von ihr werden könnte.

Kimi setzte sich auch nicht auf die Bank.

Wir beide standen einfach eine Weile da und lauschten dem Rauschen der Wellen.

Wellen, denen sie immer zugehört hatte. Wellen, denen sie vielleicht auch jetzt lauschte, weit weg auf der anderen Seite des Meeres.

Die Welt ist durch das Meer verbunden. Es verbindet mich buchstäblich mit dem Ort, an dem sie jetzt ist.

Ich glaube, Kimi hatte genau denselben Gedanken.

»Ich frage mich, was Hisako jetzt macht«, sagte sie. »Ich fand es nicht gut, dass sie nach der Heirat nach Übersee gegangen ist, aber wenn ich heute zurückblicke, war es vielleicht das Beste so.«

Ich stimmte ihr wortlos zu.

Aber ich weiß noch immer nicht, ob es wirklich das Beste war.

Bei mir dachte ich, es würde wohl noch lange dauern, bevor einer oder eine von uns beiden die Antwort darauf wüsste.

»Ich habe immer noch die Origami-Kraniche, die Sie mir geschenkt haben«, sagte Kimi zu mir, als wir uns verabschiedeten.

Was mich dazu brachte, mich zu fragen, ob Hisako Aosawa die Kraniche, die ich ihr geschenkt hatte, wohl auch aufgehoben hatte.

Danach habe ich nie wieder etwas von Kimi gehört.

Der nächste Anruf, den ich erhielt, kam von ihrer Tochter. Sie teilte mir mit, dass ihre Mutter gestorben war, und nannte mir das Datum und die Uhrzeit der Beerdigung.

12

AUS DER AKTENMAPPE

I

Tod durch Hitzschlag?

Am Abend des 26. wurde eine Frau von Mitarbeitern des K-Parks zusammengebrochen auf einer Bank aufgefunden. Sie wurde mit einem Herzstillstand ins Krankenhaus gebracht und für tot erklärt.
Bei der Frau handelte es sich um Makiko Yoshimizu, 42, eine Hausfrau aus Hino in der Präfektur Tokio. Sie war auf dem Rückweg nach Tokio, nachdem sie ihren Ehemann auf seinem derzeitigen Posten in Fukui besucht hatte. Das Wetter am 26. August war besonders heiß, die Temperatur in der Stadt erreichte die Rekordmarke von 37,7 Grad Celsius. Als Todesursache wird ein Hitzschlag vermutet, den sie sich bei einer Stadtbesichtigung zuzog.

Anwohner reichen Petition ein

Einwohner der Stadt haben eine Petition gestartet, in der sie den Erhalt der Aosawa-Residenz im Nakaogaki-Viertel fordern, nachdem sie von der Entscheidung erfahren haben, das Gebäude abzureißen.
Das Haus wurde 1957 erbaut, entworfen von dem führenden modernen Architekten Kenzō

Murano, der in seinen späteren Jahren nur noch selten Aufträge für Privathäuser annahm.

Ungewöhnlich für ein Wohnhaus der damaligen Zeit, wurde für den Bau Stahlbeton verwendet. Das Gebäude ist eine Kombination aus Klinik und Wohnhaus, wobei japanische und westliche Stilelemente in das Gesamtdesign einbezogen sind, statt für die Klinik einen westlichen und für das Wohnhaus einen japanischen Architekturstil zu wählen. Wegen seines unverwechselbaren Äußeren ist das Haus bei den Bewohnern der Stadt äußerst beliebt.

Seit einem Gewaltverbrechen dort im Jahr 1973 ist es jedoch praktisch unbewohnt. Dies und die steigenden Grundstückspreise bewogen die Familie Aosawa, angesichts der Schwierigkeiten, das Gebäude zu erhalten, den Verkauf vorzubereiten. Als die Anwohner von den Plänen zum Abriss des Gebäudes erfuhren, starteten sie aus Sorge vor dem Verlust einer so wertvollen architektonischen Errungenschaft eine Petition, in der sie die Präfekturregierung auffordern, das Gebäude als Kulturerbe anzuerkennen und zu erhalten.

Kiyoshirō Kawataki, 73, Vertreter der »Runde-Fenster-Vereinigung«, war Patient von drei Generationen von Ärzten in der Aosawa-Familienklinik und sagte unserem Reporter: »Das Gebäude ist ein vertrautes Symbol des Viertels und ein wertvoller Teil unseres architektonischen Kulturerbes. Experten haben uns bestätigt, dass es baulich noch in Ordnung ist, und wir plädieren dafür, es so zu belassen, wie es ist.«

II

STELLUNGNAHME ZUM VORFALL IM PARK

Ich erinnere mich, dass am Nachmittag des 26. weniger Besucher als sonst anwesend waren, was höchstwahrscheinlich auf die ungewöhnliche Hitze und das nahende Ende der Sommerferien zurückzuführen ist.

Es ist meine Gewohnheit, alle drei Stunden einen Kontrollgang durch den gesamten Park zu machen, wenn keine anderen dringenden Angelegenheiten anstehen, und um 13 Uhr an diesem Tag habe ich niemanden gesehen, auf den die Beschreibung von Makiko Yoshimizu gepasst hätte. Auch andere Mitarbeiter bestätigen dies.

Da es schon mitten am Tag war, hatte die starke Sonneneinstrahlung auf dem Asphalt und den trockenen Gehwegen die Temperatur auf fast 50 Grad Celsius steigen lassen. Das Personal hatte zwar zur Kühlung die Wege besprengt, aber bei dieser Temperatur dürfte dies keine nennenswerte Wirkung gezeitigt haben.

Die erste Sichtung einer Person, auf die die Beschreibung von Frau Yoshimizu passte, wurde offenbar um 15.30 Uhr gemeldet. Eine Reinigungskraft beobachtete eine Dame mit einem Kind, wie sie sich mit einer anderen Frau unterhielt, die auf einer Bank saß. Die Reinigungskraft hatte den Eindruck, dass die Dame und das Kind nicht mit der Frau auf der Bank bekannt waren, sondern dass sie zufällig ein paar Worte wechselten. Die Mitarbeiterin kann diese Angaben jedoch nicht mit absoluter Sicherheit bestätigen, da es sich um einen großen Park mit vielen Besuchern handelt. Ich bitte dafür um Verständnis.

Gegen 16 Uhr beobachteten dann zwei Gärtner die Frau, die mit einer Flasche Limonade in der Hand auf der Bank saß. Sie war allein, und von der besagten Dame und dem Kind war zu diesem Zeitpunkt nichts zu sehen. Sie schien sich auszuruhen, und die Gärtner bemerkten nichts Ungewöhnliches. Dann, um 16.30 Uhr, entdeckte ich Frau Yoshimizu, die auf der Bank zusammengebrochen war. Es war kurz vor Feierabend, und die Parkangestellten waren gerade dabei, ihre letzten Kontrollen für den Tag durchzuführen.

Zunächst dachte ich, sie würde schlafen. Sie schien an die Bank gelehnt zu sein und zu dösen.

Als ich mich ihr näherte und »Hallo« rief, antwortete sie nicht. Ihr Schweigen erschien mir ungewöhnlich, also berührte ich sie an der Schulter und sprach sie noch einmal an, woraufhin sie auf der Bank umkippte.

Ich war schockiert und holte schnell andere Mitarbeiter, die einen Krankenwagen riefen. Zu diesem Zeitpunkt schien sie nicht bei Bewusstsein zu sein. Später erfuhr ich, dass sie nie wieder das Bewusstsein erlangte.

Es schmerzt mich sehr, dass wir sie nicht früher gefunden haben, denn ich habe erfahren, dass sie ein kleines Kind hat. Das Personal und ich werden unser Möglichstes tun, damit sich ein solcher Vorfall nicht wiederholt. Ich bedaure, dass dies alle Informationen sind, die mir über die letzten Stunden von Frau Yoshimizu vorliegen.

Mit freundlichen Grüßen.

III

Bildungsausschuss besucht Aosawa-Residenz

Der Bildungsrat der Präfektur hat Experten eingeladen, die Aosawa-Residenz in Nakaogaki zu besichtigen, nachdem eine Petition mit fast zehntausend Unterschriften eingegangen war, in der der Erhalt des Gebäudes gefordert wurde. In Gesprächen mit der Bürgerinitiative, die die Kampagne anführt, betonten die Mitglieder der Gruppe, lokale Historiker und Architekten die Einzigartigkeit und den hohen Wert des Hauses. Die hitzige Diskussion dauerte zwei Stunden und endete damit, dass der Bildungsausschuss zusagte, den Fall zu prüfen und über das Ergebnis seiner Prüfung zu berichten.

Abriss der Aosawa-Residenz beschlossen

Der Bildungsausschuss gab seine Entscheidung bekannt, die Aosawa-Residenz in Nakaogaki nicht als Kulturerbe anzuerkennen und zu erhalten.
Das Gremium erklärte: Erstens sollten andere Kulturgüter, die dringender erhalten werden müssten, Vorrang haben; zweitens befinde sich die Aosawa-Residenz auf erstklassigem Bauland, sodass die Kosten für den Erhalt die Haushaltsmittel der Präfektur überstiegen; und drittens habe das Gremium den Wunsch des derzeitigen Eigentümers berücksichtigt, das Gebäude zu veräußern.
Die Bürgerinitiative reagierte verärgert auf die Entscheidung und erklärte, dass das System zur Registrierung des kulturellen Erbes sinnlos sei, wenn es nicht die Gebäude erhalte, die eng mit dem Alltag und den Erinnerungen der Menschen verbunden seien. Sie betonte, dass sich das Stadtbild schnell verändere und mit jedem Tag wichtige historische Gebäude aufgrund des

Abriss-und-Neubau-Ansatzes der japanischen Bauindustrie verloren gingen. Die Gruppe warf den Verwaltungsbeamten, die die Entscheidung getroffen haben, vor, Absprachen mit der Bauindustrie zu treffen, die mehr daran interessiert sei, sich Aufträge für den Bau neuer Gebäude zu sichern, als Zeit und Mühe zu investieren, qualitativ hochwertige Gebäude zu errichten, die der Nachwelt erhalten blieben.

Die Abrissarbeiten sollen bereits Mitte nächsten Monats beginnen; die Bürgerinitiative hat jedoch ihre Haltung bekräftigt und erklärt, dass auch der Einsatz von Gewalt nicht ausgeschlossen sei.

IV

WEITERE STELLUNGNAHME ZUM VORFALL IM PARK

Als ich Frau Yoshimizu ansprach, habe ich keine Limonadenflasche gesehen.

Als sie zusammenbrach, lag sie mit dem Bauch auf der Bank. Wenn es also eine Flasche gegeben hätte, wäre sie mir sicher aufgefallen. Ich habe auch keine Gegenstände gesehen, die zu ihren Füßen auf dem Boden gelegen hätten.

Das Reinigungspersonal, mit dem ich sprach, bestätigte, dass an diesem Tag nur sehr wenig Müll angefallen sei, und in keinem der Mülleimer in der Nähe wurde eine Flasche gefunden. Der Park ist gut einsehbar, und das Reinigungspersonal arbeitet gründlich, sodass ich davon ausgehe, dass eine irgendwo liegen gelassene Limonadenflasche aufgefallen wäre. Es ist möglich, dass Frau Yoshimizu die leere Limonadenflasche zu dem Teehaus zurückgebracht hat, in dem sie sie gekauft hatte. Zu diesem Zweck habe ich mich auch im Teehaus erkundigt, doch teilte man mir mit, dass die hölzerne Flaschenrückgabebox draußen steht, sodass es dem Personal nicht unbedingt auffällt, wenn jemand eine Flasche zurückgibt.

Die Identität der Mutter und des Kindes, die ein paar Worte mit Frau Yoshimizu gewechselt haben, ist nicht bekannt. Ich kann dazu nur sagen, dass sie sich anscheinend zufällig in der Gegend aufgehalten haben.

Nach der Beschreibung der Mitarbeiterin, die sie beobachtet hat, war die Frau mollig und mittleren Alters und das Kind ein kleines Mädchen von etwa zwei Jahren. Ihre Gesichter hat sie offenbar nicht gesehen. Sie sagte jedoch, dass es sich ihrer Kleidung nach nicht um Touristen zu handeln schien.

Ich hoffe, dies beantwortet Ihre Fragen.
Mit freundlichen Grüßen.

V

SELBST »DAS VERGESSENE FEST« IST IN VERGESSENHEIT GERATEN: EINUNDDREISSIG JAHRE NACH DEN MORDEN IN NAKAOGAKI

Es geschehen Dinge auf dieser Erde, die man nur als eine seltsame Wendung des Schicksals bezeichnen kann.

Wie viele andere Menschen hätte auch ich früher über einen solchen Gedanken gespottet und ihn als nicht ernsthaft erwägenswert angesehen. Doch im Laufe meines Lebens sind mir Dinge begegnet, für die es keine andere Erklärung gibt. Und erst kürzlich wurde ich auf einen solchen Vorfall aufmerksam, der mich auf diesen Gedanken gebracht hat.

Ich stieß in einer kleinen Zeitung auf einen kurzen Artikel.

Darin ging es um eine Hausfrau, die auf dem Rückweg nach Tokio, nachdem sie ihren Mann auf seinem derzeitigen Posten besucht hatte, im Park in K an einem Hitzschlag gestorben war. Als ich diesen Artikel las, schenkte ich ihm keine besondere Aufmerksamkeit.

Mein Interesse wurde jedoch sofort geweckt, als ich von einem alten Bekannten, den ich einige Tage später zufällig traf, erfuhr, dass diese Frau die Autorin des Buches »Das vergessene Fest« war.

Dieser alte Bekannte ist ein ehemaliger Polizeibeamter. Er war mit den Ermittlungen im sogenannten Aosawa-Fall betraut gewesen, und als junger Reporter war ich ihm über ein halbes Jahr gefolgt und hatte ihn zu jeder Tages- und Nachtzeit nach Neuigkeiten zu diesem Fall befragt.

Eine Massenvergiftung mit einer noch nie da gewesenen Zahl von Todesopfern hatte unweigerlich dazu geführt, dass Parallelen zum Teigin-Fall gezogen wurden. Die Ermittlungen zu diesem Verbrechen wurden nach dem Selbstmord des Verdächtigen eingestellt, doch werden seither von verschiedenen Seiten immer wieder Zweifel an seiner Schuld geäußert. Ein Vierteljahrhundert später liegt die Wahrheit immer noch im Dunkeln, während der Vorfall langsam aus dem Gedächtnis der Stadt verschwindet.

In den letzten Wochen ist der Fall Aosawa jedoch durch die Kampagne zum Erhalt des Anwesens, des Schauplatzes der Morde, wieder ins öffentliche Bewusstsein gerückt. Ich selbst habe meinen Bekannten wieder einmal aufgesucht, nachdem mein Gedächtnis durch diese Kampagne aufgefrischt worden war.

»Das vergessene Fest«.

Wie viele erinnern sich heute noch an diesen Titel? Das Buch wurde ein Bestseller; darin schrieb eine junge Frau, die als Mädchen am Tatort gewesen war, mehr als zehn Jahre später in Romanform über den Vorfall. Ich erinnere mich noch gut daran, wie die Veröffentlichung den Nakaogaki-Fall erneut ins Rampenlicht rückte. Die Autorin wurde wegen der Verwendung des Wortes »Fest« im Titel heftig kritisiert, aber sie schwieg zu dem Thema und veröffentlichte nach diesem nie wieder ein Buch.

Ich kann nicht umhin, es als eine seltsame Wendung des Schicksals zu betrachten, dass die Autorin hier gestorben ist, in dieser Stadt, die gerade dabei ist, alle Spuren des Hauses zu beseitigen, in dem sich die Morde ereignet haben.

Sie war mit ihren beiden älteren Brüdern am Tatort gewesen. Einen von ihnen habe ich nach ihrem Tod kontaktiert, und er hat sich unter der Bedingung, dass ich seinen Namen nicht nenne, zu einem Telefoninterview bereit erklärt. Als ich ihn fragte, was er davon halte, dass seine Schwester in der Stadt starb, in der das Verbrechen stattgefunden hatte, sagte er mir ganz nüchtern: »Letzten Endes war sie nicht in der Lage, dem Verbrechen zu entkommen. Sie hat uns nicht eingeweiht, dass sie dieses Buch schreiben würde, und hat die Morde nach der Veröffentlichung nie wieder erwähnt, aber es scheint, dass sie es nie hinter sich lassen konnte.«

Die Familie zog aus der Stadt fort, als der Vater kurz nach dem Vorfall versetzt wurde; bald darauf ließen sich die Eltern jedoch scheiden.

Der jüngere der beiden Brüder beging offenbar in seinen Zwanzigern Selbstmord.

»Wir waren uns dessen nicht bewusst, aber ich denke heute, es hatte etwas damit zu tun, dass wir alle als Kinder am Tatort waren«, sagte mir der Älteste der Geschwister. »Das Buch meiner Schwester hieß ›Das vergessene Fest‹, aber für uns war es ›Das unvergessliche Fest‹.«

Ich konnte darauf nichts erwidern.

Selbst das »Fest« wurde vergessen.

Vergessen zu werden ist das Grausamste auf der Welt; doch die Zeit wird die Wut der Vergangenheit begraben und das Gerede verstummen lassen, das einst in aller Munde war.

Fast alle, die direkt mit dem Verbrechen zu tun hatten, sind verstorben, und diejenigen, die etwas darüber wissen, verlassen diese Welt in schneller Folge.

Es gibt ein altes Sprichwort, das besagt, dass die Wahrheit die Tochter der Zeit ist, aber ich frage mich, ob die Zeit uns jemals die Wahrheit über diese Affäre verraten wird.

VI

Streit mit Bürgerinitiative geht in die nächste Runde

Eine Bürgerinitiative, die gegen den Beschluss zum Abriss der Aosawa-Residenz protestiert, geht bei ihren täglichen Protesten vor dem Haus auf Konfrontationskurs mit Bauarbeitern, die versuchen, mit den Abrissarbeiten zu beginnen.

Die Polizei wurde am Morgen des 18. Mai gerufen, nachdem es zu einer Auseinandersetzung gekommen war, als Arbeiter versuchten, das Gelände zu betreten. Der mit dem Abriss beauftragte Bauunternehmer hat die Arbeiten aufgrund der Gefahrensituation verschoben und an die Behörden appelliert, die Bürgerinitiative zum Aufgeben zu bewegen. Die Präfektur ist jedoch nicht bereit, einzugreifen, da die Familie Aosawa den Abriss beantragt hat und es sich somit nicht mehr um eine Angelegenheit der Präfektur handele. Der Fortgang der Arbeiten verschiebt sich bis auf Weiteres.

VII

Ich habe versucht, diesen Brief mit einer ganz traditionellen Anrede zu beginnen, aber es ist mir nicht gelungen.

Es ist mein erster Brief an Dich, nicht wahr?

Ich bin nicht gut mit Briefen und schreibe insgesamt nicht gerne, deswegen fällt mir der Anfang schwer.

Du fragst Dich sicher, warum ich Dir schreibe. Ich verstehe es selbst nicht. Wir könnten uns genauso gut treffen und reden, aber es gibt Dinge, die ich nie aussprechen könnte, also schreibe ich Dir aus irgendeinem Grund stattdessen.

Ich glaube, ich habe Dir schon einmal gesagt, dass ich mich nie wohl in meiner Haut gefühlt habe. Es ist, als gäbe es ein äußeres Ich, das die Hülle ist, und ein anderes Ich im Inneren, und die beiden passen überhaupt nicht zusammen.

Natürlich weiß ich, wie die Leute mich sehen. Schon seit meiner Kindheit unruhig und zappelig, ein unbedeutender kleiner Niemand, der nichts Gescheites zu sagen hatte.

Immer ein Mitläufer. Immer mit dabei, immer in Bewegung, aber ohne echte Freunde. Niemand kümmerte sich wirklich darum, ob ich da war oder nicht. So war ich damals, und ich bezweifle, dass sich das jemals ändern wird.

Ich glaube, es war die Lektüre des Buches meiner Schwester, die so viel Selbstverachtung in mir ausgelöst hat.

Ich habe Dir doch von diesem Buch erzählt, oder?

Vielleicht hat es auch damit zu tun, dass ich als Kind in all das hineingezogen wurde.

Als gnadenloser Angeber genoss ich natürlich den Ruhm, der dadurch entstand, dass meine Schwester ein Buch geschrieben hatte und ich mit all dem in Zusammenhang stand. Zumindest am Anfang.

Aber dann wurde ich eines Nachts plötzlich von enormen Ängsten überwältigt.

Jede Nacht habe ich denselben Traum.

Ich träume von den Morden.

In meinem Traum lache ich. Ich sehe Menschen, die sich vor Schmerzen auf dem Boden winden, und lache über sie.

In meinem Traum bin ich der Täter. Ich sehe den Sohn der Familie, der immer auf mich herabgeblickt hat. Ich sehe die Haushälterin, die sich wer weiß wie aufspielte, weil sie für die Küche einer alteingesessenen Familie zuständig war. Ich sehe all die Leute in diesem Haus, die uns die kalte Schulter zeigten, weil wir Außenseiter waren, die nicht verstanden, wie großartig diese Familie angeblich war. Ich sehe sie alle auf dem Boden liegen und sich vor Schmerzen winden, und ich verhöhne sie mit meinem Lachen. Ich war vernarrt in die Kinder in diesem Haus, verfolgte sie auf Schritt und Tritt, aber ich wusste, dass sie mich nicht akzeptierten oder gar mochten. Ich hasste mich dafür, dass man auf mich herabschaute, und ich hasste sie dafür, dass sie mir das antaten.

Deshalb ging ich an diesem Tag zu dem Haus.

Ich weiß nicht, was ich tun soll.

Ich weiß nicht, ob ich weiterschreiben soll.

Ich wette, Du fragst Dich jetzt, was das Ganze zu bedeuten hat. Du kannst Dir nicht vorstellen, was mich bedrückt. Warum ich diesen Brief schreibe.

Das Haus, in dem wir damals wohnten, war alt, mit einem sehr kleinen Garten auf der Rückseite. Ein feuchter, dunkler Garten mit Sträuchern, einer Aralie und Sazanka-Kamelien.

Eine Mauer aus Hohlblocksteinen trennte unser Haus von dem der Nachbarn, und die Katzen aus der Nachbarschaft liefen immer darauf entlang.

Manchmal machte ich in meinem Zimmer Hausaufgaben oder so und blickte plötzlich direkt in die Augen einer Katze, die oben auf der Mauer entlanglief. Die Katzen saßen auch manchmal auf den Pflastersteinen unter der Aralie und putzten sich.

Als ich an diesem Tag das erste Mal in das Haus kam, waren gerade die Getränke geliefert worden. Man muss mir wohl angesehen haben, dass ich etwas davon abhaben wollte, denn die Haushälterin gab mir eine Flasche Cola. Sie öffnete den Deckel für mich.

Wenn ich sie getrunken hätte, wäre vielleicht alles anders gekommen. Ich wäre vielleicht als Einziger gestorben und hätte alle anderen gerettet. Man hätte sich an mich als einen tragischen Helden erinnern können.

Aber es kam anders.

Ich mag den Eindruck erwecken, leichtsinnig und unüberlegt zu handeln, aber in Wirklichkeit bin ich zutiefst misstrauisch und rückgratlos. Ich renne immer schnell weg, wenn ich Ärger wittere. Als die Haushälterin die Flasche öffnete, war ich überrascht, dass sich der Deckel so leicht löste, denn ungefähr eine Woche zuvor hatte mich meine Mutter dabei erwischt, wie ich mein Versprechen brach, nur eine Flasche Cola auf einmal zu trinken. Ich wollte gerade eine dritte Flasche trinken und gab nun mein Bestes, den Deckel unauffällig wieder aufzusetzen. Es sah gut aus, aber als ich die Flasche ein paar Tage später wieder aus dem Kühlschrank nahm, um sie zu trinken, löste sich der Deckel einfach so, und die Cola war völlig schal.

Irgendwie erinnerte ich mich daran. Jemand hatte den Deckel geöffnet und wieder geschlossen. Das ahnte ich sofort.

Ich nahm die Flasche mit nach Hause. Sie hatte einen seltsamen säuerlichen, bitteren Geruch.

Als ich hineinging, sah ich eine weiße Katze, die oben auf der

Mauer entlanglief. Ich dachte, dass ich sie vielleicht als Vorkosterin benutzen könnte.

Ich kroch also an der Seite des Hauses entlang in den Garten und fand die Katze genau dort vor, wo ich sie vermutet hatte. Sie putzte sich.

Ich schüttete etwas von dem Getränk vor sie hin, und die Katze leckte nur ganz wenig davon auf, aber die Wirkung trat sofort ein. Plötzlich fiel sie um und bekam eine Art Anfall.

Sie muss die Gefahr gespürt haben, denn sie stieß Klagelaute aus und rannte weg, torkelnd, aber so schnell sie konnte.

Ich dachte darüber nach, was das zu bedeuten hatte. Zumindest glaube ich das. Ich weiß aber nicht, ob ich wirklich darüber nachgedacht habe. Wenn ich zurückblicke, weiß ich immer noch nicht, was in mir vorging.

Ich beschloss, die Cola nicht zu trinken. Ich schüttete sie in einen Gully, nahm die Flasche mit zurück zu dem Haus, wischte sie mit meinem Hemd ab und stellte sie in den Kasten an der Hintertür.

Ich habe es nie jemandem erzählt. Ich glaube, mir war klar, dass die Leute in dem Haus diese Cola trinken würden, und es passierte genau das, was ich erwartet hatte, und doch auch wieder nicht.

Ich ging wieder nach Hause und rief meine Schwester.

Ich denke immer noch darüber nach, was mir damals durch den Kopf ging, immer und immer wieder, auch heute noch. Was habe ich mir nur dabei gedacht? Warum habe ich niemandem von der Katze erzählt? Warum habe ich niemandem von dem Deckel und dem seltsamen Geruch erzählt?

Ich weiß es nicht.

Ich weiß es wirklich nicht.

Und in meinem Traum lache ich.

Ich beobachte alle und lache. Die weiße Katze liegt auf dem Boden zwischen all den Menschen, die sich herumwälzen. Sie zittert, und ihre Beine stehen in einem seltsamen Winkel ab.

Es tut mir leid.

Es tut mir wirklich leid, dass ich Dir so einen Brief hinterlasse.

Ich habe Angst zu schlafen. Der Gedanke, diese Menschen und die weiße Katze in meinen Träumen zu sehen, macht mir Angst.

VIII

Bürgerinitiative regt Diskussion an

Die Bürgerinitiative hat einen neuen Vorschlag unterbreitet, den seit Langem schwelenden Streit um die Aosawa-Residenz betreffend. Er besteht darin, Hisako Schmidt (wohnhaft in den Vereinigten Staaten) in die Gespräche einzubeziehen, um eine endgültige Entscheidung über das Schicksal des Gebäudes zu fällen. Nach Angaben des Anwalts der Familie Aosawa hat Frau Schmidt dem Vorschlag bereits zugestimmt. Es wird erwartet, dass sie frühestens am 16. Mai nach Japan zurückkehrt, um an den Gesprächen mit der Gruppe teilzunehmen.

13

DIE STADT AM MEER

I

Und jetzt sind wir hier, sie und ich.

Eine unscheinbare Stadt am Meer, an einem späten Nachmittag im Frühherbst.

Wir stehen nebeneinander und blicken auf den Ozean, eine Meeresbrise umweht uns.

Die Sonne glüht noch immer, aber sie vermittelt nur die Illusion von Wärme, und die Frische des Lichts zu Beginn des Sommers ist längst verblasst.

Es fühlt sich an wie das Ende einer langen Reise, aber auch so, als wäre kaum Zeit vergangen.

Obwohl es so viel Kraft gekostet hat, hierherzukommen, erscheint es mir jetzt, da ich hier bin, wie ein Traum.

All die Menschen, denen ich auf meinem Weg begegnet bin, sind nur Randfiguren, während diese Frau, die jetzt neben mir läuft, wie der erste Mensch in meinem Leben ist. Und doch scheint sie am weitesten von allen entfernt zu sein.

Das Rauschen des Meeres wird von den Hügeln zurückgeworfen.

Das Geräusch nimmt der Stille zwischen uns die unangenehme Schärfe.

Alles, was mir jetzt bleibt, ist warten.

Warten, dass sie das Schweigen bricht und spricht. Sie geht langsam und beobachtet, wie sich der Windschutzwald im Wind wiegt.

Und doch ist es mir ein Rätsel, dass ich immer noch kein genaues Bild von ihr vor Augen habe.

Vielleicht liegt es an der Lichtreflexion auf dem Meer. Oder war das Bild, das ich mir von ihr gemacht habe, irgendwie verzerrt? Ich folge ihr mit den Augen, um herauszufinden, ob das stimmt, aber ich kann sie immer noch nicht deutlich erkennen.

Sie ist viel kleiner und zierlicher, als ich erwartet hatte.

Schmaler und zerbrechlicher als in meiner Vorstellung. Ihr Teint ist hell und ihr Gesicht immer noch schön, aber ihre Haut ist dünn, und die Magerkeit an Hals und Schultern lässt sie einsam und mitleiderregend erscheinen.

Ich kann es nicht ganz glauben. Ein Teil von mir sperrt sich dagegen.

Die Frau, die ich kenne, die Frau, von der alle gesprochen haben, war anders.

Ich weiß selbst nicht genau, warum mich das so aufregt.

Plötzlich dreht sie sich zu mir um und sagt: »Du bist also eine Studienfreundin von Jun. Dieser lustige kleine Junge. Das mittlere Kind der Familie, die in der Nähe gewohnt hat. Das ist wirklich lange her ... Er konnte nie still sitzen und hat immer alle zum Lachen gebracht.«

Sie sieht mich mit weit aufgerissenen Augen an, als würde sie in ihrer Erinnerung stöbern.

Ich erwidere ihren Blick.

Ich weiß, dass ich mich in diesen Augen spiegeln muss, obwohl ich ihre Pupillen wegen des Gegenlichts nicht sehen kann.

Hisako Aosawas Augen, die jetzt sehen können.

II

»Ich wusste gar nicht, dass Junji tot ist. Wie alt ist er denn geworden?«

Wir gehen langsam nebeneinander den Weg entlang.

»Er war siebenundzwanzig. Es kam ganz unerwartet«, antworte ich.

Meine eigene Stimme klingt wie die einer Fremden. Es kommt mir unwirklich vor, mit ihr zu sprechen, einfach so.

»Oh, so lange ist das her? Dann war er ja wirklich noch jung.«

Sie hebt die Stimme vor Überraschung.

Ich denke an die lange Reise bis hierher, und das Meer begleitet meine Gedanken mit seinem Rauschen. Ich denke an den Brief von ihm, mit dem alles begann. Er liegt immer noch in meiner Schublade und altert mit mir, obwohl sein Verfasser das nicht mehr tut.

Wie oft habe ich ihn schon gelesen? Wie oft habe ich mir gewünscht, ich könnte ihn fragen, was er bedeutet? Obwohl ich natürlich weiß, dass es dazu nie eine Gelegenheit geben wird.

»Mein herzliches Beileid«, sagt Hisako Aosawa, taktvoll, wohl in Rücksichtnahme auf meine Gefühle. Ihr Tonfall verrät, dass sie glaubt, Jun und ich hätten eine Liebesbeziehung gehabt, und ich korrigiere sie bewusst nicht.

Das Rauschen des Meeres übertönt die Stille zwischen uns.

Jun und ich standen uns nicht besonders nahe. Im Gegenteil, in den Univeranstaltungen blieben wir einander gegenüber eher kühl.

Aber wir erkannten beide, dass wir verwandte Seelen waren. Wir wussten beide, wie ungemütlich die Welt für Menschen wie uns werden konnte, die ohne nennenswerten Widerstand Kompromisse eingehen und sich dennoch fehl am Platz fühlen. Die kein Vertrauen in ihre eigene Liebenswürdigkeit oder ihren Wert haben. Die sich einer anderen, andersartigen Welt unter der Oberfläche dieser Welt bewusst sind.

Wir wussten beide, dass wir zu dieser Art von Menschen gehören. Und genau deshalb haben wir einander gemieden. Aus Angst, bloßgestellt zu werden.

Er war ein lebhafter, versierter Gesprächspartner, der in unserem Seminar beliebt war, aber ich hielt Abstand zu ihm, weil ich sah, wie er wirklich war, und er wusste es.

In meiner Erinnerung ist er immer allein und erwidert meinen Blick mit besorgten Augen.

»Hey, du verstehst es, nicht wahr? Ich wette, du fühlst dasselbe«, sagt er zu mir.

Er wollte meine Anerkennung.

Als ich diesen Brief las, war ich perplex. Ich hatte das Gefühl, dass er meine Erlaubnis für etwas wirklich Schreckliches einholen wollte. Und es stellte sich heraus, dass ich recht hatte.

Die starke Meeresbrise zerzaust mein Haar.

Es ist seltsam. In den letzten Jahren habe ich nur noch an Hisako Aosawa gedacht. Ich habe Jun vergessen, denjenigen, der mich ursprünglich auf diesen Weg gebracht hat. Er wurde in eine Ecke meines Denkens verdrängt, während ich mich auf das Verbrechen und darauf, herauszufinden, was danach geschah, konzentrierte. Doch jetzt, da ich Hisako Aosawa endlich gefunden habe, gehen mir aus irgendeinem Grund nur noch Erinnerungen an ihn durch den Kopf.

»Wann haben Sie Ihr Augenlicht wiedererlangt?«

»Vor zwei Jahren«, antwortet sie. »Ich habe lange Zeit an klinischen Versuchen teilgenommen. Erst wurden die Nervenzellen gezüchtet und regeneriert, und dann hatte ich eine Transplantation. Die Erfolgsaussichten sind eigentlich sehr gering, bei vielen Menschen hat es nicht funktioniert, aber bei mir hat es geklappt. Es war ein Wunder.«

Sie spricht leise, aber ihr düsterer Tonfall lässt vermuten, dass sie ihre Genesung für alles andere als ein Wunder hält.

»Wie war es, nach Jahrzehnten wieder zu sehen?«

Ich tue so, als würde ich die Unzufriedenheit in ihrer Stimme nicht bemerken. Ich vermute eine Art Falle und bin vorsichtig.

»Ich war desillusioniert von so viel Schönheit, nehme ich an.«

Habe ich richtig gehört?

»Desillusioniert? Haben Sie desillusioniert gesagt?«

Sie lächelt leise. »Ja. Desillusioniert. Es hat lange gedauert, bis ich mich daran gewöhnt habe, wieder sehen zu können, weil meine Welt davor so viel interessanter war.«

In ihrer Stimme liegt leise Verzweiflung.

»Ihre Welt davor? Sie meinen die Welt, in der Sie nicht sehen konnten?«, frage ich zaghaft.

»Ja.«

Sie dreht sich zum Meer hin. Sie scheint bereits das Interesse an meiner Frage verloren zu haben.

Lichtperlen verwischen die Umrisse ihrer Gestalt.

Letztendlich wurde beschlossen, das Anwesen der Aosawas abzureißen. Sie hat es sich so gewünscht.

»Ich möchte die ganze Sache vergessen«, sagt sie. »Ich möchte nicht, dass irgendetwas übrig bleibt, das mich daran erinnert. Ich bin dankbar, dass die Menschen das Haus wertschätzen, aber die Familie hat finanzielle Schwierigkeiten, und es ist wirklich schwer für uns, genug Geld aufzutreiben, um es zu erhalten.«

Nach diesen Worten war es selbst für die enthusiastischsten Mitglieder der Bürgerinitiative schwierig, ihre Kampagne fortzusetzen. Früher oder später werden die Abrissarbeiten beginnen.

Als ich davon hörte, kam mir jedoch der Gedanke, dass sie einen anderen Grund hatte, die Morde vergessen zu wollen.

Und zwar – wie mehrere Zeugen vermuteten –, weil sie die Drahtzieherin des Verbrechens war.

Die Szenen, die mir beschrieben wurden, gehen mir nacheinander durch den Kopf.

Hisako auf der Schaukel im Park, Hisakos spöttisches Lächeln, Hisakos Blick auf die Kräuselmyrte, Hisako, die bedient wird, Hisako, die sich wie eine Königin benimmt, Hisako, die die Origami-Kraniche erhält.

Stimmt mein Bild von ihr nicht? Ist die Hisako, von der alle so fasziniert sprachen, wirklich dieselbe Person wie die Frau hier vor mir?

Diese magere Frau mittleren Alters?

Ich blicke zu ihr.

Desillusioniert. Wenn jemand das Recht hat, desillusioniert zu sein, dann ja wohl ich. Ich bin frustriert.

Ich wurde enttäuscht. Da stehe ich nun, habe endlich den Auftritt einer legendären Heldin arrangiert, und sie entpuppt sich als eine ganz gewöhnliche Frau. Wo ist die geheimnisvolle, böse Frau, die ich mir vorgestellt habe und die mich so angezogen hat? Ich kann nicht anders, als mich getäuscht zu fühlen.

Ich war von ihr fasziniert. Die Art und Weise, wie alle über sie sprachen, hat mich unwiderstehlich angezogen. Deshalb konnte ich bis heute nicht aufhören zu recherchieren, deshalb bin ich hergereist, weil ich sie unbedingt treffen wollte.

Das Meer kommt uns immer näher.

Oder ... vielleicht war das alles nur eine Illusion? Eine, die wir alle geschaffen haben?

Eine mächtige Welle bricht sich mit lautem Getöse am Ufer und verschluckt meine Gedanken.

Was ist, wenn sie einfach das ist, was sich alle gewünscht haben? Was wäre, wenn alle sich als Täter einfach eine spektakulär böse, gerissene, schöne Frau gewünscht hätten und nicht einen impulsiven, geisteskranken jungen Mann?

Der Gedanke macht mich sprachlos.

Es gibt keine Beweise, überhaupt keine. Nur ihr Lächeln, ihre anzüglichen Worte und ihr verdächtiges Benehmen. Ein Antiquariat ist abgebrannt, und Makiko Saiga ist tot.

Es ist nichts mehr da. Nichts, womit man sie als Drahtzieherin festnageln könnte; nichts außer den Vermutungen und Hoffnungen aller. Diese Frau, die neben mir geht, ist nur ein Schatten, ein Gefäß für ihre Fantasien.

Wenn etwas Unfassbares passiert, brauchen und fordern die Menschen Antworten. Eine große Verschwörung, ein finsteres Komplott. Die Schwachen und Ohnmächtigen fühlen sich gezwungen, Antworten zu finden oder Erklärungen von denjenigen zu verlangen, die eine höhere Position innehaben, denn sie haben das Bedürfnis, die Schuld irgendwo zu suchen.

Ich kaue auf dieser bitteren Enttäuschung herum, während wir weitergehen.

III

»So gucken mich alle an«, sagt sie unvermittelt mit einem Lächeln.

Das spöttische Lächeln erschreckt mich. Für einen Moment scheint sich ihr Gesicht zu spalten, sodass sie wie eine alte Vettel aussieht.

»Dieser Blick ist alles, was ich in den Augen der Leute sehe, seit ich selbst wieder sehen kann. Wie paradox«, sagt sie, immer noch mit einem schiefen Lächeln auf den Lippen.

Ich habe keine Antwort. Hat sie meine Desillusionierung und Enttäuschung gelesen?

»Gütiger Himmel, ist das die einzigartige Hisako Aosawa? Diese alte Frau?«, fährt sie mit Singsangstimme fort. »Sie war einmal ein so reizendes junges Mädchen. Wie konnte aus diesem aufgeweckten, schönen Kind diese traurige alte Frau werden? Was für eine Enttäuschung. Das sagen die Blicke, die ich ernte.«

Meine Wangen erröten. Genau dieser Gedanke war auch mir durch den Kopf gegangen.

Sie wendet sich ab und starrt schweigend auf das Meer.

Ihre Demütigung scheint sich in der schweren, feuchten Luft zu verwirbeln.

Inzwischen ist die Sonne tief gesunken, und düstere, tuschegraue Wolken ziehen über den Himmel. Die Abendwolken ziehen hier immer plötzlich auf, egal wie schön das Wetter tagsüber war. Woher kommen diese Wolken?

»Früher war ich etwas Besonderes. Die Welt gehörte mir«, murmelt sie und klingt dabei wütend. »Jetzt fühle ich mich überhaupt nicht mehr besonders oder zufrieden. Als meine Augen erwachten, wurde mir klar, dass die Welt Fremden gehört und dass ich von Anfang an nichts besaß.«

Die Wut in ihrer Stimme verwandelt sich in Resignation.

»Die Farben auch«, sagt sie.

Beiläufig beugt sie sich hinunter und pflückt abwesend eine verwelkte Tagblume vom Wegesrand.

»Die Farben, die ich in meiner Kindheit von vor langer Zeit kannte, reichten mir. Mit den Farben in meinem Gedächtnis hätte ich mein ganzes Leben lang glücklich sein können. Das

Blau und Rot in meiner Erinnerung war hell und schön. Frisch, rein und voller Energie.«

Sie macht eine Pause.

»Die Blumen waren auch viel schöner.«

Sie klingt wie ein kleines Kind, das damit prahlt, wie viel besser sein Zuhause ist als das der anderen.

»Mein Mann ist genauso. Er sieht mich an, als wäre ich eine andere«, fährt sie fort, und die Wut kehrt in ihre Stimme zurück. »Er ist auch desillusioniert. Ich habe ihn das sogar einmal zu jemandem sagen hören.«

Sie streicht mit der Tagblume in ihrer Hand grob über das hohe Gras.

»Als ich blind war, fühlte ich mich wie eine Göttin. Voller Selbstvertrauen. Die Leute dachten, ich wüsste alles. Aber als ich wieder sehen konnte, wurde ich schüchtern und schaute mich immer nervös um. Ich alterte augenblicklich. Es war, als wäre ein Bann gebrochen.«

Ich kann nicht glauben, was ich da höre. Ein Bann gebrochen? Redet sie jetzt von Zauberei? Wie egoistisch kann man sein? Und das, obwohl sie extra nach Amerika gegangen ist, obwohl sie all die Jahre an klinischen Tests teilgenommen hat, obwohl alle sich solche Mühe gegeben haben, nur damit sie zufrieden ist.

Sie wirft die Blume wütend zur Seite.

Ich beobachte sie schweigend. Ich frage mich, wie ich dieses Gespräch angemessen beenden könnte, und beginne mir Gedanken über die Abfahrtzeiten für die Rückfahrt zu machen.

Sie dreht sich um und sieht mich an, als ob sie meine Gedanken gelesen hätte.

Ihre Intuition ist wirklich erstaunlich.

»Sie glauben sicher auch, dass ich es getan habe, nicht wahr?«

Ich sehe, wie sie mich beobachtet, ein verächtliches Leuchten in ihren Augen.

»Sie sind genau wie dieser Kommissar und die kleine Maki mit ihrem Buch. Sie denken, ich war es, und deshalb suchen Sie meine Nähe, nicht wahr? Das sehe ich an Ihren Augen. Warten Sie darauf, dass ich gestehe, wo doch die Verjährung ausgesetzt ist? Sind Sie auf der Suche nach einem Skandal, oder was? Oder sind Sie hier, um Jun zu rächen?«

Sie tut so, als wäre sie wütend, aber unter der Oberfläche ihrer Worte höre ich einen flehenden Ton.

Das Vulgäre in ihrer Stimme erfüllt mich mit Ekel.

So eine Frau ist sie also geworden.

Das einst göttliche junge Mädchen, jetzt gezwungen, den eigenen Skandal wie ein heruntergekommenes TV-Sternchen anzupreisen, um sich bei einer Fremden einzuschmeicheln? Wenn ich daran denke, wie viel Zeit ich investiert habe, um diese Stimme zu hören, durchströmen mich Wut und Frustration gleichermaßen.

Meine Verachtung muss offensichtlich sein, denn ihr Gesichtsausdruck verändert sich, und sie strafft sich. Die Veränderung in ihr lässt mich zurückschrecken. Die Zeit scheint in diesem Moment wie weggeblasen, denn der hochmütige, stolze Blick des jungen Mädchens kehrt zurück. Auch ich richte mich hastig auf und schaue sie erneut an.

Ihre ruhigen, intelligenten Augen beobachten mich.

»Also gut«, sagt sie feierlich. »Ich werde Ihnen die Wahrheit sagen, so wie ich sie sehe. Als Andenken.«

IV

Der Weg über den Strand führt in einer sanften Kurve abwärts.

In der Ferne ist ein dunkler Kiefernwald zu sehen.

»Dort drüben gibt es einen kleinen Park, in den ich als Kind oft mitgenommen wurde«, sagt Hisako und zeigt auf den Kiefernwald.

Ich habe schon von diesem Ort gehört. Ihn nun zum ersten Mal zu sehen erfüllt mich mit einem seltsamen Gefühl, fast wie Nostalgie.

Langsam bewegen wir uns darauf zu. Hisakos kindliche Gereiztheit und einschmeichelnde Haltung von vorhin sind völlig verschwunden. Ist diese ruhige, gelassene Version das, was sie früher war?

Das verwirrt mich, lässt mich wieder auf der Hut sein.

War die Unterwürfigkeit vorhin nur gespielt?

Was, wenn ihr Sinneswandel eine Falle ist?

Sie würde mich doch nicht hierher an diesen verlassenen Ort locken und mich ebenfalls verschwinden lassen?

Ein Schauer läuft mir über den Rücken.

Bis jetzt haben wir noch niemanden getroffen. Hat uns jemand gesehen? Selbst wenn jemand zwei Frauen beobachtet hätte, die in einiger Entfernung zusammen spazieren gingen, bezweifle ich, dass man uns identifizieren könnte. Wenn ich jetzt verschwinden würde, wüsste niemand, wohin ich gegangen bin und warum. Dann könnte Hisako nach Amerika zurückkehren und hätte weitere Beweise beseitigt.

»Da drüben war früher eine Kirche. Aber jetzt ist sie weg.«

Sie klingt wehmütig, als sie in die Richtung schaut, in der die Kirche vermutlich einmal stand. Hat sie mein Misstrauen bemerkt?

»Die Kirche war auch ein Kinderheim. Mutter ging oft dorthin und brachte Weihnachtsgeschenke oder Süßigkeiten für die Kinder mit. Ich begleitete sie immer. Ich liebte es, dem Meer zuzuhören, und so nahm Kimi mich mit in diesen Park, wo ich stundenlang einfach dasaß.«

Ein kleiner Park kommt in Sichtweite.

Darin sehe ich eine einsame weiße Steinbank, S-förmig, wie ein großer Loveseat.

»Die meisten Kinder im Heim waren geistig behindert. Auch wenn sie erwachsen waren, waren sie im Grunde genommen noch Kinder. Sie freuten sich immer, mich zu sehen, und kamen auf mich zu, um mir all ihre Neuigkeiten zu erzählen. Sie waren so fröhlich und unschuldig. Wenn ich mit ihnen plauderte, fühlte ich mich leicht und glücklich wie ein hübscher Papierluftballon.«

Hisakos sanfte Stimme lenkt das Gespräch gekonnt.

Ich könnte ihr ewig zuhören.

»Sehen Sie mal, diese Bank. Sie hat eine ganz ungewöhnliche Form. Die Rückenlehne ist so hoch, dass man nicht sehen kann, wer auf der anderen Seite sitzt. Aber durch den farbigen Glaseinsatz kann man erkennen, dass jemand da ist.«

Wir setzen uns auf die Bank.

Der weiße, trockene Stein ist warm von der Sonne, aber nicht so heiß, dass es unerträglich wäre. Als ich sitze, merke ich plötzlich, wie müde und angespannt ich bin.

»Hier habe ich früher ewig gesessen. Kimi hat auf der anderen Seite gestrickt. Manchmal sagte sie etwas durch das Glas, aber meistens saßen wir schweigend da und hörten dem Meer zu. Ich habe mich hier immer entspannt und friedlich gefühlt, mit der frischen Meeresbrise auf den Wangen und dem Rauschen der Wellen in den Ohren.«

Wir blicken beide auf den fernen Horizont.

Damals hatte sie den Horizont nicht sehen können.

Ich wage den Versuch, meine Augen zu schließen.

Das Tosen des Meeres dröhnt aus allen Richtungen auf mich ein, und die Welt fühlt sich an wie aus den Angeln gehoben. Ehe ich mich versehe, wächst die Unruhe in mir, und ich öffne meine Augen wieder.

Ich werfe einen Blick auf Hisako, die neben mir sitzt, und sehe ihr kaltes Profil auf einen fernen Punkt weit draußen auf dem Meer gerichtet.

Als würde sie diese Szene schon seit Jahren betrachten.

»Wann war das? Ich kann mich nicht mehr erinnern«, beginnt das kalte Gesicht zu sprechen. »Manchmal ging Kimi weg, um Mutter zu helfen, und ließ mich hier allein zurück. Es machte mir nichts aus, allein zu sein.«

Sie streckt ihre Hand aus, um sanft über den farbigen Glaseinsatz zu streichen.

»So sieht es also aus. Jetzt weiß ich, warum er das gesagt hat«, sinnt sie.

Auf dem Glas ist ein rotes Blumenmuster zu sehen, das von einer schwarzen Linie umgeben ist. Ihr Finger zeichnet die schwarze Linie nach.

»Er kam von da drüben.«

Sie zeigt auf den Gehweg, den wir gerade entlanggekommen sind.

»Er hatte eine sanfte Stimme und klang intelligent. Er wusste durch meinen Stock, dass ich nicht sehen konnte, und rief mir zuerst zu, damit ich nicht erschrak: ›Hallo, ich gehe hier nur spazieren. Ich setze mich zu dir, wenn das in Ordnung ist.‹ Und ich bemerkte, dass er sich dorthin setzte, wo Kimi sonst immer saß. Ich hatte ein gutes Gefühl bei ihm. Damals hatte ich ein sehr gutes Gespür für Menschen. Ich konnte erkennen, dass er kein schlechter Mensch war. Er hatte einen Hauch von Herzschmerz an sich, als ob er unter Kummer gelitten hätte.«

Lang zurückliegende Emotionen färben Hisakos Stimme ein.

»Nach diesem Tag haben wir uns manchmal hier unterhalten. Er mochte es, mit mir durch dieses Glas zu reden. Er sagte oft, dass er von niemandem gesehen werden wolle, dass er einfach nur verschwinden wolle.«

Sie macht eine Pause.

»Der Mann nannte mich immer ›Stimme der Blumen‹.«

V

Sie hatten eine merkwürdige Art von Rendezvous.

Der Mann versuchte nicht einmal, das Gesicht des Mädchens anzuschauen. Offenbar hörte er ihr lieber einfach nur zu. Immer wenn er sie im Park traf, grüßte er sie, setzte sich dann auf die andere Seite und redete durch das Glas mit ihr.

In unregelmäßigen Abständen, fast zufällig, etwa alle paar Monate, sprachen sie auf diese Weise miteinander.

Mit der Meeresbrise und dem Rauschen der Wellen, die sie in einem vergessenen Winkel der Welt umspülten, unterhielten sie sich unaufgeregt und ohne Hintergedanken.

Beide genossen diese kurzen, heimlichen Begegnungen. Der Mann näherte sich nicht, wenn das Mädchen mit jemandem zusammen war, und so wussten sie nie, wann sie wieder miteinander sprechen könnten. Kaum jemand dürfte sie zusammen gesehen haben.

Sie sprachen fast nie über sich selbst. Sie wollten auch nichts voneinander wissen.

Sie sprachen über Musik, die sie gehört hatten. Oder über Wissenschaft. Über die Bewegung der Sterne und die Richtung, in der die Reben der Trichterwinde wachsen. Oder über Mythen und Legenden, wie zum Beispiel die Ähnlichkeiten zwischen der griechischen Mythologie und den Chroniken des alten Japan, dem *Kojiki*. Sie lebten in einer Welt der Vernunft und des Intellekts, in der es nicht nötig war, sich mit der Realität des täglichen Lebens auseinanderzusetzen.

Die Formalität und die Schönheit dieser Welt der metaphysischen Fragen waren der Hauptinhalt ihrer Gespräche.

Die Zeit verging langsam, und ihre Stimmen mischten sich mit dem Rauschen des Meeres.

Einmal kam es vor, dass ihr Gespräch plötzlich stockte und das Meeresrauschen gleichzeitig verstummte, so als ob eine magische Stille über sie gelegt worden wäre.

Sie sprachen über diesen Moment. Einen Moment, in dem die Welt verschwand. Und über das schiere Glück, das sie empfanden, weil sie die einzigen Menschen auf der Welt waren.

Das Mädchen ließ die Hoffnung zu, die lange in ihrem Herzen begraben war.

In dem Moment, in dem sie ihre Lippen verließ, brodelte es zwischen ihnen wie ein wilder, reißender Strom.

Der junge Mann lauschte gespannt auf diesen unerwartet leidenschaftlichen Ton.

Plötzlich durchbrach ein gigantisches Wellenrauschen die Stille.

So plötzlich und so laut, dass sie beide einen Schreck bekamen. Der Lärm verschlang sie, und sie zitterten.

Und das war wohl der Moment. Der Moment, in dem das junge Mädchen wie nebenbei etwas murmelte, mit dem alles begann.

VI

»Es war ein Unfall. Ein unglücklicher Zufall«, murmelt sie lapidar.

»Wenn Ihnen das Wort ›Unfall‹ nicht gefällt, dann nennen Sie es Schicksal«, fügt sie etwas energischer hinzu. Vielleicht bemerkt sie den Mangel an Überzeugung in meinem Gesicht.

Sie schaut mich an. Es ist nur ein kurzer Blick, aber ich fühle mich, als ob ich mit einer Nadel gestochen worden wäre.

»Ich habe nichts gewusst. Ich habe nichts getan.«

Sie klingt etwas mürrisch dabei.

»Er hat mich gefragt, ob ich ein Stück Papier habe«, sagt sie und faltet ihre Finger affektiert in ihrem Schoß.

»Er sagte, er wolle sich alles notieren, was ihm einfalle. Ich weiß nicht mehr, was. Ich hatte zufällig etwas von dem Papier bei mir, das wir zum Einpacken der Kuchen für die Kirche benutzten, aber woher sollte ich wissen, dass Kimi es auch als Notizzettel benutzte, um telefonische Nachrichten aufzuschreiben, und dass die Adresse von Vaters Freund darauf stand? Ich konnte es ja nicht sehen, oder?«

Etwas in ihrer Stimme bringt mein Herz zum Flattern.

Es schürt mein Unbehagen und zerrt an meinen Nerven.

»Kennen Sie diese Papiertüten, die in Kliniken für die Medikamentenausgabe verwendet werden? Zu Hause haben wir immer die Tüten aus der Klinik als Notizzettel benutzt. Mit aufgedruckter Adresse und Telefonnummer. Es ist möglich, dass ich ihm eine davon gegeben habe.«

Sie streckt die Hände aus, als würde sie mich zum Widerspruch auffordern.

»Ich kann das Gift nicht besorgt, geschweige denn es verteilt haben. Es stimmt natürlich, ich wusste, dass der Mann psychisch krank war. Er hat viel mit sich selbst geredet, so viel, dass es schwierig wurde, mit ihm zu kommunizieren. Um ehrlich zu sein, hatte ich ein bisschen Angst. Ich meine, wenn etwas passiert wäre, hätte ich mich ja nicht schützen können, oder?«

Ich werfe einen weiteren Seitenblick auf sie. Der Ausdruck in ihren Augen erschreckt mich.

»Das letzte Mal habe ich ihn etwa sechs Monate vor dem Vorfall getroffen. Wie konnte ich wissen, dass er das, was ich gesagt habe, so auffassen würde? Ich hätte mir nie träumen lassen, dass er es so interpretieren würde!«

Doch auf ihrem Gesicht liegt ein Ausdruck der Zufriedenheit, ja sogar des Stolzes, und ihre Augen spiegeln glitzernd den glühenden Horizont.

»Ich konnte nichts sehen. Ich konnte nicht sehen, was passiert ist. Ich hätte es nicht tun können. Ich war ein junges, hilfloses Mädchen. Ich wäre nie in der Lage gewesen, so etwas zu tun.«

Je mehr sie leugnet, desto deutlicher höre ich eine andere Stimme: *Ich habe es getan, ich wusste alles, ich habe es in die Wege geleitet!*

In meinem Kopf klingt ihre Stimme triumphierend.

»Die Kinder in der Kirche waren sehr anhänglich. Auch ihm gegenüber. Die Kinder liebten ihn. Er mied Kimi und die Nonnen, aber er spielte mit den Kindern. Seltsam, nicht wahr, wie seine eigene Unschuld diese armen, unschuldigen Kinder zu ihm hingezogen hat?«

Sie lächelt jetzt. Zweifellos sieht sie den vergangenen Ruhm am Horizont.

»Es war kein Wunder, dass die Kinder taten, was er sagte. Wenn er ihnen gesagt hätte, sie sollten telefonieren, hätten sie es getan, und wenn ich ihnen gesagt hätte, sie sollten zu einem einsamen alten Mann gehen und mit Feuerwerk spielen, hätten sie es auch getan. Aber natürlich habe ich nichts dergleichen getan, und ich kann auch nicht wissen, was er von ihnen verlangt haben könnte.«

Abrupt dreht sie sich um und sieht mich an.

»Nicht wahr?«

Sie fixiert mich mit einem Lächeln, und ich kann nicht anders, als in diese Augen zu starren. Ihr Lächeln ist so wild, dass ich nicht weiß, ob sie wütend ist oder den Tränen nahe. Ist sie eine Mörderin? Ist das die Siegesmeldung einer kaltblütigen, mörderischen Verrückten? Oder ist es ein unkonventionelles Geständnis? Will sie, dass ich sie beschuldige, oder versucht sie, mich für sich zu gewinnen, oder … ich merke plötzlich, dass ein menschliches Lächeln manchmal wie ein gespaltener Baum aussehen kann.

Natürlich gibt es keine Beweise. Selbst wenn sie Dinge sagt, die nur die Täterin wissen kann, habe ich keine Möglichkeit, das zu beweisen.

»Dem jungen Mann ging es doch wie allen anderen. Alle haben Sie geliebt«, sage ich mit schwacher Stimme. »Und wenn Sie ihm gesagt hätten, dass er sterben soll, hätte er das sicher getan, nicht wahr?«

VII

Eines Morgens wachte das junge Mädchen wie immer früh auf.

Und wie immer war das Haus erfüllt vom Klang der Stimmen, der Musik, des Radios.

Sie wachte mit einem klaren Kopf auf. Dann, als würde ein Schalter umgelegt, strömten alle Geräusche in sie hinein. Sie spürte die Höhe der Decke.

In ihrem Zimmer war es extrem schwül. Sie war schweißgebadet und fühlte sich erschöpft, als wäre sie schon seit Stunden unterwegs gewesen. Der Luftdruck war niedrig. Ein beunruhigendes Gefühl breitete sich auf ihrer Haut aus, und sie spürte einen Sturm herannahen.

Ach, dachte sie mit einer vertrauten Müdigkeit, die Welt dreht sich immer noch.

Kaum wachte sie auf, waren Müdigkeit und Verzweiflung ihre ständigen Begleiter.

Doch heute nahm das Mädchen neben dem üblichen Lärm auch einen heiteren Hauch von Spannung in der Luft wahr. Sie wurde schlagartig hellwach. Sie erinnerte sich, dass heute ein besonderer Tag war.

Ein Sturm würde kommen.

Ach ja, erinnerte sie sich. Dieser Tag sollte ein ganz besonderer Tag für ihre Familie werden. Aber im Moment wusste das Mädchen als Einzige im Haus, dass es ein besonderer Tag werden würde, und zwar auf eine andere Weise, als ihre Familie und Nachbarn dachten.

VIII

»Sagen Sie mir, was Eugenia bedeutet.«

Mein Mund fühlt sich wie ausgedörrt an, als ich das sage.

»Der Name, den alle verstehen wollten. Wessen Name war es? Wer hat das Gedicht geschrieben?«

Sie schweigt. Die Luft kühlt ab, es ist, als ob die Temperatur plötzlich gesunken wäre.

»Das hat mich der Kommissar auch gefragt, ständig. Ich weiß es nicht. Aber schöner Name, nicht wahr?«

Ihr Tonfall ist jetzt völlig anders. Flach und ausdruckslos.

Sie wirft mir einen durchdringenden, verächtlichen Blick zu, der mich zurückschrecken lässt.

»Warum fragen Sie das? Woher soll ich das wissen? Ich hätte kein Wort von dem lesen können, was auf dem Papier stand, geschweige denn ein Gedicht. Wie brillant ein Gedicht auch sein mag, es bedeutet mir nichts, wenn es niemand laut vorliest. Wissen Sie, wie grausam das ist? In einer Bibliothek zu sein, umgeben von Büchern, die alle bedeutungslos sind, wenn nicht jemand bei mir ist?«

Ich erahne den Beginn eines Ausbruchs hinter dieser empörten Fassade.

»Hören Sie auf, sich zu verstellen!«, sage ich laut und scharf. »Fühlen Sie sich nicht im Geringsten schuldig?«

Doch meine Stimme zittert, und ich weiß, es klingt dumm, aber ich kann mich nicht mehr zurückhalten. Ich sehe sein Gesicht vor mir, das mich mit seinem besorgten Lächeln betrachtet.

»Warum haben Sie das getan? Warum wollten Sie Ihre Familie töten? All diese Menschen! Sogar Kinder! Warum, um Himmels willen? Haben sie Sie nicht alle geliebt?«

Endlich sprudelt die Anschuldigung aus mir heraus, aber es scheint sie nicht im Geringsten zu beeindrucken. Ihr Gesichtsausdruck bleibt derselbe. Unerschütterlich.

»Sagen Sie es mir! Ich will es nur wissen. Ich werde Sie nicht anzeigen. Ich werde es niemandem verraten. Sie wissen besser als jeder andere, dass ich keine Belege habe, nichts, was beweist, was Sie getan haben.«

An ihrer Stelle antwortet das Meer mit einem langen Wellenschlag.

IX

Ist es eine Sünde, etwas zu wissen? Zu wissen, dass etwas passieren könnte?

Das Mädchen hatte an dem Tag Mühe, sich aus dem Bett zu quälen.

Es muss eine Sünde sein, sagte eine Stimme in ihr.

Sie analysierte die Stimme in aller Ruhe.

Bin ich dann ein schlechtes Mädchen?, dachte sie. *Bin ich schlecht, weil ich schweige und nichts sage?*

Keine Stimme antwortete auf diese Frage.

Vielleicht habe ich es auch falsch verstanden, dachte sie. *Oder vielleicht habe ich es mir eingebildet. Vielleicht passiert gar nichts. Es könnte einfach ein lustiger, fröhlicher Tag werden, an den man sich gerne erinnert. Die Welt könnte sich einfach weiterdrehen wie bisher.*

Das Mädchen lag auf ihrem Bett und dachte nach.

Was, wenn doch etwas passiert?

Aus dem Haus ertönten lebhafte Stimmen und das eilige Getrappel von Pantoffeln.

Sie zuckte zusammen und bedeckte ihr Gesicht mit beiden Händen, überwältigt von unerträglichen Stichen der Verzweiflung und Niedergeschlagenheit.

Warum ist das immer so? Warum gibt es in diesem Haus nie Ruhe und Frieden?

Die Welt, nach der sie sich sehnte und von der sie so lange geträumt hatte, war weit entfernt von der, die sie kannte: eine Welt voller vulgärer Musik, Schimpfen und Murren, Schmeicheleien und Hörigkeit, bösem Klatsch, Verschwörungen, Intrigen und Manövern hinter den Kulissen und der betenden Stimme ihrer Mutter voller Heuchelei und Verdammnis.

Abgesehen von ihrem Sehvermögen waren die Sinne des Mädchens extrem geschärft. Sie hörte und fühlte sehr intensiv. Alle wussten das, aber niemand ermaß den Grad ihrer Sensibilität.

X

In der Ferne höre ich das Geräusch eines Lastwagens mit Megafonen, der Werbung für eine Pachinko-Spielhalle macht. Dann verhallt es wieder.

Sie verzieht das Gesicht.

»Ich hasse das«, sagt sie. »Warum ist die Welt mit so einem schrecklichen Lärm erfüllt? Lauter, ohrenbetäubender, kreischender Lärm – als ob sie nicht wollten, dass jemand denken kann. Die Menschen versuchen, die Welt mit Lärm zu überziehen, weil sie den Klang ihrer eigenen Stimme oder die eines anderen nicht ertragen können.«

Sie zittert und schlingt beide Arme um sich, eine Geste, die in mir einen starken Ekel auslöst.

»Bitte, weichen Sie der Frage nicht aus«, bettle ich. »Das ist meine einzige Chance. Sagen Sie es mir, ich flehe Sie an, auch um seinetwillen. Die Zahl der Opfer hat an diesem Tag nicht aufgehört zu steigen, wissen Sie. Es werden immer mehr.«

Ich packe sie an der Schulter. Ihrer knochigen, zu dünnen Schulter.

Aber wie ich befürchte, nimmt sie meine Worte gar nicht wahr.

»Hören Sie das! Wer braucht schon Radio und Trompeten, wenn die Welt von all dieser Musik erfüllt ist?«

Ihre Stimme klingt hohl. Unwirsch streift sie meine Hand von ihrer Schulter, steht auf und geht unsicher davon.

XI

Es war ihr Wunsch.

Es war schon so lange ihr sehnlichster Wunsch, dass sie sich nicht mehr erinnern konnte, wann er eingesetzt hatte.

Alleine zu sein. Zeit allein im Haus zu verbringen. Ihre Zeit in Stille zu verbringen. Und die wahre Musik der Welt zu hören, die man nur in stillen Momenten genießen kann.

Ein stürmischer Regen begann zu fallen. Das Geräusch der großen Tropfen, die gegen die Glastür schlugen, dämpfte alle anderen Geräusche. Bald war es sogar laut genug, um die Stimmen der spielenden Kinder an der Hintertür zu übertönen.

Der Wind brachte immer mehr Regen.

Ein Sturm bahnte sich an. *Ein Sturm, der alles fortreißt. Ein Sturm, der mir alles bringen wird.*

Sie wusste, dass sie stark sein musste, um es zu bekommen, denn was sie dafür aufgeben musste, war viel. Aber sie musste es bekommen, wenn sie überleben wollte.

Sie atmete leise ein und aus und rief sich die Worte ins Gedächtnis, die sie immer wieder ausgesprochen hatte: *Ich muss stärker und klüger sein als alle anderen. Ich muss gerissener und bösartiger sein als alle anderen. Um die Welt zu bekommen, muss ich die Kraft haben, alles zu akzeptieren.*

Das war das Einzige, was sie für den jungen Mann tun konnte, der ihren Wunsch erfüllen würde, und sie würde es für ihn tun.

Eugenia, meine Eugenia.

Eine leise Stimme hallte in ihrem Kopf wider.

Um dich wiederzusehen, Reiste ich all diese Zeit allein.

Der junge Mann und das Mädchen hatten auf der Bank am Meer gesessen und dieses Gedicht gemeinsam durch das Glas hindurch erschaffen. Sie hatten es immer wieder aufgesagt und von diesem Tag geträumt.

Sie hatte ihn den Kindern in der Kirche als »Yūjin« vorgestellt, mit dem gehobenen Wort für »Freund«. Die Kinder dachten, es sei sein Name. Judschin, Judschin, riefen sie ihn fröhlich.

Selbst jetzt kannte das Mädchen seinen Namen nicht. Sie wollte ihn auch nicht wissen.

Sie war auf der Suche nach einem anderen Land gewesen. Einem Traumland, das niemand sonst kannte. Einem Land, in dem es keine Welt gab, einem Utopia voll ewiger Ruhe, nur für sie beide.

Die beiden hatten dieses Land Eugenia genannt.

XII

Plötzlich verstummt das Rauschen der Wellen.

Eine unbehagliche Stille kehrt ein.

»Es geht ein Engel durch den Raum«, flüstert sie, fast singend.

»Engel? Was ist das für ein Unsinn?«

Sie gibt keine Antwort auf meine wütende Frage.

Ihre Hände bewegen sich leicht, als würden sie tanzen.

»Die Welt ist verschwunden. Aber es ist seltsam, dass sie noch da ist. Wo bin ich dann, frage ich mich.«

Ich kann mir keinen Reim auf ihre Worte machen. Sie ist ganz in ihrer eigenen Welt.

»Ist er in unserem Traumland angekommen? Und was ist mit mir? Bin ich jetzt dort? Wenn ja, dann ist meine Reise zu Ende. Ist meine Reise wirklich zu Ende?«

Ich folge ihr, dieser mageren Frau mittleren Alters, die beim

Gehen vor sich hin murmelt. Innerlich flehe ich sie immer wieder an: »Bitte sag es mir, ich bitte dich«, wie ein Mantra.

»Diese Leute waren so laut, wissen Sie, die ganze Zeit. Schon seit ich klein war. Sie konnten nicht still sein. Sie redeten ständig, waren nie glücklich, wenn sie nicht irgendeinen Lärm machten. Sie hatten kein Vertrauen in den Wert ihrer eigenen Existenz.«

Sie blickt auf das Meer und breitet die Arme aus.

»Wo doch die Welt mit so schöner Musik wie dieser erfüllt ist. Finden Sie nicht auch?«

Die Wellen sind rot gefärbt. Die von der Sommerhitze erschöpfte Luft schwebt in der Abenddämmerung über dem Meer.

Wie eine kranke Katze schleicht eine Frau mittleren Alters über den Gehweg, in rotes Licht getaucht.

»Oh, so eine schöne Blume!«

Sie hält plötzlich inne, ihre Stimme schrill vor Freude.

»Genauso eine Blume, wie wir sie zu Hause hatten. Mensch, das erinnert mich an früher. Wie heißt die denn noch mal?«

Sie deutet in die Ferne. Obwohl ich weiß, dass sie sich umgedreht hat, um mich anzusehen, kann ich weder sie noch die Blume, auf die sie zeigt, deutlich erkennen, weil die Tränen der Wut meinen Blick trüben und das Gegenlicht blendet.

»Ich kann nichts sehen. Ich kann nichts sehen«, murmele ich und schüttele den Kopf.

Ich kann nichts sehen. Nicht sein Gesicht. Nicht ihr Gesicht.

Ihre Konturen verschmelzen zu einem roten Meer.

»Ich kann sehen.«

Die Stimme klingt fern und voller Zuversicht.

»Hier, diese Blume. Warum ... macht sie mich so unerträglich sentimental?«

14

ROTE BLUMEN, WEISSE BLUMEN

I

Die Zikaden zirpen schrill.

Die Hitze ist so drückend wie eh und je, aber die Sonne hat allmählich an Biss verloren.

Die Laute der Zikaden verursachen bei ihr immer ein Gefühl der Benommenheit, betäuben ihr Gehirn, als würde sie körperlich in eine bereits vergangene Jahreszeit zurückgerissen werden.

Städte und Menschen erzeugen Klänge, wenn sie sich verändern. Dieselbe Welt gibt es nie zweimal. In jedem Moment, mit jeder Sekunde leben die Menschen in einer anderen.

Sie läuft allein durch die Stadt, in der sie einst als Kind gelebt hat.

Ohne Ziel, ohne Plan.

Ihr Körper bewahrt eine ungefähre Erinnerung an die Geografie, die es ihr ermöglicht, sich wie ein heimkehrender Wanderfisch durch das Treiben zu schlängeln. Das Geräusch ihrer Schritte hallt in ihrem Körper wie ein doppeltes Echo wider, eine subtile Überschneidung zwischen der Art, wie sie früher hier ging, und der Art, wie sie jetzt hier geht.

Nur für ein paar Stunden.

Sie ist auf einem Zwischenstopp, auf dem Rückweg nach

Tokio, nachdem sie ihren Mann auf seinem derzeitigen Posten besucht hat.

Der Sommer scheint immer zur Neige zu gehen, wenn sie hierherkommt.

Vom Asphalt steigen Hitzeschleier auf, und die Luft ist heiß und dick, als befände man sich in einem Dampfschiff.

Sie versteht selbst nicht, warum sie hier ausgestiegen ist. Sie hat zwar über ihre Erinnerungen an diese Stadt ein Buch geschrieben, aber das ist für sie schon Teil der Vergangenheit geworden.

Was will ich hier?

Ratlos schaut sie sich um, als ob die Antwort irgendwo auf den Straßen geschrieben stünde.

Die Werbeschilder im Stadtzentrum sind wild zusammengewürfelt, aber fast zusammengeschmolzen wie zu einer Haut über der Stadt. Alle sind jeden Tag wieder der gleichen Sonne und dem gleichen Regen ausgesetzt, sodass sie in einem ähnlichen Farbton verblasst sind.

Wie eine Familie, denkt sie. Obwohl jeder Mensch ein Individuum ist, nehmen Menschen einen ähnlichen Farbton an, wenn sie lange dieselbe Luft atmen.

Sogar Paare wie wir ähneln einander.

Sie denkt an den Ehemann, von dem sie sich gerade verabschiedet hat. Ob es noch mehr Paare gibt wie uns, fragt sie sich, denen andere Menschen so gleichgültig sind, natürlich inklusive dem eigenen Partner? Aber da jeder dem anderen genauso gleichgültig ist, ist es nicht verwunderlich, dass sie bis jetzt ohne Zwietracht ausgekommen sind.

Sie rechnet halb damit, dass der Weggang ihrer Tochter das Ende ihrer Beziehung bedeutet, aber seit Kurzem glaubt sie, dass sie vielleicht so weitermachen können wie bisher. Dass sie miteinander auskommen, ohne sich groß um den anderen bemühen zu müssen, bedeutet, dass sie als Paar eigentlich perfekt zusammenpassen. Es wäre nicht einfach, einen anderen Partner zu finden, der so wenig Einsatz erfordert. Wahrscheinlich war das eine schicksalhafte Begegnung, denkt sie mit einem schiefen Lächeln.

Unerwartet kommt ihr das Bild eines gutmütigen jungen Mannes in den Sinn. Eines jungen Mannes, der in einem aufgeheizten Zimmer Kassetten immer wieder zurückspult, Fruchtsaft aus der Dose trinkt und schweigend Transkriptionen in einem Notizbuch vornimmt. Eines gutmütigen jungen Mannes, jünger als sie, in dessen Gesellschaft sie vor langer Zeit einmal viele Tage verbracht hat.

Warum denkt sie jetzt an ihn? Wahrscheinlich doch Sentimentalität? Sie hatte ihn damals gebeten, ihr zu helfen, weil sie ihn tief in ihrem Innern mochte.

Der Gedanke verwirrt sie, und sie schlendert weiter.

Das geschäftige Treiben dieses Wochentagnachmittags gibt ihr das Gefühl, angenehm entspannt und lethargisch zu sein.

Sie fällt nicht auf. Als ob sie einfach eine Hausfrau sein könnte, die am frühen Nachmittag über die Straße geht. Niemand dreht sich nach ihr um, nichts an ihr fällt auf. Dieses Wissen beruhigt sie.

II

Es ist eine seltsame Sache, eine Beziehung zu einem anderen Menschen zu haben.

Sie denkt darüber nach.

Niemand weiß, was Menschen zusammenbringt und was sie voneinander trennt.

Unbewusst führen ihre Füße sie zu einem japanischen Garten im Zentrum der Stadt. Sie wirft einen Seitenblick auf die Ströme von Reisegruppen und schlendert neben ihnen her, bevor sie allein von der üblichen Route abweicht, in Richtung des Gebäudes.

Es ist ein ruhiger Raum, von Mauern umgeben.

Die Temperatur im Innern des großen Holzgebäudes ist deutlich niedriger, und ein muffiger Geruch liegt in der Luft.

Nur wenige Touristen wagen sich aus dem Garten in dieses Haus. Ihr leises Flüstern wird wie eine kleine Welle vom Innenraum absorbiert.

Ein dunkles japanisches Haus. Die offene Veranda lenkt den Blick auf die Landschaft.

In diesem Raum der Ruhe und Reinheit verspürt sie immer ein leichtes Gefühl der Angst.

Japanische Gärten erzeugen eine starke Spannung durch ihre klare Trennung zwischen dem Betrachter und dem Betrachteten. Eine tödliche Atmosphäre, wie ein Spiel um Leben und Tod.

Der Beobachter und das Beobachtete. Und ich war wohl eine Beobachterin, denkt sie.

Sie blickt starr auf das eingerahmte Gartenquadrat.

Und *sie* war immer eine der Beobachteten, und das wusste sie.

Sie starrt auf den Garten, auf die verschiedenen Farbabstufungen des Grüns.

Wenn es keinen Beobachter gibt, existiert auch der Beobachtete nicht.

Diese Gedanken kommen ihr, als sie den Garten betrachtet. Ein Garten wie dieser, in dem jeder Blickwinkel gezielt geschaffen wurde, in dem Bewusstsein eines Betrachters, würde ohne das aufmerksame Auge eines Beobachters nicht existieren.

Beobachter und Beobachtetes sind Komplizen, aber die Grenze zwischen ihnen ist unüberwindbar.

Ich wollte eine wertschätzende Beobachterin sein.

Sie wendet den Blick vom Garten ab.

Für eine richtige, wertschätzende Beobachterin stellt sich die Frage nach Schuld oder Unschuld nicht.

Sie geht den dunklen Korridor entlang und die Treppe hinauf. Ein Knarren der Stufen verfolgt sie.

Dass sie damals existierte, war eine Art Wunder. Und ich wusste das. Aber fast niemand sonst wusste es. Es gab Leute, die sie als schöne junge Frau verehrten und sie mit Respekt behandelten, aber das war auch alles.

In der Nähe sieht sie tiefgrüne Tannenbäume.

Aber ich wusste es. Ich war die Einzige, die es verstand. Wunder gibt es, aber die Frage ist, was sollen diejenigen, die sie verstehen, damit anfangen? Sollen sie erzählen, was sie wissen? Sollten sie Aufzeichnungen hinterlassen?

Eine schwache Brise weht und streicht ihr sanft über die Wangen.

Es ist so schade, dass ich nicht in der Lage war, bessere Aufzeichnungen zu schreiben. Wenn ich nur mehr Talent gehabt hätte, wäre ich vielleicht in der Lage gewesen, etwas Vollständigeres zu hinterlassen. Aber das war das Beste, was ich erreichen konnte.

Sie bedauert ihr Versagen zutiefst.

Es ist so schwierig, ein Wunder angemessen zu beschreiben. Künstler aller Epochen haben sich damit auseinandergesetzt. Ich möchte mich nicht mit ihnen vergleichen.

Ein kleiner Raum kommt in Sicht.

Ein dunkler, blauer Raum. Ein kalter, klarer, geräuschloser Raum. Ein Raum, dessen Wände mit kostbarem blauem Pigment in komplizierter Handarbeit gefärbt sind. Allein vom Anschauen bekam man eine Gänsehaut.

Sie denkt an ein junges Mädchen, das hier vor langer Zeit stand.

Ein Erwachsener hält ihre Hand, während sie in den Raum blicken.

Sie sieht ein Mädchen im kalten Korridor stehen. Sie trägt eine weiße Bluse und einen dunkelblauen Rock mit Schulterriemen.

Das Mädchen schaut sie ebenfalls an.

Die beiden stehen nebeneinander im Korridor und blicken in den abweisenden, kalten Raum.

Das Mädchen öffnet ihre großen, klugen Augen und blickt aufmerksam und auch etwas ängstlich hinein.

Sie starrt aufmerksam auf die Gestalt von Hisako, bevor sie ihr Augenlicht verlor.

III

»Meine Güte – Sie sind doch nicht etwa ... Sie haben doch das Buch geschrieben, oder? Oh, das dachte ich mir doch!«

Die Frau hatte wirklich ein gutes Gedächtnis.

Das letzte Mal waren sie sich vor ihrer Hochzeit begegnet, als ihre Frisur und ihr Kleidungsstil noch ganz anders waren. Aber obwohl sich ihre Blicke nur wenige Sekunden lang getroffen hatten, war es der Frau gelungen, sie zu identifizieren, bevor sie selbst sich überlegen konnte, wer diese Fremde sein könnte.

Die Frau war mollig und mittleren Alters, mit einer freundlichen, zuvorkommenden Art, die davon ablenkte, dass sie eine äußerst fähige Polizeibeamtin war.

Bei ihrer letzten Begegnung war sie sehr beeindruckt von der Polizistin gewesen, die schlagfertig war, immer genau die richtigen Worte wählte, ein bis ins kleinste Detail genaues Gedächtnis hatte und nie etwas Vages oder Haltloses sagte. Natürlich war sie auch eine aufmerksame Zuhörerin, die man nicht mit Widersprüchen oder Ausflüchten täuschen konnte. Darüber hinaus strahlte die Polizistin eine emotionale Stabilität und ein Einfühlungsvermögen aus, das die Menschen beruhigte und ihnen das Gefühl gab, dass sie ihr vertrauen konnten. Deshalb entspannte sie sich auch bei dieser unerwarteten Begegnung sofort und neigte zur Begrüßung den Kopf.

Sie hatten sich in einer Ecke des Bahnhofs unterhalten.

Die Polizistin hatte von ihren Eindrücken von dem Buch erzählt, und sie sprachen über alles, was seither geschehen war. Es war ein kurzes, aber ausführliches Gespräch, bei dem sie die Effizienz der Polizistin erneut zu schätzen lernte. Sie verschwendete weder ihre eigene noch die Zeit anderer Leute.

Und in dem Moment kam es zur Sprache.

Als sie das letzte Mal mit der Polizistin gesprochen hatte, war sie noch Studentin gewesen, und vielleicht hatte die Polizistin die Informationen nicht als relevant für das Buch, das sie gerade schrieb, angesehen. Aber bei dieser Gelegenheit kam es zufällig zur Sprache.

Es ging um die Zeit unmittelbar nach dem Vorfall, als die Polizisten die Überlebende zum ersten Mal befragt hatten.

Als sie den Inhalt dieser Befragung erfuhr, war sie schockiert, aber sie versuchte, einen gleichgültigen Gesichtsausdruck zu bewahren und weiter zuzuhören.

»Natürlich hat das Kind verstanden, in welch entsetzlicher Lage es sich befand«, hatte die Polizistin gesagt. »Sie ahnte wohl auch, dass der größte Teil ihrer Familie gestorben war. Denn natürlich hatten sie um sie herum alle geschrien.«

Die Polizistin stand am Rande des Bahnhofs, abseits der Menge, und erzählte.

»Als sie ins Krankenhaus gebracht wurde, war sie zunächst in einem panischen Zustand. Extrem aufgeregt. Sie brabbelte immer wieder etwas vor sich hin, schien sich aber nicht bewusst zu sein, dass sie gerade sprach. Ich konnte nicht verstehen, was sie sagte, und die Krankenschwestern auch nicht.«

Sie sah das junge Mädchen vor ihrem inneren Auge im Bett liegen. Sie. Die Überlebende. Hisako.

»Sie gaben ihr eine Beruhigungsspritze«, fuhr die Polizistin fort, »und als sie aufwachte, hörte ich ihr wieder zu. Ich war sehr aufmerksam und habe genau zugehört. Ich habe oft versucht, sie zum Sprechen zu bringen, und zwar in einem langsameren Tempo, weil ich es für wichtig hielt, dass sie sich alles von der Seele redet. Und natürlich bestand die Chance, dass ich auch Hinweise erhalten würde, Hinweise, die zur Wahrheit führen würden.«

Nun sah sie die Polizistin vor sich, die Hisako geduldig zuhörte und ihr immer wieder Fragen stellte, wobei sie jeden Nerv anspannte, um nichts zu verpassen.

»Aber ich konnte nicht wirklich verstehen, was Hisako sagte. Sie antwortete zwar auf Fragen, aber nicht auf den eigentlichen Inhalt der Fragen.«

Die Polizistin und die Ärzte sahen einander ratlos an.

Aber sie blieben geduldig und fragten weiter.

Als sie endlich verstanden, was das Mädchen redete, waren alle zutiefst verwundert.

»Es ging um die Farbe«, sagte die Polizistin. »Die ganze Zeit über murmelte sie etwas von der Zeit, als sie noch sehen konnte. Wir hatten nicht die geringste Ahnung, warum sie darüber sprach. Die Ärzte meinten, dass sie vielleicht unbewusst in eine Zeit flüchtete, in der sie noch lebhafte Eindrücke gewann, dass vielleicht die Angst davor, eine Tragödie zu erfassen, die sich in einer Welt ereignet hatte, in der sie nicht sehen konnte, sie an einen Ort getrieben hatte, an dem sie die Welt noch durch ihre Augen erfassen konnte. Das hat mich sehr beeindruckt«, fuhr die Polizistin fort. »Ich hörte ihr zu, wie sie sich wie ein Tonband wiederholte, und manchmal lief es mir kalt den Rücken runter. Sie sagte immer wieder das Gleiche, wie eine kaputte Schallplatte: ›Jemand steht mit mir vor dem blauen Zimmer. Ich habe Angst vor den weißen Kräuselmyrtenblüten.‹

Mehr hat sie nicht gesagt. Aber sie wiederholte es endlos. Ich habe mir den Kopf darüber zerbrochen, was es bedeuten könnte, bin aber letztendlich nicht darauf gekommen. Sie selbst konnte sich später nicht daran erinnern, es gesagt zu haben, obwohl sie es ständig wiederholt hatte. Ich frage mich wirklich, was um alles in der Welt das Kind gesehen hat, als es seine Familie sterben hörte. Hat sie sich in glücklichere Zeiten geflüchtet?«

Es kam mir vor, als hätte das Gespräch stundenlang gedauert, aber in Wirklichkeit waren nur zwanzig Minuten vergangen.

Die Augen der pummeligen Polizistin schweiften in die Ferne.

Vielleicht erinnerte sie sich an diese Zeit und an das junge Mädchen, das immer wieder von Farben gesprochen hatte. Es war das einzige Mal, dass ihr altersloses Gesicht ihr Alter verriet.

»Jetzt fällt mir ein: Während sie sprach, bewegte sie ständig ihre Hände. Wie war das noch? Eine Art kreisförmige Bewegung. Ich frage mich, was das zu bedeuten hatte.« Die Polizistin runzelte die Stirn und sah sie an, als wollte sie sie nach ihrer Meinung zu diesem Geheimnis fragen, über das sie seit Jahren rätselte.

Aber sie war weit davon entfernt, eine Antwort geben zu können.

Was sie gehört hatte, löste bei ihr einen Schock aus.

IV

Sie verlässt das alte Gebäude und geht hinaus in den üppigen grünen Garten.

Sie kann sich nicht daran erinnern, dass sie sich damals von der Polizistin verabschiedet hat. Zweifellos hat sie sich verbeugt und etwas gesagt, aber ihr Kopf war zu sehr mit dem beschäftigt, was sie gerade gehört hatte, um sich heute an ihren Abschied erinnern zu können.

Was hat sie danach getan, um den Schock zu überwinden? Daran kann sie sich auch nicht erinnern.

Das blaue Zimmer und die weißen Blumen. Weiße Kräuselmyrtenblüten.

Sie hatten auch in diesem Sommer in voller Blüte gestanden.

Die Laute eines Zikadenchors durchdringen sie.

In ihrem Kopf vermischen sie sich mit den Worten auf dem Zettel, der in der Küche hinterlassen wurde.

Um dich wiederzusehen,
Reiste ich all diese Zeit allein.

Was hoffte Hisako zu erreichen, indem sie diese Notiz dort hinterließ? Für wen war der Brief bestimmt? Wer war es wirklich, dem Hisako alles opfern wollte?

Wut und Enttäuschung kochen plötzlich in ihr hoch.

Ich sollte doch die wertschätzende Beobachterin sein … Ich sollte doch die sein, die alles weiß.

Lange unterdrückte Gefühle kommen an die Oberfläche. Wer weiß, dass er selbst ein wertschätzender Beobachter ist, wünscht sich trotzdem, dass diese Fähigkeit anerkannt wird.

Zunächst von der Öffentlichkeit. Und dann von der Person, die beobachtet wird.

Hisako muss meine Botschaft doch erhalten haben. Das Buch war als Botschaft für sie allein gedacht: Ich sehe dich, ich weiß dich zu schätzen. Es machte nichts aus, wenn niemand sonst das Buch las, solange sie es tat.

Wieder sieht sie einen jungen Mann vor sich, der fleißig transkribiert, und fühlt eine Mischung aus Zuneigung und Verachtung.

Er hat mich missverstanden. Er dachte, ich hätte ihn gebeten, mein Assistent zu werden, weil ich ihm näherkommen wollte. Im Nachhinein weiß ich nicht, ob er völlig falschlag. Aber er war der Einzige, den ich um diese Arbeit hätte bitten können. Ich war geblendet von seiner guten Erziehung und glücklich, dass er mich zu mögen schien. Ich beneidete ihn um seine Gutmütigkeit. Er wusste nichts von den Morden, und vor ihm konnte ich stolz darauf sein, dass ich etwas mit der Tragödie zu tun hatte.

Sie blinzelt gegen die grünen Schatten an, die auf ihr Gesicht fallen.

Wir werden zusammen sein, ab jetzt und für immer.

Sie sieht Hisako in ihrer gepunkteten Bluse vor sich, die gelassen und mit leiser Stimme das Gedicht liest.

Ich bin die Einzige auf der Welt, die die echte Hisako kennt. Aber ich habe nicht die Absicht, sie wegen irgendetwas zu beschuldigen. Ich würde nie etwas so Triviales oder Taktloses tun.

Der Kies knirscht unter ihren Füßen, und sie hört das Stimmengewirr der Touristen.

Zum ersten Mal seit Langem denkt sie über das alles nach.

Ja, ich weiß, warum Hisako getan hat, was sie getan hat.

Knirschender Kies. Lachende Touristen. Das ferne Zirpen der Zikaden.

Ein Winkel ihres Gehirns fühlt sich leicht taub an.

Ich habe sie die ganze Zeit gekannt. Schon bevor ich das Gedicht gelesen habe. Ich kannte sie, lange bevor die Morde geschahen, ich kannte sie, bevor ich geboren wurde.

Sie blickt hinauf in das Sonnenlicht, das durch die Bäume fällt.

Hisako musste etwas tun. Sie musste etwas Großes vollbringen, etwas Bedeutendes. Sie hatte keine Wahl. Wenn nicht das passiert wäre, wäre es etwas anderes gewesen, vielleicht sogar etwas noch Größeres.

Die Sonnenstrahlen, die durch die Blätter fallen, blenden sie.

Es ist, als würde jemand Lichtkugeln auf mich abschießen. Werde ich getadelt? Beschuldigt? Warum ich?

Sie taumelt in den Schatten eines Baumes und lässt sich auf eine Bank sinken. Sie nimmt ein Taschentuch aus ihrer Tasche und wischt sich über die Stirn. Der Schweiß rinnt ihr unangenehm den Rücken hinunter.

Diese Polizistin schwitzte nie. Ihre Haut war immer glatt, und ihr Make-up verschmierte nie. Genau wie eine Puppe. Ein rätselhafter Mensch.

Fast wie ein Roboter.

Ein Gesicht mit einem entrückten Ausdruck in den Augen huscht durch ihre Gedanken.

Ich habe immer versucht, jemand zu sein. Jemand anderes als ich selbst. Ich wollte wissen, wie es sich anfühlt, jemand zu sein, der nicht ich ist.

Hisako.

Aber letztendlich wurde mir klargemacht, dass ich nur eine Beobachterin bin.

Sie umklammert das Taschentuch und jagt dem Bild nach.

Ich bin froh, dass Hisako auf der anderen Seite des Ozeans lebt. Zum Glück wurde die Verjährung ausgesetzt. Das bedeutet, dass die Verbindung zwischen uns bestehen bleiben kann.

Sie merkt, dass sie erschöpfter ist, als sie dachte.

Das kommt davon, wenn man an einem heißen, schwülen Nachmittag durch die Straßen wandert.

Warum ist es so dunkel? Vielleicht habe ich einen leichten Sonnenstich.

Sie sieht sich nach einem Teehaus um, wo sie etwas zu trinken kaufen kann.

Ich wünschte, ich wäre dieser Polizistin nicht begegnet, denkt sie verbittert und kämpft gegen die Übelkeit an.

Wenn diese Frau nur nicht so ein gutes Gedächtnis hätte. Wenn sie mich nur nicht wiedererkannt hätte.

Bitteres Bedauern, lange vergraben in dem bewussten Versuch zu vergessen, schwelt in ihrem Herzen.

Dann hätte mein Wunder für immer bestehen bleiben können.

V

Sie steht auf und will sich wieder auf den Weg machen, aber ihr wird schwindelig, und sie setzt sich wieder auf die Bank.

Ihr Körper fühlt sich schwer an. Sie beschließt, sich erst noch ein wenig auszuruhen, bevor sie sich etwas zu trinken holt.

Sie setzt sich und stößt einen kleinen Seufzer aus.

Weiße Kräuselmyrtenblüten.

Die Polizistin weiß es nicht. Wahrscheinlich wird sie es nie erfahren.

Sie reibt sich die Schläfen.

Hisako kann diese Blumen nicht gesehen haben.

Das Sonnenlicht blendet sie.

Sie kann sie nicht gesehen haben.

Sie erinnert sich daran, wie Hisakos Gesicht sich auf die Blüten richtete.

So malerisch. Wenn ich ein Künstler wäre, würde ich diese Szene für die Nachwelt malen.

Hisako hat Veränderungen in ihrer Umgebung sofort wahrgenommen.

Sie reagierte besonders sensibel auf Geräusche und Gerüche und bemerkte jede Blume sofort. Sie schien so gut zu wissen, als hielte sie sie in der Hand, in welchem Stadium der Blüte sie sich befand, ob in der Knospe oder kurz vor dem Abfallen.

Ah, die Sonne tut weh.

Ein dumpfer Schmerz pocht hinter ihren Augen, und sie reibt sie.

Und doch, Hisako …

Die gepunktete Bluse. Das Haar, das in der Brise weht …

Hisako wusste nicht, was eine weiße Kräuselmyrte ist.

Sie hatte zwar den blühenden Baum vor ihrer Haustür gesehen, aber sie wusste nicht, dass es eine Kräuselmyrte war.

Das wusste ich die ganze Zeit.

Hisako hatte das missverstanden. Sie glaubte, es sei eine andere Art von Baum.

Unglaublich. Niemand hat es bemerkt, weder die Familie noch sonst jemand. Auch ich habe es nur zufällig herausgefunden.

Als Hisako noch sehen konnte, sah sie die Blüten an dem Baum vor der Aosawa-Klinik. Aber erst nachdem sie ihr Augenlicht verloren hatte, muss ihr jemand den Namen der Pflanze beigebracht haben.

Der Name wird ganz anders ausgesprochen als geschrieben, und vielleicht kannte die Person, die ihn ihr beigebracht hatte, den Namen selbst nicht richtig.

Die Kräuselmyrte blüht lange, entweder mit roten oder weißen Blüten. Aber Hisako hatte ein anderes Wort dafür im Kopf, von dem sie überzeugt war, dass es der Name der Pflanze war, die vor ihrem Haus blühte: Hyakunichikō statt Sarusuberi.

Aber Hisako wusste dennoch, dass es eine Pflanze gab, die »Sarusuberi« ausgesprochen wurde, und sie benutzte den Namen Kräuselmyrte für eine andere Blume, die sie in der Vergangenheit gesehen hatte.

Das wusste ich. Ich bin wahrscheinlich der einzige Mensch, der das wusste.

Sie starrt auf die Kieselsteine zu ihren Füßen. Runde Steine, die vor Hitze weiß glühen. Unter ihrem Blick werden sie größer und bilden ein weiß gepunktetes Muster.

Eine gepunktete Bluse. Hisako, die mit zusammengekniffenen Augen in den Wind schaut.

Die ferne Vergangenheit erscheint jetzt verblüffend lebendig und klar, wundert sie sich. Liegt es daran, dass ich wieder in dieser Stadt bin? Aber ich habe mich noch nie an eine Stadt gebunden gefühlt.

Und das Interesse an dieser Stadt hier habe ich schon lange verloren, sofort nachdem das Buch beendet war.

Aber jetzt bist du wieder hier, stimmt's?

Es ist eine kühle Stimme in einem Winkel ihres Herzens, die da spricht.

Wenn du das Interesse verloren hast, was machst du dann hier?

Sie schüttelt schwach den Kopf, weil sie keine Lust hat zu antworten.

Ich weiß es nicht. Aber die Erinnerung an die Hisako, die ich als Kind kannte, ist stark. Ich erinnere mich an die Berührung ihrer Haare und sogar an die Luft, die sie atmete.

Und auch ihre Stimme, wie sie mir davon erzählte ...

VI

Ich war beim blauen Zimmer. Da war ich noch ganz klein.

Das ist eine komische Geschichte.

Ein kaltes Blau. Mich fröstelte, und nicht mal die Luft bewegte sich.

Da konnte ich noch sehen. Neben mir stand ein Erwachsener. Ich weiß nicht genau, wer.

Ich hatte irgendwie Angst. Warum, hab ich vergessen. Aber ich stand da und war ängstlich.

Fühlte sich an, als wären da Fledermäuse.

Ich hatte Angst. Solche Angst.

Obwohl doch jemand bei mir war, fühlte ich mich ganz allein.

Der blauen Raum. Der kalte blaue Raum. Allein vom Anschauen wurde die Luft schon kalt. Meine Haut war wie Eis.

Ich stand lange Zeit da, ohne etwas zu sagen. Ich musste so lange, so lange Zeit an dem blauen Raum stehen.

Ich starrte die Wände des Raumes an. Kalte blaue Wände. Ich wollte so gerne da weg, aber ich konnte nicht.

Ich wollte die Person, die bei mir war, um Hilfe bitten, aber auch das konnte ich nicht. Ich konnte nicht sprechen. Ich konnte mich nicht bewegen. Ich war so angespannt, und ich hatte Angst.

Die Person, die bei mir war, hat sich auch nicht bewegt. Sie stand einfach hinter mir, als würde sie aufpassen, dass ich nicht weglief.

Das war alles.

Ich erinnere mich nicht, was danach geschah.

Ich erinnere mich nur daran, dass ich mit jemandem im blauen Raum war und dass ich große Angst hatte.

VII

Sie spürt einen kalten Wind.

Jedes Mal, wenn sie sich an Hisakos Stimme, an diese Geschichte erinnert, fröstelt es sie bis ins Mark. Sogar jetzt. Sogar an diesem unerträglich heißen, schwülen Sommernachmittag spürt sie den kalten Wind.

Als wären da Fledermäuse.

Solche unverständlichen Sachen hat Hisako manchmal gesagt.

Hisako sprach häufig von Dingen, die nicht sichtbar waren, als ob sie es wären, und umgekehrt, denn da sie sehr früh ihr Augenlicht verloren hatte, war ihr Wissen über Dinge, die sie tatsächlich gesehen hatte, durcheinandergeraten mit Dingen, die sie nicht gesehen hatte. Aber diese Ausdrucksweise ließ Hisako noch geheimnisvoller und wundersamer erscheinen. Das ließ die anderen denken, es wäre seltsam und dumm, ihre Worte nicht zu verstehen.

Wenn also jemandem aufgefallen wäre, dass sie nicht wusste, was eine Kräuselmyrte ist, und diesen Namen für etwas anderes verwendete, wäre er nie darauf gekommen, sie zu korrigieren. Vielleicht hätte dieser Jemand sich sogar gefragt, ob Hisako nicht doch recht hatte.

»Eigenartig. Ich fühle, wie Wut und Traurigkeit anschwellen.«

Solche Sachen sagte sie auch.

»Ich sehe sie nicht, aber ich spüre ihre Größe. Wie Ballons, die sich in der Dunkelheit ausdehnen. Mal ein Ballon der Wut, mal einer der Traurigkeit. Ich spüre ihre Größe und ihre Beschaffenheit. Zumindest spüre ich in meinem Kopf, wie sie sich anfühlen. Eine aufgeregte, fröhliche Stimmung funkelt. Ich sehe es nicht, aber ich merke, dass etwas hoch oben in der Luft funkelt. Liebe und Anbetung sind wie Luftströme oder Wärme.«

Hisako konnte ihre Gefühle gut erklären, aber manchmal, vielleicht aus Frustration, brach sie plötzlich mittendrin ab.

»Wir haben Kräuselmyrte bei uns zu Hause.«

Auch das sagte sie oft.

Wir dachten alle, dass sie den Baum vor dem Haus meinte.

Das hätte ja jeder gedacht. Der große Kräuselmyrtenbaum vor dem Haus mit den runden Fenstern.

Wir waren die Zuhörer. Das war unsere Rolle. Die wenigsten Menschen konnten mit ihr ein Gespräch führen. Sie hat uns viel erzählt. Wir haben ihr Fragen gestellt. Sie antwortete, und wir nickten. Sie lachte, und wir waren entzückt von ihrem Lachen und sogen es ein. Unsere Gespräche liefen immer so ab.

»Wir haben Kräuselmyrte bei uns zu Hause.«

Keiner wusste, was sie meinte.

Keiner, außer mir.

Und auch ich wusste nicht, was das bedeutete, bis ich diese sanftmütige Polizistin traf.

VIII

Sie sitzt zusammengesunken auf der Bank.

Ihr Gesicht ist weiß, Schweiß rinnt ihr über die Stirn.

Sie sitzt mit geschlossenen Augen da, das Gesicht verzerrt.

Das blaue Zimmer.

Hinter geschlossenen Augenlidern sieht sie das kleine Zimmer in dem alten Haus vor sich, das sie gerade verlassen hat.

Das junge Mädchen in der weißen Bluse, das vorhin im Gang stand, hat sie angesehen.

Nun steht sie wieder in diesem Gang.

Das Mädchen wird zu Hisako in einer gepunkteten Bluse, die in dem kühlen, dunklen Korridor steht.

Sie steht in der Mitte des Korridors und starrt Hisako an.

Zwischen ihnen ein Abstand.

»Ich dachte, es wäre dieses Zimmer«, sagt sie.

»Ach, dachtest du?«, antwortet Hisako.

»Ja. Dieses berühmte Zimmer. Das blaue Zimmer, über das Literaten geschrieben haben. Mit Wänden, die mit einem seltenen Pigment gestrichen sind. Ein Schmuckstück von einem Raum. Fehlerlos, exquisit gearbeitet. Kinder aus der Gegend kommen auf Schulausflügen her. Das Gebäude in der Ecke eines berühmten Gartens. Das Touristenziel. Aber als ich mit dieser Polizistin sprach, wurde mir mein Irrtum klar.«

Sie starrt Hisako an.

»Hier gibt es keine weiße Kräuselmyrte. Das ist nicht das blaue Zimmer, von dem du gesprochen hast.«

Sie sieht sich in dem kühlen Korridor um.

»Das stimmt«, antwortet Hisako.

»Es gibt noch ein anderes blaues Zimmer, nicht wahr?«

Sie sieht Hisako wieder an.

»Ja«, sagt Hisako.

Sie erinnert sich. An das Haus, an dem sie mit ihren Freunden auf dem Heimweg von der Schule vorbeikam.

»Dein Haus. Mit den Bullaugenfenstern. Die drei runden Fenster in einer Reihe. Von Weitem sah es aus wie ein Schiff.«

Niemand nannte die Leute, die dort wohnten, bei ihrem Namen. Es hieß immer nur »die Runde-Fenster-Leute«.

»Zuerst dachte ich, Runde Fenster sei ein Nachname. Ich war oft dort, in deinem Haus. Ein prächtiges Haus. Der Mittelpunkt des Viertels. Dein jüngerer Bruder war immer nett zu mir. Wann immer er mich sah, bat er mich herein und gab mir Süßigkeiten.

Brausebonbons, die sich auf der Zunge auflösten. Ich erinnere mich heute noch an den Kick dieses bittersüßen Geschmacks. Es war stilvoll dort, immer klassische Musik im Hintergrund und kein unnötiges Durcheinander.

›Hier! Das ist mein Zimmer. Warte, ich hol uns Saft.‹

Ich bin deinem Bruder ins Haus gefolgt und habe mich vorsichtig umgesehen. Die Flure waren sauber und poliert, die Decken hoch, und das Haus wirkte wie aus einem Film. Ich suchte nach diesen Fenstern, weil ich wissen wollte, wie es ist, durch sie nach draußen zu schauen.

›Sag mal, wo sind die Fenster?‹

Er zeigte zum Ende des Ganges. An der Seite mit den Fenstern waren drei kleine Räume. Einer für das Telefon. Einer war ein Waschraum mit Waschbecken. Und der dritte Raum …

Das Zimmer der Hausherrin.

Das Zimmer, in dem seine Mutter ihre Gebete sprach. Ein winziges Zimmer. Als ich es das erste Mal sah, war die Tür geschlossen. Ich hatte noch nie von einem besonderen Raum zum Beten gehört und war enttäuscht, als ich sah, dass die Tür geschlossen war. Und normalerweise war sie immer geschlossen, aber einmal fand ich sie aus irgendeinem Grund leicht geöffnet vor, und ich spähte hinein. Aber im nächsten Moment zog ich mich verstört zurück.

Es war blau.

Ein rein blauer Raum.

Ich war erschrocken, aber ich spähte noch einmal hinein, und dann verstand ich. Das Fenster war aus blauem Glas, und das Licht, das durch das Fenster hereinfiel, tauchte den Raum in ein ruhiges Blau. Aber es war nicht nur das Glas. Der Stuckateur, der die Arbeiten ausgeführt hatte, hatte sich darin hervorgetan, die Wände mit blauen Fliesen zu verkleiden. Die blaue Zeit in diesem Raum verging in anderer Geschwindigkeit als anderswo.

Schweigen. Der kleine Raum war vollkommen still.

Aus irgendeinem Grund fühlte ich mich der Worte beraubt. Mir war, als hätte ich etwas gesehen, was ich nicht hätte sehen sollen. Dann fiel mir das Regal auf. Darauf stand eine einzelne weiße Lilie in einer kleinen Vase.

Die weiße Lilie. Eine reine, von Gott gesegnete Blume. Die Lieblingsblume der Hausherrin.

Du siehst also, ich wusste von dem Zimmer. Aber ich hatte es all die Jahre vergessen. Ein anderes blaues Zimmer. Das, von dem du an diesem Tag immer wieder gesprochen hast. Die Blume in diesem Zimmer war für dich eine Kräuselmyrte, nicht wahr? Keine Lilie. Aber du hättest wissen müssen, was eine Lilie ist.

Das Muster in der Mitte des blauen Glasfensters war eine heraldische Lilie. Ein vereinfachtes, typisch westliches Symbol. Aber du hast es Kräuselmyrte genannt. Ich weiß nicht, woher dieses Missverständnis kam. Aber ich habe keinen Zweifel daran, dass diese Blume für dich ›die Kräuselmyrte bei uns zu Hause‹ war. Habe ich recht?«

Sie steht Hisako im kühlen Korridor gegenüber.

Aber Hisako antwortet nicht.

Ein langes Schweigen entsteht.

Hisako starrt sie nur mit einem rätselhaften Lächeln an.

»Das heißt«, murmelt sie, »der Erwachsene, mit dem du zusammen warst ...«

IX

Die Hausherrin war eine gute Frau.

Alle sagten das, auch heute noch.

Sie war eine gläubige Christin, die ihrem Mann in seinem Kummer über das Unglück ihrer Tochter eine Stütze war. Sie setzte sich für die Gemeinschaft ein, besuchte Kirchen in allen umliegenden Bezirken und engagierte sich selbstlos für die, die weniger Glück gehabt hatten.

Die Mutter nahm Hisako oft zu diesen Besuchen mit. Sie genoss es, die verschiedenen Geräusche der Orte zu hören, die sie besuchten. Sie sagte einmal, an den Geräuschen konnte sie sofort erkennen, an welchem Ort sie sich befanden.

Die Hausherrin liebte ihre Tochter, und niemand wünschte Hisako mehr Glück als sie.

Sie war bescheiden und zurückhaltend, nicht sehr gesprächig, eine Frau, die im Schatten ihrer Familie stand.

Und natürlich in Hisakos Schatten.

Ihre Gefühle waren nie an der Oberfläche sichtbar. Aber sie fand etwas in ihrem Glauben, das sie aufrecht hielt. Niemand kann heute wissen, was das war.

War es, dass die Herrin auf ein Wunder hoffte? Glaubte sie, dass ihre Tochter eine Art Opfer darstellte? Oder dass eine Art Sühne nötig war? Dachte sie, dass irgendein großes Opfer gefordert war?

Oder ...

Sie denkt darüber nach.

Ist es möglich, dass sie alle hasste, denen es besser ging?

Sie verschränkt die Arme auf den Knien und stützt ihren Kopf darauf.

Der Schmerz hinter ihren Augen wird immer unerträglicher.

War die Existenz von Hisako selbst nicht schon ein Wunder? Aber vielleicht war sie nur für mich ein Wunder, nicht für die Hausherrin.

Ich weiß es nicht.

Sie hebt mühsam den Kopf. Die Sonne steht tief, und die Touristen verlassen den Ort.

In einem Raum, der von blauen Strahlen erhellt wird, stehen ein Mädchen in einer weißen Bluse und eine Frau in einem Kimono, die das Mädchen ansieht. Sie selbst steht hinter den beiden.

»Sprich dein Gebet«, fordert die Frau das Mädchen auf.

Der Rücken des Mädchens zuckt und zittert.

»Du musst Gott alles sagen«, befiehlt die Frau. Ihr Gesicht ist ausdruckslos, aber ihre Stimme streng.

Die Schultern des Mädchens zittern noch mehr.

»Was ist los? Was ist zwischen euch passiert?«, sagt sie zum Rücken der Frau und zu den Schultern des Mädchens. Keine der beiden antwortet.

»Ich muss es wissen. Ich bin doch die Beobachterin«, bittet sie und versucht weinend, ihre Aufmerksamkeit zu gewinnen.

Sie drehen sich nicht zu ihr um. Weiße Rücken, blaues Licht, Lilie im Fenster.

Was hat Hisako als kleines Mädchen in diesem Zimmer gebeichtet?

Was hat sie bereut, und worum hat sie gebetet? Warum hat die Herrin sie überhaupt dorthin gebracht?

Die Polizistin sagte, Hisako habe ständig ihre Hände bewegt.

Könnte es nicht sein, dass Hisako in ihrer Kindheit sich in diesem Zimmer bekreuzigt hat?

Für welche Sünde sollte ein so kleines Mädchen denn um Vergebung bitten müssen? Was wollte die Herrin ihre kleine Tochter beichten lassen?

Ich weiß es nicht.

Schwerfällig erhebt sie sich und macht sich auf den Weg zum verlassenen Teehaus.

Ihre Kehle ist ausgedörrt. Ihr Körper ist schwer. Ihr Blickfeld hat sich so stark verengt, dass sie kaum noch ihre Umgebung wahrnimmt.

In ihrem Unterkörper sammelt sich das Blut, kann ihren Kopf nicht erreichen.

Ich muss in Bewegung bleiben, denkt sie. Ich muss etwas trinken und von hier weg.

Sie geht durch den Garten, während die Dämmerung hereinbricht.

Vom Himmel schießen immer wieder Lichtkugeln auf sie herab, und sie hat Mühe, den Schmerz zu ertragen.

Die Kugeln werden zu blauem Licht.

Sie denkt an nichts mehr. Sie ist nur noch ein kleines Mädchen, das in einem blauen Raum umherwandert und nach Vergebung und Wasser sucht.

Durch diesen langen Sommer, der seit jenem Tag andauert. Ihren ewigen, nie enden wollenden Sommer.

GLOSSAR

Ahnentäfelchen Ein Täfelchen mit dem neuen buddhistischen Namen, den Menschen nach ihrem Tod erhalten; es wird auf dem Hausaltar aufgestellt.

Bentō-Kästchen Lunchboxen mit Fächern zum Trennen mehrerer Speisen.

Ebisu Einer der sieben shintoistischen Glücksgötter.

Edo-Zeit Abschnitt in der japanischen Geschichte von 1603 bis 1868, benannt nach dem damaligen Namen der Hauptstadt, Edo, heute Tokio.

Fudō Der »Unbewegliche« oder »Standfeste« ist der populärste Myōō (Mantra-König) des esoterischen Buddhismus. Schwarze oder blaue Haut, Feuer, Schwert und ein Seil zum Einfangen von Dämonen sind seine üblichen Attribute.

Futon Anders als in Deutschland ist ein Futon in Japan eine dünne, deckenartige Matratze, die jeden Morgen wieder zusammengerollt und verstaut wird.

Hokuriku Region auf der japanischen Hauptinsel Honshū, die dem Japanischen Meer zugewandt ist.

Ise Stadt auf der japanischen Hauptinsel Honshū an der Ise-Bucht mit der wichtigsten Schreinanlage Japans.

Jahreszeiten In Japan gibt es Regenzeiten, vor allem mit Beginn des Sommers.

Kannon Bekannteste Bodhisattva-Figur; Mittlergestalten ähnlich den christlichen Heiligen mit mehreren Köpfen und Armen, Schmuck oder Waffen. Der Pferdekopf-Kannon (Batō Kannon) ist eine zornvolle Erscheinungsform.

Kansai Die Region im Westteil Honshūs, der Hauptinsel Japans, bildet das kulturelle, demografische, wirtschaftliche und politische Zentrum Westjapans.

Kantō Eine mehrere Präfekturen umfassende Region auf der Hauptinsel Japans, die auch den Großraum Tokio umfasst.

Kendō Moderne Form des Schwertkampfs, wie ihn Samurai erlernten. Das Training dient auch der geistigen Ausbildung.

Kojiki Ältestes überliefertes literarisches Dokument Japans, 712 für Kaiser Tenmu als Sammlung alter Mythen, Genealogien, Sagen und historischer Berichte angefertigt (dt. »Aufzeichnung alter Geschehnisse«).

Kotoji Steinlaterne, die in der Form an die Stege einer Koto erinnert, eines Saiteninstruments aus einem leicht gewölbten, hohlen Körper mit 13 beweglichen Stegen, über die die Saiten gespannt sind.

Kyoto Bis 1868 Hauptstadt Japans.

Manjū Traditionelle Süßigkeit, zubereitet wie Dampfnudeln, gefüllt mit einer Paste aus Adzukibohnen und Zucker oder Honig.

Miko Meist junge Frauen, die in Shintō-Schreinen religiöse sowie praktische Tätigkeiten verrichten.

NHK Die Nippon Hōsō Kyōkai ist die einzige öffentlich-rechtlich organisierte Rundfunkgesellschaft in Japan.

Obon Traditionelles buddhistisches Fest zum Gedenken an verstorbene Vorfahren; Feiertag.

Pachinko Mischung aus Geldspielautomat und Arcade-Spiel, bei dem Metallkugeln durch ein Labyrinth aus Stiften, Klappen und Kanälen nach unten fallen, sehr populär in Japan.

Renzuru Origami-Technik; aus einem einzelnen Blatt Papier werden mithilfe von Einschnitten mehrere Papier-Kraniche *(Orizuru)* gefaltet, die miteinander verbunden sind.

Seltsamkeit Das Schriftzeichen ist auch Teil der Wörter »Zauberkunst« und »Illusion«.

Shinkansen Superschnellzug, schneller, aber vergleichbar mit dem ICE.

Shintō Ethnische Religion, meist mit »Weg der Götter« übersetzt.

Shōgi Japanische Variante des Schachspiels.

Shōwa-Periode Regierungszeit des Kaisers Hirohito (1926–1989).

Soba Dünne braungraue Nudeln aus Buchweizen.

Sōmen-Nudeln Eine typische Sommerspeise, die meist eiskalt serviert wird.

Sugoroku Brettspiel, Leiterspiel; auf dem Spielbrett bewegt man sich über eine Kette von Spielfeldern, die entweder direkt oder über Leitern o. Ä. miteinander verbunden sind und von einem Start- zu einem Zielfeld führen.

Tatami-Raum Traditioneller Raum, der sich u. a. durch Tatami, Matten aus Reisstroh, als Bodenbelag und oft durch Fusuma, Schiebetüren, auszeichnet.

Urna Stirnlocke, eines von 32 Kennzeichen Buddhas.

Yamagata Präfektur auf der Insel Honshū auf der dem Japanischen Meer zugewandten Seite.

Yamanaka Ort in der Bergregion von Kaga Onsen in der Präfektur Ishikawa; berühmt für seine heißen Quellen.

Kenichi Yoshida (1912–1977) Schriftsteller und Literaturkritiker.

Yukitsuri Technik im japanischen Gartenbau, bestehend aus einem Pfahl nahe dem Stamm sowie einigen Seilen, die mit dem Pfahl und dem Boden verbunden werden; die kegelförmige Anordnung schützt Äste vorm Abbrechen unter starker Schneelast.

Yūjin Neben *tomodachi* ein – gehobeneres – Wort für »Freund«, ausgesprochen etwa: Judschin.